REMERCIEMENTS

Pour leur aide et leur hospitalité, un grand merci à Dennis DeBevec, Herbert Sinkinson, Dick Smith, Rita McDonald, Bill Pithers, Joan Eckley, Scott Baker, Jack Bush, et Steve Henry de l'administration pénitentiaire de l'État du Vermont. Merci également à Jim Wright et Kelly Cibulas du FBI, Anne Schmidt du Bureau des prisons fédérales, Bob Thomas des Services pénitentiaires, et à Todd Fisk du Service des libérations conditionnelles du Connecticut.

Ainsi qu'à Peter Lampack, mon agent, et Kate Miciak, mon éditeur, qui ne me fournissent que très peu de raisons de me plaindre.

1

La camionnette beige s'approchait du Waldorf-Astoria. Cachée dans l'ombre d'un érable des rochers, Abigail Eakins observait le véhicule, qui fut secoué par un cahot en franchissant un monticule de verglas sur la route en terre battue, avant de traverser le pont couvert à une allure poussive et de s'arrêter devant le portail du Waldorf.

Le chauffeur descendit, un type bâti en force coiffé d'une casquette de base-ball. Abigail ne le reconnut pas, mais il portait l'uniforme local : jeans, chemise à carreaux et un gilet à capuche de couleur brune. Une croûte de la meilleure boue printanière du Vermont recouvrait ses bottes.

Quelques instants plus tard, l'homme franchit le portail et se dirigea sur la maison. Il marchait d'un pas hésitant, et s'arrêta complètement à quelques mètres de la haie qui s'étendait devant la bâtisse de style colonial abîmée par les intempéries. Son image se refléta, fragmentée par les carreaux de la grande fenêtre du salon du Waldorf.

Ses lèvres remuèrent, mais le vent étouffa ses paroles. Quelques secondes plus tard, il sortit quelques paquets de papier froissés de son gilet, les jeta par terre, avant de retourner à la camionnette, le pas lourd. Le moteur se mit à ronronner et la camionnette s'éloigna sur la route, projetant une pluie de gravillons dans son sillage.

Le Waldorf se figea dans une immobilité frémissante, tandis que s'en échappait une purée de pois ténébreuse. La rumeur prétendait que la baraque délabrée était hantée ou pis encore, mais Abigail ne voulait pas se laisser intimider. D'après ce qu'elle savait, la maison abandonnée servait de repaire à des gamins plus vieux qu'elle et de décharge aux autochtones débraillés dans le genre du type de la camionnette. De toute façon, le choix était mince, et le Waldorf semblait sa meilleure chance de s'échapper.

Abigail attendit d'être certaine que la camionnette avait disparu pour de bon. Il était de toute première importance qu'elle parvienne à se glisser à l'intérieur sans être vue. Personne ne pourrait la dénicher et l'obliger à rentrer à l'auberge.

Elle ne remettrait plus jamais les pieds là-bas. Pas après ce qui s'était passé. Ses joues s'empourprèrent à la seule évocation de ce souvenir et ses yeux se mirent à la piquer.

Si seulement maman ne s'était pas mariée avec Charlie Brill, l'obligeant à la suivre dans ce trou perdu. Si seulement elles habitaient encore Manhattan, où se trouvaient l'école d'Abigail, ses amis, son équipe de gymnastique, et sa vie normale.

Sous le coup de la colère, elle repensa à tous les contes de fées prodigués par sa mère sur les splendeurs du Vermont, et la vie fabuleuse qu'elles pourraient mener quand elles s'installeraient à l'auberge familiale des Brill.

Abigail avait cru à ces promesses mensongères. Elle avait fait de son mieux, après le mariage de sa mère et de Charlie Brill quatre mois plus tôt, pour s'intégrer et participer à cette vie nouvelle. Pendant quelque temps, la situation lui avait même paru riche en possibilités.

La plupart des membres de sa belle-famille s'étaient montrés gentils au premier abord, particulièrement grand-mère Brill, qui voulait qu'on l'appelle « Mim », et sa superbe cousine Stephanie, qui n'était pas du tout coincée et avait beaucoup d'amis.

Abigail avait pris plaisir aux patientes leçons de jardinage, de cuisine et de confection de bouquets que lui donnait Mim. On pouvait tout transformer : les radis en roses, les roses en radis. D'après Mim, il suffisait d'un peu de volonté. On n'était jamais obligé d'accepter les choses telles qu'elles étaient, à moins qu'on ne décide de s'en contenter.

Ce qui n'était pas du tout le genre d'Abigail. Elle avait résolu de faire elle-même le bond vertigineux du radis à la rose. Stephanie, dont les seize ans n'étaient plus très loin, lui enseignait l'art de la coiffure et du maquillage. Steph était restée des heures avec elle devant le miroir pour lui montrer comment souligner ses yeux d'un bleu aqueux d'un trait de crayon marron et d'une touche de mascara. Du flot indiscipliné de mèches en bataille châtains d'Abigail, elle avait réussi à faire une impeccable natte à la française. Steph lui avait ensuite expliqué comment se tenir, quelle posture des hanches et des épaules adopter pour tirer le meilleur parti de sa silhouette.

Bien qu'à l'âge de onze ans l'épanouissement de ses formes relève plus du domaine virtuel que d'une quelconque réalité, pour Abigail, ces informations étaient très précieuses. Le miroir lui renvoyait l'image d'un mince tronc cylindrique, avec des allumettes en guise de membres. Ses seins ressemblaient à des piqûres de moustiques, ce qui l'aurait démoralisée si Stephanie ne lui avait pas avoué qu'au même âge les siens n'étaient pas plus développés. Que Steph joue auprès d'elle un rôle de grande sœur l'avait presque réconciliée avec le Vermont.

Mais tout avait commencé à ce moment-là.

Des vétilles, au début. De petites tentatives d'intimidation. Des taquineries. Une mauvaise graine de terreur qui avait germé et s'était multipliée jusqu'à la piéger sans retour dans ses ronces.

Puis vinrent les séances. Il avait attendu jusqu'à ce qu'elle soit obligée de coopérer. Il l'avait menacée, si elle en parlait, de raconter que c'était elle qui en avait eu l'idée. Les photos secrètes qu'il avait prises d'elle riant aux éclats, manifestement en train de s'amuser, constituaient d'après lui des preuves irréfutables. Abigail savait que c'était la honte qui l'avait poussée à s'esclaffer, la honte et une peur nerveuse, épouvantable. Mais qui croirait-on, elle ou bien Sa Majesté ? Non, personne n'aurait foi en ses dires.

Personne, sauf papa.

Même s'il passait son temps en voyage, papa devait avoir reçu ses lettres, à présent. Abigail s'imaginait qu'il était déjà en route pour venir la chercher. Elle entendait presque sa voix de stentor et son mélodieux accent du Sud.

— C'est toi, Abby Gail ? Tu as grandi d'un kilomètre au moins, petite. Viens donc m'embrasser.

Bientôt. Coude posé sur le rebord de la vitre ouverte et cheveux châtains aux vent, il allait venir dans sa Lincoln noire d'une minute à l'autre.

Du Waldorf, où elle s'apprêtait à élire domicile, elle pourrait guetter son arrivée à l'auberge. Papa l'emmènerait loin de ces étrangers, de leurs mauvais tours, et des secrets empoisonnés qui alourdissaient l'atmosphère jusqu'à la rendre irrespirable.

Serrant son sac de sport, Abigail jeta un coup d'œil vers la route. La camionnette avait disparu depuis un moment. Aucune voiture à l'horizon. Aucun bruit ne venait troubler la chanson du vent. Elle regarda pardessus son épaule en direction de l'auberge. Le salon, la salle de loisirs et la bibliothèque étaient déserts, comme prévu. À cette heure de la journée, le personnel au grand complet s'affairait dans la cuisine ou dans l'une des trois salles à manger, se préparant à l'arrivée des premiers dîneurs vers 18 h 30. Même en cette saison où l'on s'enlisait dans la boue, les tables du restaurant quatre étoiles des Brill étaient réservées toute la semaine, alors que la plupart des chambres étaient vides. C'était sa meilleure chance de prendre la tangente sans qu'on s'en aperçoive.

L'enfant prit son souffle et franchit la route au pas de charge. Elle courait avec l'aisance et l'agilité d'une gymnaste entraînée, le pied léger, la foulée sûre. De l'autre côté, elle plongea dans les fourrés et se courba pour foncer le long du chemin sinueux en direction du pont couvert. Son coupe-vent de nylon rouge bruissait comme un tas de feuilles séchées.

Elle courait sans effort, mais portait sa tristesse et son désespoir comme un fardeau supplémentaire. Quand elle traversa le pont, son cœur battait la chamade et sa respiration était haletante. La sueur dégoulinait sur son visage, et son tee-shirt était collé à son dos. Elle ralentit, se mit à marcher jusqu'à la palissade du Waldorf et se courba pour se glisser entre les planches déchiquetées de la clôture. Une douleur soudaine l'interrompit.

Dans l'éclat du soleil couchant, elle n'avait pas remarqué les mailles du grillage métallique vert qui s'étendait entre les poteaux. Elle s'y était cogné la tête. Elle gémit et recula.

Moins d'une semaine auparavant, elle avait accompagné sa mère, qui devait prendre des photos du Waldorf pour une brochure de tourisme. Elle était certaine que le grillage n'y était pas, ce jour-là.

Qui donc l'avait posé ? Et pourquoi ?

Ce n'était pas le moment de se perdre en conjectures. Projetant son sac de sport par-dessus la clôture, elle sauta adroitement la barrière et retomba dans l'enceinte. Elle n'était plus séparée de la maison que par une courte distance. Il lui suffisait maintenant de se glisser à l'intérieur par la fenêtre de la cuisine, et on ne pourrait pas la retrouver.

Elle y était presque.

Mais à présent, elle hésitait. Mal à l'aise, elle mit sa main devant ses yeux et contempla le bâtiment vide. Il avait quelque chose de bizarre. Quelque chose d'inquiétant.

Elle remarqua aussitôt plusieurs changements manifestes. Les touffes de hautes herbes qui entouraient le porche avaient été tondues, et on avait arraché les orties qui poussaient à travers les marches de l'escalier.

Mais il y avait plus que ça.

Son instinct lui commandait de fuir. Les yeux rivés à la maison, elle tâtonna derrière elle, cherchant la palissade. Tout ça ne lui disait rien qui vaille, c'était louche. Il fallait trouver un autre abri pour attendre papa. Elle trouverait bien quelque chose.

Se détournant un instant, elle lança son sac de sport en dehors de l'enceinte, et fit un pas en arrière pour prendre son élan avant de bondir. Son cœur se recroquevillait dans sa poitrine. Dès qu'elle aurait franchi la clôture, elle serait en sécurité.

Mais avant même qu'elle ait pu esquisser le moindre mouvement, une présence brûlante se matérialisa dans son dos. Dans un souffle, des mains se refermèrent sur elle. Des dizaines de mains d'acier l'assaillaient dans tous les sens, comme des pythons s'enroulant sur la proie. Elle était prise au piège, paralysée. Elle tenta de crier, mais des doigts d'airain entouraient sa gorge et se resserraient.

Étrange sensation. Sa tête enflait comme un ballon. Elle perdait conscience, et la terreur refluait dans un doux clapotis comme une marée descendante. C'était inconcevable. Une chose pareille ne pouvait lui arriver. Trop dingue. Impossible.

Elle était peut-être en train de rêver.

Oui, c'était sûrement ça. Un mauvais rêve, sombre et hideux. Elle allait se réveiller dans son lit à l'auberge, sous les dentelles des baldaquins, inerte et épuisée au bout d'une nuit d'évasions imaginaires et de menaces fabriquées de toutes pièces. La clôture de bois s'était liquéfiée sous ses yeux. Les planches ondulaient au gré du vent comme des cordes enchantées.

Abigail céda à l'engourdissement rêveur qui l'envahissait. Les mains qui la serraient étaient celles de papa, fortes et rassurantes. S'obligeant à ouvrir les yeux, elle chercha au-dessus d'elle le regard vert d'eau et le visage rougeaud de celui-ci.

Mais elle ne réussit à capter que le miroitement d'un ciel de plus en plus brouillé. Puis un voile noir comme la mort tomba sur le soleil.

2

Elle le sentait, les yeux de l'aveugle épiaient.

En passant le portail au volant de sa Jeep, Quinn Gallagher repéra la silhouette à la fenêtre du salon. Il était immobile, le regard fixe, son haleine embuait la vitre.

Quinn détourna le regard et s'ébroua pour se débarrasser du frisson de répulsion qui s'était emparé d'elle, semblable à celui qui l'envahissait lorsque Brendon, son petit frère, l'entraînait vers le coin des reptiles au centre d'animaux domestiques de Rutland. Les serpents excitaient la curiosité de Bren. Quinn avait fait de son mieux pour partager l'enthousiasme de son petit frère, mais elle ne voyait chez ces créatures rampantes que laideur et viscosité. De toute façon, avait-elle décidé pour finir, ses obligations professionnelles la mettaient en présence d'un nombre de reptiles plus que suffisant.

Lorsqu'elle leva à nouveau les yeux vers la fenêtre, la silhouette furtive avait abandonné sa surveillance à l'aveuglette. Par la fenêtre à meneaux, elle le regarda traverser la pièce jusqu'au mur du fond, faire demi-tour et retourner sur ses pas. Son chien d'aveugle le suivait comme une ombre, un grand berger allemand avec une tache grise triangulaire sur la gorge et des yeux couleur de brume.

Quinn resta quelques minutes assise dans sa voiture, à observer le dernier en date des ex-prisonniers en liberté conditionnelle dont la responsabilité lui incombait. Elle espérait capter chez le monstre quelque chose de plus que ce que lui avait déjà appris la lecture du casier judiciaire. Sachant qu'ils allaient passer ensemble les deux prochaines années, Quinn voulait avoir une idée de ce qui le faisait courir, et la nature précise de l'aiguillon.

Il s'appelait Eldon Weir. On l'avait également surnommé « Ellie le Dingue » et « Professeur Souffrance ». Une douzaine d'années plus tôt, Weir avait commis l'un des meurtres avec mutilation les plus sauvages que le pays ait jamais connus.

Quinn se souvenait du déferlement d'articles à sensation et d'hystérie collective qui avait précédé l'arrestation de Weir. Le Professeur était ensuite retombé rapidement dans l'anonymat, délogé de la place qu'il avait prise au sein d'une opinion publique traumatisée, par des attentats et des menaces plus récents. La plupart des gens avaient conjuré le terrifiant spectre de Weir avec soulagement, acceptant sans garantie aucune l'hypothèse que le monstre avait été mis hors d'état de nuire pour de bon, sous les verrous.

Ce matin-là, à la première heure, lorsque son patron lui avait confié ce boulot et le casier de Weir, Quinn avait été horrifiée d'apprendre que le dossier du ministère public contre Ellie le Dingue s'était effondré à la suite d'un vice de forme. Les accusations d'enlèvement, de viol et de meurtre avaient été écartées pendant les audiences préliminaires. Le procureur n'avait réussi à le coincer que sur une inculpation de voies de fait aggravées, dont la peine maximale n'était que de douze ans de réclusion. D'innombrables pressions avaient été exercées et de vieilles dettes, acquittées afin d'ébruiter l'affaire le moins possible. Mais on ne pouvait étouffer la réalité.

Weir avait un visage taillé à coups de serpe et une carrure d'ours, découpée dans la masse. Quinn aperçut son masque sinistre à travers la vitre : la bouche mince et desséchée comme une hideuse fissure du bitume, les yeux éteints, rétrécis, comme deux fentes menaçantes.

Pas joli-joli.

Quinn se dit qu'elle n'était pas là pour emmener le Prince Charmant au bal des débutants. Son boulot, c'était de veiller sur la bête pendant toute la durée de sa liberté conditionnelle.

Elle descendit de la Jeep et jeta un coup d'œil à la propriété. Celle-ci, abandonnée depuis longtemps, n'avait fait l'objet que de modifications mineures, mais essentielles. Les dalles du chemin avaient été réparées et mises à niveau, la cour infestée de mauvaises herbes avait été tondue. Plusieurs vitres brisées avaient été changées, et un épais boudin calfeutrait les interstices de la porte d'entrée. Les brèches de la clôture endommagée avaient été bouchées avec un grillage métallique de couleur verte pour décourager les animaux errants et les enfants.

Si quelqu'un parvenait à se glisser entre les mailles, elle savait que quatre caméras cachées dans les buissons environnants filmaient le périmètre pour les écrans du quartier général de Burlington, à cent cinquante kilomètres de là. En cas d'alerte, il se chargerait de prévenir les autorités locales.

En dehors de ces transformations nécessaires, on n'avait rénové que l'intérieur. Si on leur posait des questions, les fonctionnaires locaux devaient répondre que le propriétaire absent avait décidé de remettre la maison à neuf pour la louer. En s'efforçant d'ébruiter l'arrivée de Weir le moins possible, les autorités espéraient qu'il se fondrait dans le paysage, un excentrique bohème de plus. Tout le monde voulait éviter que la psychose ne déferle sur Dove's Landing lorsque les respectables citoyens des environs apprendraient la véritable identité de leur nouveau voisin.

Malgré tout, on pouvait raisonnablement espérer que la présence du Professeur reste confidentielle. Le Vermont abritait bien des « artistes » plutôt ermites dans le genre d'Eldon Weir. Bien sûr, aucun d'entre eux n'approchait la renommée d'un sadique de classe planétaire comme Eldon Weir. Mais ils étaient nombreux à préserver leur identité pour des raisons dont leurs mères auraient eu à rougir.

Une rangée quasi invisible de piquets filiformes, reliés par un fil, marquait la limite de la zone au sein de laquelle Weir avait le droit d'évoluer, distante du dispositif électronique d'une dizaine de mètres à peine. La plupart des délinquants sous surveillance électronique pouvaient, à domicile, se balader dans les deux cents mètres autour de l'ordinateur de liaison. Et ils avaient le droit de sortir du rayon d'action du dispositif pour aller travailler et vaquer à leurs occupations. Mais Weir était un cas à part, tout le monde en convenait.

Quinn s'arrêta à un mètre de la frontière balisée par les piquets. À cette distance, elle était hors de portée du Professeur. Weir ne pouvait franchir cette limite sans déclencher une alarme transmise aussitôt à toutes les patrouilles du secteur.

Elle examina la maison d'un œil méfiant. Les agents du contrôle judiciaire n'avaient pas le droit de porter des armes. Avec sa seule vigilance en guise de protection, Quinn était plus que motivée pour rester sur le qui-vive.

Elle entendit le chien aboyer et gratter furieusement le bois de la porte à l'intérieur. Ellie le Dingue, lui, était moins pressé de remarquer sa présence. Il continua à marcher fébrilement de long en large, s'arrêtant à chaque fois qu'il avait fait le tour du périmètre autorisé pour poser son regard vide sur la fenêtre.

— Monsieur Weir, c'est l'agent Gallagher, du Bureau de la conditionnelle. Ouvrez. J'ai à vous parler.

Un long moment plus tard, Weir apparut sur le seuil, flanqué de son chien. Il portait une chemise noire flottante, et un pantalon noir à plis. Son visage était crispé en un rictus hostile. Ses longs cheveux bruns étaient attachés sur la nuque par une lanière de cuir, et au lobe de son oreille gauche brillait un rubis. Son poignet droit était enserré par le bracelet électronique noir qui l'enchaînait à l'ordinateur central Telsol de Burlington.

— Je travaille au service des libérations conditionnelles. C'est avec moi que vous serez en contact, dit Quinn. Je vous rendrai les visites prévues au programme à intervalles réguliers, mais je viendrai aussi à l'improviste, ainsi que pour vous remettre provisions et fournitures. Pour l'instant, je voulais juste faire connaissance et m'assurer que vous compreniez les spécificités de votre libération conditionnelle.

— Oh, *j'adorerais* faire connaissance, siffla Weir. Approchez-vous. Laissez-moi toucher votre visage.

Il parlait d'une voix rauque, crissante, vicieuse. Quinn se raidit, mais parla d'un ton égal.

— Pas d'alcool, de drogues, ni d'armes. Aucun visiteur non autorisé. Vous recevrez des appels de mon bureau et de l'ordinateur central à n'importe quel moment, mais votre appareil a été conçu pour que vous ne puissiez passer aucun appel vers l'extérieur.

— Vous ne voulez pas que je vous touche ? Il va falloir que je décrypte votre voix, alors.

Il plissa le front, concentré.

— ... Jolie voix. Sexy. Vous êtes sûrement bien faite. De longues jambes. Longues comme un jour sans pain et terminées par un petit derrière bien ferme. Suis-je dans le vrai, madame l'agent de la Conditionnelle ? Un fessier *haut* et *ferme* ?

Ce n'était qu'une poussière de mots. Un bruit parasite. Mais tout en décidant de ne pas prêter l'oreille à ces paroles, elle redressa inconsciemment les épaules et passa la main dans l'écume flamboyante de ses cheveux roux.

— L'ordinateur pourra suivre vos mouvements à l'intérieur de la maison grâce à un signal inaudible émis en permanence par votre bracelet. Vos déplacements autorisés sont circonscrits aux pièces de cette maison, au porche et à la cour dans les limites du balisage par piquets que le chien a été dressé à respecter. Si vous les franchissez, vous vous exposez à un renvoi immédiat en prison. C'est compris ?

— Oh, cette voix. Tout simplement *merveilleuse*. Faites-moi un grand plaisir, s'il vous plaît, madame l'agent de la Conditionnelle. (Sa lèvre inférieure se rétracta contre ses incisives et il ferma les yeux.) Dites une obscénité. N'importe quoi fera l'affaire.

Le rouge monta aux joues de Quinn.

— C'est moi qui décide de la qualité et de la quantité de nourriture à laquelle vous avez droit, monsieur Weir. Quel genre de provisions, et dans quelle proportion. Continuez vos cochonneries, et vous n'aurez plus que des sardines. Bourrées d'arêtes.

Il soupira :

— J'essayais simplement de me montrer amical.

— Si vous avez besoin d'une assistance médicale, ou bien si vous êtes dans une urgence quelconque, vous n'avez qu'à franchir le balisage et déclencher l'alarme. Si vous êtes dans l'impossibilité de le faire, vous pouvez demander du secours en retirant la prise du téléphone, ou en décrochant l'appareil, ou en brisant votre bracelet. Chacune de ces actions vous vaudra une attention immédiate des autorités compétentes. Compris ?

— Est-ce que je peux vous poser une question ?

— Quoi ?

— Votre peau est-elle veloutée ? (Il franchit le seuil et se dirigea vers elle les bras grands ouverts.) Est-elle toute liiisssse ?

Le feu couvait sous les taches de rousseur du visage de Quinn, la colère comme une pluie d'étincelles. Il s'arrêta à quelques centimètres de la ligne de piquets et renifla.

— Vous n'avez pas besoin d'avoir peur, roucoula-t-il. Je suis complètement guéri. Je comprends à présent ce qui m'a poussé à perpétrer les actes terrifiants dont je me suis rendu coupable, et la façon d'éviter ce genre de tentations dans l'avenir. Je suis inoffensif, madame l'agent de la Conditionnelle, vraiment. Doux comme un mouton.

Un mouton enragé, pensa Quinn.

— Vous allez déclencher l'alarme, monsieur Weir. Ne bougez plus.

— Accompagnez-moi donc à l'intérieur. Je vous préparerai une tasse de thé. Je vous ferai visiter. On m'a dit que c'était très joli.

Ce qui était le cas. Par la baie vitrée, Quinn pouvait voir le mobilier moderne en cuir blanc et les lithographies contemporaines du salon. La salle à manger, elle, avait été refaite dans des tons pastel couleur pêche. Il y avait une table en marbre sur un socle de chrome sculpté entourée par des sièges en bois d'érable.

Si le crime ne payait pas, dans cette affaire, il avait du moins pourvu un défraiement confortable.

Tout avait été arrangé et réglé par le président de Langdon Industries du Georgia Center, y compris le chien d'aveugle. Lors d'un accident survenu dans une usine de la firme, Weir, alors employé dans le cadre d'un programme de réinsertion par le travail, avait perdu la vue à la suite d'une projection de produits chimiques corrosifs.

Son infirmité avait précipité sa mise en liberté conditionnelle. Aucune des six prisons de l'État n'était équipée pour abriter un détenu aveugle. Weir n'ayant plus que deux ans à purger derrière les barreaux, on n'avait pas jugé rentable de construire une section spéciale adaptée à ses besoins. Quinn ne pensait pas que quiconque, dans le système pénitentiaire, ait regretté son départ.

Le téléphone sonna, mais le Professeur resta immobile.

— C'est un appel de contrôle du central, monsieur Weir. Vous devriez répondre.

— Mais vous m'avez dit de ne pas bouger.

— Décrochez le téléphone.

D'un pas tranquille, Weir se dirigea vers l'appareil, suivi par le chien. Quinn connaissait la marche à suivre, et Weir s'y conforma sans hésitation. Il répondit aux questions préenregistrées, servant à identifier son empreinte vocale. Il donna la date et l'heure telles qu'elles apparaissaient sur une pendule en braille près du téléphone, et fournit l'information personnelle requise qui changeait à chaque appel. Il s'agissait cette fois du nom de jeune fille de sa mère : Koswick.

Au signal, il inséra la partie surélevée de son bracelet dans une fente prévue à cet effet dans la petite boîte noire reliée au téléphone. Un bip sonore confirma que la voix répondant à l'appel était équipée du bracelet correspondant aux diverses identifications précédentes.

Pour quelqu'un qui n'avait été libéré que depuis vingt-quatre heures et aveugle de surcroît, les mouvements de Weir étaient d'une adresse surprenante. Il apprenait vite. Mais personne n'avait jamais mis son intelligence en doute. Non, la question qu'on pouvait se poser à son sujet, c'était de savoir à quelle espèce il appartenait.

À l'âge de douze ans, il avait assassiné Jennifer Buckram, une de ses camarades de classe, dans sa ville natale, Douglaston, État de New York.

Une enfant du voisinage avait mené les enquêteurs jusqu'à Weir, après l'avoir vu entraîner de force la petite fille dans un bois près de l'école. Il avait été condamné à la peine maximale de dix ans à l'établissement correctionnel pour mineurs de la Harlem Valley, au nord de l'État de New York. À sa libération, son casier judiciaire de délinquant juvénile avait été classé confidentiel, comme le voulait la loi.

Pendant les trois années qui avaient suivi, Weir avait mené une vie de vagabond, du Connecticut à l'État de New York, pour finir par Bennington dans le Vermont. Dans chacune des villes où il était passé, il avait pris des cours du soir et travaillé à temps partiel comme cuistot.

Une enfant avait été portée disparue dans les quelques mois qui avaient suivi l'arrivée de Weir à Bennington. Le corps de la fillette avait été découvert une semaine plus tard dans une benne à ordures. L'état du cadavre avait bouleversé les autorités. Celles-ci avaient refusé de divulguer les détails atroces de l'assassinat par égard pour la famille de la victime et la sensibilité du public, mais les fuites avaient été suffisantes pour que Weir soit marqué à vie du sceau infamant de bête immonde.

Un détective de la police de Bennington avait repéré celui-ci dans un boui-boui local. Ayant grandi dans le quartier de Queens, non loin des lieux où Weir avait passé son enfance, il s'était souvenu de l'affaire Buckram, et s'était alors contenté d'additionner deux et deux. L'enfant martyrisée de Bennington avait beaucoup de points communs avec la jeune demoiselle Buckram, et les deux affaires présentaient plusieurs autres similitudes troublantes. Arrestation et inculpation du monstre s'étaient ensuivies rapidement.

L'affaire avait fait grand bruit dans la presse, et l'opinion réclamait la tête de Weir. Mais lors d'une audience préliminaire, l'avocat de Weir, Lane Heckerling, avait déposé une motion pour que les accusations soient déboutées. Heckerling prétendait que cette arrestation résultait d'un parti pris. Il avançait que le policier qui avait appréhendé Weir ne disposait d'aucun argument probant pour étayer ses soupçons.

Le président du tribunal, Richmond Brown, partageait cette opinion. La perquisition et la déposition de Weir avaient été déclarées irrecevables. D'après le juge Brown, n'importe qui était susceptible d'avoir délibérément mutilé l'enfant de Bennington en suivant le modèle Jennifer Buckram. Les premiers articles des journaux donnant le détail des terrifiantes blessures de Buckram avaient d'ailleurs suscité plusieurs crimes semblables, dont la police n'avait jamais retrouvé les coupables.

Quinn avait pris connaissance de cette triste histoire en lisant les procès-verbaux des audiences du tribunal dans le dossier de Weir.

— L'accusé n'a ni gravé ses initiales ni écrit son nom sur le corps de la victime, avait dit le juge. À défaut de ce genre de preuve indiscutable, je suis obligé de croire que l'arrestation a été faite précipitamment, sans présomption suffisante, et en violation des droits constitutionnels de l'accusé, innocent jusqu'à preuve du contraire.

Manquant des preuves suffisantes pour pouvoir étayer son dossier, le procureur avait été forcé de renoncer à l'accusation de meurtre.

Weir aurait alors pu être acquitté, mais une vérification de routine au fichier informatique avait révélé qu'il était sous le coup d'un mandat d'amener pour une autre affaire, voies de fait aggravées. Peu après son arrivée dans le Vermont, le Professeur avait tenté de régler à coups de tisonnier une dispute avec un voisin au sujet d'une place de stationnement.

L'accusation avait réussi à faire condamner Weir à la peine maximale pour un crime de classe C : douze ans.

Ce qui frappait Quinn dans ce genre d'histoires, c'était plus la stupidité de la justice que son aveuglement.

Weir raccrocha et revint vers la porte.

— Ça vous excite de m'observer, madame l'agent de la Conditionnelle ? D'écouter mes conversations ? Ça vous fait mouiller ?

— Vous préférez que je vous foute la paix ou que je vous en fasse baver, Weir ? Ça dépend de vous.

Il eut successivement l'air accablé, puis contrit.

— Pardonnez-moi. Vous avez raison. J'ai honte.

— Je n'en doute pas.

— Non, c'est vrai. Je marche droit maintenant. Complètement réhabilité. D'après l'un de mes thérapeutes, mon insolence n'est qu'une manifestation de résistance à toute intimité. C'est un réflexe. Tout à fait inoffensif, je vous assure.

— À vrai dire, monsieur Weir, votre personnalité réelle ou imaginaire ne m'intéresse pas. Si vous respectez les règles du jeu, tout ira comme sur des roulettes.

Weir tapota sa joue creusée du doigt. Son regard vide transperçait comme un rayon X, sa bouche se retroussait dans une moue méprisante.

— Avouez donc votre curiosité, mademoiselle Gallagher. Vous aimeriez savoir ce que je pense, ce qui m'a autrefois poussé à commettre certains... actes.

— Le règlement, monsieur Weir. C'est tout ce qui m'importe.

Un ricanement desséché s'échappa de la bouche aux lèvres minces.

— Inutile de faire semblant, madame l'agent de la Conditionnelle. Vos pensées sont pour moi un livre ouvert.

— Vous savez donc que la seule chose présente à mon esprit, c'est que vous compreniez le cadre dans lequel vous évoluez et ses restrictions pour pouvoir vous y conformer.

Weir fronça le sourcil, feignant le désarroi.

— Vous êtes sceptique. Pourtant c'est une vérité établie, reconnue. Je suis doué de double vue. Télépathie et prémonition. Je vois ce qui est, et ce qui sera. Permettez-moi de vous en faire la démonstration.

Weir se tut, les yeux sans vie rivés au soleil couchant. Lorsqu'il se décida à reprendre la parole, il le fit d'une voix douce, séductrice, incantatoire :

— Je vois du chagrin, mademoiselle Gallagher. Vous avez souffert d'un terrible deuil. Quelque chose de soudain. Tragique. Un accident ? (Il hésita, se raidit.) Oui, je vois maintenant de quoi il s'agissait. Oh ! mon Dieu, c'est horrible. Du sang partout, du verre brisé, des flammes. Et... les victimes ! Une femme prise au piège, brûlée trop gravement pour être identifiable. Elle est morte, mais l'homme s'accroche encore à la vie, suppliant : « Aidez-moi », gémit-il, « sauvez-la, je vous en prie ! À l'aide ! » Attendez. Il tousse, à présent. Un râle maladif s'échappe de sa poitrine. Il essaie de dire quelque chose, mais la toux l'emporte. Une toux affreuse, il crache du sang. Râle d'agonie. Il a les mains serrées autour de la gorge. Il étouffe. Au secours ! Oh non ! Il est...

Weir frémit, et tout son corps se relâcha, dans une parodie grotesque de ce qu'il venait d'évoquer.

Quinn réprima un frisson. Ses parents avaient péri dans un accident de voiture trois ans plus tôt. Une collision de plein fouet. Tous deux avaient été déclarés morts sur le coup. Elle dut faire un effort pour se maîtriser, écarter les images que Weir venait de lui remettre en mémoire.

Celui-ci se redressa.

— Je vois aussi un enfant. Blessé, mais pas dans l'accident. Peut-être des blessures émotionnelles ? Oui, il s'agit bien de cicatrices psychiques. (Il leva le menton et cligna des yeux.) Voilà. C'est plus clair à présent. Un garçon aux cheveux roux. Mince, avec des taches de rousseur. Mais ce n'est pas votre fils. Votre petit frère, n'est-ce pas ? Attendez. Il y a quelque chose de bizarre. Cet enfant est entouré d'une aura très sombre. Auriez-vous des difficultés avec lui, madame l'agent de la Conditionnelle ? Vous empêche-t-il d'être heureuse ?

— Ça suffit, le coupa Quinn. Je n'ai pas de temps à perdre avec ces sottises.

— Certainement. Je me rends compte à quel point c'est pour vous un sujet sensible. Après tout, perdre ses parents comme ça... et puis découvrir que son père...

— Seriez-vous en train de me dire que la prison vous manque, monsieur Weir ? C'est bien ce que j'entends, n'est-ce pas ?

Une expression de remords, fabriquée de toutes pièces, se peignit sur les traits de l'aveugle.

— Vous avez tout à fait raison, mademoiselle Gallagher. Il est indigne de ma part de vous rappeler des souvenirs aussi bouleversants. Ce qui compte, c'est que vous ayez réussi à continuer à vivre en dépit d'un tel fardeau. Ça n'a pas été facile, n'est-ce pas ? Une jeune femme séduisante comme vous, obligée de s'occuper de son petit frère. Quand on pense à tout ce qu'il vous a fallu abandonner : un boulot que vous aimiez, un petit ami. Et le garçon est bourré de problèmes, pas vrai ? Il est maladroit, dyslexique. Énurétique. (Sa langue pointa entre ses dents.) Son incontinence est très pénible, n'est-ce pas, madame l'agent de la Conditionnelle ? Savez-vous que vous pouvez le soigner avec un simple régime à base d'électrochocs ? Je vous communiquerai avec plaisir le voltage nécessaire pour convaincre le gamin de cesser de pisser au lit. Ça ne sera pas très agréable pour lui, mais ça vous amusera peut-être. Il vous suffit d'attacher deux fils à une pile de neuf volts et de les relier à son petit pénis. Puis vous...

Les dents de Quinn étaient douloureuses à force d'être contractées.

— J'ai dit *assez* !

Weir leva les mains.

— Je croyais que vous vouliez faire connaissance.

Garde ton sang-froid, Quinn. Weir n'est pas le premier handicapé mental auquel tu aies eu affaire. S'il arrive à te foutre en rogne, il aura gagné.

— Ça ne sera pas nécessaire, Weir. J'ai connu des dizaines de types comme vous. Des centaines.

— Personne n'est comme moi. Je suis unique en ce monde. Un cas particulier.

— Stupéfiant. C'est exactement ce qu'ils disent tous, ricana Quinn.

Elle tourna les talons et s'éloigna.

De retour à la Jeep, elle s'arrêta pour scruter les étendues de champs cultivés, la pimpante auberge qui surmontait la colline, la rangée de boutiques endormies de Main Street, les maisons isolées qui parsemaient le paysage, au loin. Une surabondance de victimes potentielles si Weir parvenait à passer entre les mailles du filet tendu autour de lui.

Impensable.

D'après Jake Holland, le système de surveillance qui couvrait les mouvements du Professeur était sans failles. Les risques encourus étaient tels que Quinn espérait de tout son cœur que personne ne surestimait la puissance de la technologie et ne sous-estimait Ellie le Dingue.

Quinn savait que, si ça tournait mal, on se déchargerait de la faute sur elle. Les circuits électroniques ne faisaient pas de bons boucs émissaires. Pas plus qu'un système de sécurité mal conçu. D'une manière ou d'une autre, c'est son nom, sa tête qui seraient éclaboussés, sa vie reprendrait un tour abominable, basculerait à nouveau dans le néant dont elle venait d'émerger. Non, elle s'était battue trop longtemps, trop durement pour permettre cela.

Elle monta dans sa voiture et lança le moteur. Du coin de l'œil, elle vit les lourds rideaux s'ouvrir. La carrure de Weir envahit le centre de la fenêtre, le regard vide se posa sur la campagne, jusqu'à ce que la vitre ne forme plus qu'un trou indistinct où s'était fondue sa silhouette.

3

Depuis six générations, la famille Brill vivait et travaillait à l'auberge de Dove's Landing. Les premiers propriétaires, des immigrants irlandais, avaient fait de l'endroit un refuge pour les esclaves évadés acheminés vers le Canada par la filière clandestine.

La propriété, autrefois une grande ferme laitière aux bâtiments multiples, s'était en quelques décennies graduellement métamorphosée en gracieux hôtel touristique et restaurant gastronomique. Les chambres centrales, jadis séparées de la ferme proprement dite, avaient hérité de noms rappelant leurs incarnations passées : La Sucrerie, le Hangar à cidre, les Conserveries 1 et 2, la Forge, etc.

Les divers corps de bâtiments avaient été reliés entre eux par un système de passerelles et de couloirs intérieurs. Ils encadraient à présent les trois côtés d'une cour dallée flanquée de jardins bien entretenus, au centre de laquelle se trouvait la piscine. Le quatrième côté était occupé par la ferme originelle, qui abritait les bureaux de l'auberge, le restaurant, les salles communes, la cuisine et la cave à vins.

Les pavillons chambres d'amis, le foyer de la famille Brill, les courts de tennis, la serre et plusieurs petits bâtiments servant d'entrepôts et autres fonctions saisonnières clairsemaient le paysage au-delà du carré central.

Nora fit asseoir le maire de la ville sur sa banquette

habituelle, au coin de la verrière, dans la salle qui donnait sur le jardin, et jeta un coup d'œil par-dessus la rangée de chambres d'hôtes à la fenêtre de sa fille, au deuxième étage. Il y avait de la lumière, mais aucun signe d'Abigail, étalée comme toujours sur le lit à baldaquin ou bien se livrant à un exercice défendu, le poirier face à un miroir ancien de grande valeur.

Le signal lumineux du téléphone clignota sur le bureau de vieil érable où l'on prenait les réservations. Nora répondit et prit note, un dîner d'anniversaire de mariage le deuxième samedi de juin. Elle ajouta les détails nécessaires, la table demandée dans le solarium et l'inscription à faire sur le gâteau aux noisettes : « Joyeux dixième anniversaire, Sally et Ken ». En raccrochant, ses pensées retournèrent à Abigail avec un certain malaise.

Il était presque 21 h 30. En temps ordinaire, l'enfant aurait déjà fait deux ou trois passages pour se plaindre à Nora de ses devoirs, ou des taquineries incessantes de son cousin Hugh ou de quelque menace imaginaire.

Nora n'avait jamais pensé qu'il serait si difficile pour sa fille de s'installer dans le Vermont. Abigail, très résistante, avait su se montrer philosophe quand elle avait divorcé, bien que la fillette vouât toujours à son père une adoration déraisonnable et qu'il fût fort douteux qu'elle comprenne jamais ce qui avait poussé Nora à le quitter.

L'enfant s'était très bien adaptée aussi à la délicate situation financière qui avait suivi leur séparation. Le travail de Nora comme photographe de presse indépendante lui avait valu respect et honneurs. Mais les reportages et les chèques de règlement étaient sporadiques, revers de la médaille quand on est son propre employeur. Raymond s'était montré aussi peu digne de confiance en ce qui concernait la pension alimentaire que pour le reste. En se débrouillant pour obtenir régulièrement des travaux de commande, Nora avait pu parer à l'essentiel et permettre à Abby de rester dans son école privée, mais elle avait dû imposer des restrictions sur des privilèges dont jouissaient sans y penser la plupart des camarades de sa fille.

La petite avait accepté les limites plus étroites de cette nouvelle austérité sans état d'âme. Alors Nora s'était bêtement attendue qu'elle s'adapte avec autant de facilité à son remariage et au déménagement. Charlie Brill s'était montré chaleureux, ouvert et engageant. Il s'était pris d'affection pour Abigail dès le début, l'avait courtisée avec autant de générosité et d'enthousiasme qu'il en avait témoigné à Nora. Et sa famille avait fait des tas d'efforts pour que l'enfant puisse s'intégrer et se sentir chez elle.

Après toutes les interdictions et les dangers que comportait la vie à New York, Nora s'était dit que le Vermont serait un changement bienvenu. À Dove's Landing, Abigail n'aurait pas à se faufiler entre junkies et SDF sur le chemin de l'école. Elle n'aurait pas à se faire accoster par des mendiants véhéments, ni par des psychotiques en pleine hallucination. Pas besoin d'éviter les balles perdues, le maniaque de la semaine, ou de rester à l'écart des quartiers chauds. Dans cette petite ville ensommeillée, la pire menace de violence, c'était sa mythique course de taureaux.

Mais rien n'avait marché comme l'espérait Nora. Depuis leur installation, Abigail était devenue de plus en plus maussade et renfermée. Elle pleurait au plus léger affront et son œil droit était affligé d'un tic affolant. Son travail à l'école en avait souffert et, en dehors de la nièce de Charlie, Stephanie, elle n'avait pas déployé beaucoup d'efforts pour se faire de nouveaux amis.

Personne ne savait comment s'y prendre — ni Charlie, ni le pédiatre local, ni le psychologue pour enfants, ni même la mère de Charlie, Mim, dont la sagesse et le pragmatisme n'étaient pourtant jamais pris en défaut. À Fort Lauderdale, la mère de Nora, fréquemment consultée par téléphone, soutenait mordicus que le temps était le seul antidote efficace à cette crise passagère. Mais combien de temps ? Et quels malheurs seraient-ils tous obligés d'endurer dans l'intervalle ?

Nora se prenait parfois à souhaiter s'en aller, tout simplement, et abandonner tous ces problèmes, toutes ces questions, ces récriminations persistantes à leur triste sort. Elle n'emmènerait avec elle que l'essentiel : des désirs, des rêves, une vie abrégée, purgée de toutes les erreurs qu'elle avait commises. Un peu fleur bleue, mais tentant tout de même.

Des bras se glissèrent autour de sa taille, Nora eut un hoquet de surprise et faillit renverser le téléphone. Elle se retourna, et la vue de Charlie la réconforta. Elle adorait son menton à fossettes et ses tendres yeux marron. Même ses imperfections plaisaient à Nora : la moue qui déformait sa bouche quand il essayait d'avoir l'air sérieux, la façon dont ses tempes se dégarnissaient, les poignées d'amour naissantes qu'il combattait sans trêve avec un régime douteux à base d'abdominaux, de bonnes résolutions et de gâteau au chocolat.

Raymond était un colosse fier comme Artaban. Un homme dont la carrure prenait dans son propre esprit des proportions légendaires. Imbu de lui-même, bouffi d'orgueil et de bien d'autres choses encore. Elle pouvait concevoir de vieillir avec Charlie. Avec Ray, c'est avant l'âge qu'elle aurait vieilli.

— Est-ce que je t'ai dit comme tu étais belle ce soir ? murmura Charlie en lui agaçant l'oreille du bout des lèvres.

— Aucun souvenir. Redis-le.

— La plus belle femme du monde entier. Tu me rends fou, tu sais ? J'ai envie de te culbuter sur le plateau à desserts. Qu'est-ce que tu en dis ?

— Ça pourrait devenir assez poisseux. Quoi qu'il en soit, vous connaissez le règlement en ce qui concerne la familiarité avec le personnel, monsieur Brill.

— Je suis désolé qu'il ait fallu que tu joues encore

les remplaçantes. Quel était le problème de ma chère sœur, ce soir ?

— La migraine, je crois.

— Un poil dans la main, plutôt.

— Ça va, ça ne me dérange pas.

Le sourire de Nora ne s'effaça qu'une fois Charlie hors de vue. D'ordinaire, elle était contente d'aider à la bonne marche de l'auberge, bien que sa belle-sœur Victoria soit une manipulatrice sans vergogne, dont la paresse était digne de figurer au rang des beaux-arts. La sœur de Charlie s'était séparée de son mari, désintéressée de ses enfants, et pouvait enfin se concentrer sur le seul véritable amour de sa vie : elle-même.

Sa journée était un tourbillon vertigineux de manucures, de massages, de déjeuners entre femmes et d'achats frénétiques. Il ne lui restait donc que très peu d'énergie à consacrer à une nuisance mesquine comme le travail et elle cherchait refuge dans tout un éventail de maux à la mode : les douleurs cartilagineuses, les migraines, le virus d'Epstein-Barr, le syndrome de la fatigue chronique. Tout le monde diagnostiquait une allergie à tout emploi rémunérateur, mais jusqu'à présent, la maladie s'était révélée incurable.

Pourtant, apporter ce qu'elle considérait comme une contribution raisonnable à la vie de l'auberge ne dérangeait aucunement Nora. La plupart des Brill exerçaient une seconde profession pour soutenir l'affaire familiale en saison creuse. Charlie était architecte et Mim décoratrice d'intérieur. Même les enfants de Victoria, Hugh et Stephanie, prenaient des petits boulots pour gagner leur argent de poche. Contrairement à sa belle-sœur, le travail n'avait jamais fait peur à Nora. Par-dessus le marché, la famille Brill lui avait communiqué son amour de l'auberge.

Elle embrassa du regard les tables recouvertes de nappes couleur ivoire, les serviettes pliées en éventail et l'argenterie ancienne. Chacune des tables était ornée d'une rose cramoisie à tige longue dans un vase de cristal. Cela rehaussait le subtil dessin floral du papier peint et le minuscule motif de fleurs entrelacées en bordure de la moquette. Un environnement charmant, décoré avec goût. Et le travail n'y était jamais monotone.

Sans se rendre coupable d'aucune indiscrétion, elle captait néanmoins des gestes lourds de sous-entendus et d'intrigantes bribes de conversations tout en faisant le tour des tables pour s'assurer que tout le monde était satisfait et mangeait convenablement.

Ce soir, le couple de la 3 s'était lancé dans un périlleux concert de frôlements du pied qui remontaient peu à peu le long de la jambe. À la 7, dans la salle principale, un autre couple poursuivait une discussion animée sur une visite du beau-père, un Salomon ressuscité ou un rustre sénile, selon le côté de la table où l'on se trouvait. Dans la pièce qui donnait sur le jardin, les quatre convives en étaient à leur troisième tournée de doubles martinis, et un double numéro de drague en diagonale battait à présent son plein. Nora se promit de signaler au barman qu'il fallait cesser de les servir et appeler un taxi pour qu'ils rentrent chez eux sans encombre. Il aurait peut-être mieux valu appeler deux taxis pour plus de sûreté, mais Nora ne se serait pas risquée à pronostiquer qui finirait où et en quelle compagnie.

D'habitude, le temps passait à toute allure, et le travail était achevé avant qu'elle n'ait eu la moindre occasion de s'ennuyer. Mais ce soir, elle était impatiente de rentrer pour avoir une conversation avec sa fille.

Plus tôt dans la soirée, Abigail lui avait paru plus troublée que jamais. Après l'école, elle avait traversé l'auberge au pas de charge pour aller directement dans sa chambre. Nora l'avait brièvement entraperçue, et ce qu'elle avait vu l'avait alarmée. La petite fille avait l'air fragilisée, tendue à se rompre.

Quand Nora était allée dans leur pavillon s'enquérir de ce qui clochait, la porte d'Abby était fermée, et l'enfant l'était tout autant. D'une voix que faisait trembler son effort pour se maîtriser, Abigail lui avait demandé de la laisser tranquille.

Après quelques minutes de cajoleries inutiles devant la porte, Nora avait décidé de suivre l'avis de sa mère et de laisser le temps agir. Elle était allée derrière la grange, dans l'ancien hangar en bois d'érable qui servait autrefois de sucrerie, pour travailler dans sa chambre noire improvisée sur des tirages photo destinés à la prochaine brochure du bureau du tourisme du Vermont. Avec tous ses « remplacements » au pied levé pour Victoria, Nora prenait un retard considérable dans son travail.

Quand elle eut fini de développer les cinq pellicules, il était 18 heures passées. Elle savait qu'à cette heure Maisie, la gouvernante de Mim, était en train de donner à manger aux enfants et au père de Charlie dans la vieille maison de style géorgien des Brill, derrière le lac.

« Poppa », comme l'appelait tout un chacun, souffrait de la maladie d'Alzheimer. Le vieillard avait des trous de mémoire et des moments d'agitation intenses, mais il pouvait parfois redevenir lui-même : charmant, désarmant. Mim insistait pour que le gros de sa journée se passe sans imprévus et sous surveillance. Mais elle était convaincue qu'à doses mesurées les enfants pouvaient avoir un effet thérapeutique.

Les enfants aussi avaient l'air d'en tirer profit. Apparemment, Poppa jouissait encore de la faculté de puiser dans son passé pittoresque une suite interminable d'histoires hautes en couleur.

Nora avait décidé de passer à la maison et d'attendre qu'Abigail ait fini de manger. Elles auraient ensuite la possibilité d'avoir une conversation. Mais, avant même qu'elle ait couvert la moitié du chemin dallé, Mim l'avait appelée à la rescousse pour tenir la place qu'une Victoria « souffrante » avait une fois de plus laissée vacante.

Nora lorgnait à présent sur l'horloge du grand-père près de la réception. 21 h 45 et toujours aucun signe de vie d'Abigail. Elle espérait pouvoir s'arrêter de travailler avant que l'enfant ne s'endorme.

D'ici une semaine, la petite fille en aurait fini avec l'école pour la durée des vacances de Pâques. Nora et Charlie avaient décidé de l'emmener à New York, le temps d'une visite. Ils avaient prévu de lui en faire la surprise, mais cet après-midi-là, Nora avait décidé de lui en parler. L'annonce du voyage remonterait peut-être le moral d'Abigail. Nora ne supportait pas de voir la petite fille si malheureuse.

Mim entra dans la pièce pour aller saluer les habitués. Toujours élégante, elle portait une robe française en mousseline bleue et des escarpins assortis à talons plats. Ses cheveux argentés étaient rassemblés en chignon, et sa démarche fière et pleine d'assurance. En dépit des efforts énormes qu'exigeait la maladie de son mari, Mim n'avait jamais l'air abattue et ne se plaignait jamais. Consacrer plus de temps à Poppa et moins à l'auberge, telle était la seule concession qu'elle eût consentie. Ses yeux gris se posèrent sur Nora, pleins de douceur.

— Qu'est-ce qui ne va pas ?

— Rien. Je réfléchis.

Mim était douée d'un regard pénétrant.

— Abigail ?

— Bien sûr, quoi d'autre ?

— Va la voir. Poppa s'est endormi. Je suis prête à te remplacer ici un moment.

— Tu es sûre que ça ne te dérange pas ?

— Certaine. Vas-y. Embrasse-la pour moi.

Nora sortit par le bar éclairé à la lueur des chandeliers, où plusieurs personnes prenaient un verre après le dîner, accoudées à un comptoir de cuivre derrière lequel officiait Jory Albert, un jeune routard néo-zélandais, skieur impénitent dont l'ambition était de passer professionnel. Dans le salon meublé d'antiquités, des clients prenaient le café sur les divans recouverts de toile imprimée devant un feu crépitant. Leurs visages rougis par la chaleur se reflétaient dans le revêtement de cuivre poli de l'âtre et dans les divers récipients métalliques suspendus à la gueule de pierre de la cheminée. Un morceau enjoué de Vivaldi s'échappait des haut-parleurs.

Elle fut stoppée à la porte de la cour par Reuben Huff, l'homme à tout faire de l'auberge. Il était mince comme un fil, les épaules voûtées, d'une lividité si prononcée qu'elle confinait à la jaunisse. Il avait la désagréable habitude de s'approcher trop près des gens auxquels il s'adressait. Nora s'écarta de la puanteur de son haleine chargée de tabac et de la chaleur aigre qui émanait de son corps.

— Vous voulez que je jette un coup d'œil aux escaliers de la chambre n° 2 ? dit-il. Ils sont vraiment branlants.

— Il faudra voir ça avec Charlie ou Mme Brill, Reuben.

— Oui, eh bien, ces escaliers sont un vrai danger public. Quelqu'un va s'y rompre le cou un de ces jours. Alors je peux les réparer moi-même ou bien faire appel au type de Wilmington qui m'a aidé pour les travaux de l'entrepôt. Ce qui compte, c'est que personne ne tombe et ne se casse quelque chose.

— Je comprends. Charlie est dans le bureau. Allez lui demander ce qu'il en pense.

Nora était pressée de s'en débarrasser, mais Huff s'était planté carrément devant la porte.

— Excusez-moi, Reuben.

— Vous allez voir Abigail ?

— J'ai dit : Excusez-moi.

Il se déplaça de quelques centimètres vers la gauche. Écœurée, retenant sa respiration, elle se fraya un passage entre lui et la porte. Un fois dans la cour, elle s'arrêta un instant dans l'air vif aux senteurs de pins. Un vent piquant ébouriffait ses courts cheveux blond-roux. Lorsqu'elle réalisa que la porte ne s'était pas refermée derrière elle, elle avait déjà fait la moitié du chemin.

Elle se retourna pour surprendre Huff le regard fixé dans sa direction.

— Qu'y a-t-il, Reuben ?

Huff était sans arrêt en train de rôder. Au cours des années, Mim et Poppa avaient embauché une kyrielle de paumés excentriques dans son genre. La plupart s'étaient révélés fidèles et dévoués. Et pour être honnête, on ne pouvait rien reprocher à Huff sur le plan du travail. Mais pour une raison qu'elle n'arrivait pas à définir, Nora ne l'aimait pas et n'avait pas confiance en lui.

Il haussa les épaules et posa sur elle un regard insolent.

— N'espérez pas trouver Abigail dans la maison, c'est tout.

— Et pourquoi ?

— N'y comptez pas, tout simplement.

La porte se referma sur lui et elle l'entendit s'éloigner dans le couloir à grandes enjambées.

Nora chassa ce dégoûtant personnage de son esprit. Elle ne voulait penser qu'à Abigail. Elle traversa un corridor voûté, passant devant une enfilade de chambres, et pataugea dans la pelouse spongieuse jusqu'à leur pavillon.

La chambre d'Abigail était au premier étage. Nora frappa à la porte et tendit l'oreille dans le silence en attendant que l'enfant se manifeste. Rien.

Elle refrappa et tourna la poignée. La porte était fermée. Elle appela et n'obtint aucune réponse. Évidemment, si Abigail dormait, sa mère ne voyait pas très bien ce qui aurait pu la réveiller en dehors d'une explosion. Fermer la porte à clé n'était pas dans les habitudes de l'enfant, mais il n'y avait pas là matière à s'émouvoir outre mesure. En temps normal, Nora aurait eu tendance à se résigner à ne voir la petite que le lendemain matin. Mais l'étrange remarque de Reuben Huff l'avait troublée, et elle se dirigea vers la porte suivante, celle de Victoria, pour parler à Stephanie.

Victoria ouvrit immédiatement. Elle s'était miraculeusement rétablie. Elle était éblouissante. Liz Taylor, les kilos en moins, quoiqu'il fallût, pour être juste, préciser que ses problèmes constituaient en soi un lourd fardeau. Nora se mit à expliquer qu'Abby l'inquiétait un peu et qu'elle voulait voir si Stephanie savait ce qui préoccupait l'enfant. Avec une expression d'indifférence étudiée, Victoria eut un geste vague en direction du premier étage. Ou peut-être qu'elle n'avait agité la main que pour faire sécher son vernis à ongles.

En passant devant la porte d'Hugh, Nora entendit une basse rageuse s'échapper de la stéréo. Dans la chambre contiguë, Stephanie était au téléphone. Lorsque Nora frappa, elle entendit la voix légère et chantante de l'adolescente, ponctuée de petits rires.

— Entrez.

La nièce de Charlie avait hérité de la beauté de sa mère et des contrastes flamboyants qui caractérisaient celle-ci : des cheveux presque noirs, un teint très pâle, des yeux opalescents et des traits très fins. Mais Stephanie était toujours d'humeur égale, et n'avait jamais donné le moindre signe de ce narcissisme suffocant dont Victoria faisait preuve. Nora ne connaissait pas le père de la jeune fille, mais il avait la réputation d'être un crétin de classe internationale. Stephanie devait donc être le produit d'un heureux court-circuit génétique, quelque chose comme un croisement d'oignons qui aurait accouché d'une bouteille de parfum.

Le combiné à la main, l'adolescente lui dit qu'elle n'avait pas vu Abigail de la journée. Celle-ci ne s'était pas montrée pour le dîner mais personne n'en avait déduit quoi que ce soit, et on s'était contenté de penser qu'elle avait mangé dans la cuisine de l'auberge, ce qui lui arrivait de temps en temps.

Nora tenta de questionner Hugh. Elle n'en obtint

qu'un vague grognement et une grimace, le langage habituel de ce garçon de dix-sept ans, dont l'apparence était une parodie cruelle de celle de sa sœur : le visage était plus dur, moins symétrique, et le contraste entre la peau et la chevelure si extrême que la flamboyance cédait la place au malaise.

Hugh était un garçon difficile, colérique et hostile. Son registre limité ne s'étendait guère au-delà des modes d'expression standard de l'anarchisme adolescent : musique assourdissante, murs balafrés d'affiches haineuses, une garde-robe je-m'en-foutiste, principalement constituée de vêtements déchirés et de cuir clouté. Mim et Poppa étaient les seules personnes à qui il témoignait un semblant de respect, et même avec eux, il s'en tenait aux faux-semblants.

Nora retourna à la réception pour prendre un passe, bien déterminée à s'assurer par elle-même qu'Abby était saine et sauve. Elle pénétra dans l'auberge par la porte principale pour éviter Reuben Huff au cas où celui-ci rôderait encore dans l'ombre. Quand elle passa dans la salle à manger, Mim lui jeta un regard plein de sous-entendus. Nora réussit à lui renvoyer un sourire artificiel.

Le bureau était désert. À travers le mur qui jouxtait la cuisine, elle entendit Charlie parler avec le chef. À l'oreille, leur conversation sonnait comme une répétition d'un grand classique, la douceur raisonnable de Charlie contre la tornade tropicale plus vraie que nature que le chef Villet avait la faculté de déchaîner. Celui-ci était un génie caractériel. Ou du moins, c'est ce qu'il croyait ardemment.

Nora prit le passe sur le tableau près du téléphone avant de retourner sur ses pas à toute vitesse. Elle se répétait que c'était idiot d'être aussi inquiète, mais elle avait le ventre noué et le sang lui battait aux tempes.

Elle s'accrochait à une vision de la petite fille endormie dans sa chambre tout en ferraillant avec la serrure. Nora s'attendait à ressentir le même soulagement intense que le soir où Abigail n'était pas rentrée après l'école, lorsque, une heure et vingt coups de fil plus tard, elle avait découvert que l'enfant était allée jouer chez une amie et avait oublié l'heure.

Il lui fallut s'y reprendre à plusieurs fois pour glisser correctement la clé dans le trou de serrure et faire jouer le grinçant mécanisme de laiton. La porte s'ouvrit avec un gémissement.

La chambre était vide.

Nora, face à la panique qui l'envahissait, tenta de se raisonner. Peut-être qu'Abby jouait à se cacher. Elle examina la pièce d'un regard éperdu. Le lit à baldaquin était en ordre, l'édredon bleu à sa place, les oreillers glissés dans les taies à fronces. À la fenêtre, le scrupuleux alignement des rideaux suisses à pois signifiait qu'on n'y avait pas touché depuis le passage de Greta, l'employée d'hôtel qui passait tous les jours faire le ménage. Il y avait des fleurs fraîches cueillies dans la serre de Mim dans plusieurs pots de porcelaine sur le rebord : des dahlias et des zinnias roses et bleu lavande, qui ajoutaient une touche supplémentaire aux couleurs blanche et abricot qui composaient la décoration de la pièce. Sur la commode trônait la boîte à musique à laquelle Abby accordait tant de prix, cadeau d'anniversaire de son père. L'objet était recouvert de tissu rose, surmonté d'une ballerine en tutu qui tournait. Nora leva le couvercle et les premières mesures de *Stardust* s'élevèrent, aigrelettes : *The melody, haunts my memory...*

Son regard se posa sur le bureau d'érable dont la surface était encombrée de livres d'école. Le sac de sport dans lequel Abigail les transportait d'habitude avait disparu. *Garde ton calme*. Il y avait sûrement une explication simple, rationnelle.

Elle alla jeter un coup d'œil dans la salle de bains d'Abigail et fit le tour du premier étage. Elle passa en revue les pièces du rez-de-chaussée à toute allure, avant d'entreprendre une inspection méthodique des placards, des armoires, des poches d'ombre derrière les rideaux, de n'importe quelle cachette où l'enfant aurait pu se dissimuler.

N'ayant rien trouvé, elle retourna dans la chambre d'Abby. En fouillant les tiroirs de la commode, elle découvrit que plusieurs des plus chères possessions de l'enfant avaient disparu : son coupe-vent rouge tout neuf, son justaucorps rayé aux couleurs de l'équipe de gymnastique. Envolés aussi son précieux carnet d'adresses et le papier à lettres personnalisé que son père lui avait offert pour Noël.

Nora courut à la fenêtre. Elle avait peut-être une chance d'apercevoir l'enfant quelque part aux alentours de l'auberge. Mais il n'y avait aucun indice de sa présence. Rien ne venait rompre l'étendue désolée d'un ciel gris flanelle bordé de nuages et de montagnes noires, déchiquetées.

Un frisson soudain l'agita. Ça ne ressemblait pas à Abigail. Il fallait absolument qu'elle retrouve sa petite fille avant qu'il ne se passe quelque chose de grave.

Mais par où commencer ? Des douzaines de possibilités défilèrent dans son esprit à toute allure : amis, parents, tous les endroits où une enfant de onze ans pourrait essayer de chercher son père. Nora ne supportait pas l'idée qu'Abby erre au hasard dans la froide nuit du Vermont, livrée à elle-même.

Tout à coup, elle réalisa qu'Abigail était peut-être partie depuis des heures. Elle avait peut-être déjà réussi à se réfugier en lieu sûr. *Calme-toi. Abby est probablement bien au chaud et en sécurité quelque part. Tu dramatises*.

Le répertoire téléphonique de Nora et la liste des numéros des élèves de la classe d'Abigail étaient sur le bureau de la chambre noire improvisée derrière la grange. En sortant en toute hâte pour aller passer des coups de fil, elle trouva la lettre.

4

Abigail tentait désespérément de se réveiller, mais quelque chose la tirait vers l'inconscience, comme des mains moqueuses au fond d'une piscine. Son esprit était confus, embrouillé, ses membres aussi inertes que des serviettes mouillées. Une douleur lancinante lui enserrait la gorge.

Un bruit persistant, lourd et étouffé comme une douleur osseuse, lui parvenait d'en haut. Un téléphone sonna, et le grondement souterrain d'une voix de basse retentit. Le bruit sourd reprit. Un piétinement régulier et atone, qui se rapprocha progressivement et s'éloigna avec lenteur jusqu'à devenir à peine perceptible.

C'était tout.

La seule odeur qu'elle fût capable de distinguer était celle, écœurante, de sa propre peur. La seule sensation était celle du froid envahissant. L'obscurité formait une impénétrable muraille.

Dans un effort pour comprendre ce qui l'entourait, Abigail se dit que la nuit devait être bien épaisse. Noires images sur fond d'ébène, comme des ours polaires se fondant dans un paysage de neige. L'explication devait être aussi simple et anodine que ça. Maman disait toujours qu'il fallait qu'elle se méfie de son imagination débordante. Abigail se vit étendue sur un tableau noir, emmaillotée dans une atmosphère couleur d'encre de seiche. Une idée qui repoussait un peu, à peine, la terreur près de fondre sur elle.

Quand elle essaya d'allonger les bras, paumes en avant, une surface froide et visqueuse bloqua son mouvement à moins de trente centimètres de son visage.

D'un doigt tremblant, elle traça les contours de ce qui la cernait, la courbe qui descendait derrière elle pour s'élever à nouveau et revenir au point de départ. En se tortillant, elle découvrit la même humidité réfrigérante sous son dos et ses fesses. Elle ne réussit à allonger le pied vers le bas que de quelques centimètres avant de se heurter à une masse solide. Le bout en caoutchouc de sa chaussure de sport entra en contact avec l'obstacle dans un bruit creux avant de déraper. La même chose au-dessus de sa tête. Le mur glacial et suintant n'était qu'à une dizaine de centimètres.

Elle était prisonnière.

Prise au piège.

Enterrée vivante comme le vampire drapé dans un suaire du film d'horreur qu'elle était allée voir en douce avec sa cousine Stephanie, vendredi soir. Abigail se représenta son propre squelette, des orbites béantes et un grotesque sourire aux lèvres rongées. Terrorisée, le souffle lui manqua, et elle se mit à pousser frénétiquement sur les cloisons métalliques.

Un cri enfla dans sa poitrine. Mais elle se força à déglutir et se mordit la lèvre pour l'étouffer. Elle ne lui donnerait pas ce plaisir.

Ça ne pouvait être que lui.

Il l'avait attrapée et fourrée dans cette espèce de tube pour lui occasionner la peur de sa vie. Une des plaisanteries stupides, malsaines, dont il avait le secret. Lui seul était assez perverti pour penser à quelque chose d'aussi insensé.

Le premier tour de cochon qu'il lui avait joué lui revint en mémoire.

Ce jour-là, il l'avait enfermée dans sa chambre et fait semblant d'être descendu au rez-de-chaussée à grands pas lourds dans l'escalier, avant de mettre le feu à une corbeille dans le couloir. Abigail était sûre qu'elle allait brûler vive, la peau se consumant comme du papier, les cheveux crépitants, réduits à un tas de cendres nauséabondes.

Il avait même bloqué sa fenêtre de l'extérieur, pour qu'elle ne puisse pas se pencher et appeler à l'aide. Elle avait tapé sur la porte à s'écorcher les phalanges, et sa voix s'était cassée à force de crier au secours. Mais personne n'était venu.

Cette canaille savait que personne n'entendrait la fillette, enfermée dans la chambre. Au milieu d'une journée ensoleillée à la fin de l'hiver, à l'heure où les clients de l'hôtel étaient tous en train de skier, d'explorer les environs en snowmobile ou encore de dévaliser les magasins à prix réduits de la proche bourgade de Manchester, il n'y avait aucun danger que ça se produise. Il avait préparé son coup, passant à l'action à un moment où tous les autres membres de la famille étaient occupés ailleurs.

Une heure plus tard, quand il avait fini par ouvrir la porte, le spectacle du désarroi d'Abigail l'avait fait rire aux éclats. Les yeux de l'enfant étaient gonflés de larmes et elle ne parvenait pas à réprimer ses sanglots.

Pour lui, c'était irrésistible.

Sale dégénéré.

Dès que sa mère était rentrée de ses prises de vues, ce jour-là, Abigail était descendue pour tout lui raconter. Mais ce grand idiot l'avait suivie, l'accablant de sarcasmes. Jamais elle n'oserait dire quoi que ce soit, avait-il ricané. Si elle se décidait, il montrerait les photos et expliquerait qu'elle l'avait supplié d'organiser les « séances ». Tout le monde penserait alors qu'elle était dépravée, répugnante. Elle était prête à sombrer dans le mutisme et à mourir plutôt que de courir ce risque.

Abigail avait tenté de l'ignorer. Mais il était sans arrêt derrière elle, épiant ses moindres mouvements. Elle sentait son souffle sur sa nuque en permanence. Son silence menaçant la provoquait sans cesse. Quand elle avait essayé d'en parler à maman, le coin de sa paupière s'était mis à tressauter, un tic à la rendre folle, comme si des doigts de sorcière lui tiraient l'œil. Et les mots lui étaient restés en travers de la gorge, comme un os de poulet.

Alors il avait continué. De nouvelles séances, de nouvelles plaisanteries malsaines.

Un jour, il avait déposé un rat mort dans son lit. Le souvenir de cette chose raidie, sanguinolente donnait encore des frissons à Abigail. Elle avait senti les griffes rigides et les moustaches de l'animal à travers sa mince chemise de nuit en coton. Le choc lui avait glacé les os et son cœur s'était emballé dans sa poitrine, cognant contre la cage thoracique comme le frénétique battement d'ailes d'un oiseau pris au piège.

Une autre fois, il avait agrandi une photo des séances et l'avait maquettée comme si c'était la une du *Dove's Landing Dayly*. C'était si bien imité qu'Abigail s'était cachée dans la conserverie toute la journée, paralysée par l'humiliation.

Pour lui, c'était drôle. Désopilant.

Mais elle était avertie, maintenant. Cette fois, elle prendrait son mal en patience et ne lui fournirait pas l'occasion de rire à ses dépens. Il se fatiguerait tôt ou tard et la libérerait.

Si seulement maman et le reste de la famille avaient su quel déséquilibré vicieux il était en réalité. Abigail voulait qu'il soit puni. Enfermé dans une cage pleine de rats morts, de boules puantes et de feuilles de unes bidon si honteuses qu'il n'aurait plus qu'à se recroqueviller sur lui-même et mourir.

Mais il s'agissait du Prince en personne. Le centre de l'univers. Intouchable. Tout le monde le craignait. Autour de lui, on ne se déplaçait que sur la pointe des pieds, comme en présence d'un dieu.

Les pleurs lui serraient la gorge, mais elle respira par le nez jusqu'à ce que la douleur s'estompe. Ça n'avait plus d'importance, à présent. Pour elle, en tout cas. Il n'y aurait plus de séances, plus de plaisanteries écœurantes.

Elle serait bientôt hors de sa portée, avec papa, en sécurité. Bientôt, cette hideuse crapule ne pourrait plus l'atteindre ni la faire souffrir. Il suffisait de rester tranquille jusqu'à ce qu'il se lasse et la laisse sortir.

Le sourd piétinement se rapprocha de nouveau. De plus en plus. Quelque part au-dessus d'elle, une porte s'ouvrit et le bruit changea de nature.

Abigail perçut la différence. Il descendait à sa rencontre.

5

Lorsque retentit la sonnerie de son beeper, Quinn jouait au base-ball avec son frère sur le terrain derrière l'école primaire de Post Road.

Le gant levé, le garçon fonça à la rencontre d'une balle haute. Clignant des yeux devant les feux du soleil couchant, Brendon hésita, feinta vers la gauche avant de chanceler en avant comme un danseur agité de soubresauts. Un masque de concentration creusait ses traits, sa langue tendue déformait sa joue.

La respiration de Quinn s'accéléra. Elle anticipait les mouvements de son frère. *Vas-y, Bren, tu peux cueillir cette balle, môme !*

Mais il avait mal calculé la trajectoire de la balle, comme d'habitude. Elle passa au large du gant tourné vers le ciel et heurta la terre détrempée avec un bruit sourd, décourageant.

Sans un murmure, le garçon s'agenouilla aussitôt et relança la balle vers Quinn. Les lèvres serrées, il frappa du poing le creux du gant de base-ball et baissa la tête, prêt à retenter sa chance.

Quinn lui adressa un signe de tête. Ce môme était un vaillant. Il n'abandonnait jamais, ne prenait jamais un air de chien battu. Ce qui n'était pas un mince exploit quand on savait quelles épreuves il avait traversées et les difficultés qu'il rencontrait dans presque tous les domaines.

Âgé de neuf ans, Brendon était bâti comme un jouet

bon marché, assemblage improbable de membres dégingandés et de jointures désarticulées refusant de fonctionner de concert. Pourtant, c'était un passionné de sport, et pas du genre à se contenter d'une place de spectateur. Il avait passé les deux derniers printemps à s'entraîner pour être sélectionné. À chaque fois, ses tentatives d'entrer dans l'équipe de base-ball locale pour la saison d'été s'étaient soldées par un échec. Nullement ébranlé, il était cette année férocement déterminé à échanger le crayon qui lui servait à tenir la marque contre un gant de joueur sur le terrain.

Quinn commençait à se dire qu'une nouvelle déception se profilait à l'horizon du gamin. Et celles-ci n'avaient pas manqué au long de sa courte vie. Mais elle se garda bien d'en laisser paraître quoi que ce soit. Son frère était un gosse plein de vie. Ce qui était une chance, étant donné les circonstances.

La garde de Bren avait été confiée à Quinn après la mort de leurs parents, trois ans auparavant. Pour ne pas bouleverser la vie du petit garçon plus qu'elle ne l'était déjà, elle avait quitté Boston pour s'installer dans la maison familiale du Vermont et s'occuper de lui, le seul parent qui lui restait. Elle était animée des meilleures intentions du monde, mais il lui fallait bien admettre qu'elle manquait des plus élémentaires qualités requises pour cette tâche.

Quinn adorait son petit frère, mais avait peu d'affinités et aucun talent avec les enfants. Il y avait des années qu'elle s'était résignée à son sort : elle n'avait aucun instinct maternel. Mais le destin, avec un sens de l'humour douteux, lui avait donné en partage un petit garçon de six ans.

Au début, l'horizon lui avait paru désespérément bouché. Elle heurtait constamment la sensibilité de l'enfant. Elle disait et faisait exactement le contraire de ce dont il avait besoin, et ce besoin était immense.

Quinn elle-même était en assez mauvais état, à peine capable de maîtriser sa propre demande émotionnelle, ce qui n'avait rien arrangé. Mais ils avaient réussi à traverser le pire, et commencé une marche timide et mal assurée vers l'avenir. Depuis, c'était ensemble qu'ils tâchaient de s'en sortir, et Bren faisait son éducation parentale au fur et à mesure.

Elle appuya sur le bouton réception pour faire taire le piaulement incessant de l'appareil. Le numéro qui était apparu sur l'écran digital était la ligne directe de son patron au quartier général.

Quinn laissa son frère s'essayer à des lancers de balle sur le terrain et composa le numéro de Jake Holland sur le téléphone public de la station-service de l'autre côté de la rue. Il décrocha avant même qu'elle ait entendu retentir la sonnerie d'appel.

Après s'être excusé de l'avoir dérangée, Jake dit qu'il voulait la voir dès que possible pour régler un problème urgent. Bien qu'elle le pressât de questions, il refusa de satisfaire sa curiosité au téléphone. Quelque chose dans la voix de Jake lui disait que la surprise risquait d'être désagréable.

Elle déposa Brendon chez un voisin et ne mit que sept minutes à rejoindre le quartier général, sur un parcours qui lui en prenait dix en temps normal.

L'immeuble beige qui abritait les bureaux régionaux du Service des libérations conditionnelles du Vermont dans Grove Street, une rue du centre-ville de Rutland, avait un aspect très ordinaire. Quinn gara sa Jeep dans le parking situé derrière le bâtiment, à côté du break Buick de Holland, et se dirigea dans la pénombre grandissante vers l'entrée latérale.

Dans le hall de réception désert, elle aperçut Jake au bout du fil dans son bureau. Le vieux Jake se fondait parfaitement dans son décor : des tons neutres et du tweed. Autour de lui, l'espace était encombré de photos de famille et de matériel de pêche : des appâts, des lignes, des trophées. L'espadon empaillé d'Antigua si cher à son cœur était suspendu au centre du mur ; l'objet, qui avait survécu à la double épreuve d'une chute malencontreuse et d'un rafistolage hâtif, évoquait à présent une œuvre de Picasso.

La tonalité onctueuse de sa voix fit comprendre à Quinn que Jake était en conversation avec sa femme, Marilyn. Les Holland, au bout de vingt-cinq ans de mariage, étaient encore invraisemblablement proches et heureux d'être ensemble. Pis encore, ils pensaient que leur mission sur terre était de s'assurer que tout le monde était semblablement accouplé avec l'âme sœur, siamoise de préférence.

Quinn, dont les parents avaient été des amis intimes des Holland, était une des cibles privilégiées de leurs entreprises d'entremetteurs bénévoles. Elle avait subi d'interminables soirées en compagnie d'hypocondriaques, d'égocentriques, d'allergiques à l'eau et au savon et autres cadavres ambulants, avant de se proclamer fermement rangée des voitures en matière de rendez-vous matrimoniaux.

Mais Marilyn et Jake continuaient à la harceler avec leur affligeante notion du partenaire qui lui conviendrait dans la vie. Ils compensaient leur manque de goût par l'ingéniosité des guets-apens qu'ils lui tendaient. Leurs « hommes idéaux » se glissaient dans la vie de Quinn comme de la vermine : à l'improviste, malvenus, et souvent très résistants aux méthodes de désinfection.

Le dernier désastre en date était l'orthodontiste grassouillet de Middlebury qui avait suggéré à leur première entrevue, un dîner chez les Holland, qu'il serait désireux de s'occuper des dents de devant de Brendon à un prix défiant toute concurrence, en échange d'un accès gratuit et régulier à certaines parties du corps de Quinn. Celle-ci avait brûlé d'un désir impérieux de se livrer sur lui à des violences physiques, mais s'était contentée, pour ne pas gâcher la soirée, de s'attaquer d'une façon civilisée, verbale, à la virilité du triste sire.

Jake lui fit signe de s'asseoir pendant qu'il terminait de roucouler avec sa femme.

— Oui, ma chérie. Moi aussi. À tout à l'heure.

Quand il raccrocha, son visage s'assombrit.

— Comment ça s'est passé, avec Weir ?

— Pas trop mal pour un premier rendez-vous. Pas jusqu'à lui faire la bise, tout de même.

Holland n'avait pas l'air très en forme. Ses yeux chocolat étaient dépourvus de leur éclat coutumier, et des rides d'inquiétude creusaient son front. Son crâne constellé de taches de rousseur luisait sous ses cheveux blonds clairsemés.

— Je vais être honnête avec vous, Quinn. Si j'avais eu le choix, je ne vous aurais jamais confié ce dossier. Vous voir autour de ce maniaque ne me procure aucun plaisir.

— Ça va. Je me suis chargée d'un tas de types odieux. Je me débrouillerai.

— Je n'en doute pas, et c'est la raison pour laquelle je vous ai choisie. Avec Perone qui se remet à cafouiller et Kraus en congé paternité, c'était ou vous, ou Lisa, ou Eleanor. Entre nous, vous êtes la seule douée d'assez de cran et d'instinct pour vous en sortir avec cet énergumène. Mais je ne peux pas, malgré tout, dire que cette situation me mette très à l'aise.

— Ça ira, Jake. Je suis de taille à me défendre.

— Mon amie, vous avez l'attitude qu'il faut. C'est ce que je dis toujours à Marilyn : « Quinn est une fille du tonnerre. Quoi qu'il arrive, elle est prête à faire face. »

Quinn avait un mauvais pressentiment.

— Alors, qu'est-ce qui se passe ?

— J'ai bien peur que ça ne vous plaise pas beaucoup. Mais je n'y peux rien.

— Quoi ?

— Le FBI veut inclure Weir dans une étude sur les criminels particulièrement violents. Ils ont essayé de l'approcher avant sa libération conditionnelle, sans succès. Alors un de leurs agents va venir dans la région quelque temps pour examiner le dossier de Weir et avoir un entretien avec lui. Bien entendu, ils ont besoin de notre coopération.

Elle se hérissa.

— Vous voulez dire de *ma* coopération.

— J'en ai peur. On ne peut pas dire non aux fédéraux.

Quinn secoua la tête.

— Le moment est très mal choisi, Jake. Lui permettre de se sentir plus important encore qu'il ne le croit déjà, c'est la dernière chose à faire. Vous ne pouvez pas gagner du temps, en attendant que je dompte un peu la bête ?

Holland ignora la question et se mit à lire à voix haute une lettre à en-tête du gouvernement.

— L'agent s'appelle Bernie Levitsky. Il est attaché à l'Unité des sciences comportementales de Quantico, mais depuis quelques semaines, il travaille sur une affaire pour le bureau new-yorkais du FBI. Il s'est arrangé pour arriver à Rutland en avion par le premier vol d'Albany demain matin. Je souhaiterais que vous alliez l'accueillir. L'aider à s'installer.

— Ça, c'est chouette, je suis promue comité d'accueil.

Jake garda un ton conciliant.

— Cette histoire pourrait se révéler bien plus bénéfique que vous ne le soupçonnez. Certains d'entre nous ont assisté à une conférence de ce Levitsky l'année dernière. Il se trouve qu'il s'agit d'un des spécialistes les plus éminents de la psychologie des criminels auteurs de violences. Je suis certain qu'il vous aidera à apprivoiser Weir. Personne n'est capable de comprendre des individus comme Ellie le Dingue avec autant d'acuité que ces types des Sciences comportementales.

— Ce Levitsky ne serait pas célibataire, par hasard ?

— Comment le saurais-je ?

— Allez, Jake.

— D'accord. Il se trouve que Bernie Levitsky est un type brillant, beau garçon, et qu'il n'est pas marié. Mais ça n'a aucun rapport avec ce qui l'amène.

— Je n'en crois pas un mot. Je vous l'ai déjà dit, ma condition actuelle me convient parfaitement. Un psy quelque chose avec une fixette sur Rambo, c'est la dernière chose dont j'ai besoin. Alors s'il vous plaît, dites à ce Levitsky de renoncer à sa visite, et à Marilyn de ne pas perdre son temps à m'offrir de la lingerie fine, elle peut remettre au placard sa robe de dame d'honneur.

— Quinn, je vous répète qu'il s'agit strictement d'une obligation professionnelle. Nous devons collaborer avec les autorités fédérales, point à la ligne.

Quinn sentit qu'il était sincère. Elle s'abstint d'ajouter quoi que ce soit sur le sujet.

— D'accord. Je me tiendrai tranquille.

Jake se redressa d'un coup, comme une plante qu'on vient d'arroser.

— Fabuleux, je savais que je pouvais compter sur vous.

— Vous pouvez toujours compter sur moi, Jake. Surtout quand je n'ai pas le choix.

Holland décrocha le téléphone et se mit à composer un numéro avant même qu'elle ne soit sortie du bureau. Sa colombe lui manquait déjà, sans doute. Après tout, il y avait au moins trois ou quatre minutes qu'il ne lui avait pas parlé. Les Holland sortaient probablement d'une éprouvette des laboratoires Hallmark, le fabricant de cartes de la Saint-Valentin. Le couple infernal, heureux en mariage. Avec tous les petits cœurs et les fleurettes qui lui tapissaient le cerveau, c'était un miracle que Jake soit un administrateur si compétent.

Il était cependant loin d'avoir toujours raison.

Ce Levitsky, par exemple, Quinn ne voyait pas comment il pourrait représenter autre chose pour elle qu'une perte de temps. Elle avait déjà obtenu plus de renseignements sur Eldon Weir qu'elle n'aurait souhaité. Beaucoup plus.

Le ciel était maussade. L'averse menaçait. Peut-être même une chute de neige tardive pour la saison, à en juger d'après les nuages bas, lourds, glaçants. Quinn pressa le pas jusqu'à sa voiture pour échapper le plus vite possible à une bise mordante.

C'est à mi-chemin qu'elle réalisa par où péchait le raisonnement de Jake. Ce Levitsky en savait peut-être long sur la violence criminelle, mais le meilleur spécialiste mondial d'une bête fauve comme Eldon Weir, c'était forcément lui-même.

6

L'enfant s'était évanouie dans la nature.

Aucune trace d'elle ni dans les dépendances, ni sur le domaine de l'auberge. Nora était arrivée au bout de sa liste de coups de fil sans résultat. Parmi les gens qu'elle était parvenue à joindre, parents ou amis, pas un n'avait eu de nouvelles d'Abigail depuis une semaine ou deux. Personne n'avait eu le moindre écho d'un projet de fugue, ni ne savait où elle aurait pu aller. Même Jeanine, la meilleure amie et la confidente d'Abigail, avait été choquée d'apprendre qu'elle avait disparu.

— Elle ne m'a rien dit, madame Brill. Je vous assure.

— Merci, Jeanine. Tu peux m'appeler immédiatement si tu as des nouvelles ?

— Bien sûr. J'espère qu'elle va bien.

Nora n'avait pas réussi à joindre Raymond, mais il finirait bien par prendre connaissance d'un des nombreux messages qu'elle lui avait laissés. Elle avait appelé à son appartement d'Atlanta et à la maison de ses parents à Charleston. En tant qu'« homme d'affaires » toujours sur le point de se lancer dans de nouvelles entreprises, Ray voyageait constamment et n'avait pas de bureau permanent. Mais il avait laissé une liste de numéros « d'affaires » dans une demi-douzaine de villes, où Nora pouvait espérer le joindre en cas d'urgence pour Abigail. Partout où elle appelait, il semblait que ce fût la même femme haletante qui lui répondait.

Au moins une chose qu'on ne pouvait pas reprocher à Raymond. Il était toujours sur la brèche.

Nora se disait qu'il fallait le mettre au courant de la disparition de leur fille, mais elle ne pensait pas qu'il puisse être d'aucun secours en cette occasion. Si Abigail avait cherché à le contacter, il aurait téléphoné immédiatement. Il était capable de bien des choses, mais il n'aurait jamais eu la cruauté de laisser Nora se morfondre, rongée d'inquiétude, si l'enfant était en sécurité sous sa garde. S'ils ne s'accordaient pas sur grand-chose, il n'y avait jamais eu la moindre dissension entre eux sur ce point-là.

Pendant que Nora passait ses coups de fil, Charlie avait pris contact avec les hôpitaux des environs. Pour l'instant, aucun enfant blessé correspondant à la description d'Abigail n'avait été pris en charge par leurs services. Mim avait prévenu la police d'État, qui avait accepté d'alerter les patrouilles. La Reine Victoria elle-même s'était dévouée à la cause et avait joint le personnel de l'auberge à domicile, pour savoir s'ils avaient entendu ou vu quelque chose. Bien entendu, elle composait les numéros avec un crayon pour les yeux. Elle n'était pas prête à courir le risque d'abîmer ses ongles manucurés pour un incident aussi mineur qu'une disparition d'enfant.

Ironie du sort, Victoria avait réussi à joindre tout le monde, à l'exception de Reuben Huff. Son numéro personnel ne répondait pas. L'angoisse noua l'estomac de Nora. Comment l'homme à tout faire avait-il su qu'Abigail n'était pas dans sa chambre ? Il l'avait peut-être vue partir. Ou bien peut-être qu'Abigail avait parlé à Huff de l'endroit où elle comptait se rendre.

Charlie fila dans le bureau pour consulter les dossiers du personnel. Il y avait sûrement un autre moyen de mettre la main sur Huff, avait-il assuré en la serrant doucement contre lui.

Nora sortit le mot d'Abigail de sa poche et chercha une signification nouvelle au poignant message : *Je ne peux plus supporter ça. Je déteste cet endroit.* L'écriture arrondie qui lui était familière était brouillée, à demi effacée par les larmes, comme si chaque mot avait coûté à l'enfant. Nora eut un pincement au cœur. Pourquoi ne s'était-elle pas inquiétée plus tôt ?

Charlie revint du bureau.

— Dans le dossier de Reuben, j'ai retrouvé le numéro de sa propriétaire, une femme nommée Bollard. Elle n'était pas exactement enchantée de recevoir un appel à cette heure. Mais quand je lui ai expliqué la situation, elle a accepté d'aller chez Huff et d'essayer de le dénicher dans son immeuble. Elle prétend qu'il lui arrive de passer la nuit à jouer aux cartes avec des voisins. Elle doit nous rappeler d'ici une demi-heure.

Il ne restait plus qu'à attendre.

Ils s'étalèrent sur les divans du salon, et un silence crispé s'installa entre eux, rompu seulement par le tic-tac soutenu de l'horloge du grand-père et les grincements arthritiques de la vieille charpente.

L'horloge sonna 5 heures.

D'ici une heure, le maître queux de l'auberge et le personnel de service pour le petit déjeuner commenceraient à arriver pour reprendre leur poste. D'une manière ou d'une autre, il fallait garder une façade de normalité pour les pensionnaires de l'auberge. Faire comme si.

Nora ne quittait pas la porte d'entrée des yeux. Abigail pouvait franchir le seuil à n'importe quel instant et mettre fin à cette angoisse torturante. Elle fixait la porte avec tant d'intensité que sa vue se brouilla.

— Quelqu'un veut du café ? demanda Charlie.

Il alla en préparer dans la cuisine. Mim sortit de la pièce pour aller voir Poppa. Victoria bâilla et s'excusa de devoir s'absenter pour prendre une douche. Hugh avait déserté assez tôt par manque d'intérêt, battant en retraite dans sa chambre pour s'adonner en solitaire aux bouillonnements de rage qui lui étaient coutumiers. Stephanie somnolait dans le bureau où elle était partie fabriquer des avis de disparition à placarder en ville.

Restée seule, Nora tenta de réfléchir à ce qu'elle pourrait bien faire de plus. Rien de pire que d'attendre, impuissante. Traversant la pièce, elle se dirigea vers la réception pour appeler le domicile de Raymond à Atlanta encore une fois, et écouta l'écho désolé de la sonnerie jusqu'à ce que la voix à l'accent grasseyant du répondeur : *Vous êtes bien chez Ray Eakins...* Elle n'avait aucune raison de laisser un message supplémentaire, alors elle raccrocha.

De retour dans le salon, elle s'installa sur le divan et s'enveloppa dans une des couvertures en laine tricotées par Mim. Les yeux fermés, elle tenta de se représenter l'endroit où se trouvait Abigail. Une image granuleuse se dessina petit à petit dans son esprit. Elle vit l'enfant en équilibre sur la barre fixe, vêtue du justaucorps rayé aux couleurs de l'équipe de gymnastique. Abigail caracolait, pirouettait dans les airs au son d'un morceau de musique classique enlevé. Reprenait pied sur la barre dans une profonde expiration. Sa queue-de-cheval soyeuse retombait. Tous ses mouvements étaient d'une fluidité parfaite.

La tonalité de la musique devint plus sombre et la mélodie s'accéléra en crescendo. Un courant de tension s'empara de la foule, dont l'attention se concentra sur la forme entourée d'un halo de lumière. Le silence s'appesantit quand elle sautilla, se tourna et hésita avant de se lancer dans un double saut périlleux final très audacieux.

Une pause d'à peine un instant, et elle se propulse vers le ciel. Elle agrippe ses genoux, les serre contre sa poitrine et se met à tournoyer. Elle est catapultée dans un tourbillon vertigineux. Elle essaie de s'en arracher, mais trop tard. La force d'entraînement vers le bas l'a consumée. La boucle insensée qu'elle décrit dans le vide va l'écraser au sol. Une entaille s'ouvre dans la terre et elle y bascule. Spirale vers des ténèbres définitives. Elle est aspirée tout entière par l'obscurité. Il ne reste plus que l'écho froid et métallique de ses cris.

— Ça suffit, Abigail, arrête. Non !

— Nora.

La voix de Charlie la réveilla en sursaut. Il se pencha et l'enveloppa de ses bras protecteurs.

— Un cauchemar ?

— Toute cette histoire est un cauchemar.

— Ne t'inquiète pas, on la retrouvera.

Il s'assit derrière elle sur le divan et se mit à lui masser la nuque, pour relâcher la tension qui nouait les muscles. Ses doigts redescendirent le long de ses omoplates et de la colonne rouillée qui servait présentement d'épine dorsale à Nora. Le toucher de Charlie était irrésistible, capable de transformer de la pierre en pâte à modeler. De larges mains vigoureuses et sûres dont émanait une douce chaleur. Nora effectua quelques rotations du cou, savourant la sensation d'apaisement.

— Tu te sens mieux ?

— Ça m'a fait beaucoup de bien, merci.

Elle se laissa aller en arrière, s'appuyant sur lui, et ses yeux se fermèrent. Elle fondait littéralement, submergée par une vague de fatigue.

Elle était presque endormie lorsqu'elle perçut le ronronnement d'une voiture qui s'approchait. Il était encore trop tôt pour le personnel. Quelqu'un ramenait peut-être Abigail à la maison.

En toute hâte, Nora s'avança vers la fenêtre et aperçut une berline marron qui montait la colline en direction de l'auberge. Lorsque la voiture ralentit et tourna dans l'allée, sa respiration se fit haletante.

L'obscurité était encore trop épaisse pour qu'on puisse distinguer l'occupant du véhicule. Il lui sembla qu'il s'écoulait une éternité avant que la portière ne s'ouvre et qu'une femme d'une cinquantaine d'années avec un chignon poivre et sel n'en sorte. Celle-ci resserra son manteau bleu autour de sa taille et baissa la tête pour offrir moins de prise au vent avant de franchir la distance qui la séparait de la porte d'entrée à grandes enjambées. Le cœur de Nora se serra.

Apparemment, il n'y avait personne avec elle.

Nora ouvrit la porte avant que la femme n'ait eu le temps de frapper. L'inconnue entra et offrit une main aux articulations noueuses.

— Vous êtes madame Brill ? Je m'appelle Priscilla Bollard. Je suis allée à Mayfair Arms comme votre mari me l'avait demandé, et ce que j'ai découvert est si terrible que je me suis dit que j'allais passer et vous en parler de vive voix.

Nora en perdit la voix. Charlie vint à ses côtés.

— Est-ce que Reuben Huff est mort ?

— Mort ? Ma foi, non. Mais si je mets la main dessus, c'est ce qui risque de lui arriver. Il est parti, en fait. Il s'est envolé dans la nuit comme un voleur. Il m'a plantée là avec trois mois de loyer en retard et une grosse facture de téléphone à payer, le salaud.

— C'est étrange, dit Charlie. Reuben est notre employé depuis dix ans. Je ne l'imagine pas faire une chose pareille.

— Oh, mon Dieu ! fit Nora. Il l'a enlevée. Il a enlevé Abigail !

Charlie la prit par les épaules.

— Du calme, chérie. Je suis sûr que ce n'est qu'une coïncidence. Reuben n'irait jamais...

— C'est pour ça qu'il savait qu'elle n'était pas dans sa chambre, Charlie. Tu ne comprends pas ? Il l'a enlevée. Il faut appeler la police. Il faut l'arrêter.

— Chut, d'accord. J'appelle la police.

De taille trop réduite pour posséder son propre commissariat, Dove's Landing était sous la juridiction de la police d'État stationnée dans les West Brattleboro Barracks. Charlie leur expliqua la situation. Il raccrocha et dit qu'ils avaient promis d'envoyer immédiatement une unité pour obtenir plus de détails.

Tout en se débarrassant de son manteau, Mme Bollard entreprit, les yeux plissés, un examen minutieux de la pièce.

— J'adore ces tapis d'Orient, dit-elle. Et tous ces vieux chaudrons de cuivre, et tous les bibelots de cristal. Tout simplement fabuleux. Ça vaut une fortune, pas vrai ? Si j'étais vous, je prendrais garde à ne pas laisser des loustics du genre de Reuben Huff rôder autour de ces jolies choses. On ne peut pas lui faire confiance. Croyez-moi.

Elle accrocha avec soin le vêtement à un portemanteau d'acajou. Elle portait une robe d'intérieur à fleurs, et des mules en cuir rose.

— Si vous vous fiez à lui, vous vous en repentirez comme moi. J'aimerais lui tordre son cou de poulet, déclara-t-elle. Lui arracher le bréchet comme de la volaille. Je sais exactement ce que je lui ferais, moi.

Charlie lui cloua le bec avec du café et un muffin à la myrtille. Moins de cinq minutes plus tard, une voiture de police s'approcha, gyrophare allumé et sirène mugissante. Nora reconnut les deux policiers, des duettistes à la Laurel et Hardy, appelés Herb Merriman et Armand DeSoto. À peine un mois auparavant, le même duo était venu à l'auberge pour questionner son neveu Hugh au sujet d'une effraction et d'une fête clandestine organisée par des mineurs avec des tonneaux de bière, dans la maison abandonnée au pied de la colline. Hugh était le genre de garçon auquel on pensait tout de suite quand il y avait des histoires.

DeSoto, petit, replet, volubile, arborant une fine moustache à la Clark Gable, se mit en devoir de les soumettre à un feu nourri de questions concernant Abigail et Reuben Huff. Il voulait tout savoir de l'homme à tout faire : ses habitudes, ses lieux de prédilection, toute information susceptible d'aider l'identification.

Nora supportait mal ce soudain déferlement de paroles. Il fallait agir immédiatement. À chaque minute perdue à discuter, Huff était peut-être en train d'éloigner Abigail un peu plus.

Il était presque 6 heures à présent, et le personnel commençait à venir prendre son poste. On entendait des ronronnements de moteurs sur la route, des voix, des bruits de pas, et le léger grincement de l'entrée de service, dans l'arrière-cuisine.

Charlie entraîna Merriman, qui se déplaçait avec lenteur, dans la cuisine pour interroger les nouveaux arrivants. Mesurant plus de deux mètres, il lui fallait se baisser pour ne pas cogner son crâne plat au chambranle quand il passait les portes. DeSoto resta dans le salon pour en terminer avec Nora et Mme Bollard.

— Je ne savais pas quel souillon c'était, ce type, disait la propriétaire. L'appartement était dans un état lamentable. Ça va me prendre au moins une semaine à frotter et à désodoriser pour me débarrasser de l'odeur de moisi. Il va peut-être falloir que je change la moquette et elle était neuve quand il a signé le bail. Je ne comprends pas qu'on puisse vivre de cette façon. Comme un porc.

Elle continua à déblatérer de la sorte pendant une éternité. Nora voyait que le policier perdait patience. Il lorgna sa montre et se mit à errer dans la pièce.

— Je trouve ça franchement écœurant, poursuivait Mme Bollard d'un ton monocorde. Ce type a du être élevé dans une grange. Je parie qu'il n'a jamais entendu parler de l'eau et du savon. Il lui reste des tas de choses à apprendre.

DeSoto s'était arrêté près de la fenêtre. Ses yeux s'étrécirent et il leva la main pour couper court à la tirade de Mme Bollard.

— Vous dites que Huff possède une Chevrolet marron, n'est-ce pas ?

— Une Nova, dit Nora.

— Comme celle-ci ?

Les deux femmes se précipitèrent à ses côtés. La

voiture qui entrait dans l'allée était celle de Reuben. Au bout de quelques instants, Huff lui-même en descendit et alla ouvrir le coffre. Empoignant sa boîte à outils bosselée, il se gratta l'oreille et avança en direction de l'auberge.

7

Brendon Gallagher n'était pas du matin.

Trois fois de suite, Quinn l'avait secoué gentiment et avait attendu qu'il émerge des couvertures. Dès qu'elle avait le dos tourné, il replongeait dessous et se rendormait.

Elle finit par porter un faux microphone à ses lèvres pour annoncer :

— Brendon « la Brute » Gallagher des Rutland Raiders vient d'entrer sur le terrain. Il est en superforme. Sa moyenne de réussite à la batte est de onze sur dix. Personne n'arrive à rattraper les balles qu'il renvoie, il mystifie les défenseurs. Le meilleur dans la ligue des ZZZ, RON-ON-ON, et F-L-E-M-M-E. Le voilà qui arrive sur l'aire de lancer. La foule est en délire !

Quinn baissa la voix, se mit à gronder :

— Galla-gur, Galla-gur, avec nous. S'il se lève pas tout de suite, je le secoue.

Une touffe de cheveux paprika fit surface. Suivie d'une paire d'yeux bleus aux sourcils froncés, d'un nez en trompette constellé de taches de rousseur et d'un sourire malicieux découvrant une rangée de dents de castor.

— Refais-moi le record à la batte, dit-il. N'oublie pas que je réussis à chaque coup et que la foule en délire saute en l'air.

— Pas de foule en délire avant que tu ne sois sorti du lit, monsieur.

Il étira ses bras pâles, décharnés, et bâilla. Sa veste de pyjama remonta, dévoilant une peau d'une blancheur de craie et des côtes saillantes. Il allait repousser les couvertures lorsqu'il changea d'expression.

— Je te rejoins en bas, d'accord ?

— Pas de record à la batte ? dit Quinn.

Puis elle réalisa la nature du problème, leva le pouce et se dirigea vers la porte.

— Des Cheerios pour le petit déjeuner, ou quoi ?

— Quoi.

— Avec ou sans fruits ?

— Sans.

— Parfait. Tu as cinq minutes pour descendre.

— Vas-y alors. Comment est-ce que je vais pouvoir me préparer si tu restes là à me harceler ?

En fermant la porte, elle l'entendit sortir du lit. Il y eut un bruit de toile froissée quand il enleva les draps mouillés.

Quinn souffrait pour lui. Chaque drap humide était vécu comme un échec personnel. Pis encore, il refusait de courir le risque d'une humiliation publique et déclinait donc toutes les invitations à passer la nuit chez un camarade, à faire du camping, etc. Pour son anniversaire, une vieille tante avait proposé de lui offrir deux semaines dans un camp d'entraînement de base-ball l'été prochain. Bren mourait d'envie d'y aller, mais Quinn savait qu'il n'en ferait rien à moins que, frappé par la foudre, il ne sache se retenir et n'ait plus jamais besoin de défaire son lit furtivement avant de se faufiler en douce jusqu'à la machine.

Elle servit les céréales, le jus de fruits, et se versa une tasse de café. Quelques minutes plus tard, il entra dans la cuisine en traînant les pieds, la chemise dépassant du pantalon et les baskets délacées. Il avait les cheveux mouillés aux tempes et emmêlés sur la nuque. Un unique coup de peigne avait laissé des traces rectilignes sur le haut du crâne.

— Superbe, dit Quinn en essayant de remettre un

peu d'ordre dans sa chevelure avec ses doigts. Avec toi dans les parages, les filles vont avoir du mal à se concentrer sur leurs études, Brendon Gallagher !

— Les filles me donnent des haut-le-cœur, dit-il.

— Ça changera, mon chéri. Un jour, à la place, tu auras des haut-le-cœur devant les femmes.

Elle le déposa chez son ami Marc Dannon. À la porte, les deux fils de fer se tapèrent dans les mains, avant de les enfoncer dans leurs poches et de mettre le cap sur la cour intérieure des Dannon pour commettre un des méfaits dont ils avaient le secret, histoire de s'occuper en attendant le passage du car de ramassage scolaire.

L'arrivée du vol de l'agent spécial Levitsky était prévue à 8 h 10. À moins le quart, Quinn tourna à droite sur la RN 103 pour s'engager sur la route d'accès à l'aéroport. Elle en suivit les méandres sur un pavé plein d'ornières et dépassa un groupe de maisons modestes dont l'une qui la faisait toujours frémir. Peinte en bleu-vert criard, sa façade était ornée d'une parabole géante. Il y avait ensuite une nursery flanquée de statues de granit aux formes rebondies. Puis une série de fermes les unes à la suite des autres. Notamment l'élevage de lapins Pleasant View Rabbitry, où elle avait un jour fait emplette, sûrement sous l'influence de la pleine lune, d'un lapereau pour Bren.

Du jour au lendemain, lui avait-il semblé, la fragile petite boule de poils s'était transformée en une énorme bête songeuse qui mangeait énormément et produisait des excréments de la taille d'un boulet de la guerre de Sécession. Au bout de la première corvée de nettoyage de la cage, Brendon avait sagement suggéré d'en faire cadeau au zoo des enfants, où l'animal pourrait gambader avec ses congénères les lapins de combat.

Quinn atteignit l'aéroport avec dix minutes d'avance. Jetant un coup d'œil à sa montre puis au terminal vert pomme, elle tourna et prit l'allée qui menait au cimetière de Rutland de l'autre côté de la route.

De nombreuses pierres tombales étaient vieilles de plus d'un siècle. Le temps les avait érodées et zébrées de traînées noires, ce qui donnait à l'endroit l'aspect carbonisé et sinistre d'un immeuble incendié. Un chemin boueux serpentait au milieu et, par automatisme, elle le suivit jusqu'au deuxième quart de la section C.

Quinn se gara à côté du banc de granit au bout de la double rangée de pierres et marcha jusqu'aux deux inscriptions jumelles de la tombe de ses parents. Deux renflements de terre comme des miches de pâte à pain en train de lever, surmontés par une famélique bande de gazon envahie de ronces. Elle s'agenouilla et arracha une poignée de pissenlits entre les deux monticules.

— Eh, vous deux, dit-elle dans un murmure, la gorge serrée. Comment ça va ?

L'œil rivé à la terre surélevée, elle posa ses questions silencieuses. *Qu'est-ce que je dois faire pour la sélection de Bren ? Est-ce que ça vaut le coup de graisser la patte de l'entraîneur pour lui assurer une place dans l'équipe ? Est-ce qu'il faut que je le pousse à aller au camp d'entraînement que tante Fritz a offert de payer ? Et qu'est-ce que vous pensez de l'idée de faire venir Daniel de Boston pour une petite visite ?*

Depuis qu'elle s'était installée à Rutland, Quinn avait évité de revoir son ancien petit ami pour ne pas raviver la flamme. Les étincelles avaient cessé de jaillir, mais le risque qu'elle se brûle à nouveau, pour improbable qu'il fût, existait toujours. À Boston, elle avait vécu un bonheur fragile avec Daniel pendant presque une année. Et avant que Quinn ne se décide à emménager à Rutland, une romance longue-distance ne semblait pas impossible, en dépit des difficultés. Mais Daniel s'était bientôt dérobé devant l'inconfort de cette situation. À peine un mois après l'arrivée de Quinn à Rutland, il avait commencé à prendre ses distances.

Dans l'état d'affaiblissement qui était le sien après le décès de ses parents et l'horreur qui avait suivi, la défection de Daniel avait touché Quinn de plein fouet. Mais aussitôt qu'elle avait commencé à se remettre de tous ces événements et à l'oublier, il avait rappelé. Pour se préserver, Quinn aurait préféré s'inscrire aux abonnés absents et mettre un terme à ses coups de fil, mais Bren adorait Daniel et demandait sans arrêt de ses nouvelles.

Ou bien le garçon manquait-il tout simplement de figures masculines dans son entourage ?

Rien de tout ça n'était très clair. Il n'y avait rien de simple ni de naturel dans le métier de parent. La mère de Quinn répétait souvent qu'on ne pouvait faire que de son mieux, pas plus. Mais qu'arriverait-il au petit enfant si ce mieux se résumait à pas grand-chose ? Quinn avait toujours eu tendance à faire confiance au destin, à prendre des risques. Mais lorsqu'il s'agissait d'un enfant dont on lui avait confié la garde, cette belle insouciance ne lui semblait plus de mise.

Quinn croisa les bras pour se défendre contre le froid matinal et la sensation de solitude qui la gagnaient. Encore assez bas dans un ciel d'acier poli, un soleil glacé jetait des feux étincelants. Il était temps d'y aller. Elle porta ses doigts à ses lèvres avant de les presser contre la terre.

En passant le portail du cimetière, elle repéra un petit avion qui s'approchait de l'aéroport. Quelques instants plus tard, il décrivit un gracieux arc de cercle, entamant la descente vers la piste d'atterrissage. Quinn prit la route d'accès et s'arrêta devant le terminal.

La compagnie Valley Air assurait deux vols quotidiens entre Albany et Rutland. Le voyage durait trente-cinq minutes et réclamait des passagers le courage d'accepter de voler dans une boîte à sardines avec des ailes. Quinn préférait les gros avions, et elle les aimait d'ailleurs encore mieux de loin. Elle pensait que si Dieu avait voulu faire voler les hommes, il n'aurait jamais inventé les phobies. Elle regarda une demi-douzaine de passagers hébétés émerger du terminal, le pas traînant. Celui qu'elle attendait fut le dernier à sortir.

Holland avait décrit Bernie Levitsky comme un grand type brun dans la trentaine. Mais Jake avait négligé de parler de la touffe de cheveux bouclés, des immenses yeux noisette, ou de l'air mal-à-l'aise-en-costume qui donnait à l'homme du FBI un côté môme déguisé tout simplement irrésistible.

Elle baissa la vitre :

— Monsieur Levitsky ? Je suis Quinn Gallagher, du bureau de Jake Holland.

Il la regarda, l'air interrogateur, et s'approcha de la Jeep. Il avançait à longues enjambées élastiques, une démarche d'adolescent.

— Le type n'a pas pu venir ?

— Quel type ?

— Le contrôleur judiciaire d'Eldon Weir.

— C'est moi. Si on allait prendre un café et que vous m'expliquiez comment vous comptez vous y prendre ?

Levitsky roula des yeux incrédules en se glissant à côté d'elle, sur le siège passager.

— C'est un canular.

— De quoi parlez-vous ?

— De vous. De ça. Vous n'êtes pas chargée de vous occuper de Weir, c'est impossible.

— Et pourtant si, c'est moi. Et je peux vous assurer qu'Holland était très sérieux quand il m'a confié cette mission.

— Si c'est le cas, ça veut dire qu'Holland n'a plus toute sa tête. Confier Weir à une femme, c'est de la folie, et votre patron devrait le savoir.

— Ah bon, et pourquoi ?

— Parce que le Professeur est un peu bizarre avec les femmes. Il aime bien en faire de la chair à pâté.

Cette réplique eut le don de hérisser Quinn. Elle en avait plus qu'assez d'être obligée de prouver sa valeur à d'arrogants machos au crâne farci de préjugés sans fondements.

— Ma foi, je n'ai pas l'intention de lui fournir l'occasion de me faire subir ce traitement.

Elle prit la RN 103 et se mit en quête d'un routier ouvert. Plus le véhicule grimpait en altitude, plus la moutarde lui montait au nez.

— Ce n'est pas parce que je suis une femme que je suis stupide, molle ou vulnérable, monsieur Levitsky. Vous n'en reviendrez peut-être pas, mais je tombe rarement en pâmoison.

Levitsky secoua la tête.

— Que vous soyez blindée et descendiez d'une lignée de piranhas ne change rien. Si Weir met la main sur vous, il va vous déchiqueter comme on dissèque les grenouilles à l'école, en sciences naturelles. Ça n'a rien à voir avec vous personnellement, c'est simplement sa manière à lui de se distraire. Alors il faut le tenir à l'écart des individus de sexe féminin. Question de bon sens.

— Ça vous paraît peut-être simple comme bonjour, mais il se trouve que je ne suis pas forcément d'accord avec ce que vous appelez le bon sens. Jake Holland m'a chargée de cette affaire parce qu'il lui semble que je suis, dans le département, la personne la mieux habilitée à s'occuper de Weir.

Elle omit de préciser qu'aucun homme n'était disponible. Les gens intelligents s'abstenaient de fournir le bâton pour se faire battre.

— Ça donnera du piment à votre épitaphe.

Quinn lui lança un regard noir.

— Je suis censée coopérer avec vous, monsieur Levitsky. Ça ne signifie pas que je doive tolérer les injures.

Il souffla bruyamment.

— Je ne voulais pas vous insulter. Vous confier cette mission, c'est absurde, c'est tout. Attendez. Vous venez de dépasser un café ouvert.

Elle vira sèchement sur le bas-côté et fit demi-tour dans un hurlement de pneus.

— Votre patron a commis une erreur, commenta Levitsky, impassible. Il ne se rend manifestement pas compte à qui il a affaire. Alors sortez-vous de cette ornière et mettez-lui les points sur les *i*. Je peux m'en charger, si vous préférez.

Grande gueule, pompeux, monsieur Je-sais-tout. Quinn fulminait littéralement. Elle ne laisserait personne lui dire qu'elle était trop faible, vulnérable, ou bien incapable de faire son boulot. Plus jamais.

Elle claqua la portière et entra dans le Snowdrift Café. Levitsky ne la lâchait pas d'une semelle, comme un chien derrière son maître. Ils s'assirent l'un en face de l'autre dans un box, chacun se retrancha derrière un menu.

La serveuse, une brune aux longues jambes et aux ongles crochus, vint prendre la commande. Levitsky commanda du thé et des flocons d'avoine. Quinn, ce qu'elle prenait toujours : un beignet à la confiture et un Cherry Coke.

Un silence tendu s'installa entre eux, pendant qu'ils attendaient d'être servis. Évitant de croiser le regard de Monsieur le Rustre Agent spécial du FBI, Quinn examina le set de table en papier. C'était une carte de l'industrie du fromage cheddar dans le Vermont. Des meules, des quarts de meule et des tranches de fromage de différentes couleurs représentaient la production de cheddar doux, fort, et extra-fort des diverses régions du Vermont. Fascinant.

Elle leva les yeux et lui adressa un sourire sarcastique, tandis que la serveuse apportait la commande.

— Ce n'est pas une compétition, mademoiselle Gallagher.

— Personne n'a jamais prétendu que c'en était une.

À son grand étonnement, elle constata qu'un pareil lézard pouvait être doté de grands yeux au regard tendre, ce qui était une première.

— C'est pourtant ce que vous venez de faire, dit-il. Avec ou sans paroles, vous savez convaincre. Si vous avez quelque chose à prouver, ça vous regarde. Mais, en l'occurrence, ça ne me paraît pas très indiqué.

— Je n'ai rien à prouver.

Il haussa les épaules.

— Je ne vais pas perdre mon temps à discuter. Ça crève les yeux.

— Ce qui crève les yeux, c'est que vous êtes du genre à vous mettre la tête dans le cul et à croire que vous voyez le jour.

Il l'observa comme si elle avait été montée sur roulettes.

— Vous voulez avoir l'air intrépide, mais en réalité, l'idée de passer pour une dégonflée vous effraie encore plus que les risques idiots que vous êtes en train de prendre.

— Ça ne tient pas debout.

— Et vous êtes pleine d'une colère rentrée. Essentiellement dirigée contre vous-même, d'ailleurs. Vous ne vous ferez aucun cadeau, parce que vous êtes intérieurement convaincue que vous n'en valez pas la peine. Cependant, derrière cette façade hérissée de porc-épic, vous êtes fleur bleue : aimante et sentimentale. Je parie que vous pleurez devant des spots publicitaires émouvants, à la télé.

Il avait déjà fallu se taper Weir, et maintenant il fallait subir cet idiot. Épidémie télépathique chez les têtes de mule.

— Et comment au juste êtes-vous parvenu à ces brillantes conclusions, monsieur Levitsky ?

— C'est au prix d'un travail acharné que j'obtiens mes informations : étude, observation, analyse logique sous tous les angles. La fausse intrépidité se voit à la manière dont vous passez votre commande. Vous demandez un beignet à la confiture, ce qui équivaut à un suicide diététique. Mais vous grattez le sucre à la surface et laissez la confiture dans votre assiette. Votre façon de grincer des dents et de lacérer la serviette en papier en dit long sur la colère qui vous ronge. Quant au côté fleur bleue...

— Avalez donc vos flocons d'avoine, monsieur Levitsky. Personnellement ça ne me dérange pas, mais si vous continuez à remuer les lèvres dans le vide, vous allez vous faire mal.

— Vous êtes toujours aussi odieuse ?

— Seulement quand on me fournit l'inspiration nécessaire. Et vous ? Toujours aussi autoritaire et indiscret ?

— Jamais. Je suis un type merveilleux. Un putain de prince. Quelle mouche vous a piquée, d'abord ? Je me suis inquiété de votre sécurité, c'est tout. C'est si grave ?

— Permettez-moi d'être d'un autre avis, agent Levitsky. Vous avez formulé des remarques dénuées de fondement au sujet de quelque chose qui ne vous regarde pas. Je n'ai jamais reculé devant une mission difficile, et je ne ferai pas d'exception pour celle-ci. Jouer les petits poussins effarouchés pour une mère poule névrotique comme vous, ça ne m'intéresse pas.

Il répondit d'une voix monocorde, sur un ton mesuré.

— Écoutez, mademoiselle Gallagher, je vois bien que nous n'allons pas nous entendre. Si je passais un coup de fil à mon bureau et que j'essayais d'emprunter d'autres voies ? Entre-temps, je vous saurais gré de me déposer à une agence de location de voitures. J'aimerais rendre visite à Weir et me mettre au travail.

Elle fulmina un moment, sachant qu'elle ne pouvait se permettre d'accepter cette offre, pour tentante qu'elle fût. Holland péterait les plombs.

— Ça ne sera pas nécessaire, dit-elle finalement. J'ai accepté de collaborer avec vous, j'irai jusqu'au bout. En principe, deux adultes raisonnables devraient pouvoir trouver un terrain d'entente.

— Exact, dit-il, un petit sourire ironique au coin des lèvres. Mais pour cela, il faut être *deux*.

Quinn le fusilla du regard.

— Ce qui nous intéresse tous les deux, c'est Weir. Tenons-nous-en là.

— Parfait. C'est pour ça que je suis venu. Quoi qu'il en soit, si vous insistez pour rester sur cette affaire, il y a un certain nombre de choses que vous devriez savoir. Des choses que vous ne trouverez pas dans son dossier.

Il but quelques gorgées de thé et croisa les mains sur la table. Il prit un air solennel, comme absorbé par son sujet.

— C'est une famille de Queens qui a adopté Weir dans sa petite enfance. Ils étaient trop vieux pour qu'une agence d'adoption avec pignon sur rue accepte de s'occuper d'eux, alors ils ont utilisé d'autres filières. Ils ont grassement payé un escroc quelconque pour qu'il leur remette un enfant blanc en bonne santé. Le bébé était en parfaite condition, mais dès le début, les Weir ont remarqué que quelque chose clochait.

« Déjà tout petit, c'était un enfant difficile et imprévisible. Il se tétanisait et gardait le silence pendant des heures, avant d'exploser dans des accès de rage incontrôlables. Plus tard, il a eu des accrochages avec les autres mômes, il en a envoyé un ou deux aux urgences. Et il a plusieurs fois tenté d'incendier la maison.

« Mais ses parents ne voulaient pas regarder le problème en face, encore moins en parler. Ils se disaient qu'ils devaient sans doute s'y prendre de travers, la culpabilité et la honte leur clouaient le bec la plupart du temps. Un jour, toutefois, la mère a craqué et s'est confiée à un voisin, qui a accepté de s'entretenir avec moi.

— Avez-vous également interrogé Mme Weir ? demanda Quinn.

— Elle est morte depuis longtemps. Le père aussi. Ils se sont tués à quelques mois d'intervalle dans des accidents très étranges. Elle, un ventilateur est tombé dans son bain et l'a électrocutée. M. Weir quant à lui est censé s'être endormi dans sa voiture pendant que le moteur était en marche, et il s'est asphyxié dans son garage. Les circonstances de ces deux décès ont tout d'abord paru suspectes, mais les enquêtes n'ont mené à rien et l'affaire a été classée.

— Vous êtes en train de me dire que Weir a assassiné ses parents ?

Levitsky ouvrit les mains vers le ciel.

— Il était si jeune que les flics n'y ont même pas pensé, mais franchement, de la part de ce charognard, rien ne pourrait m'étonner. À quelque âge que ce fût.

« La sœur de Mme Weir a pris le petit sous sa garde après leur disparition. Tante Gloria a commencé à retrouver des cadavres d'animaux dans sa cour. Elle pensait que c'était le chat, jusqu'à ce qu'un jour, par la fenêtre de la cuisine, elle vît son neveu qui jouait près de la mangeoire aux oiseaux. Weir avait attrapé un merle. Pendant quelques minutes, le garçonnet a parlé à l'oiseau en le caressant. Tante Gloria était en train de fondre devant ce touchant spectacle lorsque Weir a ouvert la bouche et a arraché la tête de l'animal avec les dents.

Quinn fit la grimace.

— Quelle a été sa réaction ?

— Terrible. Elle est devenue hystérique et elle a appelé le pédiatre immédiatement. Celui-ci a déclaré qu'il s'agissait d'une aberration de comportement. Un incident isolé dû à un défaut enfantin de jugement. Qu'elle ferait mieux d'oublier.

— Est-ce que vous croyez qu'on aurait pu le guérir en le prenant en charge à ce moment-là ? Mettre un terme à tout ça, une fois pour toutes ?

L'agent fronça le sourcil.

— C'est possible, mais j'en doute. Le goût de la violence est fermement, profondément enraciné chez Weir. Probablement des chromosomes pourris dont l'influence s'est trouvée puissamment renforcée par les mauvais traitements subis très tôt, enfant négligé, battu, qui sait ? Personne n'a réussi à retrouver ses parents d'origine, ni le trafiquant de bébés qui l'avait confié aux Weir. Mais en tout cas, il en est résulté un cas d'espèce de cruauté sadique rarement vu chez l'être humain.

— Vous parlez du meurtre de la petite Buckram ?

— Pour commencer. Les journaux n'ont pas publié tous les détails sanguinolents, mais je me suis entêté jusqu'à reconstituer l'affaire. Pour Weir, toute cette histoire était comme une expérience un peu tordue. Il tenait un compte-rendu de travaux pratiques du genre qu'on apprend à rédiger en sciences naturelles à l'école. Les policiers ont trouvé chez lui une description détaillée du crime dans tous ses aspects, du projet à l'exécution. Il mettait un soin particulier à n'omettre aucun détail de la torture et de la mort de la victime : les sons qu'elle émettait, la distance qu'elle était capable de parcourir après chaque mutilation. Comme s'il s'était agi d'un insecte de laboratoire. C'est pour ça qu'on l'a surnommé « le Professeur Souffrance ».

« L'enquête et les procès-verbaux de l'instruction sont restés confidentiels en raison de l'âge de Weir à l'époque, mais les flics qui y ont participé n'oublieront jamais cette étrange affaire. Weir tenait Jenny Buckram emprisonnée dans une grange abandonnée tout en vaquant à ses occupations quotidiennes. Il n'avait pas manqué une seule journée d'école. Il rentrait chez lui l'après-midi pour le goûter, lait et cookies. Jamais en retard pour le dîner. Un monstre dégénéré.

« Il lui a fallu six jours pour la mettre à mort. Ce type a un complexe de toute-puissance, il se prend pour Dieu. Il effectue son horrible travail en six jours, le septième, il se repose et contemple son œuvre.

— Tout ça est assez abominable. Mais je ne vois pas ce que ça change pour moi, dans mes rapports avec Weir.

Levitsky accrocha le regard de Quinn et y riva le sien.

— Ça devrait pourtant vous sauter aux yeux, mademoiselle Gallagher. Je suis en train de vous dire que ce type est inhumain. Capable de tout. Pour lui, la torture n'est qu'un exercice captivant, un jeu. Il aime observer les réactions des gens en proie à une douleur atroce, et il aime s'en sortir en toute impunité.

— Si vous êtes en train de réitérer vos appels à la vigilance, monsieur Levitsky, laissez-moi vous répondre que je ne suis pas née d'hier. Je me suis occupée d'un tas de criminels dangereux, et j'entends procéder de la même manière avec Weir.

— Je suis en train de vous dire, mademoiselle Gallagher, quc Weir se situe dans une catégorie à part. Et qu'il vous faudra plus que de la vigilance.

— C'est-à-dire ?

Levitsky s'assombrit.

— C'est-à-dire qu'il vous faudra constamment rester à l'écoute de la sonnette d'alarme. Et à l'instant où elle retentit, cogner tout de suite.

8

Le tuyau étouffait sa voix, la rendant semblable au sanglot élastique d'un trombone à coulisses. Le son venait d'en bas, une vibration qui lui chatouillait la colonne vertébrale. Abigail ne parvenait pas à saisir les mots distinctement, mais le rythme était taquin et la mélodie menaçante.

Elle eut beau s'efforcer de garder le silence, elle finit par ne plus pouvoir se contenir.

— Laissez-moi sortir ! hurla-t-elle d'une voix perçante. Vous devez me laisser sortir !

Comme par magie, la voix changea de tonalité et d'origine, un murmure tranchant qui montait vers elle quelque part sous son oreille gauche. Ces bizarres tours de passe-passe étaient une spécialité, chez lui. Des choses qu'elle était incapable de comprendre, ou d'expliquer.

— Il te faudra trouver ta propre voie vers la liberté. Cherche.

— Arrêtez ça tout de suite, ou bien j'en parlerai. Je vous jure que je raconterai tout si vous ne me laissez pas sortir immédiatement. Je me fous de ce que diront les gens.

Elle écouta son pouls qui battait la chamade, et l'écho vibrant de cette dernière réplique. Aucune réponse de lui, pas un bruit.

Était-il parti ?

Elle ne put en supporter davantage. Tout le corps lui

faisait mal, à cause du froid et de la claustration. La terreur lui rongeait le ventre et grondait dans ses entrailles.

— Je vous en prie, je vous prie, laissez-moi sortir.

Elle entendit un battement d'ailes. Des chauves-souris ?

Dieu Tout-Puissant, non ! Elle avait horreur de ces hideuses créatures. De nocturnes démons puants qui encerclaient et fondaient sur leur proie tandis que leurs griffes s'insinuaient dans une chevelure déjà poissée par la salive gluante dégoulinant de leur gueule, tant et si bien qu'il fallait se raser la tête pour s'en débarrasser. Steph lui avait parlé d'une des camarades à qui c'était arrivé en colonie de vacances. Ses cheveux avaient mis un an à repousser, ils étaient devenus grisâtres et tout filasse.

— Il faut me laisser sortir. Je n'arrive plus à respirer !

Le battement d'ailes s'amplifia et prit une tonalité distincte. Abigail se rendit compte que c'était lui l'auteur. C'était le ricanement desséché, malveillant dont il avait le secret. Le volume sonore des petits hoquets s'accrut jusqu'à de francs éclats d'un rire moqueur. Le bruit l'accablait, suffocant.

— La ferme. La ferme ! cria-t-elle. Je te déteste, tu m'entends ? Je te hais !

Des sanglots de fureur inutile montaient en elle et la consumaient. Des larmes coulaient sur ses joues et trempaient le col de son tee-shirt.

— Je vous en prie, je vous en prie, je ne peux plus tenir !

— Chut !

La voix, de nouveau, avait changé de nature. Elle s'infiltrait à présent comme une brume fantomatique venue du fond.

— Tu dois trouver l'issue. Chercher et trouver. La solution est simple. Réfléchis.

Elle s'efforça de reprendre ses esprits. De quoi parlait-il ? Le conduit dans lequel il l'avait enfermée était solide, hermétiquement clos.

Pourtant non. Il l'avait fourrée là, il devait donc y avoir une issue, une ouverture. Abigail tendit les bras et se mit à mettre le métal à l'épreuve. Elle balaya lentement, méthodiquement, le cylindre qui l'emprisonnait, à partir du centre du couvercle supérieur. Dans les limites que son allonge lui permettait d'explorer, la canalisation était solide, compacte.

S'efforçant de garder son sang-froid, elle appuya sur le talon d'une de ses baskets du bout de l'autre pied pour se déchausser. Tâtant la paroi métallique du bout des orteils, elle continua son inspection. À la base du cylindre, elle découvrit une entaille. En suivant son tracé, elle se rendit compte que celle-ci courait sur tout le périmètre.

Abigail se tortilla jusqu'à ce qu'elle puisse poser ses pieds au fond. Plaquant ses mains et ses avant-bras sur les parois, elle poussa aussi fort que possible.

Il ne se passa rien.

— Sacré nom d'un chien !

— Cherche et trouve, dit à nouveau la voix. Lorsqu'un chemin est bloqué, il faut que ton esprit s'oriente dans une direction nouvelle.

Elle replia les genoux et tenta d'ébranler le fond à coups de pied. Une douleur fulgurante lui remonta le long des jambes jusqu'aux hanches.

— Je n'y arrive pas. Ça ne veut pas bouger.

— Cherche et trouve, mon enfant. Examine la configuration des lieux. Souviens-toi, de la forme découle la fonction. C'est la fonction qui modèle la forme. Esprit et matière. Artifice et réalité. Manifestations d'un seul et même processus, dont les éléments sont impossibles à distinguer.

Ses paroles n'avaient aucun sens. Ce cinglé la tourmentait. Il cherchait à lui faire perdre la tête. À la rendre aussi folle que lui.

Elle n'avait qu'une envie : qu'il meure. Qu'il disparaisse.

Depuis le début, elle rêvait de le voir, couvert de taches et de flétrissures, succomber à quelque maladie hideuse ou bien frire dans sa graisse, frappé par la foudre, ou encore tomber à la mer et se faire éviscérer par les requins.

À présent, elle avait décidé qu'elle était capable de le tuer. Capable de serrer son cou de poulet entre ses doigts jusqu'à ce qu'il bleuisse, étranglé. Ou alors, elle se servirait d'une des antiques escopettes de Poppa rangées derrière la vitrine, au rez-de-chaussée, pour lui exploser la tête. Abigail savait où était cachée la clé. Elle avait vu Mim la prendre pour faire un peu de nettoyage, un jour. Boum, son cerveau de dégénéré ressemblerait à une mare de ketchup.

Crève, pensa-t-elle. *Magne-toi, crève.*

— Réfléchis. (Maintenant, sa voix martelait chaque mot avec une insistance rageuse.) Tu dois raisonner et découvrir une issue. Sinon, tu ne me seras plus d'aucune utilité et je me débarrasserai de toi comme des autres.

— Arrêtez ! Laissez-moi sortir, ou bien je vous tuerai ! Je le ferai, je vous le jure !

— Tais-toi, fit-il d'une voix râpeuse. Il ne s'agit que de la première épreuve. La plus simple. La réflexion te permettra d'en venir à bout. Mets-toi au travail. Examine forme et fonction. Élève-toi au-dessus de l'illusion. Tout est illusion ; l'illusion est tout.

Un charabia absurde.

— ... Si tu n'avais pas été à la hauteur, je ne t'aurais pas choisie. Tu peux et tu dois réussir. Réussir ou périr. C'est à toi de décider, Abigail. Tu es l'architecte de ton destin.

Il était cinglé. Il cherchait à la rendre aussi folle que lui. Mais elle n'allait pas se laisser faire. Elle se sortirait de cette prison d'une manière ou d'une autre. Elle poussa à nouveau sur le fond du cylindre, de toutes ses forces, avec ses pieds. Elle s'arc-bouta jusqu'à ce que ses muscles faiblissent et flanchent. Mais la canalisation restait hermétique.

Le tube.

Forme et fonction. D'autres objets cylindriques en forme de tube lui vinrent à l'esprit : dentifrice, crème pour les mains. C'était peut-être de ça dont il parlait ?

En retenant son souffle, elle prit appui avec les bras et posa ses pieds contre les parois du cylindre. Ses jambes entamèrent une lente rotation dans le sens contraire des aiguilles d'une montre. Le fond céda avec un grincement, s'ouvrant comme le couvercle d'un pot d'olives.

Encore quelques efforts, et le fond du cylindre tomberait. Elle sortirait bientôt de cet endroit dégoûtant. Elle trouverait bien le moyen, alors, de tromper sa vigilance et de s'échapper.

Abigail continua le mouvement de rotation. La base du cylindre était à présent branlante. Elle finit par tomber avec un bruit métallique.

Abigail chercha des yeux un peu de lumière. Mais la muraille d'ombre s'étendait bien au-delà du conteneur qui l'avait emprisonnée. Elle semblait sans limites.

Comment était-ce possible ?

Elle rampa jusqu'au fond et s'extirpa du tube. Mais elle se retrouva piégée dans un autre conteneur, cubique, celui-là. Les parois étaient recouvertes de toile et l'atmosphère était plus lourde, plus chargée que dans le précédent. Elle se demanda s'il ne valait pas mieux retourner dans le tube, mais avant qu'elle ne puisse s'y résoudre, le couvercle tapissé de toile se referma sur sa tête. Il régnait une accablante odeur de musc et un ronronnement de moteur retentissait à ses oreilles.

Abigail se souvint des paroles de son tourmenteur. Elle avait passé la première épreuve. La plus simple. À présent, il fallait passer les suivantes.

9

Les policiers cueillirent Reuben Huff à la porte de la cuisine et l'emmenèrent dans le bureau pour l'interroger. Nora et Charlie restèrent donc en compagnie de Mme Bollard, et de son incessant bavardage.

Intarissable, elle passa successivement en revue l'ingratitude de ses fils, la négligence de ses locataires et son arthrose ; d'après ce que comprit Nora, tous ces malheurs étaient liés.

Il se passa presque une heure avant que DeSoto ne ramène Huff dans le salon. Merriman traînait derrière eux, démesuré, encombrant et gauche.

— Son histoire tient debout, leur dit DeSoto. Je ne pense pas qu'il sache où est passée votre petite fille. Voulez-vous bien leur raconter, monsieur Huff ?

— Tout, depuis le début, encore ? soupira Huff. Je déteste me répéter, moi, contrairement à certains.

Il jeta un regard incisif à sa propriétaire.

— Votre domicile est dans un état lamentable, Reuben Huff, grogna celle-ci. Vous devriez avoir honte.

— Vous, vous ne devriez pas parler avant de savoir. Ça vous changerait, riposta Huff.

Il se vautra dans un fauteuil pour rapporter sa version des événements.

Au début de la semaine, son voisin du dessus s'était endormi en oubliant de fermer le robinet de la baignoire. Huff était à l'extérieur pour une de ses deux ou trois parties de poker hebdomadaires. Quand il était rentré, quelques heures plus tard, l'eau avait traversé le plafond du salon, de la chambre à coucher, et détrempé la moquette. Pour éviter d'en parler à la propriétaire et d'avoir des ennuis, le voisin avait offert de payer de sa poche les matériaux nécessaires à la réparation des dommages, et Huff lui-même pour la main-d'œuvre.

Mme Bollard renifla bruyamment.

— Manque pas de culot. Il se trouve que cet immeuble m'appartient, figurez-vous. Il me semble que c'est la moindre des courtoisies de m'avertir.

— Très bien, dit Huff. Vous êtes au courant, maintenant. Vous voulez vous en charger vous-même ? Je vous en prie, faites.

— Je n'ai pas dit ça, Reuben. J'ai juste dit qu'il aurait été courtois de m'informer.

— Sauf votre respect, madame, je pense que vous ne sauriez pas reconnaître la courtoisie, même si elle venait vous mordre la fesse.

Les yeux de la propriétaire parurent sur le point de jaillir de leurs orbites, et des rougeurs marbrèrent son visage. Huff l'ignora et poursuivit son récit. Il avait eu l'intention d'attendre que le plafond et le plancher sèchent pour entamer les réparations. D'ici là, il demeurait à Wilmington, chez son oncle, Marvin Huff. Le travail promettait de causer des dégâts, alors il avait emporté ses vêtements et entreposé le reste de ses affaires dans le garage d'un ami.

Merriman indiqua qu'il avait pris contact avec l'ami, le voisin et l'oncle. Ils avaient tous confirmé la véracité des dires de Reuben Huff. D'après le témoignage de son oncle, Huff était rentré peu de temps après avoir croisé Nora dans l'auberge, et n'était ressorti que ce matin pour aller travailler. Il n'avait reçu ou passé aucun coup de fil. Rien dans son comportement n'avait paru inhabituel. Du moins rien d'inhabituel pour Reuben.

L'homme à tout faire avait l'air de s'ennuyer. Il

débitait son histoire d'une voix atone, en jouant avec une pièce de monnaie.

— Je peux y aller, maintenant ? dit-il finalement. J'ai tout un tas de corvées qui m'attendent.

— Encore une chose, monsieur Huff, intervint DeSoto. Vous avez dit à Mme Brill que sa fille n'était pas dans sa chambre. Comment le saviez-vous ?

Huff examina le plafond comme s'il y cherchait une réponse. Se gratta l'arête du nez.

— J'ai dit ça ?

— Oui, lorsque je vous ai croisé devant la porte de la cour, répondit Nora. Comment saviez-vous qu'elle n'y était pas ? Est-ce que vous l'avez vue partir, Reuben ? Vous a-t-elle confié quelque chose ? Cherchez dans votre mémoire, Reuben, je vous en prie.

— Vous avez dû mal comprendre, madame Brill. Je n'ai pas vu Abigail depuis quelque temps. Deux jours, au moins. Avec les travaux de réfection du printemps, j'ai pas arrêté.

— Mais vous avez dit...

— Non. Je n'ai aucun souvenir d'avoir dit quoi que ce soit de ce genre. Je n'avais aucune raison de le faire, puisque je n'avais pas vu la petite fille. Vous avez dû comprendre de travers. Vous en avez fini avec moi, détective ? Je voudrais bien me mettre au boulot avant que la journée ne m'ait filé entre les doigts.

— Une dernière chose, Reuben, dit Mme Bollard. Je veux que votre appartement soit entièrement rénové. Qu'il me revienne dans l'état où vous l'avez trouvé, entendu ?

— Pas de problème. Entre nous, ça n'était pas non plus l'affaire du siècle, cet appartement.

Il se tourna vers Nora et leva un chapeau imaginaire dans sa direction.

— Je souhaite qu'Abigail vous revienne aussi vite que possible, madame Brill. C'est une brave petite. Douce et jolie. Désolé de n'avoir pu vous aider.

Mme Bollard suivit Huff jusqu'à la porte. Les policiers se levèrent, prêts à partir.

— Attendez, dit Nora. Quoi qu'il dise, il savait qu'Abigail n'était pas dans sa chambre. Je me souviens de ses paroles mot pour mot. Il ne dit pas la vérité.

Les deux hommes eurent un échange silencieux.

— Nous allons ouvrir l'œil, lui dit Merriman avec un signe de tête nonchalant. Je suis sûr qu'elle va revenir très vite.

— Tous les mômes font des fugues, ajouta DeSoto. Mon fils prenait la tangente une fois par semaine, minimum. Chaque fois que ma femme lui refusait quelque chose, il foutait le camp. Elle va se fatiguer et revenir toute seule. Vous verrez.

Charlie lui passa le bras autour des épaules.

— Je suis sûr qu'ils ont raison, chérie. Hugh est parti pendant trois jours, une fois. On en était à préparer une grosse nouba pour fêter ça au moment où il a réapparu.

Après le départ des policiers, Nora rentra chez elle pour prendre une douche et se changer en vue de son rendez-vous de 10 heures avec les membres du Bureau de tourisme. Elle était oppressée et ses yeux lui brûlaient. Elle ne pouvait pas rester assise à attendre des nouvelles d'Abigail, elle allait devenir folle. Charlie savait où la joindre s'il y avait du nouveau.

Elle avait encore une demi-heure à tuer. Elle mit le cap sur son atelier pour aller chercher les clichés développés la veille destinés à la nouvelle brochure. Comme on le lui avait demandé, elle avait souligné les contrastes du Vermont : des pics majestueux et des vallées verdoyantes, des fermes et des zones industrielles, de petites auberges tranquilles et des stations de ski sophistiquées. Elle avait pris plusieurs photos de l'auberge des Brill et de ses environs. Tableaux de la sérénité.

À présent, ceux-ci lui semblaient pleins d'une ironie amère. Elle avait cru sa fille en sécurité, ici. Elle avait pensé que rien de mauvais ne pouvait survenir dans un paysage d'une telle perfection photographique.

Le week-end dernier encore, Abigail l'avait accompagnée prendre des photos. Une soudaine culpabilité s'empara de Nora lorsqu'elle se souvint comment elle avait ignoré les jérémiades et les plaintes incessantes d'Abigail. Elle avait refusé d'écouter combien la vie serait merveilleuse si seulement Abigail pouvait vivre avec son papa.

La vérité, c'était que le père si cher au cœur d'Abigail n'avait pas grand-chose de précieux à offrir, hormis ce qu'il était disposé à accorder à petites doses. Ray était un parent idéal pour les vacances, cadeaux, plaisanteries, fêtes. Il n'aurait jamais accepté de se charger d'Abigail à plein temps. Trop de responsabilités. Pour lui, c'était le signal de départ d'un sprint éperdu. La seule idée de ce qui l'attendait le propulsait hors des starting-blocks.

Mais Nora ne pouvait pas l'avouer à Abigail. L'enfant devait constater par elle-même les limites de son père et celles de sa mère. Alors plutôt que de prêter l'oreille à des récriminations qu'elle ne souhaitait ni discuter ni réfuter, elle s'était absorbée dans son travail.

La photo avait toujours été pour elle la meilleure évasion possible. À travers l'objectif, le monde se réduisait, s'ordonnait en échantillons soigneusement sélectionnés. Elle pouvait piéger une ombre. Figer un instant. Bannir toute laideur au-delà des limites bien établies de la réalité choisie.

Comme souvent lorsqu'elle était armée de son Nikon ou de son antique Hasselbad, elle s'était concentrée sur les lieux et les moments qui lui semblaient les plus séduisants. Les doléances d'Abigail avaient été reléguées aux confins les plus éloignés de son attention, avec les autres choses déplaisantes : arbres morts, nuages annonçant l'orage, flaques de boue, papier gras, petits animaux morts sur la route.

Par deux fois, elle avait capturé sur pellicule un sourire sur les lèvres d'Abigail. Elle avait réussi un instantané de sa fille juste après un double saut périlleux sans accroc sur le chemin de la maison vide sur la colline. Un moment à graver dans le marbre, l'enfant éclatait de satisfaction. À présent, Nora repensait à l'instant qui avait suivi, lorsque le contentement avait cédé la place à une moue rageuse et à des accusations maussades.

— Tu ne veux même pas que papa vienne me voir. Tout ce qui t'intéresse, c'est d'être avec Charlie, dans cet endroit idiot.

Peut-être que si elle s'était montrée plus compréhensive... Peut-être que si elle avait écouté moins distraitement...

Regrets inutiles. Impossible de retourner en arrière. La prochaine fois, elle ferait mieux. Elle serait plus patiente, plus compatissante.

S'il y avait une prochaine fois.

Il était presque 9 heures. Il était temps de partir à son rendez-vous. Nora chercha une enveloppe assez grande pour contenir ses tirages. Rien dans les tiroirs, mais elle en avait d'autres dans le placard près de la porte. Elle fouillait dedans lorsque la sonnerie retentit.

Refermant la porte du placard, elle situa l'origine du bruit dans la chambre noire. Le chronométreur dont elle se servait pour minuter le développement s'était déclenché. Étrange. Un faux mouvement, peut-être, en rassemblant les tirages.

En passant devant la rangée de plateaux métalliques, elle remarqua plusieurs agrandissements baignant encore dans la solution fixatrice. Une telle négligence ne lui ressemblait pas.

Elle repêcha les tirages gâchés dans leur placenta chimique et les tint au-dessus du bac métallique pour les égoutter. Elle était sur le point de balancer la masse spongieuse à la poubelle lorsqu'elle aperçut une image nette sur un coin de papier qui dépassait du dessous de la pile.

Un pied nu.

Son cœur se mit à battre la chamade quand elle reconnut les orteils allongés. La voûte plantaire délicate de danseuse. La tresse de fils colorés entourant la cheville, fermée par une épingle de sûreté ornée d'une perle.

Le pied d'Abigail.

D'une main tremblante, elle sépara et lissa les feuilles au glaçage froissé sur le rebord de sa table de travail.

Il y avait quatre clichés 21X24, tous pris sur du film ultrasensible pour que les photos soient tramées. En dehors de l'cxpression du visage, elles étaient quasi identiques les unes aux autres. Sur l'une d'elles, l'enfant avait les yeux fermés et la bouche plissée comme par un effort de concentration. Sur une autre, elle avait l'air effaré d'une biche surprise par un éclair de phares. La troisième représentait la fillette les yeux embués de larmes de la lèvre inférieure retroussée dans une moue de chagrin et d'humiliation. Un cri muet lui déformait la bouche sur la quatrième, la terreur se lisait sur ses traits.

Le reste de son corps semblait rigide et artificiel. Elle avait les bras plaqués aux flancs, les jambes serrées. Elle portait les mêmes vêtements qu'hier, un jean et le tee-shirt à teinture irrégulière, son coupe-vent rouge noué autour de la ceinture. Un seul de ses pieds était déchaussé. La basket qui protégeait l'autre était recouverte d'une croûte boueuse saupoudrée d'un résidu ressemblant à du poil.

Nora réprima un gémissement. Sa petite était échevelée, hagarde, sur ces photos. De sombres traînées s'étalaient sur ses joues, et sa chevelure soyeuse était emmêlée, poissée de sueur. Mais elle ne remarqua aucune blessure visible. Ni aucun signe de souffrance physique. Nora ne connaissait que trop bien le visage d'Abigail quand elle avait mal. Un détachement particulier voilait son regard et la résignation figeait ses lèvres.

Le cœur cognant dans la poitrine, Nora suspendit les tirages pour les sécher et courut à l'auberge chercher Charlie. Elle le trouva dans son bureau, le nez dans les registres. Sans reprendre son souffle, elle lui parla des instantanés.

— Charlie, ça n'est peut-être pas Reuben, mais quelqu'un l'a enlevée. Il a dû laisser les photos pour prouver qu'Abigail est bien entre ses mains. Elle porte les vêtements qu'elle avait mis pour aller à l'école hier. Viens, je vais te montrer.

Il lui posa une bonne douzaine de questions sur le chemin de l'atelier. Une telle découverte était en effet à la fois illogique et de mauvais augure. Mais Nora n'essaya pas de dissiper le scepticisme de Charlie par des explications. Il verrait bien lui-même.

Il la suivit à l'intérieur. On aurait dit que l'endroit avait été saccagé par des pillards. Les tiroirs étaient ouverts, débordants. Le bureau était jonché de papiers. Par la porte du placard entrebâillée, on devinait la boîte de fournitures déplacée près de se renverser. Celui qui avait laissé les photos d'Abigail devait être à la recherche de quelque chose.

Nora conduisit Charlie rapidement à la chambre noire. Elle alluma et pointa le doigt en direction des tirages.

Il avança et examina les quatre feuilles de papier glacé suspendues. Il revint vers Nora quelques instants plus tard et la prit dans ses bras. Il la serra contre lui et lui caressa les cheveux.

— Ma chérie, tu vas voir, ça va s'arranger. Il va falloir que tu essaies de te maîtriser. Dormir un peu, peut-être...

— De quoi tu parles ?

Elle se dégagea de l'étreinte et marcha vivement jusqu'aux clichés en train de sécher. Ils étaient disposés exactement comme elle les avait laissés. Mais les images avaient disparu. Quatre feuilles absolument vierges, accusatrices, suspendues dans un alignement sardonique.

10

En route vers la maison de Weir, Levitsky soumit Quinn à un feu roulant de questions sur les mesures de sécurité. La science toute nouvelle de la surveillance électronique lui était étonnamment familière. Décidément, pour un idiot, il était incroyablement bien informé sur quantité de choses.

Grâce aux renseignements sommaires qu'il parvint à arracher à Quinn, l'agent du FBI déduisit que le dispositif déployé autour du Professeur appartenait à la dernière génération de la technologie du contrôle à distance.

Les mouvements de Weir étaient constamment sur écoute. Quinn montra à Levitsky un tirage papier de l'enregistrement de la première matinée qu'avait passée Weir dans la maison rénovée.

— Intéressant, dit l'agent spécial en feuilletant le document. Ce type marche de long en large sans arrêt. Il est fébrile, ne tient pas en place.

Quinn se souvint de Weir et de la ronde qu'il menait sans répit dans le salon.

— Il se comporte en effet comme un animal en cage.

— *C'est* un animal en cage. Je suis heureux de voir qu'il ne se contente pas des coups de fil impromptus de l'ordinateur. Quelque chose me dit que le Professeur trouverait sans difficulté un moyen de passer entre les mailles du filet.

— Voyons, Levitsky, il n'est tout de même pas surhumain.

Quinn avait suivi une courte formation à la surveillance électronique après son embauche au Bureau des libérations conditionnelles. Le bracelet plastique de contrôle à distance épousait le poignet du délinquant, auquel il était fixé avec des rivets en acier soudés autour de l'articulation. Toute tentative de le desserrer ou de l'enlever faisait retentir l'alarme de l'ordinateur Telsol, et un message « Effraction de bracelet » s'inscrivait automatiquement sur son dossier. Suffisant pour déclencher une alerte immédiate.

La partie surélevée de chaque bracelet avait une forme unique conçue pour s'emboîter parfaitement dans le réceptacle prévu à cet effet sur l'appareil téléphonique de chaque délinquant. Ce qui, avec le vérificateur d'empreintes vocales, visait à empêcher toute substitution de personnes. Pour Quinn, c'était à toute épreuve. Et l'expert du centre de Burlington lui avait assuré que, depuis sa mise en service six ans plus tôt, aucun détenu libéré sur parole n'avait réussi à tromper la surveillance du cerbère électronique de l'État.

— Avec un système plus simple, Weir serait peut-être arrivé à quelque chose, avec celui-là, il n'a aucune chance, dit Quinn. C'est parfaitement au point.

— Le *Titanic* aussi était insubmersible.

— Très fort, Levitsky. Nous y sommes.

Elle s'engagea dans l'allée et s'arrêta devant le portail. Mais avant qu'elle ne puisse sortir de la voiture pour aller l'ouvrir, l'agent spécial lui agrippa le bras.

— Attendez. Je ne me rendais pas compte que c'était aussi près. Il ne faut pas qu'il sache que je suis dans les parages, d'accord ? Faites-le sortir de sa tanière. Je serai le plus discret possible.

— Pourquoi ?

— Je veux l'observer un peu, pour commencer. Quand on se sera arrêtés dans l'allée, dites-lui de venir à la porte. Je ferai le tour derrière ces buissons près de la façade. Quand vous serez prête à partir, levez la main et je vous retrouverai ici.

— Il faut absolument jouer aux gendarmes et aux voleurs ? Si vous êtes là pour l'interviewer, pourquoi est-ce que vous ne vous y mettez pas tout de suite, qu'on en finisse ?

Fais ton boulot et dégage, avait-elle envie d'ajouter, mais elle était trop bien élevée.

Levitsky fronça les sourcils.

— Si ce n'était pas absolument nécessaire, je ne vous ferai pas perdre votre temps. On peut y aller, maintenant, ou bien je contacte mon quartier général pour passer par d'autres voies ?

— D'accord, d'accord. Vous voulez bien me rendre mon bras ? Ou bien dois-je le sacrifier lui aussi pour mon pays ?

Il la lâcha si brusquement qu'elle se cogna la tête contre la vitre latérale.

Imbécile. Elle éprouva une furieuse envie de lui dire le fond de sa pensée. Dieu seul savait combien ça l'aurait soulagée.

— Désolé, fit-il. Ça va ?

En marmonnant des obscénités en gaélique, elle gara le véhicule et s'approcha des piquets marquant la frontière que Weir ne pouvait franchir. Les rideaux du salon étaient encore tirés. Aucun bruit ne s'échappait de l'intérieur de la maison.

Tout en s'efforçant d'ignorer ce crétin du FBI qui rôdait comme un cambrioleur de dessin animé, Quinn se posta à distance réglementaire des piquets électroniques et respira profondément. Elle était sur le point d'appeler Weir quand la porte s'ouvrit.

— Mademoiselle Gallagher ? Quel bonheur que vous soyez revenue si vite !

Un sourire énigmatique flottait sur les lèvres du Professeur. Ses paupières se fermèrent à demi, dans une expression interrogatrice.

— J'étais dans le coin. Je me suis dit que j'allais passer voir si vous aviez besoin de quelque chose.

— Comme c'est gentil. Merci, mais je n'ai besoin de rien. Je me contente de peu.

— Sans blague ?

Les paupières de Quinn se baissèrent à leur tour dans une imitation inconsciente de Weir, elle s'attendait à ce qu'il revienne au personnage de salopard grivois qu'il avait adopté la veille.

Mais il conserva son masque d'innocence.

— Oui. Comme vous le savez, j'ai derrière moi une longue période d'incarcération. On apprend à se passer de beaucoup de choses. Tout cela fait partie de la dette qu'on paie à la société.

— À quoi jouez-vous, monsieur Weir ?

Il écarquilla les yeux.

— Que se passe-t-il ? Je vous parais différent, madame l'agent de la Conditionnelle ?

— Plutôt. Comme si vous jouiez un personnage, tout à coup.

Quinn fixa le visage faussement ingénu. Elle comprenait à présent ce qu'entendait Levitsky en parlant de Weir comme de quelqu'un d'imprévisible. Brusques changements d'humeur, va-et-vient incessants entre diverses personnalités. *Là tu'l'vois, là tu l'as pas vu...*

Au moins, dans cette mission, elle ne courait pas le risque de s'ennuyer.

Il cligna des yeux et plissa les lèvres.

— Pardonnez-moi, madame l'agent de la Conditionnelle, mais je ne comprends pas ce que vous voulez dire.

— Ça n'a aucune importance, ce qui compte, c'est que *moi*, je comprenne, Weir. Et je comprends... parfaitement.

— Je le souhaite. J'ai horreur d'être mal perçu. Une difficulté que j'ai eu à affronter depuis toujours.

— Pauvre garçon. Dommage que mon violon soit resté dans mon autre sac à main.

— Je ne mendie pas votre sympathie. Tout ce que je demande, c'est un peu d'équité. De justice. Je n'ai jamais réclamé autre chose.

Un peu de justice et une petite fille à déchiqueter. Cet homme n'avait que de modestes besoins, en vérité.

La chienne d'aveugle avança lourdement pour prendre place aux côtés de Weir. Le Professeur tendit le bras et la gratta derrière les oreilles. À chaque caresse, les muscles du bras frémissaient, ondoyaient comme l'eau d'un torrent. La ressemblance entre les deux bêtes était presque surnaturelle. Un regard froid et fixe. L'immobilité mortelle des prédateurs aux aguets.

— Ça a été un vrai plaisir, monsieur Weir. Mais j'ai bien peur de devoir vous quitter. Il faut que j'aille m'occuper des autres garçons et filles à ma charge.

— Vous ne pouvez pas faire autrement ? Pas le temps de prendre le thé ? La solitude est peu oppressante, à force.

Quinn observa quelques instants les yeux grands ouverts aux paupières immobiles. Aucune âme, pas trace d'un sentiment humain.

— Merci, mais je dois décliner votre offre.

Elle leva la main pour signifier à Levitsky qu'elle était prête à partir.

— Eh bien, au revoir, monsieur Weir. À très bientôt.

Weir frémit presque imperceptiblement.

— Qu'est-ce que c'était ? dit-il.

— Quoi ?

Il pencha la tête et fronça le sourcil.

— Là-bas. (Il tendit un index accusateur en direction des buissons où se cachait Levitsky.) Cette odeur infecte. Quelle créature putride avez-vous amenée ici, madame l'agent de la Conditionnelle ? À quel jeu jouez-*vous* ?

Décontenancée, Quinn se demanda d'où lui venaient ces soupçons. Elle jouissait d'une ouïe remarquable et n'avait rien entendu. Et Levitsky était beaucoup trop loin pour que son odeur parvienne jusqu'à eux.

— Je ne joue aucun jeu avec vous. Vous imaginez des choses qui n'ont pas lieu d'être. Il n'y a personne ici, en dehors de vous et moi.

Weir eut un rire sans joie.

— Comme c'est juste. C'est personne. Moins que personne.

Quinn se décida à partir. Le sourire grimaçant du Professeur pesait dans son dos comme une masse congelée.

— Arrêtez. Ne vous en allez pas tout de suite. (Ses paroles la stoppèrent net.) Vous faites fausse route, mademoiselle Gallagher. Vous n'empruntez pas le bon chemin.

— Si vous voulez que je comprenne ce que vous dites, il va falloir se décider à parler anglais.

— Approchez-vous, alors. Ce que j'ai à vous dire doit rester strictement entre nous deux.

Ses doigts l'encouragèrent à venir vers lui, ondulant comme des serpents charmés par la flûte du fakir.

Quinn fit demi-tour et quelques pas dans sa direction.

— Quoi ?

— Si vous désirez sincèrement me connaître, il faut suivre la voie.

— Merci, mais ça ne m'intéresse pas, je vous l'ai déjà précisé.

— Oh, que si, ça vous intéresse. Et je suis désireux de vous servir de guide. Vous serez mon élève, mademoiselle Gallagher, je vous ai choisie, vous êtes l'élue. Vous pouvez devenir la première à tout savoir, absolument tout. Et ce savoir vous sera très utile, surtout avec ce qui passe en ce moment. Mais cela exigera de vous de minutieuses qualités d'observation. De la matière grise et des efforts.

— C'est très aimable à vous. Malheureusement, j'ai trop à faire pour me lancer dans l'apprentissage de la démence, là, tout de suite. Si vous voulez bien m'excuser.

Elle refit demi-tour dans la direction de la Jeep.

— Vous êtes la seule qui ayez une chance de me connaître. (Il semblait à Quinn que la voix flottait à l'intérieur de son crâne comme un bourdonnement éthéré.) Vous vous familiariserez avec moi, il le faut. Vous n'avez pas le choix, voyez-vous. Nous sommes liés, vous et moi. La même mélodie retentit à nos oreilles. L'un comme l'autre, c'est elle qui nous mène.

Quinn marqua le pas, mais finit par décider de ne pas gaspiller sa salive. Elle était entourée de dingues. Elle repartit vers la voiture, tentant d'ignorer ses murmures impatients.

— Le chemin de la découverte, poursuivait la voix qui lui parvenait comme un bruissement d'arbres agités par le souffle du vent. Vous devez trouver la voie. Il le faut, avant qu'il ne soit trop tard pour l'un comme pour l'autre. Avant l'irréparable.

Levitsky surgit de nulle part et se glissa le premier dans le véhicule quand elle ouvrit la portière. Il s'installa sur le siège passager et examina la maison. Le Professeur était debout, posté juste derrière la ligne de piquets.

Le regard de Quinn passa rapidement de l'un à l'autre plusieurs fois de suite. Tous les deux étaient fascinés.

Elle tapota le bras de l'agent spécial pour rompre le charme. L'effarement qui s'était peint sur les traits de Levitsky laissa la place à une expression de neutralité étudiée.

Quinn ouvrit la bouche pour dire quelque chose, mais Levitsky lui fit signe de garder le silence. Difficilement, elle réussit à tenir sa langue jusqu'aux boutiques de Main Street. Ce type lui donnait envie de hurler.

— Écoutez, je ne sais pas ce qui se passe exactement, mais il me semble que Weir ne soit pas le seul à jouer un jeu. Il y a entre vous quelque chose de plus que le simple intérêt scientifique.

— Qu'est-ce qui vous fait croire ça ?

— Parfait. Admettons que je n'ai rien dit. Du moment que vous ne vous mettez pas en travers de ma route, je me fous de savoir si lui et vous êtes d'anciens partenaires de tango.

— Aucune de mes initiatives ne vous causera la moindre difficulté. Mon boulot, c'est de vous aider contre des monstres de cette espèce. Et si vous m'en laissez la possibilité, je vous serai utile. Que vous a-t-il dit en vous rappelant ?

Quinn ne voulait ajouter aucun poids aux déclarations de Weir. Ça ne valait pas la peine d'être répété.

— Il m'a dit qu'il n'aimait pas les surprises. Il a dit que je ne devrais pas venir avec des invités sans le prévenir auparavant. Je pense qu'il veut avoir le temps d'aller chez le coiffeur et de mettre la table.

— Comme vous voudrez, Gallagher. Je ne peux pas vous obliger à m'en parler.

Levitsky resta silencieux un moment, observant les arbres et les poteaux télégraphiques qui défilaient à toute vitesse.

— Un dernier conseil, pourtant. Quoi qu'il dise, aussi anodin que ça puisse paraître, si ça sort de sa bouche, dites-vous que ce sont des ennuis en perspective.

11

Il lisait dans ses pensées.

Abigail eut soif, et on lui glissa une Thermos de cycliste dans la main. L'eau était tiède et avait un goût métallique écœurant, mais elle apaisa un peu sa gorge en feu et son palais desséché. Elle but goulûment. Et dès qu'elle reposa le récipient, il disparut.

Il se passa la même chose lorsque sa vessie se mit à la tenailler douloureusement. Elle avait décidé qu'elle était prête à faire pipi dans sa culotte plutôt que de le supplier de la laisser aller aux toilettes, mais choisir entre ces deux humiliations ne s'était pas révélé nécessaire. Un seau en métal était apparu entre le mur et sa main droite.

— Un seau hygiénique, lui expliqua-t-il avant de réaliser qu'elle n'avait pas compris. En guise de toilettes.

Il satisfaisait tous ses besoins de cette manière. Avec prémonition. Ce qu'elle désirait surgissait de nulle part. Une barre chocolatée, encore un peu d'eau, un mouchoir en papier. Il lui suffisait de vouloir quelque chose pour que celle-ci fasse miraculeusement irruption dans sa main, contre sa cuisse, ou bien encore rebondisse sur la toile rêche qui lui râpait la hanche. Comme il lui suffisait d'en avoir terminé pour qu'elle disparaisse.

— Ces privilèges te sont accordés pour avoir réussi la première épreuve, lui dit-il lorsque la curiosité se mit à la dévorer. Tu seras récompensée au fur et à mesure.

Toute cette histoire était si incongrue qu'elle craignait d'être en train de devenir folle. Elle se demanda si c'était ce qui était arrivé à la mère de son amie Bonita Todd.

Chaque année, Mme Todd s'alitait un mois ou deux dans l'élégant duplex familial de Park Avenue, avant de se lancer dans une frénésie d'achats suivie par de brusques séjours à l'hôpital de New York où, si l'on en croyait la rumeur, on lui injectait des remèdes de zombies et on la torturait avec des électrochocs. Abigail s'imaginait qu'on la soumettait à de grosses décharges électriques et qu'elle finissait carbonisée comme une guimauve sur un feu de camp.

Il était hors de question qu'une chose pareille lui arrive à elle. Elle était résolue à tout traverser en conservant sa santé mentale. Elle franchirait les épreuves une à une et sortirait de là en un seul morceau.

Les paroles de son tourmenteur dansèrent dans l'esprit d'Abigail au milieu d'un tourbillon d'idées désordonnées. Forme et fonction. Image et illusion. Elle essaya de se concentrer, mais ses pensées étaient aussi fugaces et capricieuses qu'une nuée de mites. Dans les ténèbres silencieuses, elle perdait pied, son esprit s'égarant brusquement dans des directions inattendues.

Réfléchis !

Sa prison avait des parois de toile rêche. Une toile solide comme celle qu'il y avait sur les bords extérieurs du trampoline, en cours de gymnastique. Le même genre de toile que celle de la voile du bateau sur lequel son père, en compagnie d'une de ses « amies », l'avait emmenée l'été dernier.

Cette fois, il s'était agi d'une femme prénommée Tanya, à la peau caramel, avec des dents de castor et un rire comme une rafale de mitrailleuse. Sa fille Natacha, une gamine au nez crochu, avait passé la journée entière dans la cale, en compagnie d'un livre d'histoires sur les danseuses de ballet et d'un bol de céréales.

Reléguée sur le pont, désœuvrée, Abigail avait plissé les yeux et observé, essayant de comprendre ce que son père pouvait trouver à la Tanya en question.

Grâce à Dieu, Tanya n'avait pas fait long feu. Pas plus que Marjorie les Jambes-lourdes, ni Gabby Gloria, ni Suzie les Frisottis, qui ressemblait trait pour trait à son caniche, mais ne savait malheureusement pas, contrairement à lui, faire la morte.

Papa lui avait dit qu'il ne fallait pas qu'elle en veuille à ses « amies », qu'elle était sa préférée pour toujours. Mais les griefs d'Abigail n'avaient rien à voir avec la jalousie. Les femmes qu'il choisissait étaient toutes des souillons sans intérêt. Sans exception. Stephanie lui avait confié que son père était pareil. Elle avait ajouté que les jugements de divorce attribuaient peut-être la garde du bon sens des hommes à des tierces personnes. Stephanie faisait parfois preuve de beaucoup d'humour, même en ce qui concernait des sujets qui ne prêtaient pas tant à rire.

Réfléchis, Abigail. Concentre-toi.

Des voiles nautiques de toile brute flottaient dans son esprit. Des baskets de toile. L'année dernière, elle avait voulu en acheter des roses, comme sa copine Jeanine, mais elle avait les pieds trop larges, alors elle s'était retrouvée comme d'habitude chaussée d'une paire de baskets blanches. Maman avait baptisé la couleur « ivoire », se figurant qu'Abigail était assez sotte pour ne pas comprendre qu'on cherchait à l'amadouer.

Non. Concentre-toi sur le conteneur. Celui-ci.

La toile du hamac derrière le pavillon de la grand-mère Brill. La bâche de toile tendue au-dessus de la piscine.

Mais il fallait qu'il ait la même forme que celui-ci : un sac quelconque.

Elle faillit pousser un cri de joie lorsqu'elle comprit.

Ça devait être un sac de toile comme ceux que M. Banyon apportait dans leur immeuble, à New York.

Un sac postal.

Pendant la semaine, le facteur passait à une heure où elle était à l'école, mais Abigail avait trouvé une excuse pour l'attendre au rez-de-chaussée tous les samedis. Elle allait voir Sol, le gardien, un grand type noir qui connaissait des tas de blagues et avait toujours les poches pleines de chewing-gums. Ou bien elle donnait rendez-vous devant chez elle à Jeanine, sa meilleure amie, à l'heure où le facteur distribuait le courrier.

Abigail nourrissait toujours l'espoir de voir arriver une lettre de son père. Elle pensait mettre plus de chances de son côté en restant dans les parages pendant la tournée du facteur.

Concentre-toi !

Ses paupières se fermèrent et M. Banyon repassa devant ses yeux, avec son corps à la Humpty-Dumpty et ses prunelles couleur de réglisse. Elle se représenta son uniforme froissé, la boîte bleue de friandises pour chiens qu'il trimballait toujours dans la poche de sa veste, les chaussures noires raclant le sol, aux talons si usés qu'ils lui donnaient une démarche chaloupée de cow-boy.

Et le sac postal ?

Les paupières serrées, elle revit le chariot métallique et les trois sacs postaux bleus élimés, maculés de traînées grasses. Munis d'un rabat à l'embouchure, ils étaient tous tamponnés de l'aigle sinistre aux serres recourbées, l'insigne de la poste fédérale. Des lanières de cuir dépassaient de la patte de toile sur la partie supérieure. Elles se fermaient comme une ceinture classique, avec une boucle, la languette de métal s'enfilant dans les trous prévus à cet effet.

Son esprit avait à présent formé une image complète. Elle se souvenait de l'épaisse sangle de cuir qui ballottait à l'épaule de M. Banyon, du sac lui-même, lorsque le facteur s'en emparait sur le chariot, les lettres et les colis gonflant la toile comme le ventre d'une femme enceinte. Elle parvint même à visualiser le chatoiement d'enveloppes de couleurs variées, lorsque M. Banyon ouvrait son fardeau tout en déverrouillant les boîtes aux lettres avec une clé spéciale à son trousseau, avant de procéder à la répartition.

L'image était parfaitement claire, mais Abigail n'arrivait pas à comprendre comment elle pouvait s'en servir pour sortir de sa prison de toile.

Il marchait de long en large, au-dessus d'elle. Elle l'entendit s'approcher à pas lourds, s'arrêter, repartir.

Il fallait absolument qu'elle réussisse à se tirer de là avant qu'il ne redescende. À la perspective d'écouter encore une fois son délire de timbré, elle avait déjà envie de s'arracher les cheveux.

Concentre-toi !

Abigail retourna à l'image de M. Banyon et du sac.

C'est alors qu'elle se rendit compte qu'elle avait négligé un détail.

Son tourmenteur avait glissé et retiré successivement un seau, la Thermos, la barre chocolatée, le mouchoir en papier. Comment avait-il procédé ?

Elle avait déjà inspecté chaque centimètre carré de la toile. Il n'y avait aucune faille, aucune ouverture comme celle qu'elle avait découverte dans le cylindre. Chaque pan de tissu était fait d'une seule pièce.

Mais les parois étaient forcément rattachées les unes aux autres.

Étaient-elles cousues ?

En proie à une agitation croissante, elle plongea son poing dans la couture, là où la Thermos et le reste avaient surgi. Poussant de toutes ses forces, elle réussit à séparer les parois de toile de sa prison. Voilà comment il avait introduit et retiré les objets. Sacré magicien.

L'ouverture n'était pas assez importante pour qu'elle puisse passer tout entière. Enroulant un fil à nu autour d'un doigt, elle tira aussi fort qu'elle put. Elle poursuivit son effort jusqu'à ce que le fil lui entaille la peau. Une vive douleur, suivie d'un flot de sang poisseux.

Elle retomba en arrière, épuisée. Scruta les ténèbres à se crever les yeux. Sa coupure au doigt lui faisait moins mal, un élancement sourd et régulier, parfaitement synchrone avec les lourds pas traînants au-dessus de sa tête. Deux martèlements qui résonnaient en écho aux coups de masse de son cœur dans sa poitrine. Elle était impuissante. Rien ne marchait.

Mais lorsqu'elle remua son pied chaussé, elle sentit la broche qui fermait la tresse de fils colorés autour de sa cheville lui râper la peau.

À force de contorsions, elle parvint à glisser la main jusqu'au témoignage d'amitié tressé par Stephanie en guise de cadeau de bienvenue à l'auberge. Abigail ouvrit l'épingle qui fermait la broche et se débattit à nouveau pour retourner dans sa position originelle.

À force de passer et de repasser la pointe sur le fil épais de la couture, elle finit par l'affiner considérablement. Lorsque le fil fut assez mince, elle l'arracha et dégagea une ouverture suffisante pour lui permettre de sortir.

Elle jeta un coup d'œil au-dehors. Une lumière chiche et aqueuse, pourtant éblouissante après les impénétrables ténèbres dont elle émergeait.

Petit à petit, l'espace autour d'elle cessa de miroiter. Le sac de toile se trouvait dans une pièce carrée, sans fenêtres, mais d'aspect à peu près normal. Il y avait un escalier au centre, et un lit de camp avec un matelas nu. Le bruit de moteur provenait d'un petit cube métallique dans un coin. Une machine quelconque émettant une sorte de grondement et des éclairs de lumière à intervalles irréguliers.

Abigail examina la pièce en détail, d'un mur à l'autre. Rien qui lui paraisse présenter un danger manifeste.

Cependant, lorsqu'elle se glissa par l'ouverture pour

retomber lourdement sur le sol, des poussées de frayeur lui donnèrent la chair de poule.

Elle ne voyait qu'une seule sortie, l'escalier au centre de la pièce, qui menait tout droit à son tourmenteur. Pas de fenêtres, pas d'autres portes.

Il allait falloir ruser pour lui filer entre les doigts.

L'illusion mène le monde, avait-il dit. Tout est illusion. Eh bien, elle aussi pouvait simuler. Elle feindrait la maladie comme tante Victoria quand elle n'avait pas envie de travailler.

Se préparant à son rôle, elle étira ses membres ankylosés et massa sa nuque endolorie. Les épaules bien droites, le dos cambré, elle fit un pas en avant pour l'appeler. Sa voix retentissante la stoppa net.

— Halte !

— Mais il faut que je vous dise que je ne me sens pas bien. Mon estomac me fait un mal de chien. Ça me brûle, j'ai la nausée, et je crois que je vais vomir. Il faut m'emmener chez un docteur.

Il laissa éclater son mépris.

— Ne gaspille pas ton énergie à user de subterfuges, mon enfant. La prochaine épreuve exigera de toi une concentration totale.

— Assez ! protesta Abigail. Je vais m'en aller d'ici maintenant. Tout de suite. Vous ne pouvez pas m'en empêcher.

Elle monterait à l'étage et courrait dehors avant qu'il n'ait eu le temps de réagir. Elle trouverait bien un moyen de lui échapper. Il ne l'effrayait plus. Elle était bien trop en colère.

Elle entendait sa voix insistante :

— Halte. Tu dois t'arrêter. Ne va pas plus loin.

Qu'il aille se faire voir.

Elle était parvenue à mi-chemin de l'escalier lorsque la voix s'interrompit. Un autre bruit s'éleva à sa place : un sifflement. Si aigu, si perçant, qu'elle eut l'impression qu'il allait lui crever les tympans. Abigail mit ses mains sur ses oreilles pour ne plus entendre. Mais le sifflement cessa aussi brusquement qu'il avait commencé.

Un instant, elle écouta le silence écrasant. Elle avait peur de bouger et de déclencher à nouveau l'insupportable vacarme, mais il fallait bien qu'elle tente sa chance. Elle était prête à tout pour s'en sortir.

Elle chassa de son esprit tout ce qui n'était pas son but : l'escalier. La liberté. Sa respiration redevint régulière. Elle récapitula mentalement le chemin à parcourir. Monter, sortir, s'enfuir. Très simple.

Prêt, en position... Mais quand elle tenta un pas en avant, ses pieds étaient immobilisés. Quelque chose la clouait sur place. Et cette fois, il s'agissait d'une prison invisible.

12

Il fallait qu'elle réussisse à s'échapper.

Il n'était pas question pour Nora de supporter la suffocante sollicitude de Charlie une seconde de plus, ni les pressantes invitations de Mim à prendre du repos, ni les litanies de Victoria sur les vertus de son psy. Quoi qu'elle fasse, Victoria tombait toujours sur ce qu'il y avait de mieux. Un don positivement surnaturel.

— Le docteur Grove peut vous aider à surmonter ça, Nora. Dites-lui que vous appelez de ma part, je vous fiche mon billet qu'il vous fixera un rendez-vous immédiatement. Neil est littéralement fou de moi. Et c'est un homme adorable. Il est tout simplement divin, n'est-ce pas, Mim ? Vous vous souvenez de lui, chez les Anderson, à Noël ? Dans son costume Armani, il était à tomber par terre.

Victoria rejeta en arrière ses cheveux aile-de-corbeau satinés et prit une pose digne de figurer en couverture d'un magazine. En dépit d'une nuit sans sommeil et d'une crise familiale, la sœur de Charlie était toujours aussi parfaitement apprêtée. Peut-être était-elle plastifiée.

Une migraine sourde commençait à poindre entre les yeux de Nora.

— Je vais déposer les tirages de la brochure à la réunion du Bureau de tourisme. Charlie, si tu as du nouveau, appelle-moi là-bas, d'accord ?

Elle se dépêcha de sortir, ignorant leurs protestations. Elle étouffait. Ne parvenait plus à réfléchir.

L'étau se desserra un peu autour de son crâne au fur et à mesure que l'auberge s'éloignait, jusqu'à n'être plus qu'un point dans le rétroviseur. Se dirigeant vers le nord sur la RN100, elle orienta l'aération pour qu'un souffle d'air rafraîchisse son visage. Puis elle chercha une station de radio : des actualités, des bulletins météo, du rock. Elle fut choquée de s'apercevoir que la Terre continuait à tourner comme si de rien n'était.

Déjà en retard, Nora avait d'abord eu l'intention de foncer tout droit au Bureau de tourisme, mais elle n'arrivait pas à se débarrasser de l'idée qu'elle apprendrait quelque chose en fouinant dans l'univers habituel d'Abigail.

C'était un jour d'école comme les autres à la Deerfield Valley Regional Elementary. Nora suivit les méandres de l'allée autour du bâtiment de cèdre qui s'étendait dans toutes les directions, avec sa porte rouge et son toit capricieux, offrant au regard une demi-douzaine de pentes inattendues.

Les fenêtres de nombreuses classes étaient recouvertes de dessins de scènes printanières. Des lapins de Pâques, des paniers remplis d'œufs et de brindilles. Des océans de têtes s'agitaient dans le fond. Des enfants fébriles faisaient face à des professeurs sévères. Des diapos se succédaient sur un tableau noir. Dans la salle de musique, un groupe d'enfants chantaient sur scène, la bouche grande ouverte, frissonnant comme des oisillons.

Nora s'engouffra dans l'entrée de service située derrière la cafétéria. Le bâtiment était une véritable ruche bourdonnante d'activité. Des voix. Des vagues de bruit, se cognant aux écueils d'un silence forcé. Des pieds martelaient le carrelage. Une voix ordonna sèchement :

— Ne courez pas !

Étourdie par l'intensité qu'elle rencontrait en ce lieu,

Nora suivit le couloir central. La seconde salle de classe sur la gauche était celle d'Abigail. Moins d'un mois auparavant, Nora avait été convoquée pour une entrevue matinale avec Mme Schiffman, le professeur d'Abigail. C'était une grande femme dégingandée et maigre, à la démarche d'athlète confirmée, aux traits attestant la générosité de sa nature.

Assise au bureau d'Abigail, Nora avait passé en revue les devoirs récemment effectués par l'enfant. Une triste pile de travaux incomplets, de contrôles de connaissances à moitié faits, ou bien remplis au hasard, des pages de cahiers de brouillon bourrées de griffonnages.

— Abigail m'inquiète, avait fini par dire Mme Schiffman.

Nora lui était si reconnaissante qu'elle aurait pu l'embrasser sur les joues. Pas l'ombre d'une menace ni d'une accusation voilée. Pas la moindre tentative de faire porter le chapeau au divorce, au remariage, au déménagement, ou à l'incurie parentale.

Le problème existait. Il fallait travailler ensemble à lui trouver une solution. Exactement le genre d'approche qu'elle souhaitait à présent. Une aide. Une idée. Quelque chose.

Nora eut envie de frapper. Mais elle savait que Mme Schiffman ne pouvait rien pour elle, cette fois.

Au premier rang, un élève plus grand que les autres la repéra en train de regarder par la vitre dépolie de la porte. Il la montra du doigt et essaya d'attirer l'attention du professeur. Mais avant même que Mme Schiffman n'ait eu le temps de réagir, Nora s'esquiva et sortit du bâtiment.

Elle roula ensuite jusqu'à la station de ski de Haystack Mountain. Sa voiture cahota dans l'aire de stationnement vide, pleine d'ornières débordantes d'eau de pluie. La montagne semblait un amas désolé de boue luisante et de broussailles piétinées, les remonte-pente abandonnés étaient à peu près aussi tentants qu'une rangée de potences. Mais elle se représenta facilement la montagne telle qu'elle avait dû être quelques semaines auparavant à la fin de la saison : constellée de givre, recouverte d'une neige ensoleillée, peuplée de skieurs aux joues rougies par le froid.

Lorsqu'ils trouvaient le temps et que les conditions météo le permettaient, Charlie et elle étaient venus passer des matinées de week-end ici, avec Stephanie et Abigail. Après une ou deux tentatives infructueuses pour monter sur des skis, Nora s'était contentée de regarder Charlie et les filles, trop heureuse d'échapper aux plaies et bosses. Bien qu'elle n'ait jamais fait de ski avant cette année, c'était toujours Abigail la première au bas de la pente, glissant sur la surface crissante avec une grâce à couper le souffle, laissant derrière elle un sillage ondulé de traces parallèles, soulevant un geyser de neige pour s'arrêter au pied de la montagne.

Les prouesses physiques de sa fille avaient toujours étonné Nora. Toute petite, l'enfant était déjà vive et agile, ne souffrant ni du handicap de l'encombrante masse de Raymond, ni de la comique maladresse de Nora. Ce qu'il y avait peut-être de plus intrigant et de plus intimidant dans la maternité, c'était la découverte que l'enfant était un individu entièrement distinct de soi-même, parfois incompréhensible.

Elle retourna vers Dove's Landing. Elle dépassa le petit café décoré avec des couleurs qui rappelaient les sacs à provisions de chez Bergdorf Goodman, où Abigail et Stephanie allaient quelquefois déjeuner. En se rapprochant de l'auberge, elle vit la galerie commerciale où les filles louaient des cassettes vidéo, la boutique de jeans d'occasion, le magasin de glaces au yoghourt.

Derrière le cinéma multiplex sur Dove's Landing Road, Nora repéra une fillette qui marchait toute seule sur le bas-côté, blonde, mince, en jean et blouson rouge. Le cœur battant, elle accéléra et parvint à la hauteur de l'enfant.

— Abigail !

La fillette tourna la tête. Une vague de découragement s'abattit sur Nora. L'enfant n'était qu'une parodie d'Abby. Un visage plus long, plus maigre. Des lèvres pincées, des yeux couleur chocolat.

— Désolée, murmura Nora. Je me suis trompée.

C'est en entamant ce périple futile que je me suis trompée. Ça ne sert à rien. Ce n'est pas comme ça que je retrouverai ma fille.

Mais par quel moyen alors ?

Elle roula vers les bureaux de la municipalité au centre-ville de Wilmington. Elle avait plus d'une heure de retard, mais la réunion du Bureau du tourisme n'avait pas encore pris fin. Elle marmonna une excuse en se faufilant dans la salle de conférences au premier étage, devant le cercle de visages curieux qui se tournèrent vers elle. Elle prit place à la longue table de noyer couverte de tasses de café et de blocs-notes.

Lorsqu'elle aperçut son reflet à la surface du bois poli, elle décida qu'elle avait l'air fatiguée mais somme toute en bon état. Elle n'arrêtait pas de se répéter que son comportement n'était pas irrationnel, que son imagination n'était pas en train de lui jouer des tours. Ce qui était arrivé aux photos d'Abigail avait des tas d'explications plausibles : une réaction chimique imprévue, un développement raté.

La réalité des photos, elle, ne faisait aucun doute. Ces images étaient si réelles qu'elles hantaient encore la mémoire de Nora. Les quatre expressions distinctes de sa fille. Les membres rigides, tendus. Les pieds d'Abigail, l'un dénudé, l'autre chaussé d'une basket où s'agloméraient des débris poilus et de la boue. Elle les avait *vues*.

— Ça se résume à l'impression qu'on cherche à produire, disait Justin Wellacott. Est-ce qu'on va continuer à se vendre comme une horde d'arriérés vivant dans les bois, ou bien est-ce qu'on va se décider à entrer dans le XXe siècle ?

Wellacott était président du syndicat d'initiative et maire de Dove's Landing. Il comptait parmi les vieux amis de Victoria et les habitués du restaurant de l'auberge, où il prenait la plupart de ses repas. Ayant fait un confortable héritage, il n'avait heureusement pas besoin de travailler. D'après les rumeurs, il avait subi des échecs retentissants aux postes successifs qu'il avait essayé d'occuper dans les diverses entreprises Wellacott. Sa famille avait fini par conclure que Justin n'était pas doué pour les affaires et l'avait encouragé à chercher un emploi dans une autre branche. Depuis, il avait tâté de la politique, s'était occupé d'associations philanthropiques et aventuré dans diverses activités où il ne risquait pas de causer trop de dommages financiers.

— On est dans le Vermont, Justin, pas à Las Vegas. Si tu veux être plus malin que les autres, tu as choisi le mauvais État de l'Union, dit Hallie Trumbull.

La secrétaire du Bureau de tourisme était originaire du nord du pays, d'une famille installée dans le Vermont depuis cinq générations.

Satisfaite d'avoir marqué ainsi sa désapprobation, Hallie rajusta ses lunettes de grand-mère et reprit son point de croix.

Wellacott tourna son beau visage buriné dans la direction de Nora. C'était un homme d'une taille au-dessus de la moyenne, dont la plastique semblait surgie du même moule que celui qui avait façonné Victoria : chevelure impeccable, traits taillés dans le marbre, dents parfaites. Justin avait l'allure sans défaut d'un surgelé à sa sortie d'usine, bourré de conservateurs. Bien qu'il ait dépassé quarante ans, son aspect ne trahissait nullement son âge, miraculeusement exempt des marques que laissent dans leur sillage les épreuves de la vie.

— À présent que notre photographe est arrivée,

nous devrions jeter un coup d'œil aux photos. Elles nous indiqueront peut-être le style de la brochure.

Nora tendit les tirages au maire, qui présidait en bout de table. Justin les sortit de l'enveloppe et se mit à les distribuer aux autres, en les accompagnant de commentaires très orientés.

— Vous voyez ça ? Ça n'appelle pas un slogan frappeur, ça ? Il nous en faudra d'autres comme celles-ci, Nora. Décalées. Intéressantes. Des images qui vous restent en mémoire.

Wellacott était un politicien-né. Il parlait par « petites phrases ». Soutenait deux thèses opposées avec la même conviction. Il émanait de lui la même authenticité chaleureuse que d'un meuble encore sous sa housse plastique. Il achetait ses admirateurs à la douzaine et rendait service à ceux chez qui ses faveurs rapportaient gros en intérêts.

Charlie le détestait. Nora ne parvenait pas à prendre ce type suffisamment au sérieux pour avoir de lui une opinion bien définie. C'était une caricature ambulante.

Et pour être juste, il lui avait fait quelques fleurs. C'était à Justin qu'elle devait la commande pour la brochure de tourisme, ainsi que plusieurs autres.

— Alors ? Qu'est-ce que vous en pensez, Nora ? Vous avez déjà travaillé sur des campagnes de promotion touristique. On reste fidèle à la tradition, ou on va de l'avant ?

— Dans les deux cas, on peut obtenir de bons résultats. La décision vous appartient.

Elle savait bien que Wellacott s'attendait à un soutien inconditionnel de sa part, mais elle n'était pas prête à brader son intégrité.

— Très bien, dit-il. Je suppose que nous devrions passer au vote. Levez la main, tous ceux qui sont favorables à faire appel à cette firme de Boston pour nous préparer une campagne accrocheuse, ce qui se fait de mieux sur le marché !

La plupart des mains se levèrent. Wellacott prit bien

soin de les compter scrupuleusement, bien qu'une telle opération soit manifestement superflue. Jamais il n'aurait procédé à un vote sur la question sans s'être assuré par avance la majorité des voix. Justin savait comment obtenir ce qu'il voulait, quel qu'en soit le prix. Ce qui donna des idées à Nora.

— C'est au tour des gens favorables à la même vieille façon démodée et en demi-teinte qui ne provoquera aucune augmentation de chiffres d'affaires, de lever la main.

La main grassouillette d'Hallie Trumbull s'éleva en compagnie de deux autres, plutôt hésitantes.

Wellacott abattit le maillet sur la table.

— Bien. La cause est donc entendue. Je vais immédiatement prendre contact avec l'agence de relations publiques, pour qu'ils se mettent au travail tout de suite. Nora, j'aimerais que vous nous fassiez des photos supplémentaires dès que possible. Messieurs-dames, la séance est levée. Notre prochaine réunion se tiendra à St. Johnsbury. Consentirez-vous à nous accueillir, Hallie ? Votre brownie est tout simplement incomparable.

Les chaises raclèrent le plancher, et un brouhaha envahit bientôt la pièce, les bavardages des membres du Bureau, soulagés d'en avoir terminé avec le boulot. Wellacott fit sa ronde autour de la table. Serra des mains. Donna des claques dans le dos. Exhiba ses dents de requin. Nora parvint à attirer son attention et lui demanda si elle pouvait lui parler en privé.

Tandis que les autres sortaient du bâtiment sans se presser, Justin l'entraîna dans une pièce désertée, au bout d'un petit couloir. Il s'appuya sur le rebord du bureau, joignit ses mains manucurées et lui indiqua une chaise.

— Que se passe-t-il ? Tout va bien, j'espère.

— Je pensais que Victoria vous en avait parlé. Il s'agit d'Abigail. Elle a disparu.

Il se rembrunit, les traits tout à coup accusés par une expression d'inquiétude et d'émotion.

— Disparue ? Depuis combien de temps ?

— Depuis hier après-midi. Justin, je vous en prie. J'ai besoin de votre aide.

— Bien sûr. Je serais heureux de me rendre utile. Qu'est-ce qui s'est passé ?

S'efforçant de garder son calme, elle lui raconta toute l'histoire, en commençant par l'étrange rencontre avec Reuben Huff. Elle expliqua qu'elle avait trouvé la chambre d'Abigail vide et fermée à clé. Tout d'abord hésitante, elle décida finalement d'inclure l'épisode alarmant des images évanouies sur les instantanés qu'elle avait découverts dans son atelier. Justin penserait peut-être qu'elle était folle, mais Nora était persuadée que ces photos avaient de l'importance. Qui qu'elle soit, la personne qui détenait Abigail les avait apportées dans l'atelier, ce qui signifiait qu'ils étaient tous les deux dans la région deux heures auparavant. Elle s'accrochait à cette idée comme à une bouée de sauvetage. Ils n'avaient pas eu le temps d'aller très loin.

— Et la police a refusé de prendre ça au sérieux ?

— Comme elle a laissé un mot, ils sont persuadés qu'elle a fugué et reviendra d'elle-même.

Elle essuya une larme et se tourna vers lui.

— Justin, je vous en prie. S'il lui arrive quelque chose, je ne sais pas ce que je deviendrai...

— Allons. Il ne faut pas penser à ça.

Il lui tendit un bloc de feuilles de procès-verbal et lui demanda d'écrire une description détaillée d'Abigail et des vêtements qu'elle portait lorsqu'on l'avait vue pour la dernière fois. Lorsque Nora se fut acquittée de cette tâche, Wellacott parcourut ce qu'elle venait de rédiger.

— Ça devrait suffire. Je vais passer des coups de fil immédiatement. Mettre la machine en marche. Je vous tiendrai au courant.

Une bouffée de reconnaissance envahit Nora. Wellacott la croyait. Il allait faire jouer ses relations, et la police prendrait l'affaire en main.

— Je ne sais pas comment vous remercier.

— C'est inutile. Laissez-moi m'en occuper. Qu'ils ne soient pas déjà à sa recherche, c'est un vrai scandale.

Il lui adressa un regard empreint dc gravité. Rageur, peut-être ? C'était la première fois que Nora voyait sur son visage quelque chose ressemblant à une émotion sincère.

Elle l'entendit parler au téléphone en refermant la porte.

— Est-ce qu'il est là ? C'est le maire Wellacott à l'appareil. Eh bien, dites-lui que c'est urgent. Il peut bien être en rendez-vous avec le pape en personne, je m'en moque. Il faut que je lui parle tout de suite.

Enfin, c'était en route. Wellacott obligerait la police à s'en mêler, et ils retrouveraient Abigail.

Il fallait qu'ils la retrouvent.

13

Jake Holland avait attribué à d'autres agents du département un certain nombre des dossiers en souffrance de Quinn pour qu'elle ait plus de temps à consacrer à Weir et au spécialiste du FBI. Mais même en retranchant un certain nombre des tâches dont elle avait à s'acquitter, elle était tellement surchargée de travail qu'il lui restait du pain sur la planche. Il lui fallait rendre visite à la plupart des prisonniers en liberté sur parole au moins deux fois par semaine et écrire un rapport à chaque fois. Levitsky ou pas, elle refusait de laisser le retard s'accumuler.

Elle avait proposé à l'agent spécial de le déposer quelque part, de préférence à l'écart, mais il avait choisi de l'accompagner pendant sa tournée. Quinn avait fini par décider de le considérer comme un mauvais rhume, quelque chose d'inévitable et de désagréable à supporter jusqu'à ce qu'il s'en aille.

En quittant le domicile de Weir, elle mit le cap au sud vers Brattleboro où l'une de ses libérées sur parole, Lizzie Turner, travaillait au Hair and There Beauty Salon dans Western Road. Lizzie avait obtenu son diplôme d'esthéticienne en suivant des cours à la prison de Chittenden où elle avait purgé quinze mois sur une peine de trois ans pour proxénétisme.

Comme beaucoup de délinquants, Lizzie avait de la peine à comprendre pourquoi on l'avait arrêtée et punie. À ses yeux, son crime n'était que d'avoir dirigé un service d'urgence à l'usage des victimes de montées de testostérone. Pourquoi fallait-il rendre des comptes sur ce qui se passait à huis clos entre des adultes consentants ? Certes, les adultes en question ne l'étaient pas exactement tous, et le consentement coûtait plus de cent dollars de l'heure. Mais Lizzie n'arrivait toujours pas à comprendre pourquoi les agents du bureau du district attorney prenaient la chose au sérieux, surtout que nombre d'entre eux comptaient parmi ses clients. Des clients *satisfaits*, s'empressait-elle d'ajouter.

Morris « Pastèque » Muldowski était le suivant sur la liste. Morris était un clone du bonhomme Michelin : rond, spongieux et chauve comme un bébé. Son casier judiciaire était à peine plus long que le Nil. L'éventail de ses méfaits s'étendait de la fraude à l'escroquerie, en passant par le racket et le vol qualifié. Après lui avoir serré la main, Quinn comptait toujours ses doigts.

La dernière manifestation de l'esprit d'entreprise de Muldowski, avant la brutale interruption qui avait occasionné un séjour de deux ans à la prison de Rutland, consistait à soulager des veuves d'un certain âge du fardeau de leurs héritages. Il touchait à présent le Smic dans une station-service du centre-ville.

Il s'agissait essentiellement de visites de routine. Quinn interrogeait chacun des libérés sur parole pour voir quelles étaient leurs difficultés, réelles ou imaginaires. Elle leur dispensait ensuite admonestations et conseils, tout en prenant note, intérieurement et sur le dossier.

La prison permettait, d'une façon perverse, d'échapper à un certain nombre des soucis de l'existence. Les anciens prisonniers avaient du mal à affronter des tracas oubliés tels que factures, queues au supermarché ou familles qu'il était impossible de faire magiquement disparaître à la fin des heures de visites. Certains nourrissaient le désir inconscient de retourner aux limites rassurantes de la vie carcérale, et agissaient en conséquence.

À chaque fois, elle vérifiait auprès de l'employeur que tout se passait bien au boulot. Le patron de Lizzie Turner était satisfait. Lizzie savait charmer son monde, d'après ce qu'on rapportait à Quinn. Elle savait y faire avec les clients mâles du salon, ce qui n'était pas une surprise. Le patron de Muldowski, lui, se plaignait de son insolence. De ce côté-là, rien de très nouveau non plus.

Levitsky attendait dans la Jeep. Il passait le temps en examinant le dossier Weir. De toute évidence, l'agent spécial le trouvait fascinant. Lorsque Quinn montait dans la voiture et se mettait en route à la fin de chaque visite, il réagissait à peine.

Molly Stark était comptable au Syndicat du fromage de chèvre du Vermont Sud. Molly avait tiré dans la cuisse de son mari après l'avoir surpris dans le lit conjugal en compagnie de la fille au pair suédoise du voisin. Après marchandages de l'avocat et de la cour, les charges qui pesaient sur elle s'étaient réduites à de simples voies de fait, et elle avait purgé dix-huit mois d'une peine de quatre ans. La blague qui circulait en prison, c'était que Molly aurait dû prendre un an de plus pour l'impardonnable crime d'avoir mal visé.

Dudley Chambers, le suivant sur la liste, était pour Quinn le plus exaspérant de tous. Dud était un gentil garçon qui savait tout faire avec ses mains. Un génie de la menuiserie, de la mécanique, technicien hors pair. Un type qui pouvait réparer ou fabriquer n'importe quoi. Il avait juste un petit problème de jugement.

Il suffisait de suggérer à Chambers d'attendre dans la camionnette pendant qu'on faisait une courte halte à la banque avec des copains en cagoule de ski, et Dud ne voyait aucune raison de refuser. Si on lui demandait le petit service de conduire un camion maquillé dans un entrepôt à 3 heures du matin, Dud se disait que c'était le moins qu'il puisse faire pour un ami.

Dès qu'il lui prenait la fantaisie de consommer du bourbon Wild Turkey, la faculté de jugement de Dudley se détériorait encore plus. Or l'alcool était pour lui la meilleure réponse à la plupart des questions qu'il pouvait se poser. Quand elle s'arrêta au labo photo de Main Street à Wilmington et que le gérant lui apprit qu'il n'avait pas vu Dud de la matinée et que celui-ci n'avait pas pris la peine de passer un coup de fil pour prévenir, Quinn supposa immédiatement qu'il avait replongé la tête la première dans ses mauvaises habitudes.

Bien qu'absorbé par sa lecture, Levitsky leva les yeux lorsqu'elle revint à la voiture plus tôt que prévu.

— Un problème ?

— J'en ai peur. Un de mes clients souffre d'amnésie sous l'influence du bourbon. Il faut que j'aille lui administrer un remède de cheval.

Dud Chambers habitait une chambre au-dessus d'un garage privé à deux pâtés de maisons de la boutique de photo. Sa camionnette bosselée était garée devant, et les rideaux de la chambre de Dud étaient tirés. Quinn monta l'escalier de bois qui s'élevait d'un côté du garage et frappa à la porte.

N'obtenant pas de réponse, elle recommença et attendit. Puis elle recula, prit son élan et se catapulta contre le panneau de bois, l'épaule en avant. La fragile serrure céda, et la vitesse acquise la précipita au milieu de la pièce qui sentait le renfermé.

Chambers était vautré sur son lit et ses ronflements rappelaient le bruit d'une scie électrique. Il avait l'air aussi appétissant qu'un aliment oublié depuis des mois au fond d'un réfrigérateur. L'odeur qui émanait de lui était encore plus écœurante.

Retenant son souffle au maximum, Quinn remplit à demi le lavabo rouillé avec de l'eau froide avant d'y ajouter le contenu d'une corbeille en plastique. Dud s'en était apparemment servi comme seau à glace, tant qu'il restait quelque chose dans la bouteille. Le litre d'Old Grandad traînait près du lit, vide, et son contenu courait maintenant dans les artères de Dud.

Quinn écarta les paupières bouffies de Dud, dévoilant un œil rose et glauque dont la prunelle décrivait une trajectoire affolée sans suivre d'orbite particulière. Chambers grogna et sa langue claqua dans sa bouche desséchée. Son haleine évoquait les relents d'une plage polluée à marée basse.

Heureusement, Dudley n'avait rien d'un colosse. Quinn faisait un mètre soixante-cinq pour cinquante-quatre kilos. Elle calcula qu'il ne la dépassait que de quelques centimètres et ne pesait guère plus d'une douzaine de kilos de plus qu'elle. Bien imprégnée d'alcool, la charge était un peu plus difficile à manipuler, mais elle réussit à le sortir du lit et à le tirer jusqu'au lavabo. Elle le soutint par l'arrière, ensuite, quand il se plia en deux comme une machine-outil.

Son visage provoqua une crue d'importance mineure en heurtant la surface de l'eau. Il en déborda un peu, arrosant le plancher. L'immersion en milieu froid et mouillé mit une ou deux minutes à dissiper les miasmes que l'anesthésiant sur glaçons consommé plus tôt avait laissés dans son cerveau. Puis Dud se redressa en crachotant et en battant des bras comme une carpe au bout de l'hameçon.

— Quoiaa ? Quesqu'y a ? Quesqu'y se passe ? Laissez-moi tranquille !

Quinn recula et lui laissa un peu de place pour qu'il puisse gueuler tout son soûl. La tirade fut vite finie. Chambers lui faisait face, la tête basse, les yeux rivés au plancher.

— Je vous demande pardon, mademoiselle Gallagher. J'ai encore fait une bêtise.

— Ouais, c'en est une.

— Bon Dieu, je suis bête.

Quinn soupira.

— Qu'est-ce que je vais faire de vous, Chambers ? Je devrais vous reconduire à Rutland aussi sec pour qu'ils vous enferment et jettent la clé de la cellule. Passez pas par la case départ, touchez pas vingt mille balles.

Chambers ne levait toujours pas les yeux.

— Si vous le dites, je suis prêt à avaler la potion, mademoiselle.

Il tendit les bras vers elle, les mains jointes.

Quinn fit un bruit de lèvres.

— Vous ne pigez pas, gros imbécile ? Si j'avais voulu vous renvoyer là-bas, je l'aurais fait la première fois que je vous ai retrouvé bourré. Votre conditionnelle est presque terminée. Il reste moins d'un mois à tirer. Vous ne pouvez donc pas vous tenir à carreau pendant vingt-sept jours ?

— Ça veut dire que vous allez me donner encore une chance ?

— C'est la dernière fois, je le jure. Encore un dérapage dans le genre, et vous pouvez pourrir dans une geôle pour l'éternité, je m'en lave les mains.

Il sourit, et son visage crevassé s'illumina.

— Eh, merci mademoiselle Gallagher. Vous êtes chouette. Vraiment chouette.

— Attention à ce que vous dites, mon gars. Ne me traitez pas de chouette.

— D'accord, je m'excuse.

Chambers souriait comme l'idiot qu'il était. Mais Quinn était aussi obligée de tenir compte des autres aspects de sa personnalité. Régulièrement, il sauvait de la décharge des vélos et des jouets dans les poubelles et les réparait pour des enfants démunis. Il avait passé des heures à réaménager la maison de la vieille Mme Lewis après sa congestion cérébrale. Et il avait refusé d'accepter un centime. Lors d'une récente visite, Quinn avait fait allusion aux efforts de Bren en vue d'être sélectionné dans l'équipe de base-ball. Quand elle était repassée la semaine suivante, Chambers avait conçu un ingénieux appareil pour qu'il puisse s'entraîner tout seul à la batte.

— Si vous faites le con, je vous traînerai en prison moi-même. Vous m'entendez, Dudley Chambers ? Je ne me porte plus garante pour vous.

— Oui, mademoiselle. Je le promets. Je vais me tenir à carreau.

— Ni bourbon ni quoi que ce soit qui vous fasse de l'œil dans la vitrine du magasin d'alcool, c'est promis ?

— Sur mon honneur de boy-scout.

— Et vous irez régulièrement aux réunions des Alcooliques Anonymes ?

— Il y en a une dans une demi-heure à la salle paroissiale. Je vais y aller.

Quinn l'examina et renifla autour de lui.

— Mieux vaut attendre demain. Si quelqu'un craque une allumette près de vous, la salle paroissiale va s'envoler en fumée.

Chambers sourit et fit un salut militaire.

— Comme vous voudrez. Je vous dois une fière chandelle, mademoiselle Gallagher. Si vous avez besoin de quoi que ce soit, sifflez-moi.

— Je m'en souviendrai. Pour l'instant, il s'agit de dessoûler et de rester sobre.

— Oh, c'est ce que je vais faire, dit-il avec la sincérité du chiot qui jure de ne plus jamais s'oublier sur le paillasson.

Levitsky n'était plus dans la voiture quand elle y retourna. Quinn marcha jusqu'au coin de la rue et le repéra dans une cabine téléphonique un peu plus bas dans Main Street. Elle réussit à accrocher son regard et tapota sa montre du doigt d'un geste impatient. Mais il prit tout son temps pour terminer sa conversation et revenir vers elle en flânant.

— Vous n'avez pas envie d'aller déjeuner ? Il y a un endroit de ce côté-là.

En guise de réponse, l'estomac de Quinn se mit à gargouiller.

— Pourquoi pas.

— Écoutez, cet après-midi je voudrais aller faire un tour à St. Albans. Il reste quelques éléments à éclaircir dans le dossier de Weir. Je veux m'y mettre. Je me suis dit qu'après je pourrai commencer ma série d'entretiens avec Weir dès demain. D'accord ?

Ce type était impossible.

— Vous n'avez pas l'air de connaître St. Albans, monsieur Levitsky. Ça n'est pas le genre d'endroit où l'on va « faire un tour ».

— Je sais. Je viens de passer un coup de fil au directeur de la prison. Ils nous attendent.

— Je ne parlais pas d'arranger un rendez-vous, je parlais de trois heures de voiture.

Un signal du beeper de Quinn interrompit la discussion. Elle garda Levitsky dans le collimateur en allant à la cabine composer le numéro apparu sur l'écran digital : celui de Jake Holland.

Minutage impeccable. Quelle que soit la raison de son appel, Jake aurait droit, en sus, à ses récriminations. Quinn avait plein de choses à lui dire sur ce Levitsky. Un type déraisonnable, aux exigences scandaleuses.

Elle était prête à entonner sa complainte. Mais quelque chose dans la voix de Jake l'en empêcha. Elle l'écouta, envahie par un sentiment d'horreur croissante. Elle retourna vers Levitsky après avoir raccroché et tenta de réfuter intérieurement les invraisemblables déductions qu'on pouvait tirer de ce qu'elle venait d'entendre.

— Que se passe-t-il ? dit Levitsky. Vous avez l'air catastrophée.

— C'était Jake Holland, dit-elle. Il veut nous voir immédiatement.

— Il a expliqué pourquoi ?

Quinn avançait d'un pas précipité. Levitsky dut quasiment se mettre à courir pour pouvoir rester à son niveau.

— Il a donné une raison ? répéta-t-il. Qu'est-ce qui se passe, Bon Dieu ?

Elle grimpa dans la voiture et mit le moteur. Elle avait envie de casser quelque chose, ou quelqu'un. Bon sang de bonsoir.

— De quoi s'agit-il ? interrogea Levitsky. Vous allez me le dire ?

Quinn tourna la tête vers lui. Elle lui jeta un regard incendiaire.

— Il y a quelques minutes, Jake a reçu un coup de fil du maire de Dove's Landing. La présence de Weir dans le secteur a été tenue secrète pour ne pas effrayer les voisins, mais le maire en a été averti. Bien sûr, on lui a donné toutes les assurances nécessaires en ce qui concernait la sécurité. C'est pour ça qu'il a consenti à laisser Weir s'installer au Waldorf.

— Et alors ?

— Une petite fille a disparu.

14

Courbée dans une posture malaisée, Abigail passa les mains sur ses pieds. Rien ne paraissait la brider, et pourtant elle avait les pieds collés au sol de béton. À quelques centimètres devant elle s'étendait une mince ligne rouge qui décrivait un large cercle dans la pièce, frôlant les murs. À quoi est-ce que ça servait ? Le froid gagnait son pied nu, et elle avait la chair de poule. Elle se sentait aussi fragile que du verre.

— Assez !

— Il s'agit d'une épreuve d'une importance critique pour la suite des opérations, dit-il. Il te faudra une attention sans faille.

— Qu'est-ce que vous avez fait à mes pieds ? Libérez-moi.

— D'accord. Voilà ! Tu es libre. Mais tu ne dois avancer à aucun prix. Ne pose pas le pied sur la ligne.

Elle leva sa basket et imprima un mouvement de rotation à sa cheville. Elle fit de même avec son pied déchaussé. Glacé, engourdi, mais plus collé au sol.

C'était mieux.

— Tu trouveras la solution dans l'histoire que je vais te raconter, dit-il. Elle est claire. Lumineuse. Il faut que tu considères l'histoire dans son ensemble, chaque mot du début à la fin, et que tu réagisses en conséquence. Tu comprends ?

— Je vous en prie, je n'en peux plus. Je ne me sens

pas bien. Il faut me laisser rentrer chez moi, maintenant.

Elle crevait d'envie de rentrer, de voir sa mère. Abigail pouvait presque sentir l'étreinte rassurante des bras de sa maman. Elle croisa les bras et se prit à rêver.

La voix de son persécuteur était apaisante, mélodieuse.

— Il était une fois une belle princesse aux cheveux clairs qui vivait dans un beau château écarlate. Elle était si vive d'esprit et si ravissante qu'un ogre hideux et cruel qui vivait en dehors du château tomba amoureux d'elle.

« La princesse savait que l'ogre ne pouvait rien contre elle tant qu'elle restait en sûreté dans l'enceinte. Mais elle rêvait de liberté. Chaque jour, pendant des heures, elle se voyait courant dans les bois, se gorgeant de la lumière du soleil, caressée par le vent.

« L'ogre eut vent du désir de la princesse et décida de l'entraîner vers sa propre destruction grâce à d'envoûtants maléfices.

« Tout d'abord, il la tenta avec les fleurs les plus somptueuses. Il savait combien la princesse aimait les belles fleurs, et lui en offrit à profusion des bouquets rougeoyants, aux couleurs déchaînées. Des dahlias, des zinnias, des marguerites, si fraîches et séduisantes que la princesse brûlait de courir à travers champs et d'en cueillir à pleines brassées. Contemple !

Tout à coup, Abigail se retrouva au bord d'un jardin immense, d'une beauté à couper le souffle. Des milliers de fleurs splendides ondulaient dans l'éclat d'un soleil resplendissant. Elle ferma les yeux pour faire barrage à cette hallucinante image. Mais elle entendait encore les pétales froissés par le vent. Et leur odeur l'encerclait, si capiteuse, si sucrée qu'elle lui agaçait le nez. Rouvrant les yeux, elle tendit la main vers un dahlia jaune géant qui ressemblait trait pour trait à un hybride créé par Mim dans son jardin et baptisé « Soleil d'Abigail ». Mais avant qu'elle ne parvienne à le toucher, le champ de fleurs s'évanouit dans un bruit sec, accompagné d'une douleur fulgurante.

Abigail recula. Elle mit son doigt dans sa bouche, pour tenter d'apaiser un peu la sensation de piqûre.

— Eh ! Ça fait mal !

La langue de son tourmenteur claqua.

— Je te l'avais dit. L'ogre était capable de sortilèges éblouissants. Des illusions de premier ordre. Mais elles étaient toutes conçues pour attirer la princesse dans un piège. Il fallait qu'elle apprenne à s'élever au-dessus de ceux-ci, à les *transcender*.

« L'ogre était déterminé à entraîner la princesse dans une erreur fatale. Alors il lui présenta la plus séduisante de toutes les tentations.

On entendit un grincement. Abigail se retourna vers la source du bruit et vit une mince brèche s'ouvrir dans le mur. Elle s'agrandit petit à petit, laissant filtrer un rai de lumière qui devint peu à peu faisceau. À travers la fente, elle vit une rangée d'arbres bourgeonnants et une petite maison blanche au loin.

La liberté.

Son cœur cognait dans sa poitrine. L'ouverture s'élargissait toujours. Une petite colonne de lumière, à présent. Elle serait bientôt assez grande pour lui permettre de passer en se présentant de profil. Ensuite, elle s'élancerait à toutes jambes. Il y avait sûrement quelqu'un dans cette maison. De la fumée montait en volutes de la cheminée, et il y avait un camion dans l'allée, qui s'arrêtait dans un nuage de gaz d'échappement.

— La princesse est-elle assez futée pour voir que c'est une mystification ? Ou bien l'illusion projetée par l'ogre réussira-t-elle à la tromper ? Comprend-elle que la seule issue, c'est la *transcendance* ?

Abigail se blinda intérieurement. Ses muscles étaient tendus à se rompre. La voix de son tourmenteur lui parvenait d'en haut, et du côté opposé à elle, par conséquent elle aurait sans doute le temps de traverser l'ouverture avant qu'il ne puisse la rattraper. Encore quelques centimètres, et elle foncerait.

Mais pourquoi la laissait-il s'enfuir ?

Et si c'était encore un de ses sales tours ?

Elle réfléchit à ce qu'il avait dit. L'ogre, aussi malin que la princesse, cherchait à l'entraîner sur le chemin de sa propre destruction.

S'agissait-il d'un danger réel, ou bien essayait-il seulement de l'obliger à rester en deçà de la ligne rouge ? Elle était perplexe. Son doigt l'élançait. L'invisible machine à brûlures était-elle près d'elle ?

Attentive à ne pas franchir la ligne, elle dénoua le coupe-vent autour de sa taille. Elle le prit par la manche et balaya la zone interdite avec le reste du vêtement.

La seconde manche du coupe-vent se consuma instantanément dans une pluie d'étincelles. L'odeur âcre des synthétiques brûlés envahit l'atmosphère.

Abigail recula loin de la ligne rouge. La manche du blouson, encore fumante, était carbonisée.

Blottie contre le sac de toile, elle se mit à pleurer. Les sanglots s'amplifièrent dans sa poitrine et elle ne tenta rien pour les réprimer. Elle pleura jusqu'à épuisement, jusqu'à ce que le silence ne soit plus brisé que par des accès de chagrin syncopés.

Elle s'essuya le visage avec son tee-shirt. Elle brûlait d'un douloureux désir de rentrer chez elle, de revoir des visages familiers, d'embrasser ses proches. Elle pouvait presque toucher les draps frais, le confort rassurant des oreillers duveteux, et la brise qui froissait le dessus-de-lit à dentelles dans sa chambre.

Stephanie avait promis de lui apprendre à faire du patin à roulettes demain. Ou bien aujourd'hui peut-être ? Tout se confondait, elle avait perdu la notion du temps.

Tout ce qu'elle savait, c'était que papa surgirait bientôt à l'auberge. Il fallait qu'elle soit là quand il arriverait. Autrement, il risquerait de penser qu'elle n'avait cure de lui et de sa présence, et il partirait pour ne plus revenir. Abigail préférait mourir que de supporter ça. Son tourmenteur, ce cinglé vicieux, ne l'empêcherait pas de voir son père.

Le vide qu'elle ressentait au creux de l'estomac s'emplit de rage et d'une détermination en acier trempé. Aucun ogre dégénéré au monde ne la retiendrait prisonnière.

Abigail se souvint de ce qu'il avait dit. La solution était dans l'histoire elle-même, les mots.

La brèche du mur cessa de s'élargir. Il y eut un court silence suivi des hoquets moqueurs et étouffés de son rire de chauve-souris. Elle refusa d'y prêter attention et se concentra pour se souvenir de la façon dont il avait raconté son histoire. Celle-ci lui revint en mémoire par bribes. L'ogre, les sortilèges, la tentation, le danger.

Des pensées qui dansaient la sarabande dans son esprit, des rêves papillonnants. Elle s'efforçait d'y voir clair lorsque l'épuisement eut raison d'elle, déferlant sur elle comme une marée noire et tiède.

15

Jake essayait de garder son calme en prévision de l'entrevue avec Wellacott, mais Quinn avait remarqué qu'il était aussi à cran qu'elle-même. En attendant le maire, il vérifia le bon fonctionnement de la cafetière une douzaine de fois, modifia la disposition du mobilier dans la salle de conférences, et fit quatre voyages aux toilettes. Il refusa de prendre l'appel de sa Marilyn adorée.

— Dites-lui que je la rappelle. Je dois m'assurer que tout est en ordre avant l'arrivée de Wellacott.

— On ne l'attend pas pour une bar-mitsva, Jake, dit Quinn. Si le maire n'aime pas nos locaux, peut-être qu'il nous fera la grâce de s'en aller vite fait.

— Promettez-moi de garder votre sang-froid, Quinn. Il faut que je puisse compter sur vous.

— Je serai un modèle de civilité, Jake. Ne vous inquiétez pas. Je n'ai aucun intérêt à ce que les choses empirent, croyez-moi.

— C'est très important. On ne peut pas s'en prendre impunément à lui dans un accès de colère. Même s'il est odieux.

— Détendez-vous. À vous entendre, on croirait que je suis un élément naturel prêt à se déchaîner de façon imprévisible. Je vous garantis que je vais me comporter en professionnelle accomplie.

Levitsky pouffa et se mit à tousser pour étouffer son

rire. Quinn l'entendit néanmoins et réagit de façon très mesurée.

— Qu'est-ce qui vous fait rire, monsieur Je-sais-tout, Réponse-à-tout, J'ai-une-opinion-sur-tout et Je-donne-des-ordres par-dessus le marché ?

— Quinn !

La bouche de Holland s'était arrondie en un cercle horrifié.

— Ne vous inquiétez pas, Jake, Mlle Gallagher a son comportement habituel de professionnelle accomplie.

— Ça suffit. Considérez-vous sous le coup d'un devoir de réserve pour toute la durée de la réunion, dit Holland, s'adressant à Quinn. Pas un mot de travers. Vous saisissez ?

— Oui, Jake.

— Pas un regard, pas un geste. Ni une grimace ni rien.

— J'ai dit d'accord.

Quinn parviendrait à se taire. Par exemple, elle pouvait se distraire en imaginant diverses formes de castration de l'agent Levitsky avec la machine à s'entraîner au base-ball de Brendon.

Quelques minutes plus tard, le maire de Dove's Landing fit son apparition au quartier général avec un air d'arrogance froide, laissant derrière lui un sillage d'émanations cosmétiques. Sa garde-robe était manifestement coûteuse, mais singulièrement dépourvue d'imagination : pantalon de gabardine gris au pli coupant comme un rasoir, chemise de soie, blazer en cachemire à boutons d'or portant son monogramme.

Sans y être invité, il s'assit en bout de table et joignit les mains. Quinn n'était pas du genre à former des jugements trop hâtifs sur les gens, mais il était clair qu'il s'agissait d'un type sans humour, nourrissant pour lui-même une admiration absurde, que c'était sans doute un salaud de classe mondiale, sans parler d'une probable fixation sur la mère.

Jake les présenta, mais Wellacott considérait, comme Quinn et Levitsky, que c'était inutile.

— Je serai bref, Holland. Le seul but de ma présence ici est de vous informer que je vous tiens pour personnellement responsable de la disparition d'Abigail Eakins. S'il arrive quoi que ce soit à cette petite, c'est vous qui porterez le chapeau.

— Je comprends votre inquiétude au sujet de l'enfant, monsieur le maire, commença Jake. Nous la partageons tous. Mais je ne vois vraiment pas...

— Alors je vais vous faire un dessin, coupa Wellacott. Dove's Landing est une bourgade paisible et sûre. Depuis que je suis maire, je n'ai eu à déplorer aucun crime grave. Vous m'amenez cet... animal pour qu'il vive au milieu de bons citoyens respectueux des lois, or c'est à ce moment-là qu'une adorable et talentueuse fillette disparaît brusquement. Cette enfant est la fille d'amis très proches. Vous répondrez de cette erreur, monsieur Holland, votre poste est en jeu, et tout ce que vous possédez. Si on ne la retrouve pas saine et sauve dans les plus brefs délais, je vous poursuivrai en justice, vous et tout le personnel impliqué dans cette affaire. J'exigerai des réparations et les obtiendrai.

Holland se raidit, mais ne riposta pas.

— Je peux vous assurer que le dispositif de surveillance autour de Weir est resté intact, aucune violation des règles de sécurité n'a été constatée, dit-il. Mais je viens d'ordonner une perquisition poussée chez lui pour ne rien laisser au hasard. L'agent spécial Levitsky du FBI participera à l'opération avec plusieurs policiers, ainsi que Mlle Gallagher ici présente, chargée de Weir.

Wellacott lorgna Quinn et renifla.

— Ça ne m'étonne pas qu'on en soit là.

Quinn se mordit la langue. Fort.

— De toute évidence, ce que nous désirons tous, c'est retrouver Abigail, dit l'agent spécial. Je peux vous proposer l'aide du FBI, monsieur le maire. Nos agents ne sont jamais aussi motivés que lorsqu'il est question d'enlèvement. Si vous me donnez le feu vert, je les appelle immédiatement.

— N'en faites rien. Je n'autoriserai jamais une bande de cow-boys armés jusqu'aux dents à débarquer chez nous et semer la panique chez tout le monde. Notre police d'État est tout à fait à même de prendre les choses en main.

— Ils peuvent collaborer avec le FBI, alors, dit Levitsky. Nous avons des ressources qui...

— J'ai dit non. Vous êtes sourd, agent Levitsky ? (L'expert du FBI garda son sang-froid, lui aussi. Incroyable.) Franchement, votre fameux FBI ne m'impressionne pas plus que ça. Sans avoir besoin de me creuser la tête, je peux citer une douzaine d'affaires dans lesquelles vos agents n'ont pas réussi à retrouver des enfants disparus avant qu'il ne soit trop tard. Notre police d'État a accepté de lancer une opération de recherches à grande échelle : chiens policiers, hélicoptères, tout ce qu'il faut. Ils sont capables de la mener à bien sans le secours de vos soi-disant ressources. (Il se tourna vers Jake.) À propos, Holland, c'est *moi* qui choisirai les hommes chargés de fouiller la maison de Weir. Vous avez trop intérêt à ce qu'on ne trouve rien. Levitsky et la fille peuvent nous accompagner si ça leur chante, mais seulement sous la supervision des gens que j'aurai désignés. Je ne suis pas prêt à vous laisser tirer parti de la situation et vous en sortir comme ça.

Jake rougit.

— Si ça peut vous convaincre de l'innocence de Weir, parfait. Utilisez donc qui vous plaira.

La colère crispa les lèvres de Wellacott.

— Me convaincre ? Ça m'étonnerait. Votre petite perquisition n'a d'intérêt pour moi que si elle donne des résultats. Je ne connais pas grand-chose au charabia technique du système de surveillance de Weir, mais je veux les documents et procès-verbaux de tous ses mouvements pour les faire examiner par un expert étranger à vos services. Il me les faut demain midi.

— D'accord, dit Jake.

Quinn n'arrivait pas à comprendre comment Jake pouvait encaisser tout ça sans réagir. Le maire les menaçait de licenciement et de ruine parce que tel était son bon plaisir. Il se moquait des faits. Et de l'enfant disparue. Tout ce qu'il avait en tête, c'était de s'assurer que ses privilèges ne souffriraient pas de cette affaire.

— Il vaudrait mieux pour vous qu'on retrouve cette enfant sans délai, dit Wellacott. Ou alors il va falloir songer à changer de métier.

Sur un signe d'adieu méprisant, il prit congé et quitta les lieux.

Jake se pinça le nez et s'enfonça dans son siège.

— On dirait qu'il va falloir prouver que Weir n'a rien à voir là-dedans, ou bien en subir les conséquences.

— Ça ne tient pas debout, dit Quinn. Il n'a aucun droit de nous faire porter le chapeau.

— Peut-être que non. Mais on dirait que c'est ce qu'il a l'intention de faire.

— Vous n'auriez pas dû vous mettre à genoux devant lui comme ça, dit Quinn. Pour qui se prend-il ?

Mais Jake refusa de la suivre sur ce terrain.

— C'est un type pourri de fric et bourré d'excellentes relations, dit-il d'un ton sinistre. D'après ce que je sais, sa famille est propriétaire d'une multinationale, un conglomérat possédant des intérêts dans des douzaines d'industries différentes. Wellacott a tenté de monter des affaires dans diverses branches, mais le moins qu'on puisse dire, c'est qu'il n'a connu qu'un succès mitigé. Sa réputation est celle d'un alchimiste à l'envers. Capable de changer de l'or en ferraille bonne à jeter au rebut. Sa famille a donc encouragé sa vocation de dilettante. La politique se trouve être la dernière en date de ses passions éphémères.

« D'après la rumeur, il a des vues sur une position

beaucoup plus élevée, poursuivit Jake. Il a besoin d'une rampe de lancement lui assurant gloire et célébrité nationale, et c'est l'occasion rêvée. Tous les ingrédients y sont : drame, pathologie, opinion scandalisée. Lorsque Wellacott décidera qu'il est opportun stratégiquement de répandre la nouvelle, les médias apprendront que Weir est en ville et qu'un enfant a disparu. Ils vont alors nous tomber dessus comme la gale.

— On a sûrement mieux à faire que de ramper devant cet idiot imbu de lui-même.

— J'aimerais bien. Mais j'ai bien peur que nous n'ayons d'autre choix que de ne pas relâcher notre vigilance autour de Weir, de prouver la validité des mesures de sécurité, et continuer comme d'habitude.

— Mais ça n'est pas juste. Comment peut-on laisser un crétin à particule comme lui venir nous remonter les bretelles ? Il a lui-même admis qu'il ne connaissait rien au système de surveillance de Weir. S'il y comprenait quelque chose, encore...

Levitsky décocha un regard lourd de sous-entendus en direction de Quinn. Celle-ci essaya en vain d'en comprendre le sens. Il la fixa à nouveau, mais elle ne pigeait toujours pas. Il finit par laisser tomber et se tourna vers Jake.

— Nous irons à Dove's Landing demain à la première heure. Est-ce que vous voulez qu'on apporte à Wellacott les documents relatifs à Weir, les bandes vidéo et les relevés de ses déplacements enregistrés par le système d'écoute informatique ?

— Si ça ne vous dérange pas, ça m'aiderait beaucoup.

— Pas de problème, dit-il.

Quinn se raidit, mais s'abstint de tout commentaire. Holland était assez bouleversé comme ça. Elle aussi, d'ailleurs. Elle se leva et enfila sa veste.

— Ne vous inquiétez pas, Jake. Ça va s'arranger.

L'admonestation s'adressait autant à elle-même qu'à Holland.

— D'une façon ou d'une autre, ça ne fait aucun doute, dit Jake.

En sortant du bâtiment, Quinn laissa libre cours à sa colère.

— Déposer les bandes au bureau de Wellacott, ça ne me dérange pas. Mais à l'avenir je vous serais reconnaissante de me laisser le privilège de ce genre d'initiatives. Ça vous a peut-être échappé, mais c'est ma voiture qu'on utilise, et mon emploi du temps que vous avez décidé de modifier.

Il s'arrêta.

— Vous ne pigez toujours pas ? Holland n'a pas le choix, il est obligé d'adopter un profil bas, mais cette histoire ne va pas en rester là pour autant. Il y a des moyens de démontrer ou d'écarter la culpabilité de Weir dans cette affaire. S'il est innocent, votre département peut dormir tranquille. S'il ne l'est pas, il vaut mieux éviter la politique de l'autruche. Dans un cas comme dans l'autre, je suis sûr que vous ne voulez laisser l'avantage ni à Weir ni au maire.

— Pourquoi est-ce que vous n'avez pas dit ça à Jake ?

— Parce que si vous n'étiez pas aveuglée par vos problèmes personnels, vous verriez que Jake a les mains liées. Wellacott s'est arrangé pour que Holland ne puisse bouger sans se retrouver dans un champ de mines. S'il montre qu'il a des soupçons sur Weir, il renforce la position de Wellacott. Je suis prêt à intervenir. Je peux entamer des recherches et prétendre qu'il s'agit de mon étude, mais j'ai besoin de collaborer avec quelqu'un de chez vous, et ça ne peut pas être Holland.

— Je suis donc l'élue.

Levitsky ne répondit pas. Il se contenta de rester immobile, sur le parking. Toute discussion était de toute façon inutile. Pour Quinn, l'enjeu était énorme.

Peut-être encore plus grand qu'elle ne voulait bien le reconnaître.

— D'accord, Levitsky, je marche avec vous.

— Bien.

En retournant vers la Jeep, Levitsky exposa son plan, proposant plusieurs façons fastidieuses de s'assurer de la culpabilité ou de l'innocence de Weir dans cette disparition d'enfant. Certaines profilaient des tonnes de travail supplémentaire à l'horizon de Quinn, et elle ne se gêna pas pour le lui dire.

L'agent spécial l'écouta avant de hausser les épaules.

— La différence entre vous et moi, mademoiselle Gallagher, c'est que je suis prêt à travailler pour résoudre un problème étape par étape. Je suis prêt à apprendre à partir de ce que j'entends, de ce que je vois et lis, avant d'établir un jugement réfléchi et raisonnable. Vous préférez improviser.

— Non, la différence entre vous et moi, monsieur Levitsky, c'est que je m'occupe de mes oignons.

Un muscle se contracta sur la joue de l'agent spécial, mais son expression resta la même.

— Tout est donc pour le mieux dans le meilleur des mondes. Vous avez raison. Cette affaire ne me concerne en rien. Je pensais simplement que vous vouliez en venir à bout en procédant logiquement, et j'étais bêtement prêt à m'en mêler. Mais oubliez mon offre, je vous en prie. Après tout, ça n'est pas moi qui risque ma place.

Quinn fulminait. S'il y avait une chose dont elle avait horreur, c'était que quelqu'un d'autre ait absolument raison contre elle et le sache. Elle souffla bruyamment. Suffisamment fort pour éteindre un feu, mais pas assez pour noyer ses propres dispositions incendiaires.

— D'accord, Levitsky. Vous avez gagné. Si vous êtes certain que c'est nécessaire, je ferai ce que vous m'avez demandé.

— Vous avez l'air de m'accorder une faveur. (Il eut un rire désabusé.) Vous savez, Gallagher, vous êtes la plus impossible des femmes qu'il m'ait été donné de rencontrer.

— Merci, Levitsky, dit Quinn en souriant. Je fais de mon mieux.

16

Quinn les entendait en bas, au rez-de-chaussée.

— Baissez-vous, Weir. Écartez les fesses.

— Certainement, gardien. Tout ce que vous voudrez. Est-ce que c'est assez *largement* ouvert ? Vous arrivez à *tout* voir ?

Tandis que deux gardiens de la prison de Rutland accompagnés d'un policier d'État en armes procédaient à la fouille corporelle de Weir, Quinn, Levitsky et un autre policier désigné par Wellacott s'étaient partagé la perquisition des lieux. L'équipe avait ordre de passer chaque centimètre de la maison au peigne fin.

— Soulevez les bijoux de famille, monsieur Weir. Une seule à la fois.

— Bien sûr, gardien. *Prenez tout votre temps*, regardez-les aussi *attentivement* que vous le désirez.

— Ouais, je suis fasciné, Weir. C'est stupéfiant. Ça ressemble à une bite, en plus petit.

Quinn pouffa. Il arrivait qu'on s'amuse, dans ce boulot.

Cette vague de bonne humeur reflua rapidement. La situation n'avait rien de drôle. Comme l'avait expliqué Jake, l'enfant qui avait disparu avait exactement le profil des précédentes victimes de Weir : elle avait le même âge, elle était blonde, mince et athlétique, comme Jennifer Buckram et l'enfant assassinée de Bennington. Le plus troublant dans cette histoire, c'était que la petite habitait l'auberge située juste au-dessus de la maison de Weir, sur la colline.

À portée de la main, en quelque sorte.

La moquette de la chambre de Weir était en laine grise. La commode, les tables de nuit et les montants du lit étaient recouverts de peinture laquée noire. Les lumières tamisées par de profonds manchons d'argent jetaient des ombres inquiétantes sur les murs gris perle. Un souffle d'air chaud était diffusé dans la pièce à travers des grilles au ras du sol.

Quinn inspecta chaque tiroir, chaque meuble, cherchant doubles fonds et fausses parois, s'assurant qu'aucune contrebande illicite n'avait été scotchée aux divers panneaux de bois. Elle sortit ensuite les tas de vêtements jetés au petit bonheur dans la commode. Parce que, en plus de ses nombreuses qualités humaines, ce type était d'une négligence rare.

Méthodiquement, elle prit chaque vêtement et le secoua. Elle examina les poches, les manches, les coutures. Weir avait un faible pour les chemises et les pantalons noirs en tissu flottant. Ses panoplies. Son odeur traînait partout, sombre et musquée.

Manipuler les affaires de Weir lui était très pénible. Une intimité répugnante. Ça ressemblait trop à un contact direct avec la bête. Les tiroirs dévoilaient de petits secrets privés. Il roulait ses chaussettes par paires. Il portait des caleçons de soie noire. Ne possédait pour tout bijou qu'une antique montre à gousset en or. Elle ressemblait d'une façon stupéfiante à celle que Quinn avait héritée de son grand-père. Elle ouvrit la montre et découvrit un vieux cliché jauni à l'intérieur, représentant un homme. Le père ou le grand-père de Weir, pensa-t-elle.

En bas, on en était toujours à la fouille corporelle.

— Ouvrez grande la bouche, Weir. Maintenant, levez la langue.

— Tout ce que vous voudrez, gardien. Ce qui vous *plaira*.

— Ça me plairait assez de vous piétiner la tête, abruti. Alors arrêtez vos vannes, et faites ce qu'on vous dit.

Une fois les tiroirs passés en revue, Quinn retourna le réveil en braille et regarda la radio de plus près. Elle tâta l'édredon anthracite, à la recherche de bosses suspectes, et l'ôta du lit. Il y avait des taches durcies sur le drap argenté. Elle le rabattit, fit courir sa main le long du matelas et le retourna avant d'inspecter le sommier à ressorts.

— Vous pouvez la laisser retomber, Weir. À présent, tirez la langue. Plus.

La penderie ne contenait que peu de vêtements : une robe d'intérieur noire en coton, un mince blouson kaki, et le complet-veston standard pour aller au tribunal, d'un bleu foncé pénitentiaire. L'unique chemise blanche avait un col douteux et portait des marques de sueur aux aisselles. Quinn fit ensuite l'inventaire des étagères, celles du haut et celles du bas. Elle examina minutieusement ses trois paires identiques d'Oxford noires, prenant note de la boue séchée et de divers débris qui s'y étaient sans doute agglutinés dans la cour. La fangeuse moiteur et l'odeur fétide lui arrachèrent une grimace en tâtant l'intérieur des chaussures.

Apparemment, il n'y avait aucun indice de planche branlante ou de fausses parois, ni dans le placard ni dans la chambre. Aucune pièce de carrelage rendant un son creux, pas de plâtre ou de peinture tombés du plafond. Aucun endroit où ranger des outils prohibés, ou des armes, ou même le cadavre le plus ratatiné. Elle dévissa toutes les plaques électriques et les grilles des conduits de chauffage pour fouiller à l'intérieur. Elle ne vit que des tuyaux béants recouverts de poussière.

— Écartez les orteils, maintenant, Weir, lâcha la voix. Levez les bras au-dessus de la tête. Plus haut.

Elle entendait, venus d'autres parties de la maison, des bruits de meubles raclant le sol, des tapotements, le fracas de la vaisselle et des couverts lorsqu'un policier entreprit de s'attaquer à la cuisine. Levitsky s'était porté volontaire pour le périmètre entourant la maison et le sous-sol. Le premier étage tout entier avait échu à Quinn. Une vraie partie de plaisir.

Elle en avait terminé avec la chambre. Elle passa à la salle de bains. L'étagère en verre au-dessus du lavabo était encombrée de savonnettes, de flacons de médicaments, de nécessaire de rasage et de brosses pleines de cheveux. Des serviettes mouillées étaient entassées près de la baignoire en faïence. Weir laissait son linge sale entre lavabo et baignoire, sans prendre la peine de se servir du panier en osier placé sous la fenêtre.

Écœurée, elle se força à contrôler chaque carreau sur le sol et chaque crevasse pour vérifier qu'aucune cache ne s'y dissimulait. Elle vida l'armoire à pharmacie et sonda les parois. Elle inspecta la cuvette des toilettes, cherchant de faux joints ou de faux raccordements servant à insérer des objets dans les tuyaux. Il n'y avait dans la corbeille que deux feuilles vierges et froissées de papier blanc.

Elle avait fouillé la chambre, la salle de bains et le placard à linge. Il lui restait le grenier. Quinn tira l'escalier amovible monté dans le placard. Une fois en haut, elle vit un fil qui pendait d'un manchon de porcelaine. Il lui suffit de tirer dessus pour activer l'ampoule, et une lumière jaunâtre se répandit dans l'espace restreint.

Elle entendit la course précipitée de petites pattes. Des souris. Une couche de poussière et d'excréments recouvrait les planches fragiles posées entre les solives. Plusieurs épaisseurs de toiles d'araignée obstruaient les conduits d'aération et posaient un voile sépulcral sur le squelette d'un ventilateur antédiluvien. C'était la seule partie de la maison qui trahisse encore son âge et son histoire.

Avant d'être rénovée pour Weir, l'endroit était resté vide et à l'abandon pendant des décennies. Ironiquement rebaptisée Waldorf-Astoria, cette ruine avait été colonisée par les adolescents de la région, qui en avait fait le quartier général de leurs quatre cents coups. Ils y venaient boire de la bière, sécher les cours, ou se planquer en attendant que les parents se calment après avoir reçu les bulletins de notes. D'innombrables virginités avaient été perdues, volées, ou mises à mal entre ces murs, expériences semblables à celle, sans intérêt, de Quinn dans une autre petite ville.

Un mois auparavant, dès que les négociations entre Langdon Industries et le propriétaire absent avaient abouti, on avait condamné les entrées de la maison et patrouillé aux alentours, jusqu'à ce que les gamins abandonnent la partie et trouvent un autre repaire.

La chaleur renfermée du grenier se mit à envelopper Quinn comme un linceul. Elle restait courbée pour ne pas se cogner la tête dans le plafond bas. Balayant la pièce du faisceau de sa lampe-torche, elle scruta les entrailles de la maison : fils électriques, conduits, tuyaux de cheminées métalliques. Rien qui vaille la peine d'y regarder deux fois, décida-t-elle. Impossible qu'un aveugle puisse s'y retrouver dans un espace comme celui-là. L'écartement des feuilles de contreplaqué posées sur les solives était par endroits assez large. Au moindre faux pas, son pied traverserait le plafond du premier étage.

Elle redescendit l'escalier amovible et le remit en place.

— Rien à signaler par ici. Vous avez fini, en bas ?

Elle entendit de l'agitation, mais aucune réponse.

— Je peux descendre ?

— Ouais, fit une voix. Pas de problème.

Quinn descendit quatre à quatre, pressée de sortir. Respirer le même air que la bête ne lui plaisait pas.

L'un des flics d'État terminait son inspection de la salle de séjour. Levitsky tournait encore dans le sous-sol. Quinn se dirigea vers le petit salon pour dire au trio qui s'occupait de Weir qu'elle s'en allait. La vision qui s'offrit à elle l'arrêta net sur le seuil de la pièce.

Weir était nu. Quand il l'entendit approcher, il lui adressa un sourire lascif et une petite révérence. Quinn se détourna très vite, mais pas assez pour éviter le répugnant spectacle : la touffe de poils frisés sur sa poitrine tatouée, la ligne brisée qui descendait jusqu'à sa taille épaisse, le cylindre qui pendait plus bas entre ses jambes, qu'une érection naissante commençait à faire frémir.

— J'espère que votre machin n'est pas chargé, Weir. Ça serait une sérieuse violation de la conditionnelle, pas vrai, mademoiselle Gallagher ? dit Ralph Norman, le policier à la panse la plus abondante des trois.

Les deux autres se mirent à rire, leurs gloussements se transformant bientôt en fou rire hystérique.

Quinn tremblait de rage. Elle se précipita hors de la maison, préférant déserter les lieux de peur que sa voix ne se brise. Ces imbéciles n'avaient aucune idée du tort qu'ils venaient de lui faire avec leur petit canular. Ils avaient autorisé Weir à dépasser les limites permises. Non contents de lui en donner l'autorisation, ils l'avaient même invité à le faire. Ils avaient permis à la bête de la considérer comme une proie, vulnérable au ridicule et au harcèlement.

Et tout ça pour quoi ? Une parade macho stupide. Une plaisanterie cochonne de carabins. Un nouveau coup bas porté à leur cible favorite. Quand est-ce que ça allait s'arrêter ?

Furieuse, elle roula jusqu'à Rutland à tombeau ouvert. Quinn défiait n'importe quel policier de l'arrêter. Elle lui adresserait un beau sourire avant de lui foncer dessus. Les imbéciles qui avaient fouillé Weir n'étaient pas les seuls à pouvoir se payer une pinte de bon temps.

À l'heure qu'il était, la blague était déjà sans doute dans les dix premières au hit-parade de la police. Elle ne prit même pas la peine de se brancher sur leur fréquence radio pour vérifier. L'histoire se propagerait, quoi qu'elle fasse. Elle imaginait déjà les remarques narquoises et les apartés acides auxquels elle aurait droit. Elle avait déjà connu ça. Plus souvent qu'à son tour.

Elle s'arrêta dans un routier et commanda un thé glacé pour se calmer. Elle y resta un moment. Déchira toute une pile de serviettes en papier.

La diversion n'y changea rien. Lorsqu'elle entra dans le parking du quartier général une heure plus tard, elle bouillait toujours. Elle avait les joues brûlantes, et ses nerfs étaient chargés jusqu'à la gueule, le cran de sûreté relevé. Le premier à oser une réflexion, ou même à y songer, s'en mordrait les doigts.

La porte du bureau de Jake était entrouverte. Par l'embrasure, elle vit Levitsky cracher son venin, tenant la dragée haute à ses interlocuteurs dans ce qui semblait être un échange survolté. Quinn s'assit et attendit que cette conversation prenne fin. L'agent spécial était le bouc émissaire idéal pour défouler la rage qui la dévorait.

La discussion continuait, les protagonistes se jetant les mots à la face comme des grenades. De là où elle était, Quinn ne pouvait apercevoir Jake, mais elle se demandait ce qui avait bien pu mettre Levitsky dans un état pareil. Il avait la mâchoire en avant et le corps ramassé, prêt à se battre. Il avait un aspect sauvage, un Indien des villes sur le sentier de la guerre.

Quelques instants plus tard, Levitsky éclatait.

— Pauvre crétin, dit-il. Ça va pas, non, de se permettre un truc pareil ?

Un bafouillement indistinct répondit à l'invective.

— Parfait. Si c'est ce que tu cherches, tu vas y avoir droit.

Levitsky expédia un uppercut très sec suivi d'un large crochet au corps. Un bruit de pneu crevé, puis un grognement étonné, et hors du champ de vision de

Quinn un homme s'écroula dans un bruit sourd. Levitsky recula, le souffle court, se massant les phalanges.

Quinn courut à la rescousse de son supérieur. Mais l'épave qui gisait à présent par terre n'était pas Jake. Elle reconnut la panse bedonnante de Ralph Norman. L'œuf de pigeon qui gonflait à présent sa lèvre avait effacé son rictus dédaigneux. Il saignait du nez, et son œil droit avait maintenant la taille et la couleur d'un soufflé à la myrtille.

Quinn marqua le pas et fourra ses mains dans ses poches.

— On sort les poubelles, monsieur Levitsky ? dit-elle.

— Il vaut mieux. Sinon, ça se met à puer.

— Comme c'est vrai. En fait, ça commençait déjà à alourdir l'atmosphère.

L'abruti de la police d'État se releva et se mit à épousseter ses fonds de pantalon.

— Vous êtes cinglé, Levitsky, je ne sais pas ce qui me retient d'appeler votre patron et de lui raconter.

— En effet, mon salaud, il n'y a pas grand-chose qui te retienne de faire des conneries.

Norman sortit la tête basse, en marmonnant :

— Putain, il est dingue. Aucun sens de l'humour. Ça n'était qu'une blague, nom de Dieu.

Lorsqu'il passa devant la fenêtre du bureau, elle l'entendit encore ajouter :

— Ce barjot se prend pour John Wayne.

Elle attendit qu'il se soit éloigné.

— Où est Jake ?

— Je ne sais pas. Le bureau était désert quand je suis arrivé.

— Ça tombe plutôt bien, dit Quinn. Il préfère travailler dans l'harmonie générale.

— Moi aussi, d'habitude.

Quinn ne put s'empêcher de sourire, mais elle fit de son mieux pour le dissimuler sous un bâillement.

— Je sais que vos intentions étaient bonnes, dit-elle. Mais je préfère régler mes comptes moi-même.

— Je n'ai aucun doute là-dessus, mademoiselle Gallagher. Mais il voulait à toute force en découdre, je n'avais donc aucune raison de le décevoir. Ça va ?

Elle haussa les épaules.

— Très bien, sinon que je vais être la risée de tout l'État du Vermont et qu'il va me falloir au moins un mois pour repartir du bon pied avec Weir. Quelle a été la conclusion de la fouille ?

— Absolument rien de suspect.

— C'est une bonne nouvelle. Il suffit maintenant d'attendre que l'ouragan Wellacott se déchaîne.

— Je ne suis pas certain qu'il le fasse, Gallagher, répondit Levitsky. On peut encore confier ce dossier à quelqu'un d'autre, vous savez. Surtout avec ce qui vient de se passer.

— Non. Ce qui est arrivé m'oblige à continuer d'autant plus. Jouer les saintes-nitouches, ça n'est pas recommandé, dans ce métier. Croyez-moi, j'ai eu l'occasion de m'en rendre compte.

— Il ne s'agit pas d'une question de prestige. Si Weir pense qu'il a pris le dessus psychologiquement, il peut essayer de pousser son avantage, signal d'alarme ou pas.

Quinn ne prit pas la peine de répondre. L'enjeu était plus important que ne l'imaginait l'agent spécial. Elle suivrait cette affaire jusqu'au bout, quelles qu'en soient les conséquences.

17

Lorsque Nora retourna à l'auberge, Elle trouva Charlie en train de travailler sur les autorisations de réfection du complexe d'activités socioculturelles estivales de la ville. Le projet avait rétréci au fur et à mesure, dans un sens inversement proportionnel aux dépassements des subventions accordées par l'État. On avait supprimé l'atelier de danse. L'amphithéâtre en plein air avait connu le même sort. L'accent avait été mis sur les rénovations du bâtiment principal, de l'auditorium qui pouvait contenir beaucoup de monde, des coulisses, et des entrepôts.

Charlie n'avait rien de nouveau à lui apprendre au sujet d'Abigail, si ce n'était un déluge d'appels compatissants passés par les amis et les parents avec lesquels ils étaient entrés en contact la veille au soir. Toujours aucune nouvelle de Raymond.

— Il a toujours brillé par son absence quand tu avais besoin de lui. Qu'il ne se soit pas encore manifesté, ça n'est pas vraiment une surprise.

— Charlie, je t'en prie, ne revenons pas là-dessus. Pas maintenant.

Nora lui parla de son entrevue avec Justin Wellacott et de la promesse du maire de mettre la police sur l'affaire.

— Wellacott est un abruti, dit Charlie.

— Peut-être mais il est prêt à nous aider.

— La seule personne pour laquelle Justin soit prêt

à se mouiller, c'est lui-même. Il joue les grosses légumes pour t'impressionner. Tu lui plais, c'est clair.

— C'est ridicule, fit Nora, agacée. De toute façon, je me fous des raisons pour lesquelles il le fait, tout ce qui m'intéresse, c'est de retrouver Abigail.

— Je comprends, ma chérie. Mais ce serait une erreur de compter sur lui.

— Tu as tort de dire ça, répondit-elle. Ce n'est peut-être pas un parangon de vertu, mais c'est un homme de parole.

— Exact, et sa parole ne vaut pas un clou.

Nora devint rouge de colère.

— Lui, au moins, il est d'accord pour faire quelque chose.

— Tu veux dire que moi pas ?

— C'est le cas, n'est-ce pas ? Tu crois qu'Abigail a juste fait une fugue et que je perds les pédales.

— Non, je ne crois pas ça. Je pense que tu es bouleversée, c'est tout.

— Bien sûr que je le suis. Et si tu avais la moindre affection pour elle, tu le serais aussi.

Il prit un air de chien battu.

— Pour toi, Nora, je ferais n'importe quoi. Pour elle aussi. Tu devrais le savoir.

— Tout ce que je sais, c'est que je veux revoir ma petite fille, et que je suis prête à m'allier avec tous ceux qui peuvent m'aider.

Il essaya de la prendre dans ses bras, mais elle se raidit et se dégagea de l'étreinte.

— Justin veut des photos supplémentaires, pour la brochure. Je vais m'y mettre. Si je reste les bras croisés, je vais devenir folle.

— Pour l'amour de Dieu, ne me ferme pas la porte au nez. Dis-moi ce que je peux faire pour t'aider. Dis-moi ce que tu veux que je fasse.

Dans ses yeux, elle lut désarroi et chagrin. Elle se détourna de lui. Ce qu'elle voulait était clair.

— Je serai de retour dans un moment.

Devant le désordre de l'atelier, elle décida qu'elle manquait d'énergie pour ranger. Évitant de regarder les quatre tirages vierges de toute image encore en train de sécher, elle fourra ses objectifs et sa pellicule supplémentaire dans une mallette, se passa le Nikon autour du cou et se mit à arpenter le périmètre de la propriété.

Elle n'avait pas la moindre idée de ce qu'on attendait d'elle. Des clichés excentriques ? Intéressants ? Justin Wellacott s'était exprimé de la manière la plus vague possible, ce qui signifiait probablement qu'il ne savait pas ce qu'il voulait.

Ça lui convenait tout à fait. Les meilleures prises de vues étaient souvent improvisées. De fugitifs instants où lumière, appareil et action se condensaient en un précipité magique. Impossible de les prévoir, ou de les recréer. Nora en avait fait l'amère expérience, au début, lorsqu'elle avait tenté de rectifier des erreurs ou de corriger la nature. Elle n'avait obtenu alors que des clichés décevants, comme un maquillage outrageux, ou un sourire contrefait par un politicien.

Ce qui lui remémora Justin Wellacott et la réaction de Charlie devant son offre d'intervention auprès de la police. Comment Charlie pouvait-il se montrer jaloux dans des circonstances pareilles ? Comme pouvait-il faire passer une rancune personnelle mesquine avant Abigail ?

Impossible.

Charlie n'était pas comme ça. Il était effectivement un peu possessif, mais jusqu'à présent, Nora avait toujours trouvé ça plus flatteur qu'autre chose. Il était, doux, d'humeur égale, fidèle, généreux. Du moins, c'était ce qu'elle avait cru jusqu'alors.

Mais elle s'était déjà trompée par le passé, par exemple avec Raymond. Elle était donc très capable de commettre des erreurs. Dans le cas de Raymond, l'erreur était de taille : un mètre quatre-vingt-quinze, cent kilos, pointure quarante-six, et un ego démesuré.

Elle sourit malgré elle. Tomber amoureuse de Raymond avait été une aventure stupide et finalement désastreuse, mais défendable. Quand il s'en donnait la peine, Ray savait appâter la proie. Irrésistible jusqu'à ce qu'il soit trop tard. On ne s'apercevait de la supercherie empoisonnée qu'après avoir avalé l'hameçon.

Ce qui n'était pas du tout le genre de Charlie. Les deux hommes évoluaient dans des mondes différents. Faisaient partie de deux espèces distinctes.

Elle approchait du lac situé derrière les chalets disposés en cercle. Sur la berge, dans les hautes herbes marécageuses, il y avait une barque retournée. Emmêlés dans les broussailles, sous l'embarcation, se trouvaient une paire de lunettes de soleil cassées, un tube d'une coûteuse crème solaire, et un numéro d'*Esquire* endommagé par les intempéries. Ce rébus d'un naufrage yuppie avait dû rester enseveli tout l'hiver sous la neige.

Elle photographia cette frappante nature morte sous plusieurs angles. L'œil rivé au viseur, elle prit ensuite la surface du lac irisée par la lumière du soleil, et l'adorable belvédère qui se dressait sur la rive opposée. Reuben Huff avait déjà remis une couche de peinture blanche sur le treillage qui servait de parois et s'était attaqué au toit vert sombre. L'édifice serait bientôt couvert de wisteria rose et de clématite mauve.

C'était là que Charlie lui avait fait sa demande en mariage. Il s'agissait d'une tradition remontant à plusieurs générations dans la famille Brill, lui avait-il dit.

Ces événements avaient-ils vraiment eu lieu l'été dernier seulement ? Il semblait à Nora qu'une éternité s'était écoulée depuis qu'elle avait rencontré Charlie dans un loft de SoHo pour le quarantième anniversaire d'un ami commun. Ils avaient fait connaissance entre le plat de résistance et le gâteau, et ne s'étaient plus quittés depuis.

Moins d'un mois plus tard, il l'avait amenée ici pour la présenter à sa famille et lui montrer l'auberge. Elle était tombée presque autant amoureuse de l'endroit que de Charlie. Elle adorait la sérénité ambiante, le spectacle incessant de la nature dans ce qu'elle avait de meilleur. Sceptiques, ses amis citadins l'avaient mise en garde, c'était dans le Vermont qu'allaient les suicidaires pour mourir d'ennui. Mais pour Nora, ce lieu regorgeait d'une vitalité qui n'avait rien à envier au centre de Manhattan, les crans d'arrêt en moins.

En tendant l'oreille, elle entendit le bruit sourd et régulier du moteur de la piscine, dans le hangar près du lac. La semaine dernière, Huff avait ôté la bâche qui recouvrait le bassin au centre de la cour, pour terminer les préparatifs de l'auberge avant que la saison touristique d'été ne batte son plein.

Un second battement régulier lui parvenait, celui du ventilateur de la serre, où les plantes et les fleurs de Mim déployaient leurs couleurs chatoyantes. Tout de suite après le dégel, le jardinier avait retourné la terre des jardins et plates-bandes. D'ici un mois environ, Mim se mettrait à superviser les semailles et la transplantation de ses hybrides pour l'instant encore dans la serre, qui avaient remporté plusieurs concours agricoles.

En ville, rien n'était simple, rien n'était naturel. Avant de s'installer dans le Vermont, Abigail avait grandi en pensant que les légumes poussaient dans les rayons des supermarchés, que le revêtement le plus convenable pour la terre était le ciment non fissuré, que l'air était ce nuage gris et puant qu'on respirait parce que c'était nécessaire, à ses risques et périls.

Tant de choses semblaient risquées, là-bas. Mais c'était peut-être la vigilance sans relâche de Nora qui avait protégé Abigail à Manhattan. Ici, elle se sentait trop en sécurité, trop en confiance.

Écartant ces vaines récriminations contre elle-même, elle photographia la serre et la silencieuse cour dallée en photo. Perchée sur un accident de terrain derrière l'auberge, elle se servit d'un téléobjectif pour faire un cliché de la maison abandonnée sur la colline. En se retournant vers le belvédère, elle vit la silhouette solitaire, au loin. Elle hésitait encore entre aller le rejoindre ou s'éloigner, quand il lui fit signe et l'appela :

— Eh, salut ! Venez par ici.

Elle avança comme elle put sur la terre spongieuse, en direction du vieil homme. Poppa s'était assis dans un fauteuil de jardin et avait entamé la lecture du quotidien local.

— Poppa ?

— Oui ? Vous aider ?

Son imprévisible élocution souffrait des mêmes variations qu'un vieux transistor, noyée par les parasites, ou bien claire comme de l'eau de roche.

— C'est Nora. La femme de Charlie. Vous vous souvenez ?

— De Charlie ? Il n'est pas marié.

— Si Poppa, avec moi. On s'est marié à Noël à l'auberge, vous avez oublié ? Vous avez porté un toast extraordinaire.

Il avait perdu le fil. Le regard vague, la tête inclinée comme un chien curieux.

— Je suis la mère d'Abigail.

— Oh, Abigail. (Son visage s'éclaira.) Comment va cette charmante petite ? Je ne l'ai pas vue aujourd'hui.

Nora hésita.

— Elle va revenir très bientôt.

Il donnait de petites tapes amicales au siège voisin du sien.

— C'est une enfant adorable. Vous pouvez être fière. Elle a de bonnes manières et elle est respectueuse. Pas comme certains. Elle est intelligente, aussi. Je ne lui ai montré ma collection d'armes anciennes qu'une seule fois et elle connaît les modèles et l'année de fabrication par cœur. Un rayon de soleil, cette petite.

— Merci. Elle pense beaucoup de bien de vous. Et elle adore vos histoires d'artiste de variétés.

Il pouffa.

— Le roi n'était pas mon cousin quand j'ai commencé à jouer les enfants de la balle sur le circuit, à l'époque. Tu parles d'un artiste. Je connaissais un ou deux numéros de claquettes, quelques blagues. Je me voyais déjà en haut de l'affiche. J'ai fini par passer le balai en coulisses. Ne racontez pas ça aux enfants. Ils préfèrent les histoires qui finissent bien.

— Les adultes aussi, dit Nora.

Il posa une main presque immatérielle à force de maigreur sur celle de Nora. On pouvait quasiment le voir dépérir. Perdre sa substance comme un radeau mal ficelé, à la dérive. Nora croisa son regard. Il était difficile de croire qu'il s'agissait de la même imposante présence dont le portrait décorait l'âtre de la salle de séjour. Grâce au tableau, Nora savait de qui Victoria et Stephanie tenaient leur plastique irréprochable. Il était à présent frêle et son teint avait la couleur indéfinissable des vieux meubles laissés pendant des décennies au soleil.

— Je sais qu'Abigail a fait une fugue, dit Poppa. J'ai entendu Mim en parler à Maisie. C'est drôle, les gens parlent toujours autour de moi, ou par-dessus ma tête. Je suppose qu'ils pensent que je suis un vieil imbécile toujours dans la lune, qui n'entend et ne se souvient de rien, alors ils ne me prêtent aucune attention. Elle rentrera bientôt à la maison. Vous verrez.

Nora savait qu'il ne fallait pas le troubler avec le doute qui la rongeait.

— Oui, c'est sûr, elle va revenir.

— C'était le pire d'entre tous, vous savez. Il s'en est pris à Abigail devant moi, parce que je suis trop vieux, trop faible pour faire quelque chose. Il s'en abstenait soigneusement lorsqu'il y avait quelqu'un d'autre dans les parages. Ça me mettait en boule. Je voyais bien qu'elle avait peur de lui.

— Peur de qui ? Qui s'en est pris à elle ?

Il battit des paupières. Passa ses doigts sur le journal, les couvrant d'encre fraîche.

— Fuguer ne résoudra rien, mais on ne peut pas lui en vouloir de désirer échapper à ce salopard. La façon dont il la harcelait, dont il la persécutait. J'aimerais bien lui rendre la monnaie de sa pièce, c'est moi qui vous le dis. Je devrais aller le voir avec une de mes vieilles escopettes, lui montrer ce que c'est de jouer les lapins à l'ouverture de la chasse. Ça ne serait que justice.

— Vous voulez parler de Reuben Huff ?

— Rubin ? Hmm. Je suis allé au lycée avec un dénommé Ed Rubin. C'est de lui que vous parlez ? Grosse brute avec un petit pois dans la tête ? La peau abîmée ? Je vous ai déjà raconté la fois où Ed Rubin m'a fait un croc-en-jambe avant le cours d'instruction civique ? Je me suis cassé une dent de devant à cause de cet idiot, alors il a fallu me faire un plombage. J'étais un marmot à l'époque. Je n'ai vraiment commencé à grandir que vers quinze ans, vous savez. J'ai poussé d'un bon kilomètre cette année-là... Vous avez déjà fait une croisière ?

Il était capable de perdre la boule en un clin d'œil.

— Je vous en prie, dit Nora. Dites-moi qui s'amusait à faire peur à Abigail. C'est très important.

— Abigail ? Est-ce qu'il est 3 heures ? Il faut que je prenne mes cachets à 3 heures. Mim va crier si j'oublie de le faire.

Elle lui prit la main.

— Il est encore tôt, Poppa. Mim ne va pas tarder. Elle va vous apporter vos pilules, d'accord ? Essayez de vous souvenir de ce que vous me disiez sur Abigail. De qui avait-elle peur ?

— Mim ? Vous avez de la monnaie ? Il faut que je passe un coup de fil à une fille. On a rendez-vous. Je sors ce soir, avec ma petite amie...

Nora brûlait d'insister, de lui tirer les vers du nez, mais elle savait que ça ne servait à rien. Elle avait souvent vu Mim tenter de le ramener à la raison quand il dérapait. C'était impossible.

Elle reprit ses appareils et le chemin de son atelier photo. Elle reviendrait et lui poserait d'autres questions plus tard. Si le vieil homme avait dit vrai, la disparition d'Abigail était due à quelqu'un de l'auberge. Alibi ou pas, Reuben était peut-être dans le coup, après tout.

Ou peut-être s'agissait-il de quelqu'un à qui elle n'avait pas encore pensé.

Des myriades de possibilités lui vinrent à l'esprit : le personnel, les clients, les voisins. Il y avait ici tant d'allées et venues. N'importe qui pouvait accéder facilement à l'enfant.

Nora était si soucieuse qu'elle ne remarqua pas la Lincoln noire qui s'engageait dans l'allée. Petit à petit, les coups de klaxon incessants attirèrent son attention. Ils furent suivis d'un bruit de portière claquée et d'une voix reconnaissable entre toutes.

Elle mit la main devant ses yeux et le regarda venir vers elle sur la terre détrempée à grandes enjambées. Moins d'un an s'était écoulé depuis la dernière fois qu'elle l'avait vu, mais Raymond n'avait pas la même allure. Nora n'arriva pas à déterminer tout de suite ce qui avait changé chez lui. Lorsqu'il se fut rapproché, elle comprit. Une fois déjà, elle lui avait vu ce regard.

Ce qui avait été amplement suffisant.

18

Raymond attaquait la pelouse d'un pas féroce et allongé comme un duelliste de western en plein midi. Ses yeux étincelaient de fureur et ses poings étaient crispés.

— Qu'est-il arrivé à Abby, Nora ? Où est-elle, bon sang ?

— Tu as donc eu mon message.

Il plissa les paupières.

— Sacré nom, oui, j'ai eu ton message. J'ai reçu un coup de fil de maman au beau milieu de la nuit. La pauvre femme arrivait à peine à m'expliquer ce qui se passait, tellement elle était inquiète. Elle m'a dit qu'Abby avait disparu. Elle ne savait même pas ce qui s'était passé, bon Dieu. J'ai essayé d'appeler ici, les quatre lignes étaient occupées. J'ai essayé d'appeler pendant quatre heures avant de laisser tomber et de prendre la voiture.

— Comment est-ce que ta mère a fait pour te retrouver ? dit Nora.

— Qu'est-ce que ça change ? Tout ce qui compte, c'est de savoir où est Abby. Tu as du nouveau ? Elle va bien ?

— Je ne sais pas.

Nora ne pouvait le regarder en face. Il fallait toujours que Raymond lui cherche querelle au moment où elle était le plus vulnérable. L'un de ses talents les plus attachants.

— Tu ne sais pas ? Qu'est-ce que c'est que cette réponse ?

— Une réponse honnête. Elle a disparu depuis hier après-midi. On fait tout ce qu'on peut pour la retrouver.

Il leva les mains et les yeux vers le ciel.

— Vous avez entendu ça ? Ils font tout ce qu'ils peuvent.

Les yeux plissés, il parla entre ses dents.

— S'il arrive quoi que ce soit à cette petite, tu en porteras la responsabilité, très chère. Elle est sous ta garde.

— Ah bon, vraiment ? Je croyais que c'était *aussi* ta fille. Mais je devais me tromper. Ça expliquerait pourquoi tu te comportes la plupart du temps comme si elle n'existait pas. Pourquoi tu oublies des petits détails, comme la pension alimentaire.

Il se précipita sur elle comme une marée d'équinoxe. Un instant, elle crut qu'il allait la frapper. Jamais elle ne pourrait oublier la seule et unique fois où c'était arrivé. Son bras s'était détendu, il l'avait cueillie sur le côté de la tête, paume ouverte. Tout de suite après, il s'était montré repentant et sentimental, mais l'irréparable était fait.

Son oreille avait bourdonné pendant une semaine. Tout le temps qu'il lui avait fallu prendre un avocat, changer les serrures, faire don des affaires de Raymond à une ONG qui s'occupait des victimes d'un tremblement de terre en Géorgie soviétique, Nora avait entendu sonner les cloches. Il y avait déjà belle lurette que ce mariage était en perdition. Il était temps de lui organiser des funérailles convenables.

— Ne recommence pas avec ces histoires, dit-il. Tu sais que j'aime vraiment Abby.

— Oui. Et moi aussi. Écoute, me disputer avec toi ou qui que ce soit, c'est la dernière chose qui me viendrait à l'esprit pour l'instant, Ray. Je suis malade d'inquiétude.

Il la regarda dans les yeux. Se radoucit.

— Moi aussi. Je n'aurais jamais dû partir comme ça, au quart de tour. Désolé.

— Ne sois pas désolé. T'énerver, c'est vraiment ton fort.

— Je suppose que je l'ai bien cherché, dit-il. Tu as raison. Se disputer ne fera pas revenir Abby. Dis-moi ce qui s'est passé. Je peux peut-être t'aider.

Ils marchèrent jusqu'au belvédère et s'assirent sur deux bancs face à face. Le froid et l'épuisement faisaient frissonner Nora. Raymond retira son pull de coton et le jeta sur ses épaules. Il était assez grand pour que six personnes puissent y dormir.

Nora avait déjà répété l'histoire de la disparition d'Abby plusieurs dizaines de fois, mais la raconter à Raymond, c'était autre chose. Ce grand dadais souffrait, Nora le vit en scrutant son visage. Il était vrai qu'il avait une drôle de façon d'aimer Abby, mais il l'aimait, pourtant.

— Rien de tout ça ne tient debout, conclut Nora. À lire le mot qu'elle a laissé, on pourrait croire qu'elle a fugué. Mais il y a eu les clichés que quelqu'un a mis dans l'atelier photo.

Raymond fronça le sourcil.

— Cette histoire de photos est bizarre. Tu as bien dit que les images se sont effacées des clichés ?

— Toi non plus tu ne me crois pas ?

— J'ai juste dit que c'était bizarre.

— Bon Dieu ! je ne suis pas folle, je sais ce que j'ai vu.

Il eut un geste d'apaisement, lui faisant signe de se calmer.

— Ne t'énerve pas. Je ne discute pas ce que tu as vu. Tout ce que je dis, c'est que je ne serais pas surpris qu'elle ait réellement fugué. Elle m'a écrit, il y a une quinzaine de jours. Je ne l'avais jamais sentie aussi malheureuse.

— Des lettres ?

— Elles sont dans la voiture. Tu veux les voir ?

Il partit au petit trot en direction du parking. En attendant son retour, Nora songea douloureusement à tous les SOS lancés par Abigail qu'elle avait ignorés. La pauvre enfant avait essayé d'attirer l'attention des gens qu'elle aimait sur son malheur de tas de manières différentes. *Et tout ce que j'ai trouvé, c'est de lui proposer de passer une semaine à New York.*

Raymond s'était comporté encore plus bêtement. Il s'était déjà écoulé deux semaines depuis qu'il avait reçu ces lettres, et il n'avait même pas pris la peine de téléphoner. Comment pouvait-il prendre les sentiments de sa fille aussi à la légère ?

Sa démarche nonchalante de cow-boy dans l'enclos mit Nora sur des charbons ardents. Quand il parvint au belvédère et lui tendit les enveloppes couleur pastel, elle bouillait littéralement.

Elle lut les lettres sans faire de commentaires. Elles étaient pleines d'angoisse. Abigail y suppliait Raymond de venir la chercher pour l'emmener vivre avec lui. À plusieurs reprises, elle faisait référence à quelque chose qu'elle ne supportait pas à l'auberge. Elle avait dit exactement la même chose dans son mot d'adieu.

Lorsque Nora eut terminé sa lecture, elle jeta le tas de lettres à Raymond.

— Pourquoi est-ce que tu ne m'as pas téléphoné pour m'en parler ?

Il haussa les épaules.

— Je me suis dit que tu savais ce qui n'allait pas, Nora. Elle était ici, avec toi, après tout. Tu as des yeux pour voir.

— Et toi tu as une grande gueule, Raymond Eakins. Je ne vois briller aucune médaille du mérite paternel sur ton abondante poitrine. Si tu es venu pour m'agonir de reproches et critiquer, tu peux dégager.

Elle se leva et se dirigea vers la maison. Il la rattrapa et lui agrippa le bras.

— Je m'en irai quand je serai certain qu'Abby est en sûreté. Pas avant.

— Lâche-moi.

— Il faut essayer de s'entendre jusqu'à ce que cette histoire soit finie.

— Ça m'étonnerait qu'on y parvienne.

Nora essaya de se dégager, mais elle était prise dans un véritable étau. Elle se débattit, l'injuria, tenta de lui donner des coups de pied, mais il les évita. Balançant la tête, elle essaya de le mordre. Nora jouissait perversement de cette bagarre, qui lui permettait de se défouler.

— Tu n'es qu'un énorme enquiquineur gras à lard, Ray Eakins, s'emporta-t-elle. Maintenant, lâche-moi.

— Je n'ai pas un poil de graisse, protesta-t-il. Que du muscle.

— Le seul muscle que tu possèdes s'étend entre tes oreilles.

— Fais attention à ce que tu racontes, espèce de naine. Arrête de m'insulter, ou je...

Son masque de colère feinte se craquela et il éclata de rire.

Sa gaieté soudaine était contagieuse.

— Qu'est-ce que tu vas faire si je continue, gras-double ?

— Retire ce que tu viens de dire, petite garce courte sur pattes. Retire ça, tout de suite, ou je te chatouille.

— Tu n'oserais pas.

Des paroles de défi. Il se précipita aussitôt sur l'endroit de son corps le plus vulnérable aux chatouillements, sur la hanche droite.

Nora se mit à protester d'une voix suraiguë.

— Arrête ! Arrête immédiatement, espèce de gros tas !

Il continua jusqu'à ce qu'ils soient tous les deux la proie d'un fou rire hystérique.

— Bouffissure, tas de graisse.

— Bout de chou, rase-bitume.

Des insultes échangées par deux voix perçantes, hors d'haleine, avides d'oublier qu'Abby avait disparu, que quelque chose de grave était en train d'arriver, qu'ils avaient tous les deux négligé leur fille. Nora commençait à être à court d'injures lorsque Ray la lâcha soudainement.

— Tu abandonnes ? Tu ramollis avec l'âge ?

Son sourire s'effaça, un spasme creusa ses lèvres.

— En voilà une tête, dit-elle. Ça va ?

Il n'avait pas l'air d'entendre ses paroles. Son visage grimaçant se contracta. Dans un frisson convulsif, il s'effondra.

— Ça suffit. Ça n'est plus drôle, dit-elle.

Nora se pencha sur lui.

— Ray ? Ça va ? Qu'est-ce qui t'arrive ?

— J'ai pris quelque chose dans le dos, haleta-t-il.

— Une de tes plaisanteries les plus réussies, mon gars.

Elle lui mit la main sur l'épaule.

— Allez, mon gros. Debout.

Elle tenta de le relever mais sa main dérapa sur un liquide chaud et poisseux. Le choc de la découverte provoqua un frisson d'angoisse tout le long de sa colonne vertébrale quand elle enleva la main. Le sang coulait sur ses doigts.

Mais que s'était-il passé ?

À quelque distance de là, un cri s'éleva. Cherchant des yeux l'origine du bruit, Nora vit Poppa s'approcher. L'une de ses anciennes escopettes nichait au creux de son bras. De la fumée s'échappait encore du canon de l'arme.

La terreur s'empara de Nora.

— Poppa, qu'est-ce qui s'est passé ? Qu'avez-vous fait ?

Il continua à venir vers elle. Il se pencha en secouant la tête et fixa son regard sur l'imposante silhouette recroquevillée par terre.

— Je lui ai tiré dessus, à ce salaud, dit Poppa avec un petit rire sec. Il y a longtemps que j'aurais dû faire ça.

19

Préoccupée par le gâchis de toute cette affaire avec Wellacott, Quinn était déjà en retard quand elle se souvint de la promesse faite à Brendon d'aller le chercher à la sortie de son cours de musique. Elle roula très vite, malgré les tentatives de Levitsky pour la persuader de ralentir en écrasant un frein imaginaire. Il s'accrochait à son siège comme à une bouée de sauvetage. En s'engageant à toute allure dans l'allée qui menait à l'école, elle repéra le cartable de Bren et son cor de chasse.

Aucune trace de son frère.

Son pouls s'accéléra. Elle descendit de voiture, le cherchant des yeux. Le monde était rempli de maniaques kidnappeurs d'enfants, et pis encore.

— Bren !

Pas de réponse.

Levitsky le rejoignit.

— Allez voir à l'intérieur. Je vais jeter un coup d'œil derrière.

Quinn se dirigea vers la porte d'entrée et tourna la poignée. Elle était fermée. Pas de voitures garées dans le parking. Comment pouvait-elle être aussi négligente ?

Elle pensa à sa mère. Toujours sur la brèche, toujours un train d'avance sur le mauvais temps, les maladies et les immenses petites douleurs de l'enfance. En tant que parente, elle ne valait pas tripette, elle n'était même pas unc sœur très accomplie.

À l'exception de la lueur rougeâtre des signaux lumineux indiquant la sortie, le bâtiment était plongé dans l'obscurité.

— Bren ? dit-elle, la gorge serrée. Allez, montre-toi, champion. Où es-tu ?

Elle respira profondément et essaya de dissiper ses appréhensions. Un ami l'avait peut-être raccompagné en voiture. Ou bien M. Bell, le professeur qui dirigeait la fanfare, avait peut-être décidé de le ramener. Ce qui aurait été un comportement responsable. Mais pour qui se prenait-elle, à donner des leçons de responsabilité ?

— Brendon ! appela-t-elle. Eh, Levitsky, vous avez vu quelque chose ?

— Oui, par ici, derrière.

Le cœur battant, elle longea la cour de récréation au pas de course pour faire le tour du bâtiment. Pourquoi est-ce que ce crétin d'agent spécial ne l'avait pas appelée tout de suite ? Elle se représenta Levitsky penché sur le corps pantelant de son frère, tentant de le ranimer.

Mais dans les derniers feux du soleil couchant, elle découvrit un spectacle tout autre : Brendon et l'agent du FBI étaient côte à côte, dans une posture identique, les genoux légèrement fléchis, la tête baissée, les poings ramassés au niveau de l'épaule droite.

— C'est exactement ça, dit Levitsky. Et après, il faut dire la formule magique. Tu dois te la répéter sans arrêt.

— D'accord, dit Brendon. Tu es sûr que ça marche ?

— Ça a toujours marché pour moi.

— D'accord. Je vais essayer.

Levitsky cassa une branche d'arbre au bord du terrain et la tendit à Brendon. Le petit garçon reprit la posture et donna quelques coups dans le vide avec sa batte improvisée.

Levitsky s'éloigna, s'échauffa avec force mises en

scène et lança une balle en caoutchouc en direction de Bren.

Quinn se raidit instinctivement, s'attendant que le missile siffle aux oreilles de son frère, impuissant. Un masque de concentration crispait la bouche de Brendon dont les yeux ne quittaient pas la cible. S'il avait suffi d'avoir du cran et de faire des efforts, ce gamin aurait été joueur vedette dans une équipe professionnelle. La langue de Bren déformait sa joue. C'était presque le moment de frapper.

Maintenant !

La batte fit un bruit sec en entrant en contact avec la balle, qui repartit vers Levitsky. L'agent spécial l'attrapa au vol et jeta un regard empreint d'une consternation feinte vers Bren.

— Eh, je croyais que tu aurais raté un éléphant dans un couloir.

Le sourire de Bren était assez éclatant pour illuminer un match en nocturne. Il baissa les bras.

— C'est grâce au truc que tu m'as appris.

— Ça aide, mais c'est toi qui l'as réussi, mon petit pote, dit Levitsky. Tu as bien coupé la balle en plus. Un point facile, dans un vrai match.

L'agent du FBI se tourna vers Quinn.

— Vous êtes d'accord pour qu'on essaie encore une fois ?

— D'accord.

Levitsky leva le bras et lança une balle rapide qui décrivait une courbe dans les airs. Quinn jura intérieurement. Cet abruti aurait pu se freiner un peu. Quand elle s'entraînait avec le môme, elle faisait toujours bien attention à lui envoyer des balles faciles, sur une trajectoire rectiligne. Bren ne parviendrait jamais à rattraper un projectile lesté comme celui-là.

Mais le marmot frappa la balle d'un mouvement circulaire et la renvoya par-dessus la tête de Levitsky. L'agent spécial mesurait bien un mètre quatre-vingt-dix, mais il ne leva pas les bras, et prit bien soin de chanceler en arrière en laissant passer la balle, qui roula par terre, au-delà de l'imaginaire base numéro deux.

Il secoua la tête.

— Le point compte double, au moins, mon petit pote. Qu'est-ce que tu avais dit sur l'éléphant dans un couloir ? Tu parlais d'un autre môme ?

Bren était aux anges.

— Tu n'as pas un truc pour les rattraper à la main, aussi ? demanda-t-il. Il peut manger avec nous, Quinn ? Tu es libre ? S'il te plaît, on s'entraînera après le dîner ?

— Bren, je ne crois pas que M. Levitsky soit libre ce soir. La journée a été longue. Je pense qu'il est impatient de rentrer à l'hôtel et de passer une soirée tranquille.

Levitsky lui fit signe de se pencher vers elle. En l'écoutant, elle vit s'envoler ses projets de long bain paresseux et de shampooing.

Elle se tourna vers Brendon.

— M. Levitsky et moi-même avons du travail, ce soir. On peut manger ensemble, mais ensuite, il faudra qu'on s'y remette.

— D'accord. On peut commander des pizzas ? dit le garçonnet.

— Peut-être.

Quinn préférait que ce soit quelqu'un d'autre qui fasse la cuisine.

— Ça me convient très bien, dit Levitsky.

Bren prit son sac et son instrument de musique sur le trottoir et sauta à l'arrière de la voiture, laissant la place avant, qui avait à ses yeux tant de prix, à l'agent du FBI.

— Qu'est-ce que vous voulez comme garniture sur la pizza, monsieur Levitsky ? dit Bren. C'est vous l'invité.

— Appelle-moi Bernie. Et pour la pizza, commandez ce que vous voudrez : champignons, piments, pépites de chocolat. Tout sauf des anchois. D'accord ?

— Parfait.

Lorsque Quinn se retourna vers lui pour voir s'il avait mis sa ceinture, Bren lui adressa un clin d'œil. Il avait fallu que ce sacré môme se prenne d'affection pour Bernie Levitsky.

Bren était loin d'être doué pour tout, mais il avait en général un jugement très avisé sur les gens. Presque un sixième sens. Chaque fois que c'était possible, quand elle ramenait une personne du sexe masculin qu'elle ne connaissait pas très bien, elle le laissait en compagnie de son petit frère pendant qu'elle vaquait à ses occupations au premier étage. Le gamin n'avait pas besoin de plus de dix minutes pour arrêter son opinion sur quelqu'un. Lorsqu'elle redescendait, il lui faisait un sourire double esquimau chocolat pistache, ou une grimace chou de bruxelles. La plupart du temps, il était dans le vrai.

Il n'était toutefois pas infaillible. Comme le prouvaient ses affinités immédiates avec l'agent spécial Bernie Levitsky. Celui-ci était moins antipathique à Quinn que lors de leur première entrevue, mais elle n'était pas prête à lui tresser des lauriers.

Il n'était pas désagréable à regarder, mais on pouvait en dire autant de Ted Bundy [1]. Il savait s'y prendre avec les enfants. Comme la plupart des éternels adolescents aussi. Quinn secoua la tête pour mettre fin à ce dilemme intérieur. Le jour où elle en serait réduite à chercher les vertus des Bernie Levitsky et consorts, il serait temps de raccrocher les gants.

— Chez Luigi ou chez Sorrento ? dit-elle.

— Pas chez Sorrento, ça craint, dit Brendon.

Elle tourna et mit le cap au centre-ville, vers chez Luigi. Levitsky et Bren discutèrent de base-ball, de

1. Ted Bundy : serial killer ayant plusieurs dizaines de victimes à son actif. *(N.d.T.)*

basket-ball et de football pendant toute la durée du trajet. Quand elle entra dans le garage, chez elle, ils parlaient de tennis. Constater qu'ils ne s'intéressaient pas qu'aux sports d'équipe la rassura un peu.

— Et si tu venais demain soir pour qu'on puisse s'entraîner au base-ball ? dit Bren. Je te prêterai un gant.

— Si ta sœur est d'accord.

Quinn eut un léger accès de jalousie, mais n'en laissa rien paraître. Entraîner Bren au base-ball avait toujours été son rôle jusqu'à présent, et elle n'appréciait pas beaucoup son remplacement au pied levé. Mais elle était décidée à se comporter en adulte. Elle attendit que l'agent du FBI et Bren soient en pleine discussion pour tirer la langue.

— Tu es droitier ? demanda Bren. J'ai le vieux gant de mon grand-père. Papy a joué deux saisons dans une ligue semi-pro. Il aurait eu une place dans l'équipe des Red Sox l'année suivante, mais il s'est blessé au coude. Cet imbécile de Nicky Dibble n'a pas voulu me croire avant que je lui montre la photo de papy sur un vieux journal de l'époque.

Le gamin était surexcité. En marchant vers la maison, Quinn lui posa la main sur l'épaule pour qu'il baisse le ton.

— Calme-toi, mon chéri, murmura-t-elle, tu ne voudrais pas te casser la voix.

Il la fusilla du regard. Un avertissement silencieux : elle avait intérêt à se tenir à carreau. Ne pas se comporter en mère, pour l'amour du ciel. Et surtout pas devant son nouveau héros en carton-pâte.

Elle tourna la clé dans la serrure.

— Je vais mettre la table. Va te laver, Bren.

Il lui lança un coup d'œil meurtrier. Elle allait bientôt se mettre à parler d'aller au lit, ou une horreur de ce genre.

— J'aimerais bien me mettre un peu d'eau sur la figure, moi aussi. Tu me montres où c'est ?

— Bien sûr, viens.

Ils grimpèrent l'escalier en tandem. Bren singeait la longue foulée décontractée de Levitsky et son air ahuri.

— Tu veux voir ma collection de cartes de base-ball ? J'ai toutes les équipes des Red Sox depuis 1980, en parfaite condition.

— C'est super, mais la prochaine fois. Il faut que ta sœur et moi nous mettions bientôt au travail.

Levitsky avait réussi à persuader Quinn de la nécessité de regarder les vidéos de surveillance des caméras postées chez Weir avant de les remettre à Wellacott.

Quinn comprenait son point de vue. Mais ça ne lui disait rien. Il fallait passer en revue une pile monstrueuse de cassettes. Ça demanderait au moins deux jours de boulot. Même avec l'avance rapide et du café fort, la soirée serait longue.

20

Quinn s'éveilla en sursaut. Elle avait piqué la tête la première dans une somnolence à mi-chemin entre rêve et réalité. Sans les marques révélatrices de salive sur le coussin du divan, elle aurait même douté s'être endormie.

La pièce était plongée dans l'obscurité, en dehors de l'écran de télévision où les arbres étaient ballottés par le vent, et où les oiseaux en formation en V voltigeaient autour de la silencieuse carcasse du Waldorf-Astoria.

Levitsky lui passa une tasse de café sous le nez comme s'il s'était agi de sels. Quinn s'en empara. Prit une gorgée. Un liquide boueux édulcoré d'un sucre seulement. Il en aurait fallu au moins trois et une dose de détergent pour que ce soit buvable.

Quinn tenta de mettre ses muscles à l'épreuve et parvint plus ou moins à se redresser sur le divan.

— Est-ce que vous avez vu quoi que ce soit d'important ?

— Il y a un ou deux points d'interrogation. Je vais vous montrer.

Il éjecta la cassette et fouina dans la pile pour en sortir une qu'ils avaient visionnée plus tôt dans la soirée, qu'il s'empressa de mettre sur avance rapide. Arrivé au milieu, il revint à la vitesse normale. Lorsque l'image redevint nette, Quinn vit un homme avec un gilet de daim et une casquette de base-ball devant la palissade. Son visage était caché par la visière baissée sur les yeux. Il s'immobilisa quelques secondes, jeta quelque chose qu'il avait sorti de ses poches par terre et s'éloigna.

Levitsky appuya sur la télécommande, le bouton d'arrêt sur image. Revint en arrière et repassa la scène. Quinn remarqua qu'à l'arrière-plan les rideaux de la salle de séjour restaient tirés. L'homme à la casquette ne s'était pas approché de la maison et n'était apparemment pas entré en contact avec Weir.

— Ça n'est probablement rien, dit Quinn.

De toute évidence, ça n'avait pas suffisamment éveillé l'intérêt des autorités de surveillance pour déclencher une enquête. Si cela avait été le cas, Quinn aurait été prévenue.

— Probablement, mais nous ne devons négliger aucun détail suspect.

Il lui montra ensuite des extraits de deux bandes. Quinn regarda attentivement, essayant de se concentrer. Il s'agissait de film et non de photos, mais on s'en apercevait à peine. Des arbres et des oiseaux, de la pelouse et la maison. Un lapin couleur de poussière, aussi animé et intéressant qu'une pierre, aurait pu réclamer le rôle vedette.

— C'est captivant, dit Quinn.

— Vous n'avez rien vu de curieux ?

— Non, rien. Sauf peut-être le lapin. Il avait l'air louche. Vous pensez que c'est un complice ?

— Regardez à nouveau, dit Levitsky.

Il repassa les bandes. Quinn commençait à s'impatienter.

— D'accord, je donne ma langue au chat. Où est le mystère ?

— Regardez l'ombre du grand chêne près de la maison.

Quinn se concentra sur l'ombre, tandis que Levitsky repassait les bandes encore une fois. Dans la première, elle s'allongeait sur la pelouse presque horizontalement. La seconde montrait la masse sombre projetée en diagonale sur la façade de la maison.

— Et alors ? dit-elle. Je ne saisis toujours pas.

— Ces deux bobines sont censées avoir été prises à la même heure, pendant deux jours consécutifs. Il me semblc que les ombres auraient dû tomber plus ou moins au même endroit.

Le cerveau de Quinn n'avait pas encore atteint sa vitesse de croisière.

— Alors pourquoi ne le sont-elles pas, selon vous ?

Levitsky leva les épaules.

— Il peut y avoir bien des raisons à ça. L'horloge de la caméra est déréglée. Erreur de marquage des bandes. Un amas nuageux insolite qui a détourné la lumière du soleil.

— En d'autres termes, sans doute rien, comme tout à l'heure.

Il était impossible que cela signifie quelque chose. Weir ne pouvait pas avoir enlevé cet enfant.

— J'espère que ça n'est rien. Mais une fois de plus, je ne pense pas qu'on puisse écarter ça sans autre forme de procès. J'ai pris des échantillons de terre et d'autres choses que je vais envoyer au labo du FBI pour analyse.

Quinn haussa les épaules.

— On n'a pas le temps. Jake a promis à Wellacott qu'il aurait les bandes vidéo ce matin.

— Il doit bien exister un endroit où on puisse les dupliquer tout de suite.

Immédiatement, Quinn pensa à la personne qu'il fallait.

— C'est exact, et sa boutique n'est pas très loin du Waldorf. Je vous dépose là-bas, et je vais le voir.

Elle alla se doucher et se changer. Un quart d'heure plus tard, elle avait revêtu un jean propre et une tunique blanche flottante. Une tenue semi-officielle. En sortant de sa chambre, elle se vit dans le miroir audessus de la coiffeuse. Le tableau n'avait rien d'affriolant. Ses épais cheveux roux étaient en bataille, elle avait le teint crayeux, ses yeux verts étaient gonflés et injectés de sang.

La douche l'avait tout de même soulagée. Elle décida qu'elle se sentait presque d'attaque pour la tâche herculéenne de réveiller Brendon pour aller à l'école. Mais lorsqu'elle risqua un œil dans la chambre du petit garçon, celle-ci était vide. Elle le retrouva en bas, dans la cuisine avec l'agent spécial.

Levitsky était aux fourneaux, entouré de saladiers, de bols et d'ustensiles, retournant des pancakes dans la poêle. Il avait échangé son complet-veston anthracite de bureaucrate pour un jean élimé et une chemise de travail. Quinn ne put s'empêcher de remarquer qu'il avait de larges épaules et un derrière très bien fait. Quel dommage de gâcher des miches pareilles sur un sandwich de troisième zone.

— Vous n'auriez pas dû vous donner cette peine, monsieur Levitsky.

Traduire que la dernière chose qu'elle souhaitait dans sa cuisine c'était un pantouflard affligé d'un complexe papa gâteau, pour semer la pagaille.

— Ne vous inquiétez pas pour moi.

Elle entendit tourner la machine à laver. Les draps de Bren, encore une fois. Dommage.

— Eh, champion, tu as passé une bonne nuit ? dit-elle en remettant subrepticement de l'ordre dans sa chevelure.

— Excellente. J'ai rêvé que je rattrapais toutes les balles, au base-ball. Bernie m'a raconté que si l'on rêve de quelque chose qu'on a du mal à faire, après c'est dans la poche. Je suis impatient d'aller voir si ça marche.

— Le concept est intéressant, dit Quinn en fronçant le sourcil à l'intention de Levitsky.

Cette grande gueule n'avait aucun droit de farcir la tête de cet enfant avec de telles absurdités.

— Je sais que ça peut paraître idiot, dit Levitsky.

Mais un jour, j'ai rêvé de mon coup de revers. Par la suite, je n'ai plus jamais joué au tennis de la même façon.

— Ça a dû vous faire très plaisir.

Il lui aurait fallu un rêve portant sur sa personnalité. Ou bien un rêve dans lequel il arrivait soudain à maturité.

Quinn avala une tasse du café que Levitsky venait de préparer au percolateur et entama la pile de pancakes noyés de sirop d'érable. Ils étaient excellents mais elle ne savait plus si les sucreries et les hydrocarbones étaient bons pour elle ou si, étant donné les circonstances, c'était un poison. La diététique à suivre pour éviter lcs baisses de régime et les accès de fébrilité soudains après une nuit blanche était complexe, et elle était trop fatiguée pour s'en souvenir.

Ils déposèrent Brendon à l'école et roulèrent jusqu'à Dove's Landing. Quinn voulait préparer l'emploi du temps de la journée avec Levitsky, mais celui-ci avait l'air d'être en orbite dans un satellite privé. Il avait une expression totalement absorbée, comme un coureur sur les starting-blocks.

Elle n'essaya pas de le distraire avant Main Street.

— Combien de temps vous faudra-t-il pour mener cette interview, monsieur Levitsky ? Je m'occupe de dupliquer les bandes vidéo, de voir quelques-uns de mes clients, et je reviens vous chercher.

— Pour commencer, il va me falloir au moins la matinée. Si ça se passe bien, j'aurais besoin d'une ou deux autres demi-journées. Mais avant de partir, j'aimerais que vous m'introduisiez auprès de lui. Il n'est pas inutile qu'une personne connue du sujet d'étude lui parle et prépare mon entrée en scène.

Quinn se raidit, se souvenant de sa dernière entrevue avec le Professeur, les ricanements, le corps dénudé. Elle aurait aimé garder ses distances jusqu'à ce que cet épisode s'estompe. Peut-être même un peu plus longtemps encore.

— Que dois-je lui dire ?

— Rien de spécial. Simplement que vous êtes venue avec quelqu'un qui veut le voir. Dites que je suis un ami.

— Ce serait s'écarter de la vérité.

— Écartez-vous de la vérité, alors. C'est pour la bonne cause. Plus nous en apprenons sur des monstres de l'espèce de Weir, mieux nous pouvons protéger la société contre eux.

Elle prit son souffle.

— D'accord. Attendez-moi là. Je vous ferai signe.

Devant le portail, Quinn coupa le moteur. Le Waldorf se dressait sous un ciel maussade, sombre et tranquille, en apparence. En approchant de la maison, elle dut combattre la sensation de vide qui l'envahissait tout à coup. Ce devait être la fatigue, décida-t-elle, refusant d'envisager que c'était peut-être Ellie le Dingue et cette situation invraisemblable qui commençaient à la miner.

À un mètre des piquets, elle s'arrêta pour appeler Weir. N'obtenant aucune réponse, elle haussa le ton et mit ses mains en porte-voix.

— Monsieur Weir ? Il faut que je vous parle. Ouvrez.

Un petit bruit de pas lui parvint, venu de l'intérieur de la maison. Probablement la chienne d'aveugle qui allait et venait dans l'entrée, ses griffes battant un rythme paresseux sur le plancher. La chienne jappa deux fois et se tut. La bête avait un comportement étrange, parfois vigilante, parfois distraite.

— Monsieur Weir ?

Il y eut un long silence. Quinn se retourna et haussa les épaules à l'adresse de Levitsky. Il lui jeta un regard interrogateur. Mais elle secoua la tête négativement avec fermeté. Le Professeur était forcément là. L'éventualité qu'il ait pu glisser entre les mailles du filet électronique était impensable.

Elle l'appela à nouveau, et elle commençait à taquiner l'idée d'un sérieux accès de panique à l'horizon lorsque la porte s'entrouvrit. Weir apparut, les bras croisés et l'air méfiant.

— Excusez-moi de vous avoir fait attendre, mademoiselle Gallagher, j'étais... un peu souffrant.

Quinn prit sa respiration.

— Je suis venue avec quelqu'un qui veut vous rencontrer, Weir. Un ami à moi.

Il leva les sourcils.

— Un ami ? Et pour quoi faire ?

— Il désire vous parler. Il vous expliquera.

— Non, madame l'agent de la Conditionnelle. *Vous* m'expliquerez. Qui est ce soi-disant ami, et que me veut-il au juste ?

Quinn jura entre ses dents, et fit un geste frénétique en direction de la voiture. N'obtenant aucune réponse, elle se décida à prendre le taureau par les cornes.

— C'est un savant. Il mène des recherches. Il pourra vous en parler mieux que moi, je vous assure. Le voilà.

Dès que l'agent du FBI arriva à sa hauteur, elle cessa de prendre part à la conversation et le laissa parler. Quinn l'écouta, tandis qu'il flattait la vanité du Professeur avec une entrée en matière très étudiée. Levitsky décrivit les bénéfices potentiels de son étude pour l'humanité tout entière, sous-entendant que la contribution de Weir pouvait éclairer la communauté scientifique et améliorer la condition humaine. Unique, fascinant, les deux mots préférés de Weir revenaient sans arrêt dans la tirade de l'agent spécial. Le Professeur ne se départait pas de son scepticisme, mais l'invita néanmoins à le suivre à l'intérieur du Waldorf. Lorsque la porte se referma sur eux, les épaules de Quinn s'affaissèrent brusquement, et elle retourna vers sa voiture.

Elle n'était qu'à deux pas de Wilmington. Une sonnerie retentit quand elle pénétra dans le labo photo. Cette fois, Dud Chambers était au boulot. Quinn slaloma entre les présentoirs, vers l'arrière-salle. Dud était penché sur un appareil, en train d'écouter de la musique rock à la radio.

— Bonjour, Dudley, comment ça va ?

En entendant sa voix, il eut un brusque sursaut. Il jeta un chiffon sur ce qu'il était en train de réparer, et lui fit face. Un sourire coupable se dessina sur ses lèvres. Tout ce que Quinn pouvait voir, c'était une forme rectangulaire voilée par un chiffon troué.

— Mademoiselle Gallagher, il y a quelque chose qui ne va pas ?

— C'est à vous de me le dire.

— Tout va bien pour moi, dit-il. J'ai du boulot, c'est tout. Je travaille sur un projet pour quelqu'un. Je vous l'aurai montré mais il veut que ça reste confidentiel.

— Rien d'illégal, j'espère ?

Il prit un air abattu.

— Bien sûr que non ? Vous ne me ferez donc jamais confiance ?

Quinn lui fit les gros yeux.

— Ne soyez pas susceptible avec moi, Dudley. Je vous fais confiance. Suffisamment pour vous confier un travail à exécuter de toute urgence. J'ai besoin de copies de ces bandes vidéo immédiatement. Vous pouvez faire ça pour moi ?

Son visage s'éclaira.

— Bien entendu.

Il prit les cassettes et en glissa une dans le magnétoscope. Il regarda quelques minutes, avant de froncer le sourcil.

— De quoi s'agit-il, si je puis me permettre ?

— J'ai bien peur que ça aussi, ça ne soit ultraconfidentiel, Dud.

Il lança la seconde cassette. Les premières images défilèrent. Il se raidit.

— Il y a un problème ? demanda Quinn.

Chambers lui jeta un regard anxieux.

— Non, mademoiselle. Je fais les copies tout de suite. Ça ne devrait pas prendre plus de vingt minutes.

— Je vais aller faire un tour, et je reviens d'ici là.

En partant, elle regarda le rectangle voilé par le chiffon une dernière fois. Sa curiosité était éveillée, voire sa suspicion. Mais pour le moment, elle avait bien d'autres soucis que les bêtises de Dud.

Dès qu'elle serait en possession des copies des cassettes, elle était censée les déposer chez Wellacott. Quinn savait qu'il allait falloir surveiller ses propos avec lui. Faute de quoi, il lui faudrait compter à l'avenir avec la rancune d'un ennemi très puissant.

Le prix à payer, pensa-t-elle, pour une grande satisfaction.

21

Abigail se réveilla brusquement. Un grincement étrange se faisait entendre dans la pièce. Elle en chercha l'origine et constata que la brèche dans le mur se réduisait. Il fallait qu'elle s'évade avant que celle-ci ne se soit complètement refermée.

Les ogres, les châteaux, les sortilèges ? Si la solution était aussi évidente que son tourmenteur le lui avait annoncé, pourquoi ne la trouvait-elle pas ? Elle n'avait pas le temps d'essayer de trouver le fin mot de cette histoire stupide. L'ouverture avait déjà sensiblement rétréci.

Il y avait déjà un certain temps qu'elle n'entendait plus rien au premier étage. Ni le pas lourd, martelé, ni les ricanements. Il avait peut-être coupé la machine à brûlures avant de sortir.

Ramassant ce qui restait de son coupe-vent en lambeaux, elle entreprit de l'agiter au-dessus de la ligne rouge à intervalles réguliers. Une pluie d'étincelles saluait chacune de ses tentatives, à gauche et à droite. Même chose au ras du sol. Mais lorsqu'elle balança le blouson à hauteur d'épaules, aucune braise n'enflamma le vêtement, pas la moindre puanteur chimique ne se dégagea. Elle recommença, faisant tournoyer le coupe-vent au-dessus de sa tête comme un lasso de cow-boy. Il ne se passa rien.

Une image mentale dc l'endroit s'était formée dans

l'esprit d'Abigail. C'était construit comme un gâteau géant.

Impossible de s'y déplacer. La ligne cramoisie courait bien trop près des murs. Même si elle se recroquevillait au maximum, ses membres dépasseraient, et elle prendrait une décharge. Sa seule chance de s'en sortir, c'était par le haut. C'était à ça qu'il avait sans doute fait allusion quand il lui avait conseillé de s'élever au-dessus des circonstances. « Transcender » avait sans doute la même signification.

Mais comment ?

Elle examina le plafond. Entre les poutrelles s'étendait un fouillis de tuyaux et de fils. Les tuyaux étaient les canalisations d'eau chaude et d'eau froide, les fils, ceux de la télé et du téléphone. Elle savait ça, parce qu'elle avait souvent accompagné Sol, le gardien de son immeuble à Manhattan, quand il allait s'occuper de la chaudière, au sous-sol.

Il lui avait appris comment distinguer la canalisation d'eau chaude, qui était reliée au robinet rouge, de celle de l'eau froide, reliée au robinet bleu. Entre deux blagues, il avait vanté la solidité de la tuyauterie de cuivre, précisant qu'elle tiendrait probablement plus longtemps que l'immeuble lui-même. Elle en déduisait donc que le tuyau pouvait supporter son poids.

La brèche se rétrécissait de plus en plus, elle ne pouvait plus attendre.

Abigail suivit des yeux une des canalisations de cuivre qui traversait les poutrelles jusqu'au robinet d'arrêt sur le mur opposé. Il était bleu, ce qui signifiait que c'était le tuyau d'eau froide.

Elle fléchit les genoux et sauta en l'air comme elle le faisait aux barres parallèles, et réussit à agripper le cuivre vert-de-gris. S'accrochant à la canalisation de toute sa poigne, elle attendit un instant. Rien à craindre, le tuyau tenait bon.

Une main après l'autre, elle s'approcha du cercle rouge. Avant de pénétrer dans la zone interdite, elle replia les genoux, les colla contre sa poitrine et se mit à avancer, la tête en bas. Dans cette position malaisée, elle parcourut la distance qui la séparait de la zone dangereuse.

Elle avait l'impression d'avoir de la guimauve dans les bras. Le sang affluait vers sa tête et cognait à ses tempes. Elle imaginait que c'était le pouls de la zone dangereuse qui battait, prêt à la réduire en cendres.

Ne réfléchis pas ! Dépêche-toi !

Elle imprima un rythme frénétique au mouvement de ses mains sur le tuyau. Par peur de glisser, elle serrait si violemment le métal froid que ses doigts lui faisaient mal.

Ses bras menaçaient de lâcher mais elle surmonta la douleur. Une mince brèche s'ouvrait encore dans le mur le plus éloigné d'elle. Il fallait qu'elle y parvienne à temps. Haletante, éperdue, elle traversa à toute allure la zone dangereuse. En se laissant retomber au sol après l'avoir dépassée, elle se permit un petit cri de joie.

— Oui !

Elle courut vers la brèche. Celle-ci n'était maintenant plus large que d'une dizaine de centimètres. Elle s'y glissa de profil et força le passage.

L'ouverture était si étroite qu'elle pouvait à peine bouger. Pour se comprimer au maximum, elle aspira une goulée d'air en rentrant le ventre, la gardant dans la poitrine, les muscles contractés. Elle était néanmoins prise en étau entre les deux pans de mur qui écrasaient sa chair contre ses os.

Petit à petit, elle parvint à se faufiler. Les pans de mur se rapprochaient toujours. Et si elle restait coincée ? Elle serait broyée.

Terrifiée, elle poussa plus fort. Banda ses muscles jusqu'à ce qu'elle jaillisse comme un bouchon de champagne.

Elle était dehors.

Trop effrayée pour regarder en arrière, elle se débarrassa des vestiges de son coupe-vent rouge et se mit à courir vers la maison blanche, au loin. Elle traversa une étendue de terrain plat parsemée de tas de bois et d'amas d'ordures. Les pierres et les herbes séchées s'agglutinaient sur ses semelles, et les chocs répétés sur la terre compacte endolorissaient ses mollets. Sa respiration était laborieuse et sifflante, ses poumons lui brûlaient. Les larmes coulaient à flots sur son visage.

De l'autre côté du champ, elle fila sur la gauche vers un bois à la végétation très dense. Un coussinet de feuilles agglomérées et humides amortissait maintenant sa course. Une odeur blette de matière en décomposition émanait de la terre spongieuse. Les yeux rivés au sol pour éviter les branches mortes et les animaux surgissant à l'improviste, elle fonça jusqu'à l'orée du bois.

En émergeant du rideau d'arbres, elle vit qu'elle n'avait plus qu'une côte recouverte d'herbe à franchir avant d'atteindre la maison blanche. La course était facile mais, une fois au sommet, elle serait exposée, et son tortionnaire l'apercevrait s'il jetait un coup d'œil à la fenêtre.

La maison blanche avait l'air sûre et accueillante, Mais Abigail ne voulait pas que ses occupants puissent la repérer avant qu'elle n'ait l'occasion d'y regarder de plus près. On n'était jamais trop sur ses gardes.

Se laissant tomber au sol, elle rampa le long de la pente douce. Les hautes herbes étaient rigides et lui écorchaient la peau, mais elles la dissimuleraient à tous les regards.

Elle eut bientôt le corps couvert d'égratignures : avant-bras, paumes des mains, pointes des pieds. Les herbes lui éraflaient le visage et ses cheveux s'y accrochaient. Mais elle ne sentait rien, électrisée par la peur qui crépitait dans son ventre comme une ligne à haute tension. La seule idée qui occupait son esprit, c'était rejoindre un lieu sûr.

La maison était certainement équipée d'un téléphone. Elle appellerait l'auberge, et maman ou quelqu'un d'autre viendrait la chercher. Dès qu'Abigail serait hors de portée de ce maniaque et entourée de personnes de confiance, elle raconterait tout, et la police le mettrait en prison pour toujours, comme il seyait à un cinglé de son espèce. Personne ne lui ferait plus de courbettes comme s'il était un grand personnage.

Arrivée au sommet, elle marqua une pause et jeta un rapide coup d'œil derrière son épaule. Personne ne la poursuivait. Du moins, pour l'instant.

Le reste du chemin permettait une progression plus facile. Dans l'ombre de la colline, la pente descendante était boueuse et malléable, l'herbe plus clairsemée et plus molle. Elle glissa jusqu'à la maison blanche, brûlant de se mettre en boule et de se laisser rouler, mais elle ne pouvait se permettre de perdre le contrôle d'elle-même, fût-ce pour une minute.

Une pelouse grande comme un timbre-poste entourait la maison. La camionnette était toujours au point mort dans l'allée, crachant à présent d'épaisses volutes de gaz d'échappement. Abigail se courba et courut vers l'arrière du bâtiment.

Collée au mur blanchi à la chaux, elle attendit que les battements de son cœur ralentissent un peu et tendit l'oreille. Elle détecta une sorte de murmure rythmique, si faible qu'elle n'arrivait pas à savoir s'il s'agissait d'une machine ou d'une voix. Il fallait qu'elle se rapproche ou bien qu'elle regarde par la fenêtre.

Impossible de l'endroit où elle était. Une longue véranda courait sur presque toute la largeur de la maison, recouverte d'épaisses feuilles de plastique pour l'hiver. Il y avait deux minuscules fenêtres au bout, de la taille de lucarnes de toilettes, mais elles étaient trop hautes pour elle. Tenter de grimper sur la rampe de la véranda et s'accrocher au treillage était trop risqué, quelqu'un pouvait l'entendre si elle tombait.

En risquant un œil au coin de la maison, elle repéra une vitre plus grande, à la hauteur qu'il fallait. Elle n'avait cependant pas l'air assez grande pour une fenêtre de salon. Celle de la cuisine peut-être. Ou bien un vestibule, songea-t-elle. Quoi qu'il en soit, ça faisait l'affaire. La maison était si petite que n'importe quel point de vue, s'il était accessible, lui permettrait d'en voir largement assez pour se faire une idée.

Elle marcha à pas de loup jusqu'à la fenêtre. La main en visière sur le front, elle regarda à l'intérieur. C'était obscur et silencieux. Elle lui rappelait la maison de grand-mère Eakins, à Charleston : un lourd mobilier de bois foncé, recouvert de petits napperons au crochet ; des lampes sombres aux abat-jour jaunis ; des boîtes à couture où s'étalaient des inscriptions en langues étrangères ; des couvertures en laine tricotée un peu partout ; des tas de livres. Un chat tigré couleur cannelle était pelotonné devant l'âtre noirci où un feu achevait de s'éteindre.

Aucun autre signe de vie. Mais il fallait bien qu'il y ait quelqu'un à l'intérieur. Sinon, pourquoi le moteur de la camionnette aurait-il continué de tourner ?

Abigail tendit l'oreille. Retenant son souffle, elle colla son oreille contre le verre.

À nouveau, elle entendit un murmure régulier. Une pompe ? Il fallait qu'elle s'en assure. Si la maison était vide, elle trouverait le moyen de se glisser à l'intérieur pour se servir du téléphone. Elle ne savait pas à quelle distance se trouvait le voisin le plus proche, ni ce qu'elle trouverait là-bas. Il fallait qu'on vienne à son secours avant que sa fuite ne soit découverte et qu'on ne se lance à sa poursuite.

Courant de l'autre côté du bâtiment, elle regarda dans la cuisine. Les placards étaient eux aussi en bois foncé, le papier peint, fané. Il y avait des plantes en pot sur le rebord de la fenêtre, au-dessus d'un évier plein de vaisselle sale.

Elle retint sa respiration et écouta. Le murmure était plus distinct maintenant. Les yeux fermés, Abigail se concentra sur le bruit lui-même. Un battement rythmique. Elle l'entendait de plus en plus fort. Il lui fut bientôt impossible de ne pas le reconnaître : le même son lourd et régulier que dans sa prison.

Immobile, elle vit un grand chien entrer d'un pas nonchalant dans la cuisine. Une ombre massive se déplaçait juste derrière lui, dans le couloir.

Abigail se couvrit la bouche avec sa main pour ne pas hurler. Surmontant son épouvante, elle tourna les talons et s'élança vers le refuge du sous-bois.

Il ne lui était pas passé par la tête que la maison blanche aussi pouvait appartenir à son tortionnaire. Il lui faudrait dorénavant penser à tout, jauger tous les dangers possibles. Elle se demanda s'il existait un lieu absolument sûr. Elle se demanda si elle serait jamais capable à nouveau de faire confiance à quelqu'un.

22

Quinn passa vingt minutes intolérables à faire les cent pas dans les rues de Wilmington. Rien à faire, rien à voir. Pas la moindre boutique intéressante, le moindre passant excentrique, le moindre événement surprenant. Tout le monde avait l'air à moitié dans le cirage, chiens y compris. Celui qui avait inventé les idylliques petites villes pittoresques de Nouvelle-Angleterre aurait dû être condamné à un long séjour dans l'une d'entre elles, songea-t-elle.

Quand elle retourna au labo photo, elle trouva les copies des cassettes et les originaux sur le comptoir de la boutique. Dans l'arrière-salle, Dud s'était remis à travailler sur son projet ultra-confidentiel, trop absorbé par sa tâche pour remarquer son arrivée. Quinn lui cria merci, ramassa les cassettes et s'en alla.

Elle roula directement jusqu'à la mairie de Dove's Landing, pour apprendre à l'accueil que le maire n'était pas encore là, et qu'il venait rarement avant 11 heures. Désireuse de voir ce pompeux snobinard pour tenter de le convaincre de leur foutre la paix, elle décida de rendre visite à quelques-uns des anciens détenus dont elle avait la charge et de revenir plus tard.

Un certain nombre de ses « clients » travaillaient à Manchester, une ville qui s'était sortie une dizaine d'années auparavant du coma financier dans lequel elle était plongée grâce à un remède de cheval, une concentration de points de vente d'usines. Le quartier d'affaires était devenu à présent un puissant aimant à touristes, attirés par les vêtements et les meubles de marque à prix réduits, toutes les marchandises soldées pour cause de surproduction, le deuxième et le troisième choix.

À Noël dernier, Quinn, pour qui faire des emplettes avait autant de charme que d'aller chez le dentiste, avait sincèrement tenté de dénicher l'affaire en or dans le miroir aux alouettes des dépots-ventes bon marché de Manchester. Une demi-journée cauchemardesque à examiner les étalages, et tout ce qu'elle avait récolté, c'était une migraine carabinée. Sans supplément.

Elle ne réussit à trouver une minuscule place pour se garer dans la Mecque congestionnée du prix réduit qu'au troisième passage. Après avoir embouti sans complexe les véhicules postés à l'avant et à l'arrière deux ou trois fois, elle parvint à élargir suffisamment l'ouverture pour pouvoir y caser sa Jeep.

Ron Poltrack, libéré sur parole après avoir purgé la plus grande partie d'une peine de trois ans pour racket, était serveur dans un restaurant chinois, le Magic Dragon. Ça se passait très bien. Poltrack avait eu tout le temps d'apprendre le métier quand il était affecté aux cuisines, à Chittendon.

Len Salvatore, qui avait été condamné pour détournement de fonds, avait été embauché comme caissier au point de vente de prêt-à-porter pour hommes à un demi-pâté de maisons des chaussures Cole Haan. Ce boulot lui avait été confié par l'équipe transitionnelle de la prison de Rutland, en dépit des objections scandalisées de Quinn. On n'avait pourtant eu à déplorer aucune malversation jusqu'à présent, ou en tout cas, on n'avait rien détecté.

Le suivant sur la liste, Andrew Rodman, était l'un des meilleurs faussaires sur le marché des cartes de crédit. Rodman servait d'agent de la circulation et d'homme de peine à la cafétéria de l'établissement scolaire.

Quinn le trouva devant le collège d'enseignement secondaire, brandissant un panneau stop à bout de bras. On l'avait approché pour lui acheter les droits de son autobiographie pour le cinéma, et il était surexcité. Quinn ne voulait pas jouer les rabat-joie, mais elle se sentit obligée de lui rappeler les lois votées lors du procès du tueur le Fils de Sam, qui l'empêcherait de tirer profit de ses crimes, même sous la forme de droits d'auteur.

L'esprit toujours fertile en combines, Rodman mit instantanément le doigt sur plusieurs façons possibles de passer au travers des mailles du filet. Il était si sûr de lui qu'il offrit même un petit rôle à Quinn dans le film. La prison ne réhabilitait pas grand monde, mais elle offrait aux détenus le temps nécessaire à la préparation d'un avenir criminel bien plus sophistiqué.

De l'école, elle appela le quartier général. Jake Holland n'avait rien de nouveau sur l'enfant disparue. Tous les indices semblaient confirmer la thèse de la fugue, mais il était peu probable que le maire Wellacott désarme pour autant.

Quinn essaya de prendre un ton énergique et encourageant, mais le cœur n'y était pas. Levitsky et elle avaient décidé de ne pas lui toucher mot de leur enquête parallèle, jusqu'à ce qu'ils découvrent quelque chose de solide. Ce pauvre Jake était déjà dans tous ses états.

Sur le chemin du retour, en rentrant à Dove's Landing, elle se mit de nouveau à fulminer contre le maire Wellacott et ses invraisemblables exigences. Pourquoi un type bien, comme Jake, était-il enchaîné à un enquiquineur de ce calibre ? Pourquoi elle-même l'était-elle ? Un seul coup de pied bien placé du maire Wellacott la renverrait au trou noir dont elle s'était sortie en travaillant si dur et si longtemps.

Arrivée au succinct bâtiment de style victorien qui servait d'hôtel de ville à Dove's Landing, elle se gara derrière une limousine Cadillac dans laquelle un chauffeur attendait patiemment. À coup sûr, c'était la voiture du maire. Dans le Vermont, peu de gens utilisaient des moyens de transport aussi extravagants en dehors des funérailles.

Le bâtiment municipal, autrefois un domicile privé, offrait au visiteur une façade agrémentée de touches cossues : des rideaux d'organdi, des jardinières de bois aux fenêtres, un battant de cuivre à la porte en forme de tête de lion. Sur les deux portes qui donnaient dans le vestibule d'entrée, on lisait les écriteaux « Bureau de l'état civil » et « Délivrance des actes ». Il fallait passer par la sortie de secours à droite et traverser un étroit couloir à la moquette bleue pour atteindre le bureau du maire.

La secrétaire de Wellacott, assise dans une alcôve accueillante au bout du couloir, se limait les ongles en écoutant de vieux tubes à la radio. C'était une blonde oxygénée aux lèvres pulpeuses et aux improbables yeux bleus. Un faux grain de beauté en forme de petit cœur noir décorait l'une de ses joues. Son corsage était si transparent que Quinn pouvait presque lire le mode d'emploi et les instructions d'entretien de ses seins refaits par la chirurgie esthétique. Mais le vêtement s'accordait à merveille avec la jupe chaussette noire, les bas à coutures et les escarpins à talons aiguilles.

— Est-ce que le maire est dans son bureau ?

— Vous avez rendez-vous ?

— Non, mais il attend ce pli. (Quinn brandit le carton rempli de cassettes et de graphiques.) De la part de Jake Holland.

— Très bien, je lui remettrai.

— Non, je dois lui donner en main propre, ce sont les ordres.

— Désolée, dit-elle. C'est impossible sans rendez-vous. Le maire est un homme très occupé.

— Ça ne prendra qu'une minute.

— Le maire ne peut se permettre de perdre une minute.

— Dans ce cas, c'est moi qui le lui permettrai.

Le ton avait monté dangereusement au-dessus du niveau de la mer. La porte du bureau de Wellacott s'entrouvrit et la tête du maire apparut. Son visage offrait une ressemblance frappante avec celui du petit ami de la poupée Barbie, Ken. Il possédait autant de sex-appeal qu'un fruit factice.

— Il y a un problème, Dawn ?

— J'ai apporté les cassettes et les relevés que vous désiriez obtenir.

— Ah oui, entrez.

Le bureau était spacieux et rectangulaire, éclairé par des lustres de cristal et des appliques d'argent travaillé. Un mobilier ancien digne du musée, des bibelots hors de prix et des toiles de maîtres contemporains resplendissaient dans la pièce.

Il posa le carton et ses yeux coururent effrontément par monts et par vaux sur tout le corps de Quinn.

— Comment vous appelez-vous, déjà ?

— Quinn Gallagher.

— Gallagher ? Vous êtes apparentée à Eddie « Soupe-au-Lait » Gallagher ?

Le feu monta aux joues de Quinn. La réputation qu'avait valu à son père son caractère emporté était responsable des hideux imbroglios qui avaient suivi l'accident. C'était la dernière chose qu'elle avait envie d'évoquer.

— Je suis heureuse d'avoir l'occasion de vous reparler, monsieur le maire. Je voulais vous assurer en personne qu'Eldon Weir n'a rien à voir avec la disparition de la petite fille.

— Ah, eh bien, vous n'imaginez pas à quel point ça me soulage d'entendre ça, mademoiselle Gallagher. Je me sens *beaucoup* mieux.

— Je suis certaine que ce serait le cas si vous appréhendiez dans le détail les spécificités du système de surveillance de Weir. Je serai heureuse de pouvoir aller au Waldorf avec vous pour vous expliquer.

Wellacott secoua la tête.

— Les excuses, les grandes déclarations et les visites guidées ne m'intéressent pas, mademoiselle Gallagher. Si vous voulez que je vous laisse tranquille, il faut retrouver Abigail Eakins.

— Nous ne demandons pas mieux, monsieur le maire. Mais d'après ce que tout le monde dit, l'enfant a fait une fugue. Les policiers en sont persuadés. Elle a même laissé une lettre. Comment pouvez-vous nous rendre responsables de sa disparition ?

— Les policiers ne sont pas mes porte-parole, ni ceux de mon administration. Leurs conclusions intéressées et hâtives me laissent froid.

— Je ne saisis pas, dit Quinn. Pourquoi êtes-vous si sûr que c'est Eldon Weir qui a enlevé cette petite fille ?

— Je n'ai pas à m'expliquer devant le petit personnel. Si vous voulez bien m'excuser...

— Mais c'est ridicule.

Les épaules de Wellacott se raidirent sous le tissu coûteux du costume.

— Et selon vous, qui est ridicule, au juste ?

— Je ne vois ici que vous et moi, si Sa Majesté Pète-Sec veut bien me permettre.

Quinn regretta ses paroles aussitôt après les avoir prononcées. Se fâcher avec ce genre de richards odieux, ça n'était pas très malin. Agréable, certes, mais pas malin. D'après ce qu'avait dit Jake, Wellacott était assez puissant pour transformer sa vie en enfer.

— Ce sera tout, mademoiselle Gallagher. La porte est de ce côté, prenez-la.

Le ton était glacial.

— Écoutez, je suis désolée. Les mots ont dépassé ma pensée. Cette affaire met tout le monde à cran. On est du même côté de la barricade, au fond. Et si on concluait une trêve avec une poignée de mains ?

Lcs muscles tétanisés par l'effort qu'il faisait pour se maîtriser, il répondit :

— Ce sera tout, *j'ai dit*.

Quinn sortit et passa devant Dawn sans faire de commentaires. Quelques réflexions choisies lui passèrent par la tête, mais elle savait qu'elle avait causé assez de dégâts pour le reste du mois. Il faudrait qu'elle trouve un jour le moyen de désamorcer le dispositif de mise à feu.

Elle regarda l'heure et se dit qu'il allait falloir attendre Levitsky. Mais elle le repéra sur le chemin du Waldorf en train de passer un coup de fil à la cabine publique sous l'auvent vert et blanc devant le restaurant Chez Emma.

Il lui tournait le dos. Quinn s'approcha et s'éclaircit la gorge, mais l'agent spécial ne lui prêta aucune attention.

Elle n'était pas retournée dans le restaurant depuis le changement de direction et la rénovation des lieux, survenus quelques mois auparavant. En regardant par la vitrine, elle admira la transformation. L'endroit semblait aéré, ensoleillé, un grand panneau de verre poli servait maintenant de façade. Dans la salle à manger principale, le plancher délavé, les tables rondes aux nappes vichy, les ventilateurs de plafond et un comptoir vitré où s'entassaient viandes froides et appétissantes salades, composaient un décor très agréable. Derrière, une petite terrasse donnait sur un bras tumultueux de la rivière Blanche. L'endroit idéal pour déjeuner.

Quinn entendit Levitsky parler au téléphone. Apparemment, son entretien avec Weir ne s'était pas déroulé sous les meilleurs auspices. Les réponses du Professeur avaient été pleines d'incohérences. Lorsque Levitsky, à bout de patience, l'avait finalement traité de menteur, Weir s'était complètement refermé sur lui-même.

L'agent spécial se tut quelques secondes pour écouter l'autre personne au bout du fil.

— En principe, c'est ce que je fais dans ce genre de circonstances, Mel, dit-il. Il est clair que si Weir continue à me raconter des sornettes, je ne peux pas l'inclure dans mon étude. Mais j'ai bien peur que ce qui est en jeu dans cette affaire dépasse le cadre de l'étude, et de loin.

Quinn se raidit. Weir avait-il dit quelque chose à propos de la petite fille disparue ? Pourvu qu'il n'en soit rien !

— Non, rien de précis, fit Levitsky. Mais il y a un ou deux éléments dans ce qu'il a dit qui m'ont convaincu de creuser un peu. Je suis en train de réunir de quoi faire un colis pour le labo. Le problème, c'est que je n'ai pas l'impression qu'il me parlera, même si je fais pression sur lui.

Il y eut encore une pause.

— Écoute, dit Levitsky. Tu sais qu'une femme aurait sans doute plus de chance d'arriver à ses fins... Oui, d'ailleurs son contrôleur judiciaire est une femme. Mais je ne peux pas la mouiller dans cette histoire.

Il s'interrompit pour écouter la personne à l'autre bout du fil, et son visage s'assombrit.

— Il n'en est pas question, Mel, dit-il. Elle n'est pas qualifiée pour affronter ce genre de situation. Il s'agit d'un interrogatoire serré en tête à tête avec Ellie le Dingue. C'est pas une partie de plaisir, même pour un expert sur ses gardes.

Un nouveau silence.

— Non, ça n'est pas ça le problème. En fait elle est plutôt du genre à se jeter dans la gueule du loup par défi. Mais ce n'est pas parce que c'est une rouquine impulsive qu'on va l'offrir en sacrifice. Il faudrait peut-être envoyer quelqu'un du FBI...

« Je me moque du règlement et du protocole, Mel. C'est peut-être un enlèvement. Et si Weir est dans le coup, il faut se souvenir que c'est d'un tueur dont les facultés d'attention peuvent s'étaler sur six jours qu'il est question. Je sais bien qu'officiellement cette affaire n'est pas de notre ressort. Mais lorsque la vie d'un enfant est en jeu, est-ce que ça pèse lourd dans la balance ?

Quinn recula de quelques pas et s'éclaircit la gorge à nouveau, cette fois pour ne rien laisser transparaître dans sa voix. Elle montrerait à cet abruti lequel des deux manquait le plus de jugeote.

— Eh, Levitsky, vous avez bientôt fini ? Je crève de faim.

Il se tourna vers elle, le doigt levé.

— D'accord, Mel. Oui. Vois ce que tu peux faire, s'il te plaît. Et pense aux vérifications que je t'ai demandées ! Parfait. Je te rappelle demain. D'accord. Salut.

Il raccrocha et s'efforça de sourire.

— Moi aussi j'ai faim, mademoiselle Gallagher. Ça vous va, de manger ici ?

— Parfait. Si on prenait une table dehors pour pouvoir parler ?

La journée était fraîche, mais la terrasse était inondée de soleil.

Une serveuse courtaude les y emmena, nettoya la table et installa deux couverts. Le soleil se mit à caresser les omoplates de Quinn, lui réchauffant les os.

— Je m'appelle Suzy, dit la serveuse en leur tendant les menus. C'est moi qui vais m'occuper de vous.

— Il nous faut une minute pour choisir, dit Quinn.

Suzy leur laissa exactement soixante secondes pour se décider. Elle fut de retour avant que Quinn n'ait pu commencer à tirer les vers du nez à Levitsky.

— Nous ne sommes pas encore prêts, dit Quinn. On vous fera signe, d'accord ?

— Bien sûr, prenez votre temps.

La serveuse s'éloigna en dévorant Levitsky du regard, comme si c'était le plat du jour et qu'elle n'avait pas mangé depuis une semaine.

Quinn attendit qu'elle soit trop loin pour les entendre.

— Alors, comment ça s'est passé avec Weir ?

— Très bien. La routine.

— Vraiment ? Ellie le Dingue s'est déboutonné devant vous comme ça, sans coup férir ?

— Comme la plupart d'entre eux.

— Comme je suis heureuse de vous entendre dire ça, Levitsky. Il faut que je vous dise que je ne voyais pas du tout Weir se confier à vous aussi vite. Il me semble que j'ai lu quelque part que les violeurs d'enfants se sentaient plus à l'aise avec les représentants de l'autorité quand c'étaient des femmes.

— Pas tous.

Quinn prenait plaisir à le voir se tortiller sur sa chaise. Mais elle savait qu'il ne fallait pas pousser le bouchon trop loin. Elle ne voulait pas éveiller ses soupçons.

La proposition que lui avait murmurée Weir, lui faire visiter les recoins de son moi secret, lui revenait sans arrêt à l'esprit. Le monstre essayait peut-être de se dissimuler derrière un écran de fumée, mais étant donné ce qu'elle avait entendu pendant la conversation téléphonique de Levitsky, elle se faisait un devoir de relever le gant. Il fallait obtenir la certitude que le Professeur n'avait rien à voir avec la disparition de l'enfant.

Elle avait l'impression intolérable d'être responsable des actions de Weir. S'il avait enlevé cette petite fille, elle passerait en procès avec lui, et écoperait comme lui d'une peine de prison à vie.

C'était impossible. Il était forcément innocent dans cette histoire.

Mais Quinn pouvait presque l'entendre enregistrer ses macabres expériences : *Première étape — le sujet saigne abondamment. Elle pousse des cris étranglés...*

Elle pouvait presque ressentir l'impact des pierres que lui jetteraient ses concitoyens indignés, lors de la lapidation qu'ils ne manqueraient pas de lui infliger, pour lui faire baisser la tête et rentrer sous terre une nouvelle fois. Après tout, à quoi pouvait-on bien s'attendre de la part de la fille d'Eddie « Soupe-au-Lait »

Gallagher ? Elle était une catastrophe ambulante, comme son père.

— Je crois que je vais prendre un club sandwich, dit Levitsky. Et vous ?

Quinn tâchait de paraître absorbée par la lecture du menu, mais elle avait l'esprit ailleurs. Elle savait ce qu'elle avait à faire et comment s'y prendre.

Elle se demanda ce qu'elle allait manger en appelant la serveuse. Elle n'avait plus très faim, tout à coup.

23

Nora était assise sur la pelouse près du belvédère, la tête de Raymond reposant sur ses genoux. Son visage était d'une pâleur de craie. Des ombres bordaient ses prunelles et ses lèvres livides bleuissaient. Une plainte pitoyable sourdait de sa gorge.

Elle tendit l'oreille, guettant le mugissement des sirènes de police. Combien de temps leur fallait-il pour venir ?

— Accroche-toi, Ray. Les secours seront là d'un instant à l'autre.

Il gémit et tenta de bouger. La souffrance déforma ses traits et le frisson qui le ravagea avait la puissance d'un train lancé sous un tunnel. Nora tendit le bras, ramassa le pull rayé qu'elle avait laissé tomber au moment où il avait été touché et en recouvrit sa poitrine et ses épaules.

— Mais qu'est-ce que fout cette sacrée ambulance ? dit-elle. Magnez-vous, bon sang.

Charlie les rejoignit. Il avait l'air hagard. Il avait raccompagné Poppa et Mim, appelé leur médecin, avant de les abandonner à la garde de Maisie.

— Comment va-t-il ? dit Charlie.

— Mal. Et tes parents ? Ça va ?

— Pas très bien. Mim est dans tous ses états, elle considère que c'est sa faute, qu'elle n'aurait pas dû perdre Poppa de vue. Le vieux est toujours un peu dans le cirage, mais on ne l'a jamais cru capable de commettre une chose pareille. Pour l'instant, mon père est surexcité, pas moyen de le faire taire. Il est très fier de lui. Il n'arrête pas de dire qu'il aurait dû descendre ce salaud depuis longtemps. Mim est malade à l'idée que s'il continue son cirque devant les flics, ils vont l'enfermer dans un trou à rats.

Raymond grogna. Nora essuya son front poisseux de sueur avec une manche et lui prit la main. La peau était moite et fiévreuse.

Elle était accablée. Son univers s'écroulait. Quel malheur l'attendait encore ? D'abord Abigail. Et maintenant Ray et Poppa.

Abigail. Elle imagina sa fille rentrer à la maison et découvrir que son père bien-aimé avait été blessé. Ou pire. Non, c'était impossible. Il fallait que Raymond s'en sorte.

Une sirène vint finalement rompre ce funeste silence, et Nora repéra une file de voiture aux gyrophares flamboyants qui fonçaient vers l'auberge. Quelques instants plus tard, une ambulance traversa le parking à toute allure suivie de deux voitures de police et d'une camionnette de premiers secours du SAMU bénévole de Wilmington.

L'agitation avait rassemblé devant le bâtiment principal plusieurs clients de l'hôtel, qui ouvraient de grands yeux et se perdaient en conjectures. Charlie fit un signe en direction des véhicules d'urgence et ceux-ci s'engagèrent sur le chemin piétonnier en cahotant.

Un des infirmiers, un type menu à la mâchoire compacte et à la peau granuleuse, se baissa pour prendre le pouls de Raymond et sa tension artérielle, tandis que son coéquipier au visage lunaire questionnait Nora.

— C'est un coup de feu ?

— Oui. Il va s'en sortir ?

— De quel calibre s'agit-il ?

Nora regarda Charlie.

— C'est une arme ancienne, dit-il. Datant de la guerre de Sécession. Aucune idée du calibre utilisé. Je ne savais même pas que nous avions des munitions pour ces pièces de musée.

— Un seul coup de feu ?

— Oui. Je vous en prie, dites-moi s'il va s'en sortir...

L'infirmier penché sur Raymond le fit rouler sur le côté pour examiner la blessure. Le sang paraissait couler des doigts noueux sur la chemise à partir du point d'impact. Au bout d'un examen sommaire, l'équipe de premier secours fronça le sourcil, arracha le tissu en lambeaux et appliqua une grande compresse de gaze sur toute la région ensanglantée.

— Est-ce qu'il va s'en sortir ? répétait Nora.

L'homme du SAMU leva les yeux vers elle.

— Il n'y a que les médecins qui puissent vous répondre. Tout ce que je peux vous dire, c'est qu'il a eu de la chance que la balle l'ait atteint à cet endroit. Quelques centimètres plus bas, et c'était fini.

Elle frissonna et Charlie se rapprocha d'elle. L'infirmier au visage lunaire se mit à relever la manche de Raymond pour une perfusion. Nora fit la grimace lorsque l'aiguille s'enfonça sous la peau de Ray.

Elle ne reconnut aucun des quatre policiers qui avançaient sans se presser sur la pelouse. Son estomac se noua. Qu'allaient-ils faire à Poppa ? Pouvaient-ils vraiment tenir ce pauvre vieillard pour une personne responsable de ses actes ? Si on l'internait dans un asile, Mim périrait de culpabilité avant l'heure.

L'un des policiers, un homme corpulent aux cheveux coupés en brosse et à la fine moustache, s'accroupit aux côtés de Raymond et de l'infirmier.

— Bon, eh bien, qu'est-ce qui s'est passé ?

— C'est un accident. Il ne pensait pas à mal, dit Nora.

— Il n'est plus lui-même, dit Charlie. Il faut comprendre sa situation.

— Wouah, dit le policicr, levant les yeux vers eux

comme s'il s'apercevait soudain de leur existence. Que je comprenne quoi ? Qui ne pensait pas à mal ?

Raymond se força à ouvrir les yeux et riva son regard trouble à celui du policier. Sa voix leur parvint dans un murmure rauque.

— Moi. Je ne pensais pas que cette saloperie était chargée. C'est idiot.

— Quoi ?

Nora lui lança un regard d'incompréhension. D'une pression sur le doigt, Raymond lui enjoignit de se taire.

— J'ai trébuché et l'arme est tombée, articula Raymond avec difficulté. J'aurais jamais pensé que le coup allait partir.

Le flic corpulent se gratta la tête.

— Vous êtes en train de me dire que vous vous êtes tiré dans le dos ? C'est pas banal, ça, monsieur. À mettre dans les archives, c'est moi qui vous le dis.

Raymond commença à rire, mais la souffrance le contraignit immédiatement à redevenir sérieux.

— Bon Dieu, ça fait mal. Vous n'auriez pas quelque chose pour me calmer ?

— Désolé, mon vieux. Pas avant l'hôpital, dit l'infirmier.

Le policier s'adressa à Nora.

— Il s'est vraiment fait ça lui-même ?

Elle haussa les épaules. Le feu lui montait aux joues. Elle n'avait jamais été très douée pour mentir.

— C'est arrivé si vite...

— On n'invente pas un truc pareil, dit Charlie.

— Il s'est tiré dans le dos. (Le policier fit claquer sa langue contre son palais.) Incroyable. À chaque fois que je crois avoir tout vu, il arrive un nouveau truc invraisemblable. Dans ce cas, je crois que c'est tout. Vous êtes prêt à l'emmener à l'hôpital du comté ?

— On y va.

Un trio d'infirmiers hissa Raymond sur la civière à roulettes.

— Est-ce que je peux monter avec lui dans l'ambulance ? dit Nora.

— J'y vais, dit Charlie.

— Merci, mais il vaut mieux que ce soit moi. Il ne te connaît pas.

— Alors allons-y tous les deux.

— Non. Il faut que tu restes ici, au cas où quelqu'un appellerait au sujet d'Abigail. Et de toute manière, Mim et Poppa ont besoin de toi, ici.

L'expression d'oiseau tombé du nid qu'il avait affectée lorsque Nora lui avait parlé de Justin Wellacott réapparut sur son visage. Comme la première fois, Nora fit mine de ne rien voir. Ils avaient assez de problèmes comme ça sans en créer de toutes pièces pardessus le marché.

— Je t'appellerai dès que je saurai quelque chose, l'assura-t-elle en guise de conclusion.

L'effort arracha un grognement aux infirmiers et aux deux policiers qui transférèrent le blessé sur le brancard du véhicule avant de le sangler. Le volet se referma et l'ambulance prit la direction de l'hôpital.

Lorsque le véhicule se mit à tressauter au gré des ornières du chemin boueux, Raymond devint blanc comme un linge et la sueur perla à son front. Nora tamponnait les gouttes de transpiration et lui caressait la tête.

Elle eut un brusque retour d'affection pour lui. Le caractère de Ray avait toujours été un tissu de contradictions. Endosser la responsabilité de sa propre blessure, protéger le père de Charlie, c'était typique des bons côtés du colosse. Quand il était avec sa fille, il se comportait toujours comme ça, l'orgueil du lion et l'amour inconditionnel. Nora sourit en pensant à cela et à d'autres qualités éblouissantes dont il savait faire preuve.

Mais il y avait aussi un autre Raymond : le coq dressé sur des ergots affûtés comme des lames de rasoir, prêt à vous voler dans les plumes et pousser son cocorico. Et il y avait encore Raymond la Négligence, qui pouvait infliger de profondes blessures sentimentales aux gens qu'il aimait le plus, piétinant leurs émotions les plus délicates comme un éléphant dans un magasin de porcelaine. Nora l'avait constaté très souvent avec Abigail. Oublier des retrouvailles pour une occasion particulière prévue depuis longtemps. Ne pas tenir une promesse importante. Laissant sa petite dans la tristesse et le désarroi.

Si seulement il avait été possible de le ramener sur terre. Mais les humeurs et les centres d'intérêt de Raymond étaient sujets à d'imprévisibles variations. Il s'agissait encore d'un autre Raymond : le cerf-volant surfant sur les courants d'air. Au bout d'un moment, on se fatiguait de tirer sur la ficelle, de supplier, d'exhorter, et on laissait filer. De toute façon, le fil menaçait de casser net à un moment ou à un autre, et l'on risquait soi-même de subir le même sort.

Il avait sombré dans une inconscience agitée de soubresauts. Nora lissa ses cheveux et releva ses paupières pour observer les mouvements des yeux. Il avait l'air doux et innocent, un gigantesque bébé grandi trop vite.

Elle savait que sa négligence n'était pas motivée par la méchanceté, qu'elle n'était même pas intentionnelle. Il n'était que le produit d'un père rageur porté sur les châtiments corporels et d'une mère effrayée, trop diminuée pour se défendre ou défendre son fils. D'après ce qu'il avait raconté à Nora de son enfance troublée, il ne s'en était pas si mal sorti. Tant bien que mal, il avait réussi à préserver sa faculté d'aimer. Bien sûr, celle-ci était souvent ensevelie sous des mètres cubes de foutaises sudistes, mais enfin, elle existait.

Nora secoua la tête. Elle était en train de lui trouver des excuses, comme des années auparavant, avant de reprendre ses esprits et de le mettre dehors. Intentionnels ou pas, les oublis et les sautes d'humeur de Raymond avaient occasionné de réelles souffrances, en particulier à Abigail. Oui, l'enfant l'adorait, lui pardonnait tout. Mais Nora avait lu la douleur dans son regard de petite fille lorsque Raymond se montrait décevant. Ce qui était arrivé trop souvent. Lorsqu'on tire sur quelqu'un, il saigne. Même si l'on a tiré par erreur.

Ce qui ramena ses pensées vers Poppa. Il avait confondu Raymond avec quelqu'un d'autre. Nora était certaine que le vieillard pensait qu'il s'agissait du type qui terrorisait Abigail. Elle se demanda qui, parmi ses connaissances, offrait le plus de ressemblance avec Ray, en termes de taille, de teint ou des deux. Reuben Huff était presque aussi grand, ainsi que Hugh, et Justin Wellacott et Jory Albert et Sam Albrecht, le livreur, et tant d'autres. Si l'on ajoutait à la liste une démarche semblable, une peau similaire, des vêtements du même style, elle devenait interminable.

D'autre part, la vue de Poppa était presque aussi déficiente que sa mémoire. Il avait pu réagir à une ressemblance imaginaire. Dans l'état de dysfonctionnement du cerveau qui était le sien, il avait pu réagir à une offense imaginaire perpétrée par un coupable imaginaire lui aussi. Si Abigail avait été victime de quelqu'un de l'auberge, pourquoi n'avait-elle rien dit ? Par le passé, la petite fille n'avait jamais hésité à raconter ses ennuis.

Nora regarda à travers la vitre au moment où l'ambulance entrait dans l'hôpital et prenait la direction des urgences. Deux infirmières attendaient derrière les portes de verre. On les avait manifestement prévenues de l'arrivée du patient.

24

Sur le chemin du retour vers Rutland, Levitsky dit à Quinn qu'il avait des coups de fil à donner, et qu'un courrier devait passer à l'hôtel prendre les copies des cassettes, des enregistrements d'écoutes électroniques et un certain nombre d'autres choses qu'il voulait faire analyser par les labos du FBI à Quantico. Après le marathon vidéo de la nuit précédente, il avait envie de rentrer tôt. Très bien, pensa Quinn, ça lui donnerait tout le temps nécessaire.

Elle déposa Levitsky au Rutland Holiday Inn et se dépêcha de rentrer chez elle. Avec un peu de chance, elle pouvait prendre ce qu'il lui fallait et repartir avant le retour de Bren. Trouver une baby-sitter un jour de semaine ne présentait aucune difficulté. Les choses s'annonçaient donc plutôt bien.

Le sous-sol était encombré des vestiges de son ancienne vie, dans son bien-aimé quatre-pièces du quartier de Black Bay à Boston. Elle se fraya péniblement un chemin au milieu des meubles poussiéreux.

Ces souvenirs lui étaient douloureux. Quinn avait adoré son appartement, l'espace et la solitude. La première fois de sa vie qu'elle était seule, sans avoir à répondre de ses actes autrement qu'à Quinn Gallagher. Ni parents, ni colocataires, ni chaperon, ni associés, pas même une plante verte pour bouder et présenter des exigences.

Certes, elle appréciait la compagnie de ses amis et

de sa famille. Mais son indépendance n'avait pas de prix. Lorsque Daniel était apparu dans sa vie, elle l'avait soigneusement tenu à distance. Elle ne lui permettait pas de laisser du linge de rechange dans ses placards ou un rasoir dans son armoire à pharmacie.

Quinn craignait l'escalade. Ça commençait par le rasoir. Avant qu'on ait eu le temps de faire ouf, c'étaient des bataillons de canettes de bière en bivouac dans le frigo et des commandos de costauds en sueur revêtus d'uniformes bigarrés envahissant l'écran télé.

Elle secoua la tête, cherchant à s'éclaircir les idées. Ce n'était pas le moment de se laisser aller à la rêverie. Elle voulait en finir avant que Bren ne rentre de l'école et ne se mette à poser des questions difficiles.

Derrière l'entassement de meubles se trouvaient des piles de cartons. Des livres, des ustensiles de cuisine et autres babioles datant de Boston. Les autres étaient remplis des affaires de leurs parents que, pour des raisons diverses, Quinn avait emballées de la sorte après s'être installée dans le Vermont.

Il y avait plus de trois ans qu'elle n'y avait pas touché, et elle ne se souvenait plus de ce qu'elle avait mis dans tel ou tel carton. Choisissant une pile au hasard, elle déchira les rubans adhésifs, souffla la poussière et se mit à en inventorier le contenu.

Elle trouva de précieux souvenirs de sa mère dans le premier : un voile de mariée, une orchidée séchée, un tas de lettres de son père lorsqu'il était à l'armée, des photos jaunies.

Il y avait ensuite une boîte entière pleine d'affaires de bébé : vêtements, couvertures, albums photos détaillant ses premiers pas dans le monde et ceux de Bren.

La sensiblerie de sa mère fit sourire Quinn. Celle-ci avait conservé ses boucles de cheveux carotte de fillette, gardé leurs dents de lait à tous les deux et leurs premières chaussures. Elle tomba même sur le lambeau de couverture que Quinn aimait à la folie dans sa petite enfance, et la précieuse tétine de Bren, réduite à presque rien à force de succion.

Le dernier carton contenait quelques-unes des possessions auxquelles son père accordait le plus de prix. Les goûts d'Eddie Gallagher étaient plus pragmatiques que ceux de sa femme : son pull préféré, une paire de cuissardes en caoutchouc, ses vêtements de chasse orange vif et les symboles de son métier : sa carte de police, plusieurs médailles et citations pour bravoure. Au fond de la boîte, Quinn trouva ce qu'elle cherchait.

Fourrant son butin dans sa poche, elle monta l'escalier, dénicha un magnétophone de poche et plusieurs cassettes audio vierges avant d'appeler l'une des jumelles Ostrow pour qu'elle vienne garder Brendon.

Aux yeux de Quinn, les deux filles, Trish et Terry, étaient identiques, mais Bren avait appris à reconnaître leurs différences. Trish préparait des hot dogs infects ; c'était Terry qui brûlait toujours les hamburgers. Quinn était incapable de se souvenir de ce qui la faisait le plus râler. Elle ne fit part donc d'aucune préférence particulière lorsque M. Ostrow décrocha le téléphone. Il y avait des chances pour qu'elle soit de retour avant le dîner. Elle savait que Brendon ne repoussait rien de ce qu'elle cuisinait, elle, tant qu'il n'était pas obligé d'en manger.

Le scanner sur la fréquence de la police collé au tableau de bord, elle battit tous les records de vitesse en retournant à Dove's Landing. Elle ne voulait ni arriver trop tard ni rester trop longtemps. Pour les employés du quartier général qui surveillaient l'image renvoyée par les caméras du Waldorf, sa visite devait sembler aussi anodine que possible.

Lorsqu'elle tourna devant le portail, elle aperçut Weir à la fenêtre, son regard vide aux aguets derrière les rideaux presque complètement tirés. Elle se gara dans l'allée, selon un angle calculé pour boucher le champ de la caméra de droite braquée sur la façade.

Celle qui surveillait la porte. Lorsqu'elle s'approcherait de la maison, elle serait invisible.

Marchant lentement pour laisser le temps de la reconnaître au quartier général, elle fit le tour de la voiture et se dirigea du côté de l'angle mort, obstrué par le véhicule. À un mètre de la ligne de piquets, elle hésita, par habitude et à cause d'une soudaine pointe d'appréhension. Weir paraissait à la fois immobile et dans l'expectative, la menaçante prostration du cobra dressé sur sa queue. Mais elle continuait à se dire qu'elle avait la situation bien en main. Qu'elle était prête, volontaire... et en équilibre instable.

En enjambant les fils d'alarme et en avançant vers la porte, elle ne quittait pas le Professeur des yeux. Elle avait la bouche desséchée. La belle affaire, se disait-elle. Aucune raison d'avoir le trac, ce type n'était rien.

Quand Weir ouvrit, un rictus crispait ses lèvres et gonflait ses narines. La chienne était à ses côtés, les yeux posés sur Quinn, l'air nonchalant.

— Mademoiselle Gallagher ? Que me vaut le plaisir de cette visite impromptue ?

— Il faut que je vous parle, Weir.

— Mais certainement. Entrez.

Il lui indiqua la direction des divans de cuir du salon dans un grand geste théâtral. Quand elle franchit le seuil, le poil de la chienne se hérissa, et elle se mit à gronder.

— Tout doux, tout doux, dit Weir en caressant le large dos de l'animal. Mlle Gallagher est notre hôte. Tu ne dois pas être grossière avec elle.

Il gratta la chienne derrière l'oreille et se mit à pétrir un muscle couvert d'un épais pelage entre ses doigts.

— La chienne n'est pas méchante, madame l'agent de la Conditionnelle. Elle est simplement en train de s'attacher à moi. Elle devient terriblement protectrice. Tout ira bien tant qu'elle n'aura aucune raison de me croire en danger.

Quinn avança encore d'un pas et le grondement devint plus sourd, plus menaçant.

— Faites taire cet animal, Weir. Calmez-la.

— Bien sûr, mademoiselle Gallagher. Tais-toi maintenant, mon trésor. Tu effraies notre visiteur.

La chienne se tut mais l'éclat métallique de ses yeux gris trahissait une hostilité sans équivoque. Contournant la bête, Quinn s'assit au bord d'un des divans.

Weir la suivit et s'arrêta devant le canapé voisin.

— Quel plaisir de vous accueillir enfin dans mon humble demeure, mademoiselle Gallagher. Puis-je vous offrir une tasse de thé ? Ou peut-être vous débarrasser de votre manteau ?

— Non merci, ça va.

Elle posa la main sur le poids rassurant au fond de sa poche. Elle était préparée à cette confrontation.

— Alors ? Quel sujet souhaitiez-vous aborder ?

Quinn mesura ses paroles. Elle s'accordait à dire, comme Levitsky, qu'avec le Professeur tout était une question d'astuce. De diversions mortelles.

— J'ai beaucoup pensé à ce que vous m'avez dit, Weir. Vous avez raison. Je suis curieuse de savoir qui vous êtes, et j'aimerais donner suite à la proposition que vous m'avez faite. Je désire en effet vous connaître mieux.

Il répondit d'un signe de tête paresseux.

— Oui, je sais.

Quinn attendit, dévorée d'impatience.

— Alors, on commence quand ?

Il jouait au chat et à la souris avec elle. Il voulait la voir se tortiller.

— Vous me décevez, mademoiselle Gallagher. Nous avons déjà commencé. Vous ne vous en êtes pas rendu compte ?

— Et alors, quelle est la prochaine étape ?

Weir émit un claquement de langue.

— Je vous avais prévenue que ça prendrait du temps, mademoiselle Gallagher. Une observation minutieuse. De la raison et des efforts. Il vous faut trouver la voie et la suivre.

— Tant pis, Weir. Je croyais que vous aviez quelque chose à me dire, mais visiblement je me suis trompée. Je n'aime pas qu'on me fasse tourner en bourrique. (Elle se leva, prête à partir.) Rappelez cet animal. (La chienne montra les dents.) J'ai dit : Rappelez cet animal !

— Elle ne vous fera aucun mal. N'est-ce pas, mon trésor ?

Le berger allemand se rapprocha. L'écume luisait sur ses babines retroussées.

Quinn plongea une main tremblante en direction du poids rassurant au fond de la poche. Ses doigts se glissèrent à l'intérieur, et la surprise les paralysa.

Le .38 s'était envolé, remplacé par un cendrier de cristal. La chienne avançait toujours vers elle.

Quinn leva le cendrier. Elle se défendrait avec ce qu'elle avait sous la main.

Weir frappa dans ses mains. La chienne se coucha instantanément, roula sur le dos comme un jeune chiot, la langue pendante. Le Professeur s'agenouilla et lui gratta le ventre.

— Bon chien, roucoula-t-il. Ça c'est mon petit trésor.

Une vague de soulagement envahit Quinn, mais un danger encore plus grand l'attendait. Elle songea au détachement clinique dont Weir faisait preuve en dressant le procès-verbal des séances de torture. Le Professeur Souffrance. Explorateur des limites de l'endurance humaine, goûtant l'agonie douloureuse de ses victimes.

— Rendez-le-moi, Weir, dit Quinn.

Elle eut besoin de toute la détermination dont elle était capable pour empêcher sa voix de trembler.

— Pardon ? Vous manquerait-il quelque chose, mademoiselle Gallagher ?

— Exécution, Weir.

Il leva des mains vides et tourna vers elle un visage ingénu.

— Si vous me précisez quel est l'objet égaré, je serais heureux de vous aider à le retrouver.

— Le flingue, Weir. Donnez-le-moi, ou bien je...

— Ah, vous voulez parler de ça... (Il agita la main.) Ça m'était totalement sorti de l'esprit. J'ai posé votre arme sur la table pour plus de sécurité. Un revolver chargé, c'est tellement dangereux. Surtout en compagnie de criminels imprévisibles, qui sont susceptibles de la retourner contre vous s'ils s'en emparent. C'est la raison pour laquelle le règlement interdit formellement le port d'armes aux agents de la Conditionnelle, comme vous le savez sûrement. Votre témérité en la matière me surprend beaucoup. C'est quasi choquant.

Les jambes flageolantes, Quinn alla jeter un œil dans la salle à manger. Le canon métallique du revolver de son père reposait au milieu de la nappe de soie aux motifs fleuris. Comment s'était-il débrouillé pour... ?

Serrant l'arme chargée dans son poing, elle se dirigea vers la porte d'un pas chancelant. Cette petite excursion avait été une grosse erreur, complètement idiote. Mais c'était fini. Elle allait foutre le camp et faire comme s'il ne s'était jamais rien passé.

La voix de Weir la rattrapa alors qu'elle avait déjà la main sur la poignée de porte.

— Trouvez donc la mélodie, mademoiselle Gallagher. C'est l'entrée du chemin. Vous disposez déjà de tout ce qu'il faut pour entreprendre le voyage. Découvrez donc la mélodie, et continuez à partir de là.

Elle se retourna et contempla ses yeux froids et vides.

— J'en ai marre, Weir. Le tour que vous m'avez joué a remis les compteurs à zéro. À partir de maintenant on s'en tient au règlement. Tout le reste est nul et non avenu.

— C'est très dommage, mademoiselle Gallagher. Je

vous croyais prête à tout pour retrouver l'enfant disparue.

Quinn s'immobilisa.

— Vous savez où elle est ?

— Bien sûr que non. Comment le saurais-je ?

— Vous savez qui l'a enlevé ?

Il secoua la tête avec une lenteur exaspérante.

— Non, madame l'agent de la Conditionnelle. Je ne sais pas *qui*. Mais si on l'a kidnappée, je sais ce qu'il y a *derrière*. Quand on ne sait pas ce qu'on cherche, on ne peut rien trouver. Mais je peux vous servir de guide. De conseiller. Vous aider à trouver sa piste.

Quinn hésita.

— La police pense qu'elle a fait une fugue. Qu'est-ce qui vous pousse à penser le contraire ?

L'amusement déformait son visage.

— Oh, je ne pense rien. C'est vous qui pensez ça. Vous et votre indiscret et soupçonneux ami du FBI. Et si c'est le cas, il vaut mieux ne pas prendre de risques, j'imagine. Avec tous les détraqués qui rôdent. Abigail Eakins a très bien pu être victime d'un rapt, quand on y songe. Belle enfant blonde. Intelligente et talentueuse. Si désirable aux yeux de tant de gens, peut-être...

Elle contempla son rictus, son air insolent. Il la faisait marcher, une fois de plus. Eh bien, elle n'était pas prête à se laisser manipuler par ce salaud.

— J'en ai assez, Weir. Je m'en vais.

Elle sortit en claquant la porte, emplissant ses poumons d'air frais.

Elle n'entrerait plus dans le petit jeu de Weir. Plus jamais. À partir de maintenant, elle ferait son boulot en appliquant le règlement à la lettre et garderait ses distances. Jouer les héroïnes ne prouverait rien du tout, sinon sa stupidité absolue. Weir ne donnait rien, de toute façon. Il n'avait d'ailleurs rien à donner, sans doute.

Et si pourtant il avait détenu des informations... ?

Cette invraisemblable hypothèse se mit à la hanter. Tout comme la poursuivait cette photo de l'enfant disparue que la police avait fait circuler. Jolie gamine blonde, de grands yeux bleus naïfs. Une queue-de-cheval. La petite n'était pas beaucoup plus vieille que Brendon. Il aurait pu être enlevé à sa place.

Elle entendait encore la voix de Weir, portée par le vent. Celle-ci lui parvenait, suivant des trajectoires invraisemblables, comme s'il s'était agi de fumée traversant les murs du bâtiment. Des paroles séduisantes, accrocheuses.

Une belle enfant blonde. Talentueuse et intelligente. Comment Weir connaissait-il tous ces détails sur la fillette ? Comment avait-il appris son nom ?

25

Deux heures s'étaient écoulées et Nora était toujours sans nouvelles de l'état de santé de Ray. Elle avait passé son temps à marcher de long en large dans la salle d'attente surchauffée des urgences, à feuilleter des magazines sans les voir, et à tenter d'arracher des informations à une réceptionniste aux cheveux blancs, qui refusait maintenant de croiser son regard.

Depuis qu'ils avaient emmené Ray pour le soigner, d'horribles images la poursuivaient. Elle le voyait mourir d'hémorragie, souffrir de convulsions, être victime d'une attaque cardiaque. Elle imaginait déjà les médecins se disputant en lui fermant les yeux et en rabattant le drap sur sa tête, pour déterminer à qui devait échoir la pénible tâche d'informer le parent le plus proche.

L'employé du service des admissions l'avait prise pour l'épouse de Raymond, et Nora ne l'avait pas démenti. Qu'on s'adresse à elle en disant « Madame Eakins » à nouveau, c'était bizarre, mais elle avait pensé qu'on la tiendrait au courant de l'évolution de l'état du patient plus volontiers si on les croyait unis par les liens du mariage. Si on continuait à la laisser dans l'ignorance encore un moment, elle s'attendait à finir elle-même dans un des compartiments voilés par des rideaux de la salle d'hôpital, victime tragique de la surchauffe intérieure.

Elle s'approcha encore une fois du bureau, planta

ses coudes sur la surface de formica, et croisa les mains comme une pénitente. Elle savait qu'elle avait l'air d'une folle, les yeux écarquillés, échevelée, les vêtements froissés et couverts de longues traînées de sang. Mais personne ne semblait la prendre en pitié, personne ne s'apprêtait à lui communiquer la moindre information sur ce qui allait arriver à Ray.

— Je vous en prie, vous ne voulez pas appeler et demander ce qui se passe ? implora-t-elle. Ça n'en finit plus.

La femme aux cheveux blancs rajusta ses lunettes et soupira.

— Je vous l'ai déjà dit, madame Eakins, je serais heureuse de pouvoir le faire. Mais je ne suis pas autorisée à interrompre le travail de l'équipe d'urgence. Vous ne voudriez pas qu'on les dérange en plein milieu d'une opération délicate pour répondre au téléphone ? Décontractez-vous. Je suis certaine que le docteur va venir vous informer de la situation très prochainement.

Nora se remit à faire les cent pas. De sinistres grappes humaines parsemaient l'espace carré et aseptisé, composées de malades et de leur entourage angoissé. Un jeune enfant affligé d'une toux féroce était en train de défolier un palmier en pot près de l'entrée, tandis que sa mère vidait son sac à main rempli de tickets de caisse froissés et de Kleenex usagés. Une vieille femme aux chevilles variqueuses parlait toute seule. Un fort contingent de gitans pique-niquaient près des téléphones. Nora les contourna et composa le numéro de l'auberge.

Charlie décrocha. Elle lui dit qu'elle n'avait rien à lui apprendre pour l'instant, et voulut savoir ce qui se passait de son côté. Toujours aucune nouvelle d'Abigail. Lorsque Nora le questionna sur les autres appels, il lui répondit d'un ton maussade que Justin Wellacott était passé dire que d'importantes forces de police recherchaient activement l'enfant. Par ailleurs, les policiers directement chargés de l'affaire avaient appelé.

Ils allaient venir à l'auberge pour inspecter la chambre d'Abigail et interroger le personnel et les clients.

Charlie lui assura qu'en ce qui concernait ses parents la situation s'était stabilisée. Poppa avait fini par se calmer sous l'influence d'un tranquillisant assez fort, et Mim semblait reprendre le dessus. Elle avait déjà commencé à faire le nécessaire pour qu'un tel drame ne se reproduise pas. La collection d'armes était à présent enfermée à double tour dans un placard près de la cave à vins. Mim avait caché la clé dans un endroit où Poppa ne pourrait jamais la trouver. Elle avait aussi commencé à modifier les horaires du personnel, de manière que Poppa soit sous surveillance constante.

— Mim déteste avoir à le traiter en enfant.

— Ça me paraît pourtant inévitable...

— C'est ce que je lui ai dit. Dis donc, ça fait des heures que tu es là-bas. Tu ne peux pas essayer de trouver quelqu'un pour te mettre au courant de ce qui se passe ? Ça met tout le monde à cran, ici, de ne pas savoir.

Elle soupira.

— Je ne suis pas non plus à Disneyland, Charlie. Je fais de mon mieux.

— On peut peut-être essayer de joindre quelqu'un, alors. Mim a un vieil ami qui a levé des fonds pour l'hôpital. Est-ce que tu veux que je lui demande de...

— Attends une seconde...

Une tempête semblait tout à coup s'être levée du côté de la salle de soins intensifs. Nora entendit se rapprocher des voix animées qui se couvraient les unes les autres et eut l'intuition qu'il s'agissait de Raymond.

— ... Il se passe quelque chose. Je raccroche. Salut.

Il parlait encore quand elle laissa retomber l'appareil. Nora se dépêcha et se posta devant les portes d'accès aux soins intensifs. Impossible d'aller plus loin. Elles étaient actionnées automatiquement par un interrupteur situé sous le bureau de réception.

Elle en était à imaginer comment elle pourrait se

faufiler à l'intérieur, lorsqu'une foule de gens surexcités afflua dans la salle d'attente. Raymond était au centre du groupe, le regard net, la bouche ferme, se frayant un chemin vers la sortie avec détermination. Il était escorté par un garçon de salle corpulent, deux infirmiers malabars, un petit médecin asiatique, et un jeune homme aux cheveux gominés dont la plaque d'identité signalait qu'il était chargé des relations avec les patients. En dehors de Raymond, ils parlaient tous à la fois.

— Ray ?

Le jeune homme aux cheveux gominés abandonna le groupe et entraîna Nora à l'écart.

— Vous êtes avec M. Eakins ?

— Oui. Que se passe-t-il ?

— Ils ont réussi à extraire la balle et à nettoyer la plaie en se servant uniquement d'une anesthésie locale. La blessure n'était pas trop sérieuse, mais il a perdu du sang, et dans des cas comme celui-là, il y a toujours un risque d'infection. Il devrait rester ici un jour ou deux au minimum. On essaie de lui trouver un lit, mais il s'est levé et il refuse d'écouter qui que ce soit.

Raymond s'était arrêté à l'entrée.

— Allons-y, Nora.

— Tu es sûr de ce que tu fais ?

— À ton avis ?

Raymond détestait médecins et hôpitaux. Nora, qui se souvenait combien il avait été difficile de le convaincre de venir à la maternité pour la naissance d'Abigail, n'était pas trop surprise de la tournure que prenaient les événements. La disparition d'Abigail lui ôtait la force et la patience de s'inquiéter de la bêtise obstinée de Raymond.

Elle s'adressa au gominé chargé des relations avec les patients.

— Ne vous inquiétez pas. Vous ne pouvez être tenu responsable de sa stupidité et de son entêtement.

— Mais je viens de lui expliquer que ce genre de

blessure pouvait évoluer de façon imprévisible. Partir si vite, ça n'est vraiment pas raisonnable dans votre cas, monsieur Eakins. J'ai ici un rapport du médecin qui l'a admis à l'hôpital. Il dit que...

Nora secoua la tête.

— Vous avez tout ça par écrit ?

— Un rapport, dit-il. Et un avertissement à M. Eakins le mettant en garde contre les conséquences auxquelles il s'expose en quittant l'hôpital si rapidement contre l'avis du médecin.

— King-Kong va lire la décharge attentivement, mémoriser chaque mot, en particulier le passage évoquant les conséquences possibles de son départ. Et il va signer. N'est-ce pas, Raymond ?

Il eut un soupir d'impatience.

— Je ferai ce qu'il faudra pour sortir d'ici. Je ne vois pas ce qu'il y a de si grave. Je me porte comme un charme.

Il essaya de prendre le papier de la main droite. Le mouvement lui arracha une grimace et une plainte.

— C'est ça, tu te portes comme un charme. Viens, je ferais mieux de te conduire quelque part où tu prendras du repos avant que tu ne fasses une autre bêtise. On peut passer des coups de fil et arranger quelque chose à l'auberge.

— Je ne voudrais pas déranger.

— Tu adores ça, déranger.

Ils roulèrent jusqu'à Dove's Landing en silence. Charlie les accueillit devant la porte.

— Raymond ? Ça va ?

— Ça va. C'est pas si grave.

— Entrez, entrez. Quel bonheur de vous voir !

Raymond lui tendit la main gauche.

— Ravi de vous rencontrer, Charlie. Abby m'a beaucoup parlé de vous.

Charlie lui prit la main et la serra vigoureusement.

— J'ai entendu parler de vous, moi aussi. Je ne saurais jamais assez vous remercier d'avoir déclaré que vous vous étiez accidentellement tiré dessus. Je ne saurais vous dire à quel point je regrette ce qui s'est passé. Vous êtes sûr que ça va ?

— Tu parles, dit Nora. Ils voulaient le garder quelques jours, mais il a refusé. Ce gros bébé a une sainte frousse des hôpitaux.

Charlie fronça les sourcils.

— Dans ce cas, vous allez rester ici et le Dr Gordon gardera un œil sur vous jusqu'à guérison complète. Je vais vous installer dans notre meilleure chambre.

Nora fit les gros yeux à Charlie, mais il ne lui prêta aucune attention. Il aurait pu au moins la consulter avant d'inviter Ray à passer sa convalescence à l'auberge.

— Je t'accompagne, dit Nora d'un ton grincheux. Tu devrais aller te coucher.

— Non, non, je m'en charge, dit Charlie. Il faut que j'aie une conversation avec Raymond.

Nora n'émit aucune objection, mais elle se demandait ce que ces deux-là pouvaient bien avoir à se dire en particulier. S'il s'agissait d'Abigail, elle estimait que sa présence s'imposait. Celui qui avait inventé les hommes n'avait pas dû penser à faciliter la vie de leurs compagnes.

— Par ici, dit Charlie.

— Je vous suis.

Victoria entra dans la pièce au moment où les deux hommes disparaissaient dans l'escalier. Elle sortait de chez le coiffeur, s'était aspergée d'un coûteux parfum, rayonnait de bonheur cosmétique et d'auto-adoration.

— Que se passe-t-il, Nora ? Vous faites une tête d'enterrement.

— La journée a été rude. J'ai bien peur d'avoir des nouvelles très préoccupantes.

Nora attendit que Victoria se débarrasse de son vison, arrange sa coiffure et se poste sur le divan en face du foyer de cuivre étincelant, où elle pouvait s'admirer tout son saoul. Mim avait disposé trois violettes africaines sur une petite table à proximité. Les fleurs étaient parfaitement assorties aux yeux de Victoria. Les feuilles jaunies avaient en commun avec elle une seconde caractéristique... celle d'être bilieuses.

— Justin est passé ici dans la journée pour dissiper toute inquiétude au sujet d'Abigail, dit Victoria. Il a fait pression sur la police pour qu'elle soit retrouvée au plus vite. Ils connaissent toutes les planques des fugueurs.

— Il ne s'agit plus seulement d'Abigail.

Nora choisit ses mots avec soin. Victoria n'était pas très sensible, mais c'était tout de même son père qui avait appuyé sur la gâchette.

On perçut un léger choc chez elle lorsque Nora lui fit le récit des événements de l'après-midi, mais elle récupéra à une vitesse record et réagit en se repassant du rouge à lèvres.

— Alors le fameux père d'Abigail a fini par pointer son nez ? Quand est-ce qu'on me le présente ? Abby m'a montré sa photo. Plutôt beau garçon, et j'adore l'accent sudiste.

— Inutile de partir en chasse, Victoria. Raymond ne reste que le temps de se remettre sur pied.

— Ne vous inquiétez pas, chérie. Je ne le bousculerai pas, juré, craché.

Elle simula un bâillement.

— Oh, mon Dieu, je suis littéralement épuisée. Je ne sais pas ce qui m'arrive.

Nora comprit tout de suite. Les dîneurs commenceraient à affluer d'ici une heure dans la salle à manger. La maladie quotidienne de Victoria n'avait quasiment plus le temps d'incuber.

— Reposez-vous vite, alors, très chère, dit Nora. Je ne pourrai pas vous remplacer ce soir.

— Je ne vous ai rien demandé.

Victoria avait levé des sourcils indignés. Elle

ramassa son vison et s'apprêtait à sortir lorsque apparut Mim, suivie de Merriman et DeSoto.

Merriman s'arracha difficilement à la contemplation de Victoria et fit un signe de tête à Nora.

— Je voulais passer vous dire que nous avions terminé l'inspection de la chambre et des affaires de votre fille.

— Mais encore ?

Leur détachement de vieux routiers la rendait folle.

DeSoto lut les notes de son carnet.

— Le livret de Caisse d'épargne d'Abigail signale un retrait d'argent il y a trois jours. La veille, elle devait rendre une dissertation rédigée comme un journal intime. Elle a rendu un devoir qui expliquait qu'elle n'en pouvait plus et qu'elle préparait une fugue. Tout a l'air d'indiquer qu'elle se soit enfuie volontairement.

Mim posa une main apaisante sur l'épaule de Nora. La journée l'avait mise à rude épreuve. Ses traits tirés accusaient la fatigue. Elle avait l'allure frêle et pleine de lassitude d'une vieille femme, tout à coup.

— Ils vont la retrouver, Nora. C'est tout ce qui compte.

Nora était elle-même trop lessivée pour discuter.

— Si c'est tout ce que vous avez à me dire, je vous demanderai la permission de me retirer.

DeSoto referma son carnet et le fourra dans une poche.

— C'est tout. Nous allons interroger le personnel et les clients pour voir si quelqu'un a une idée de l'endroit où la petite a pu aller. Toutes les patrouilles disposent à présent de sa photo et sont à l'affût du moindre indice permettant de retrouver sa trace.

Nora sortit dans la fraîcheur du crépuscule. Les ténèbres s'épaississaient de minute en minute. Un aigre crachin de pluie gelée s'était mis à tomber. Des plaques de gel luisaient déjà sur le sol. Dans cette partie du monde, l'hiver ne cédait pas facilement la place.

Attentive à ne pas glisser, Nora traversa le parking, passa sous les arcades et avança dans la cour dallée. Derrière l'enfilade de chambres d'hôtel, elle mit le cap sur le chalet qui leur servait de domicile. Elle redoutait le vide qui l'attendait à l'intérieur, l'absence criante d'Abigail.

Elle passa dans toutes les pièces, allumant lumières, télévisions, radios, tout ce qui était susceptible de combattre la sensation torturante qui grandissait en elle et la consumait.

Elle monta l'escalier pour s'assurer que les détectives avaient laissé la chambre dans l'état où ils l'avaient trouvée. Il lui paraissait essentiel qu'Abigail retrouve ses affaires intactes quand elle rentrerait.

Pourvu qu'elle ne tarde pas à revenir, se dit-elle.

La porte était ouverte. Croisant les bras pour se donner du courage, Nora entra dans la pièce. Elle s'attendait à la trouver en désordre, mais celle-ci était rangée. Le lit était fait, les tiroirs bien fermés. Sur les étagères en bois d'érable, les trophées de gymnastique étaient à leur place et les romans pour adolescents se trouvaient exactement à l'endroit où Nora se souvenait de les avoir vus la dernière fois. Sous la surveillance de Mim, les policiers avaient même rangé deux piles bien nettes en reposant les livres d'école qui traînaient pêle-mêle.

Le cahier d'anglais attira son attention. Tenir un journal n'avait jamais beaucoup intéressé Abigail, quoique Nora ait eu tendance à encourager ce passe-temps, en précisant que c'était le meilleur endroit pour s'épancher et se débarrasser d'émotions douloureuses. Dans son enfance, elle avait elle-même tenu un journal, essentiellement une litanie de récriminations et de vœux pieux. Cela lui avait toujours été d'un grand secours lorsqu'elle avait un compte à régler avec ses parents.

Elle ouvrit le cahier à la page que les détectives lui avaient indiquée. Elle n'en put croire ses yeux. Les mots, l'écriture et les multiples passages effacés par les pleurs, tout ressemblait trait pour trait à la lettre d'adieu d'Abigail. La seule différence tenait aux commentaires du professeur dans la marge.

La cœur de Nora s'emballa. Toute cette histoire de fous se mit à prendre une soudaine signification. Abby n'avait jamais écrit de lettre d'adieu. Son ravisseur devait avoir photocopié le devoir en dissimulant soigneusement les notes du professeur, avant de laisser la feuille pour suggérer que l'enfant l'avait mise là elle-même.

Il fallait qu'elle montre ça aux policiers. Dès qu'ils verraient la similitude des deux documents, ils seraient forcés d'envisager autre chose qu'une simple fugue.

Elle alla dans sa chambre, se mit à chercher dans la commode et dans la table de nuit. Où avait-elle donc rangé la lettre d'adieu ? Elle vidait les tiroirs, lâchant des piles de vêtements sur le sol, prise de frénésie.

Calme-toi, Nora. Elle se recula et respira profondément. *Tu n'y arriveras pas comme ça. Il faut être méthodique. Réfléchis*. Dehors, la grêle martelait les vitres. Le bruit lui mettait les nerfs en pelote, exacerbant encore sa nervosité.

Souviens-toi de cette nuit-là. Ne néglige aucun détail.

Elle se souvint peu à peu d'avoir découvert la lettre dans la chambre d'Abby et de l'avoir fourrée dans sa poche. Cette nuit-là, elle avait dû la lire un million de fois. Mais elle ne l'avait pas revue depuis.

Elle dénicha le pantalon noir qu'elle portait le jour où elle avait constaté la disparition d'Abigail. Charlie lui avait ramené un pantalon et un pull pour qu'elle puisse se changer, ôter la robe de cocktail qu'elle revêtait pour travailler au restaurant. Avec une prière silencieuse, elle glissa la main dans la poche du pantalon. Le papier plié s'y trouvait encore. Elle s'empara du cahier d'anglais d'Abigail et sortit en courant.

Dans sa hâte, elle glissa sur le verglas et tomba brutalement sur les mains et les genoux. Elle ignora le choc et la douleur cuisante qui suivit, se releva aussitôt par un effort de volonté, secoua le cahier et boitilla en direction de l'auberge.

Mim était à la réception.

— Oh, mon Dieu ! Que vous est-il arrivé ? Vous saignez.

Baissant les yeux, Nora aperçut les hématomes qui couronnaient ses genoux. Son pantalon était en lambeaux, tombant comme des pétales morts le long de ses mollets. Ses paumes étaient à vif.

— Je suis tombée. Ce n'est rien. Où sont passés Merriman et DeSoto ?

— Ils sont dans le bureau. Mais...

Nora s'y engouffra. Les policiers interrogeaient Jory Albert.

— Désolée de vous interrompre, mais il faut que vous preniez connaissance de ceci immédiatement, dit Nora. Vous voulez bien nous excuser, Jory ?

Le barman haussa les épaules. Dès qu'il eut passé la porte, Nora, triomphante, posa le cahier et le mot d'adieu sur le bureau.

— Je savais bien qu'il y avait une explication logique à tout ça. Le ravisseur d'Abigail a photocopié le cahier en dissimulant les commentaires du professeur et l'a laissé traîner pour faire croire à une fugue. Regardez vous-mêmes. Les deux documents sont identiques.

Merriman ouvrit le cahier à spirale à la page indiquée. DeSoto se posta près de lui tandis qu'il dépliait lentement le mot d'adieu. Les deux hommes plissèrent le front, l'air soucieux, et se tournèrent vers Nora.

— Que se passe-t-il ? Qu'est-ce qui ne va pas ?

Les lèvres de Merriman s'écrasèrent l'une contre

l'autre, et sa bouche ne forma qu'une mince couture sur son visage quand il lui tendit le papier.

Nora le prit. Elle se mit à le tourner dans tous les sens. C'était un cauchemar. Le message n'y figurait plus. La feuille était entièrement vierge.

26

Fuyant la maison blanche, Abigail courut se mettre à couvert dans le sous-bois, et s'accroupit derrière un buisson. La peur faisait battre son cœur dans sa cage thoracique comme les ailes d'un oiseau affolé. Il pouvait surgir de n'importe où. Venir la chercher n'importe quand. Comment allait-elle rentrer chez elle ?

Elle était affamée, sale, elle avait si froid que ses os s'entrechoquaient. Une pluie glaçante dégringolait du ciel. Il allait faire encore plus froid. Les perspectives allaient devenir encore plus décourageantes. La situation plus impossible.

La nuit n'allait pas tarder, noire et bourdonnante de danger. Abigail avait beau savoir que c'était enfantin, elle avait encore peur de l'obscurité, l'imaginant comme une grotte gargantuesque prête à l'aspirer, pleine d'épouvante, de périls informes.

L'idée suffit à la mettre en mouvement. Elle s'enfonça dans le bois et en sortit du côté le plus éloigné de son point de départ. De là où elle était, une végétation dense empêchait d'apercevoir la maison blanche et la camionnette. Ce qui devait signifier que son tourmenteur ne pouvait pas la voir non plus.

Un peu rassérénée, elle poursuivit sa route. Elle escalada bientôt une palissade bordant des champs cultivés. Ils s'étendaient à perte de vue, en mornes carrés bruns et rectangles beiges. En dehors des clôtures sinueuses et d'un troupeau en train de paître par-ci, par-là, rien ne venait rompre la monotonie du paysage.

Plissant les paupières, elle cherchait à percer l'ombre de plus en plus épaisse pour découvrir des signes de vie. Elle ne vit rien, tout d'abord. Puis un éclat de lumière attira son attention au loin. L'œil aux aguets, elle se reprit à espérer et attendit que l'éclair brille à nouveau. Un rayon de soleil couchant sur une surface métallique, pensa-t-elle. Peut-être le toit d'une grange.

Elle continua à progresser le plus vite possible sur ce terrain quadrillé, en direction de la lueur intermittente. Elle avait la plante des pieds à vif et commençait à manquer d'énergie.

La source de lumière fut bientôt en vue. Les espoirs d'Abigail s'évanouirent quand elle aperçut un bâtiment trapu qui s'étendait dans tous les sens, aux fenêtres grillagées et au toit en tôle ondulée : c'était un poulailler.

Une de ses camarades d'école vivait dans une ferme, et la classe tout entière avait été invitée à la visiter quelque temps plus tôt.

L'exploitation agricole lui avait donné la nausée. Des amas de boue et de bouses dans tous les coins, des animaux puants qui couraient partout en roulant des yeux et en émettant des bruits infects, l'incessante clameur de la machinerie. Mais de tous ces lieux, le poulailler était le pire. Le souvenir la fit hoqueter de dégoût, les mangeoires crasseuses, les excréments omniprésents. Il était hors de question de se cacher dans un poulailler. Elle préférait mourir de froid sous la grêle.

Elle continuait à avancer, tant bien que mal, en boitillant. Elle était au bord des larmes lorsqu'elle vit un hangar délabré. La porte n'était pas fermée à clé. Elle se glissa à l'intérieur.

Typique du hangar de ferme. Bourré d'outils rouillés, de vélos et de landaus jetés au rebut, de carcasses de matériel agricole antédiluvien. Elle se fraya un chemin au milieu de piles de vieux bouquins et magazines, d'alcôves, de poêles et de casseroles abandonnées, de tout ce qu'il fallait pour faire des conserves, de jouets cassés et de meubles hors d'usage. Dans un coin sombre, elle découvrit deux couvertures moisies et s'en enveloppa. À côté, sous une pile de catalogues de graines, elle trouva une paire de vieilles rangers de l'armée.

Elle les enfila avec précaution, les pieds humides et contusionnés. Les rangers étaient si grandes pour elle que sa chair écorchée et meurtrie n'en souffrit pas. Mais le cuir était sec et craquelé, une croûte de saleté en garnissait l'intérieur. Abigail fit quelques pas. Ça valait mieux que rien, mais pas de beaucoup.

En fouinant dans le hangar, elle découvrit d'autres trésors douteux : un châle mangé aux mites, une paire de gants de travail durcis par la boue séchée qui s'y était agglomérée, deux livres de Nancy Drew à la couverture abîmée et dont les pages avaient pris la couleur du thé.

Abigail adorait les histoires de détectives. La pluie crépitait sur le toit. Elle se dit qu'elle allait lire pour passer le temps jusqu'à ce qu'elle se soit séchée et réchauffée. Elle s'assit sur un matelas de landau et ouvrit un bouquin. Mais elle avait trop faim pour parvenir à se concentrer sur sa lecture. Son estomac se nouait et gargouillait.

Recroquevillée dans ses couvertures, elle se leva et recommença à fouiner, cette fois pour trouver de la nourriture. Elle entreprit une longue recherche qui ne donna pas grand-chose : quelques noix racornies, des boîtes d'épices vides, et une boîte de conserve à moitié pleine d'une substance poudreuse et jaune. Elle goûta, mais c'était amer et ça piquait. Abigail cracha par terre et s'essuya la langue sur la couverture.

Elle ouvrit la porte du hangar et regarda dehors. Le ciel s'était obscurci. Il lui restait peu de temps. Le bâtiment principal de la ferme ne pouvait plus être très loin. Il fallait y parvenir avant la tombée de la nuit et trouver un téléphone.

Toujours enveloppée dans ses couvertures, elle quitta le hangar en plissant à nouveau les paupières pour voir à travers les tourbillons de crachin. Elle vit bientôt s'élever la grange et une troïka de silos métalliques. Derrière, elle arriva finalement à la ferme proprement dite, un bâtiment rouge à deux étages avec une frise vert sapin.

En s'en approchant avec prudence, elle vit plusieurs signes qui lui redonnèrent espoir. Il y avait deux tricycles sur la pelouse et une balançoire aux couleurs gaies. Le linge était suspendu dans l'arrière-cour, sur un engin métallique en forme d'arbre. Elle repéra des vêtements de bébé, des sous-vêtements de femme. Des draps à l'effigie de Snoopy, deux chemises écossaises. Des paires de chaussettes blanches par ordre de taille, des torchons. Quelqu'un avait oublié de rentrer le linge avant qu'il pleuve, et maintenant les vêtements étaient trempés et alourdis.

Mais cela démontrait qu'une famille vivait là : parents et enfants. Elle était donc en sûreté. Bien que les lourdes rangers ralentissent sa progression, Abigail se dépêcha d'aller frapper à la porte. Pas de réponse. Elle martela le panneau de bois, en priant que quelqu'un vienne lui ouvrir. Elle tourna la poignée mais la porte était fermée. Les fenêtres également. Les rideaux étant tirés, elle ne pouvait rien voir à l'intérieur. La maison était vide, ce qui expliquait pourquoi le linge était resté sous la pluie. Il y avait deux rocking-chairs avec des coussins de couleur pâle sur la véranda. Abigail les plaça bout à bout et se recroquevilla dans cette forteresse improvisée. Enveloppée dans les couvertures, elle avait suffisamment chaud. La faim avait cédé la place à une douleur sourde et à une vague nausée.

Par une embrasure de son cocon de couvertures, elle surveillait la longue route de terre battue, au cas où une voiture se montrerait. À deux reprises, elle prit la clameur du vent pour un ronronnement de moteur. Elle était certaine d'avoir détecté le reflet d'une grille de radiateur de camion au moins une fois, mais l'image s'évapora.

La pluie striait le ciel. Il ferait bientôt nuit. Il lui faudrait alors affronter les ténèbres épaisses et silencieuses, qu'elle se débrouillait toujours d'habitude pour fuir au plus profond de son lit.

Mais les gens qui vivaient dans la maison seraient sûrement de retour avant. Le linge prouvait qu'ils n'étaient pas partis en vacances. Avec des enfants en bas âge, ils étaient obligés de rentrer assez tôt.

Elle s'accrochait à ce minuscule fragment de raisonnement logique comme à une bouée de sauvetage, tandis que le ciel prenait une morne couleur de cendre.

Où pouvaient-ils bien être, à cette heure ?

Ils étaient peut-être partis dîner quelque part. C'était probablement ça. Abigail se représenta un homme de haute taille, avalant le reste de son café et levant le bras pour demander l'addition. Elle imagina un trio de petits enfants bien portants, à qui une mère mince et timide remontait les fermetures Éclair avant de les emmener à la voiture. Ils grimpaient dans le véhicule, à présent. Le moteur se mettait à tourner et ils sortaient du parking.

De plus en plus détaillée, la rêverie transporta Abigail au cœur chaleureux et rassurant d'une famille de paysans.

Elle les baptisa la famille Johnson. Gerald et Maude Johnson avec leurs enfants : Gerald junior, Lisa, et Jeanine, le bébé. Le nourrisson dormait probablement déjà. Comme toujours, le jeune Gerry taquinait sa sœur, tirant sur ses nattes et lui pinçant le nez dès que ses parents avaient le dos tourné. Lisa geignait un peu mais les adultes ne lui prêtaient aucune attention. M. Johnson écoutait attentivement le bulletin météo, pensant qu'il allait falloir se couvrir en allant traire les vaches à 4 heures du matin. Sa femme se demandait s'il fallait attendre le lendemain pour rentrer le linge.

Abigail se représentait parfaitement la scène : les gosses, la voiture, le bébé endormi. Elle imagina M. Johnson s'engageant dans le chemin de terre avec un bâillement extravagant, se préparant déjà à aller se coucher.

Abigail avait fermé les yeux pour mieux se concentrer sur sa rêverie, mais une lueur aveuglante et un bruit de pales hideux l'obligèrent à regarder vers le ciel. Elle vit une gigantesque forme oblongue. Un rayon de lumière déferlait vers elle, jailli du dessous de l'appareil.

Un hélicoptère.

Il avançait lentement, planant au-dessus de la pelouse devant la ferme. Enfouie sous les couvertures, elle retint son souffle.

Pendant quelques secondes haletantes, le flot de lumière et l'assourdissant vacarme des rotors la recouvrirent. Mais la lueur finit par s'estomper et le vent tomba lorsque l'appareil s'éloigna.

Avec soulagement, Abigail vit l'insecte de métal géant battre en retraite. Tout allait s'arranger, maintenant. Elle pouvait attendre le retour des Johnson, qui lui viendraient en aide.

L'hélicoptère progressait régulièrement au-dessus de l'exploitation. Elle le vit s'approcher de la grange et la dépasser. Il laissa ensuite les trois silos métalliques derrière lui et mit le cap sur le hangar où elle avait trouvé les rangers et les couvertures. Elle était sur le point de reporter son attention sur la route, lorsque l'hélicoptère cessa d'avancer.

Il planait assez loin, le projecteur dardant un rayon conique sur un objet situé juste en dessous. Puis, sans erreur possible, elle le vit entamer lentement sa descente.

Après tout, il l'avait peut-être aperçue ? Atterrissait-il pour venir s'emparer d'elle à nouveau ?

En quelques secondes, l'hélicoptère avait disparu derrière les bâtiments. Le moteur crachota encore un peu et se tut. Une voix de stentor s'éleva à la place.

Un homme qui l'appelait par son nom.

27

Raymond était en grande forme. Meurtri, couvert de bandages, abruti par les analgésiques, il réussissait encore un numéro éblouissant.

Dans un état de fébrilité trop grande pour rester dans sa chambre, il avait atterri dans le petit salon à peine une heure après leur retour de l'hôpital. Il voulait partir à la recherche d'Abigail avec Charlie, mais Nora, Charlie et ses propres blessures avaient conjugué leurs forces pour le dissuader. Il était maintenant étalé sur le divan, calé par des coussins, enveloppé dans les couvertures de Mim, et entouré par des membres de la famille Brill en pâmoison devant lui.

Victoria jouait les infirmières, version ultra-chic, compatissante sans pour autant rater une occasion de jauger les potentialités galantes de Ray. Mim était passée s'assurer qu'il était à son aise tandis que Poppa, sous l'influence du tranquillisant administré plus tôt, dormait à poings fermés. Elle était restée à boire ses paroles et ses traits d'esprit. Stephanie montait la garde à ses pieds. L'adolescente le contemplait avec le même regard humide d'adoration qu'Abigail. Le maussade Hugh lui-même avait condescendu à s'attarder et à pousser un grognement de temps en temps pour contribuer à l'ambiance.

Et puis il y avait Charlie. Après l'avoir vu passer un an à n'exprimer qu'une rancune sans réserve contre Raymond, qu'il se lie d'amitié aussi vite avec lui était bien la dernière chose à laquelle s'attendait Nora. Mais elle avait surpris les deux hommes en train d'échanger des regards significatifs, des clins d'œil, des paroles à mi-voix. Pis encore, elle avait la sensation qu'elle était la cause de cette soudaine communauté de vue. Non, elle n'était pas paranoïaque. Elle était presque certaine qu'ils parlaient d'elle au cours de ces apartés.

Elle trouvait la situation intolérable. Comment pouvaient-ils s'amuser de la sorte alors qu'Abby était toujours portée disparue ? Il était exact qu'elle avait ri plus tôt dans la journée avec Ray, mais c'était une façon de se défouler. Elle n'y avait pris aucun plaisir. Tant qu'Abby n'était pas là, elle ne pourrait trouver de plaisir à quoi que ce soit.

Pendant qu'ils riaient, des images hideuses traversaient son esprit. Elle voyait Abby en plans fixes, blessée, terrifiée, bouleversée, criant à l'aide. Elle se représenta le pied nu et la basket sale. Les membres raidis et les poings serrés des instantanés effacés.

Si seulement elle avait encore été en possession de ces clichés. Elle désirait ardemment que les autres aussi se rendent compte des dangers encourus par la petite fille. Ils étaient persuadés que Nora était hystérique, que son imagination la faisait dérailler. Qu'une inquiétude irrationnelle lui avait enlevé toute mesure. Comment parvenaient-ils à rester si calmes ?

Raymond était en train de finir une de ses sempiternelles histoires sur un gros coup qui lui était passé sous le nez. Il adorait se vanter de ses échecs ne tenant qu'à un fil : avec les femmes, les poissons, la fortune. Dans son récit du jour figuraient un financier arabe et une cargaison massive de voitures de sport italiennes. Comme à l'accoutumée, l'affaire s'était désintégrée d'elle-même à la dernière minute, pour des questions de déontologie. Naturellement, les principes démesurés du grand Ray en étaient sortis intacts. Il termina son histoire par une repartie finale empruntée à une comédie de la chaîne HBO.

Les Brill rirent aux éclats et exigèrent une autre aventure. Nora profita du brouhaha pour s'éclipser. Elle n'était pas d'humeur à s'amuser.

Incapable de trouver le repos, elle brava la pluie gelée pour aller à l'atelier. Là, elle se glissa dans la chambre noire et entreprit de développer les pellicules de photos pour la brochure de tourisme. Elle remplit mécaniquement les bacs de solutions, de fixatif, etc. Elle régla le chronomètre sur chaque étape, bien que son horloge interne l'avertisse à quel moment transférer les pellicules d'un bac à un autre.

Elle décida d'agrandir toutes les photos pour Justin Wellacott. Loin d'avoir un œil d'expert, il était difficile au maire d'émettre un jugement à partir des minuscules images de planches-contacts.

Elle quitta la chambre noire et examina son travail sous l'éclairage sans merci de sa lampe de bureau. Le résultat lui parut correct. Aucune ombre malencontreuse ni défaut de composition ne venait ternir les clichés. Mais en passant les tirages en revue, elle eut l'impression qu'il manquait quelque chose.

Elle repassa la pile au peigne fin sans parvenir à trouver ce qui clochait. Elle abandonna la partie, décida de remettre les tirages à Justin tels qu'ils étaient. S'il se rendait compte de quelque chose, il n'hésiterait pas à demander qu'elle refasse des photos.

Au moment où elle allait quitter l'atelier, elle se rendit compte qu'elle avait encore pas mal de temps à tuer avant le dîner. Elle n'avait pas envie de rentrer chez elle, où tout lui rappellerait l'absence criante d'Abigail. Elle ne voulait pas retourner à l'auberge pour assister au bal inaugural et à l'investiture de Raymond.

Tout ce qu'elle voulait, c'était sa petite fille.

Les bras croisés sur la poitrine, Nora brûlait de retrouver Abigail pour la serrer contre son cœur et vibrer avec elle dans la chaleur d'un amour pur, sans complications.

Un incident survenu lorsque Abby avait deux ans lui

revint en mémoire. Son mariage avec Ray traversait alors une mauvaise passe, et celui-ci n'avait fait aucun effort pour redresser la barre. Cette nuit-là, après s'être vainement querellé avec elle pendant des heures, Ray s'était précipité hors de l'appartement en claquant la porte.

Nora s'était alors installée sur le canapé pour pleurer un bon coup. Abby était endormie, mais Nora l'avait bientôt entendue se glisser dans la pièce. Nora s'efforçait de reprendre une contenance lorsque l'enfant lui avait passé les bras autour du cou, et qu'une petite main s'était mise à tracer d'apaisants cercles concentriques dans son dos.

— Pas triste, maman. Va mieux.

La lumière qui envahit la véranda, venue du salon, dissipa cette réminiscence. De la porte de l'atelier photo, Nora vit Reuben Huff traverser la cour pour allumer les lampadaires extérieurs et les appliques des couloirs des ailes réservées aux clients de l'hôtel. Les premiers véhicules des membres du personnel étaient en train de se garer.

Frissonnante, Nora savait qu'elle tournait en rond sans but, pour fuir l'horreur qui s'était infiltrée dans son univers. Cet endroit tranquille, ce nouveau mariage et cette famille d'adoption avaient eu l'air de profiler des jours meilleurs. Apaiser les souffrances héritées du passé. Combler les vides béants de sa vie et de celle d'Abigail. Mais tout s'était effondré comme un château de cartes, tout était tombé en ruine comme la vieille maison abandonnée sur la colline.

En observant celle-ci, Nora repéra une Jeep gris foncé, frappée d'un sceau officiel à l'arrière, dans l'allée qui menait au Waldorf. Une jeune femme séduisante aux cheveux poil-de-carotte était au volant. Elle semblait scruter le bâtiment noyé d'ombre à travers son pare-brise battu par les essuie-glaces.

Sans réfléchir, elle prit une photo. C'était curieux

que tout le monde trouve cette vieille baraque si fascinante, songea Nora. Elle-même y compris.

En contemplant la maison délabrée, Nora ressentit la même impression qu'en regardant les tirages de la brochure touristique. Quelque chose clochait.

Troublée, elle retourna dans l'atelier et fouilla ses tiroirs jusqu'à ce qu'elle déniche une loupe. Se forçant à s'asseoir et à être méthodique, elle se mit à examiner les photographies avec soin.

Amplifiés par les lentilles grossissantes, les détails étaient effrayants. Elle pouvait lire la date sur la couverture du magazine près de la barque retournée. Elle voyait la trace du pinceau et les gouttes de peinture séchées sur le belvédère sur lequel on venait de repasser une couche. Dans la cour, elle remarqua des fissures minuscules sur deux des dalles du patio. Les tiges des premières plantes de la saison perçaient déjà la terre des plates-bandes. La frise autour des fenêtres de Mim et Poppa était pleine de cloques.

Elle étudia un autre cliché de la barque, plusieurs de la serre, du hangar, de la cour sous un angle différent, du lac. Elle parvint aux photos qu'elle avait prises du pont couvert sur la colline, et à celles du Waldorf.

Depuis qu'elle était à l'auberge, Nora avait pris des dizaines de photos de cet endroit charmant et inquiétant. À Manhattan, les immeubles abandonnés devenaient vite des repaires de fumeurs de crack, de junkies, sordides nids de vagabonds, antres où s'abritait l'inconcevable. Ici, les gamins s'appropriaient les lieux pour entreposer leurs fantasmagories, préparer des mauvais tours, se cacher et guérir de leurs peines réelles ou imaginaires. Les légendes s'épanouissaient dans le silence. Mythes et rumeurs fleurissaient au milieu des mauvaises herbes. Les bâtisses déglinguées comme le Waldorf remplissaient une fonction d'utilité publique.

Brusquement, elle comprit.

À la loupe, ça crevait les yeux, l'endroit avait fait

l'objet de travaux de rénovation et d'entretien. En comparant des clichés récents avec d'autres plus anciens, elle vit qu'on avait fauché les hautes herbes, à présent uniformément tondues, alors qu'une semaine auparavant elles montaient encore jusqu'au genou. Des vitres neuves brillaient à la place des fenêtres cassées qui ajoutaient tant à l'aspect délicieusement miteux de cette baraque. Les planches de la clôture avaient été remplacées.

Nora fronça le sourcil. Pour quelle raison avait-on voulu arranger les attachantes imperfections du Waldorf ? On n'avait fait que le strict minimum, mais quelqu'un avait autorisé et financé les travaux. Et pas seulement à l'extérieur.

De lourds rideaux pendaient aux fenêtres du salon. Ils étaient presque complètement tirés, mais par la mince ouverture du milieu, Nora vit le bord d'un divan immaculé, un morceau de moquette mauve, une table où traînaient une tasse de porcelaine et un journal.

La maison était habitée.

Empoignant la photo, elle appela May Dunkelman, le membre du Bureau de tourisme à qui appartenait la plus grosse firme immobilière de la région. May chercha dans le répertoire de maisons à vendre et des transferts de propriété, mais le Waldorf n'y figurait pas.

Dévorée par la curiosité, Nora composa le numéro de Justin Wellacott. Le maire était absent pour la journée. Nora demanda à la secrétaire si elle savait quelque chose sur la rénovation et la fonction du Waldorf, mais celle-ci ne lui fut d'aucun secours. Dawn, dont l'accent était un mélange bizarre du South Bronx et du Maine, prétendit n'avoir jamais eu connaissance d'une quelconque rénovation. Puis elle se souvint au beau milieu d'une phrase que le propriétaire avait en effet entrepris des travaux pour la louer.

Nora regarda sa montre. Elle était certaine de pouvoir obtenir plus de renseignements de la bouche du maire quand il viendrait dîner. Il fallait qu'elle découvre qui avait emménagé au Waldorf. Son occupant avait peut-être vu quand et comment Abigail s'y était prise pour quitter l'auberge.

Wellacott se tenait au courant de tout ce qui se passait en ville. Sa table était réservée chaque soir à partir de 19 heures. La plupart du temps, il arrivait vers 18 heures ou 18 h 30, pour prendre un verre au bar avec ses électeurs potentiels.

Nora retourna à l'auberge et se posta à la réception pour l'attendre. Des rires s'échappaient du salon, où Raymond s'entretenait toujours avec sa cour d'admirateurs. D'après les bribes qui lui parvenaient, Raymond en était encore à la litanie des célébrités dont il était l'intime. Il était arrivé aux rock-stars, ce qui signifiait qu'il avait déjà passé en revue la liste des poids lourds d'Hollywood et des magnats des médias qui comptaient parmi ses deux ou trois mille plus proches amis. Pour une fois, Nora fut reconnaissante au chef Villet de jouer les trouble-fête.

Le groupe rassemblé autour de Ray se tut lorsque le cuisinier emporté s'engouffra dans la pièce et se mit à déblatérer :

— La paix ! Silence ! Vous rendez-vous compte du bruit que vous faites ? éructa-t-il. C'est de la folie. Oui, une *folie* ! Les fraises sont bonnes à jeter aux *ordures*. À donner aux cochons. Et il n'est pas question que ma splendide bisque de homard aille dans ces soupières. Elles sont constellées de traces de doigts. Une honte. Si c'est la manière dont vous tenez un restaurant, vous le tiendrez sans moi, monsieur Brill.

— D'accord, Étienne. Calmez-vous. Je vais arranger ça, dit Charlie.

Comme toujours, Nora s'émerveilla de la mesure dont Charlie faisait preuve. Villet était un enquiquineur de première classe. Mais l'auberge lui devait sa réputation en matière de cuisine. Il était là depuis un an, qui avait dû paraître très long aux Brill, songea Nora. Charlie tentait discrètement de lui trouver un remplaçant à la hauteur depuis son arrivée, sans succès pour l'instant. Parmi les chefs cuisiniers de renom, ceux qui acceptaient d'être relégués au fin fond d'une cambrousse au climat nordique se comptaient sur les doigts de la main.

— Il n'en est pas question ! C'est terminé ! Je ne tolérerai plus une telle... *paresse !*

Lorsqu'il était sous tension, Villet éprouvait des difficultés à parler anglais. Mais malheureusement, ça ne l'empêchait pas pour autant d'avoir la langue bien pendue. Il lâcha un flot d'interjections en français, et des plaques rouges apparurent sur son cou.

— D'accord, Étienne. Ça suffit. J'ai dit que j'allais m'en occuper.

Villet fit demi-tour d'un talon indigné et se précipita hors de la pièce.

Le public de Ray se dispersa à contrecœur. Après le départ du dernier, Ray se leva tant bien que mal et retourna à sa chambre, la démarche lourde. Heureuse de pouvoir profiter d'un instant de silence, Nora attendit Justin. Avec un peu de chance, il saurait qui était le nouvel occupant du Waldorf.

Wellacott fit son entrée environ un quart d'heure plus tard, vêtu d'un blazer en cachemire, d'un pantalon de flanelle gris et d'un foulard de soie. Il chassa les gouttes de pluie tombées sur ses épaules et inspira une grande goulée d'air. Il émanait de lui son odeur fétiche : citron, musc et richesse. Traversant la pièce en direction de la réception, il prit la main de Nora entre les siennes.

— Nora, très chère. Vous tenez le coup ?

Elle le questionna sur les progrès des recherches. Les hélicoptères de reconnaissance et les maîtres chiens continueraient à passer la région au crible jusqu'à ce qu'Abigail soit revenue parmi les siens. Nora avait entendu les pales des rotors en revenant de l'atelier. Piètre consolation.

— Nous la retrouverons, très chère. Ce n'est qu'une question de temps.

Le temps. Encore une nuit d'interminables secondes mises bout à bout. Encore des cauchemars saisissants dans lesquels Abigail tombait en chute libre dans l'abîme, aspirée par les ténèbres du néant. Les bras tendus, implorant une aide que Nora était incapable de lui donner.

À cette seule idée, la panique s'enroula autour de son cou, lui coupant le souffle. Un frisson électrique remonta le long de sa colonne vertébrale. Elle n'en pouvait plus.

Assez !

La pièce se mit à tournoyer autour d'elle. Elle chercha un appui. Ses bras battirent l'air dans un geste d'impuissance. Elle haletait.

Soudain, des mains la soutinrent. La secouèrent. Une voix tranchante la rappelait à l'ordre avec insistance.

— Nora ! Ça suffit ! Reprenez-vous !

Elle parvint à reprendre son souffle petit à petit, commanda à ses muscles de se décontracter. La panique commença à refluer. Ses doigts s'ouvrirent à contrecœur, les articulations grinçant comme des charnières rouillées. Ça allait mieux. Mais l'atmosphère luisait d'un éclat inquiétant et les murs tremblaient.

Ils avaient peut-être vu juste. Elle était peut-être en train de perdre la tête.

— Nora ? (Justin l'observait, effaré.) Ma parole, Nora. Que vous est-il arrivé ? Ça va ? dit-il.

— Oui, enfin, non. Ça ne peut pas aller. C'est impossible sans Abigail. Je veux ma petite fille !

Il la regarda comme il aurait regardé un serpent après lui avoir marché dessus. Il n'avait manifestement aucune idée de ce qu'elle endurait. Il était impossible d'expliquer craintes et angoisses à un mannequin de plastique incrusté de joaillerie précieuse tel que Justin. À quoi bon gaspiller sa salive ?

L'accès de panique l'avait laissée engourdie et à

plat, mais elle avait surmonté le pire. Elle avait repris le contrôle d'elle-même. Justin ne demandait pas mieux que de s'esquiver, mais Nora se souvint de la raison pour laquelle elle l'avait attendu et elle le stoppa net.

S'efforçant de parler d'un ton calme, elle lui posa des questions sur les changements survenus au Waldorf-Astoria et le nouveau locataire. Wellacott n'avait pas grand-chose à ajouter à ce qu'avait dit sa secrétaire. Il avait entendu qu'on allait louer la maison. Les propriétaires, un couple de personnes âgées qui vivaient en Floride, avaient embauché des entrepreneurs de la région pour effectuer les réparations qui s'imposaient. Il n'était au courant de rien d'autre. Mais il promit de se renseigner et de transmettre à Nora ce qu'il aurait appris.

Il la quitta pour rejoindre le bar. Elle était abasourdie par sa désinvolture. Ne pas s'intéresser à quelque chose qui avait trait à Dove's Landing, ça ne ressemblait pas du tout à Justin. Il considérait la petite ville tout entière comme sa propriété, ce qui était presque vrai. Que sa curiosité soit à peine éveillée par un nouvel habitant était difficile à croire.

Mais tant de choses qu'elle avait tenues pour acquises s'étaient révélées des erreurs. Si elle se réveillait un jour de ce cauchemar, il lui faudrait tout reprendre au début et faire le tri.

Quatre personnes entrèrent dans une bouffée d'air froid et humide. Avec lassitude, Nora se leva pour aller les accueillir.

28

Quinn n'était pas d'humeur à se féliciter des surprises, mais elle dut en affronter un certain nombre sur le chemin du retour. À cinq minutes au nord de Dove's Landing, près de Bondsville, la pluie céda la place à de légers flocons de neige. À la fin avril, dans le Vermont, c'était relativement courant. Mais les flocons se multiplièrent, gonflèrent comme du pop-corn, et se mirent à danser en spirales vertigineuses.

Au regard de cet impénétrable tourbillon, la visibilité zéro aurait représenté une amélioration. Quinn avança au pas pendant les trois kilomètres suivants avant de sortir de la bourrasque et de surgir dans un univers d'une clarté éblouissante. Il ne pleuvait plus. Pas un nuage à l'horizon, même si en regardant pardessus son épaule en direction du sud, elle pouvait encore distinguer la muraille de gros temps. Devant elle, le ciel était laqué, bleu marine, constellé d'étoiles. Des vents puissants et une température en chute libre polissaient l'atmosphère qui resplendissait d'un éclat surprenant.

Elle suivit la RN30 jusqu'au carrefour de la RN7-nord sans incidents notables. Puis, à quelques kilomètres au sud d'East Dorset, elle fut soudain ralentie par un bouchon, essentiellement des Jeeps et des camions, dont l'énervement se manifestait à coups de klaxon, plainte lancinante qui n'était pas sans évoquer un troupeau d'oies dérangées à l'heure du repas.

La colonne de véhicules immobiles s'étendait à perte de vue. Quinn sortit de sa voiture pour essayer de voir ce qui causait l'embouteillage, mais resta bredouille. Mettant sa radio sur la fréquence de la police, elle dut d'abord subir un déferlement de friture et de parasites avant d'entendre un standardiste de Danby, la ville voisine, aboyer sur les ondes qu'un camion-citerne de lait s'était mis accidentellement en travers de la route.

Connaissant la lenteur avec laquelle la police locale intervenait, elle roula sur la bande herbeuse qui partageait la route, négocia un demi-tour en épingle à cheveu et sortit de la nationale. Les petites routes sinueuses l'obligeaient à des détours qui rallongeaient de plusieurs kilomètres, mais au moins elle avançait. Arrivée à la ville de Pawlet, elle prit vers l'est et retourna sur la RN7, ayant dépassé le bouchon.

Devant elle, la route était libre, elle appuya donc sur l'accélérateur et posa le scanner sur le tableau de bord. Si elle rattrapait le temps perdu, elle pourrait rentrer chez elle à temps pour manger avec Brendon. Une bonne dose d'enfantillages et d'enthousiasme était exactement l'antidote qu'il lui fallait.

Ça, et un cerveau en état de marche.

Comment avait-elle pu être aussi bête ? Elle avait laissé Weir prendre l'avantage sur elle. Elle s'était laissé piéger par lui, pour être plus précis. À ce moment-là, elle avait failli tenir le rôle vedette dans un des fameux grand-guignols sanguinolents du Professeur Souffrance.

Mais pour une raison ou pour une autre, il l'avait laissée s'en sortir à bon compte, et elle n'avait pas l'intention de se laisser coincer à nouveau. Elle ne baisserait plus jamais sa garde devant ce monstre. Quinn ne commettait jamais deux fois la même erreur. C'était inutile, elle possédait un don inné pour en inventer toujours de nouvelles. Elle n'arrêtait pas de revivre l'angoissante entrevue. *Comment se pouvait-il qu'il en sache autant sur Abigail ? Comment se pouvait-il qu'il connaisse le nom de l'enfant ?*

Sa moyenne était excellente. Aucune circulation. Rien sur le scanner, aucun radar en vue. Les arbres et les poteaux télégraphiques défilaient à toute allure. La Jeep n'était certes pas un bolide, mais elle répondait gentiment quand on l'encourageait à tailler la route.

À quinze kilomètres de Rutland, elle avait encore un quart d'heure d'avance sur l'heure du repas de Bren. Elle fut récompensée de sa peine par un soudain sifflement d'air et une sirène de police mugissante dans son dos.

L'éclair du gyrophare brilla dans son rétroviseur, et elle entendit la voix du policier tonner dans le haut-parleur, lui ordonnant de se ranger sur le bas-côté. Sachant que la police ne raffolait pas de ce genre d'engins, elle tendit le bras pour détacher le scanner et le fourrer dans la boîte à gants. Il n'était pas étonnant que l'appareil n'ait émis aucun signal, Quinn avait négligé de le brancher sur l'allume-cigares.

Elle s'arrêta et la voiture de patrouille se rangea derrière elle. Quinn savait que le policier mettrait quelques minutes à identifier les plaques d'immatriculation sur son ordinateur de bord. Elle mettrait le temps à profit pour passer en revue les excuses possibles de son excès de vitesse et pour en écarter les plus improbables : parent malade, urgence professionnelle, incendie, premières douleurs d'accouchement, chats montés dans l'arbre.

Non, la seule qui grimpait aux arbres, c'était Quinn Gallagher elle-même. Quelle nouvelle tuile allait donc bien pouvoir lui tomber dessus ?

Le policier sortit de la voiture. Essayant tant bien que mal de continuer à feindre la nonchalance qui sied à l'innocent, Quinn regarda droit devant elle jusqu'à ce qu'il arrive à sa hauteur. Lorsqu'elle tourna la tête pour lui adresser un joli sourire et le charmer, il lui braqua une lampe-torche dans les yeux.

L'aveuglement initial fit place à une image granuleuse de points géants flottant dans son champ de vision.

— Oui, monsieur l'agent, que se passe-t-il ?

Un grognement s'échappa d'un des points situés en haut.

— Il se passe que vous étiez à cent vingt dans une zone limitée à quatre-vingt-dix.

Quinn tâtonna pour chercher les documents qu'il lui réclama. Lorsqu'elle détacha son regard du faisceau de lumière, les points flottants la suivirent.

La lumière sans merci resta braquée sur elle pendant qu'il examinait ses papiers. Il les lui rendit avec un ricanement.

— Veuillez descendre de voiture, madame. Vous avez consommé de l'alcool ?

— Non.

— Combien de verres avez-vous bus ?

— Je n'ai rien bu.

Quinn ouvrit la portière. Cette sacrée lampe-torche la suivait comme une ombre.

— Est-ce que vous pourriez éteindre ce machin ?

Elle connaissait les procédures d'interpellation en vigueur dans l'État. Irradier le suspect n'en faisait pas partie.

— D'accord, mais tout d'abord, je voudrais que vous leviez les bras, que vous vous touchiez le nez alternativement avec les deux index, et que vous récitiez l'alphabet.

Quinn se sentait un peu idiote, mais elle obéit. Cette sacrée lampe était si obsédante qu'elle faillit oublier ce qui venait après L-M-N-O-P.

— Maintenant, veuillez vous tenir en équilibre sur un pied, fermer les yeux, mettre les bras en croix et chanter le *Yankee Doodle Doo*.

Le faisceau de lumière la rendait dingue. Mais une lumière plus aveuglante encore se fit tout à coup jour dans l'esprit de Quinn. Elle le connaissait, ce flic :

cette voix, cet embonpoint, cet humour d'imbécile. Ça ne pouvait être que lui.

Une rage meurtrière monta dans sa poitrine. Elle avait envie de castrer cet abruti. Lui faire avaler sa lampe-torche. Elle voulait enduire sa trogne de Canigou et la fourrer dans la gueule du chien de Weir. Mais un but plus noble lui permit de se maîtriser : la vengeance.

Le revolver était dans sa poche droite. Elle glissa nonchalamment les doigts dans la gauche pour trouver une arme plus efficace encore.

— C'est vous, Ralph Norman, n'est-ce pas ? Je n'ai pas reconnu votre voix tout de suite.

Il ricana.

— Vous auriez dû voir votre tête, Gallagher. On aurait dit que vous étiez devant le peloton d'exécution, tellement vous aviez la frousse.

— Vous m'avez interpellée pour le plaisir ? C'est ce que vous êtes en train de dire ?

— On finit par s'ennuyer à guetter les yuppies en goguette dans leurs belles bagnoles. On va pas embêter les gens de la région, alors que c'est si amusant de s'en prendre à ces snobinards. Je vous ai vue passer, je me suis dit que j'allais vous arrêter pour voir si vous aviez réussi à surmonter le coup de colère de l'autre jour.

— Vous voulez dire que vous m'avez forcée à me ranger sur le bas-côté, brandi cette lampe-torche dans les yeux pendant dix minutes et contrôlée à l'alcootest pour le plaisir ?

— Je vous ai bien eue cette fois encore, pas vrai, Gallagher ? Il faut quand même que je vous dise que vous étiez beaucoup plus drôle quand on a réussi à vous faire descendre pour la fouille au corps de Weir. Vous auriez dû voir votre tête lorsque vous vous êtes retrouvée devant ce mec à poil.

— Ça vous a fait rigoler, ça, Ralph ?

— Bien sûr. *C'était* à se tordre. Prétendre vous arrêter pour excès de vitesse, c'était marrant aussi. Détendez-vous un peu, ma petite dame. Qu'avez-vous fait de votre sens de l'humour ?

Quinn montra les dents.

— Oh, j'ai un certain sens de l'humour, monsieur l'agent. Différent du vôtre. Par exemple, je pense que je me tiendrai les côtes lorsque l'IGS vous fera rôtir sur le feu que j'ai préparé pour vous. Et je serai pliée en deux quand je verrai la sueur vous dégouliner sur le visage, au tribunal, dans l'affaire de harcèlement sexuel que je vais vous coller sur le dos. Si vous ne possédez pas la somme nécessaire au paiement des dommages-intérêts, inutile de vous inquiéter, Ralphie, mon garçon. Je me contenterai d'une hypothèque de la maison et d'une saisie-arrêt sur salaire.

Il pâlit.

— C'est votre parole contre la mienne, ma petite dame. Ne perdez pas votre temps. Les flics se tiennent les coudes.

Quinn prit l'air abattu et hésita le temps qu'il fallait.

— Bigre. Je n'avais pas vu les choses comme ça.

Elle parvint à garder cette expression soucieuse en se glissant dans la Jeep et en mettant le contact. En repartant sur la route, elle sortit la tête en souriant. Ce gros lard était déjà à mi-chemin de la voiture de patrouille.

— Vous savez, Ralphie, mon garçon, vous vous êtes trompé. Ce sera *votre* parole contre la vôtre. J'ai enregistré toute notre petite conversation, voyez-vous. Pensez-y, Norman, espèce d'énorme tas dégénéré. Vous venez de vous pendre vous-même avec votre propre langue.

Elle agita la cassette.

Ralph Norman devint écarlate et plongea vers la Jeep. Pendant qu'il était encore à distance respectable, Quinn prit le revolver de son père et tira un coup de semonce en direction de la lune montante. Le policier exécuta un pas de danse contradictoire, battant des bras, indécis. Avant qu'il n'ait eu le temps de se rendre compte que sa seule chance de récupérer la cassette était de la prendre en chasse avec son propre véhicule, elle tira dans ses deux pneus avant.

En guise de flèche du Parthe, elle lui décocha un rire tonitruant.

— Ralphie, mon garçon, voilà comment je m'amuse. Je trouve ça, comme vous diriez, *à pisser de rire*.

Elle écrasa l'accélérateur et fonça sur la route.

Bien que les confrontations avec Ellie le Dingue et Ralph le Pourri l'aient lessivée et que ses vêtements soient imbibés de sueur nerveuse, Quinn se sentit tout à coup très en forme. Elle siffla pendant toute la durée du trajet de retour. Le ciel et la route étaient dégagés.

Elle appela Brendon dès qu'elle eut ouvert la porte. Pas de réponse, mais elle entendit quelqu'un parler au téléphone dans la maison. En tendant l'oreille, elle perçut dans la cour le bruit sec de la machine de Dud Chambers qu'utilisait Bren pour s'entraîner tout seul à frapper les balles à la batte. Qu'il pleuve, qu'il vente, qu'il neige, rien n'empêcherait ce galopin de poursuivre son rêve.

Après avoir caché en lieu sûr le revolver et la cassette incriminatoire, elle décida de sortir dans la cour. Sa victoire sur ce policier idiot l'avait mise d'humeur à faire la fête. De folles dépenses dans un restaurant à nappe blanche lui semblaient à l'ordre du jour.

Elle repéra Bren devant l'appareil de Dud : en position, déterminé, couvert de boue. Elle le regarda couper par deux fois la trajectoire de la balle d'un mouvement très étudié. Le gamin paraissait plus fluide et mieux coordonné. Ça l'agaçait de songer que Levitsky s'attribuerait sans doute le mérite de cette amélioration alors qu'elle s'entraînait avec le môme depuis des années. Mais finalement, la seule chose qui importait, c'était que Bren soit récompensé de ses efforts.

Ça faisait plaisir à voir, elle le laissa continuer jusqu'au moment où elle sentit que le garçon faiblissait.

— Eh, champion, tu as fait des progrès.

Bren lui fit un signe de tête. Sourit. Frappa la balle une nouvelle fois.

— Tu crois que je pourrais t'arracher au base-ball pour t'emmener dîner dans ton restaurant préféré ?

— Le Sirloin Saloon ?

— Exactement.

Il prit l'air soucieux.

— Tu me donnes une petite minute ?

Bren lâcha la batte et se précipita dans la maison. Quinn l'attendit en battant la semelle. Le gosse adorait ce lieu de perdition, avec ses énormes tranches juteuses de pur cholestérol, ses petits pains cotonneux, ses hors-d'œuvre à volonté, ses desserts assassins. Quelle raison avait-il d'hésiter ?

La réponse à cette question s'imposa d'elle-même lorsque son petit frère réapparut avec Bernie Levitsky dans son sillage. L'humeur de Quinn s'assombrit aussitôt. Voir surgir l'agent spécial, c'était se heurter au réel. La petite fille n'avait toujours pas été retrouvée. L'étau se resserrait autour de Quinn. Elle avait superbement déconné avec Weir et peut-être définitivement compromis ses chances de découvrir la vérité. Vraiment aucune raison d'avoir le moral.

— Brendon ne vous attendait pas de si tôt, dit Levitsky. J'allais appeler un taxi et l'emmener manger un morceau, mais puisque vous êtes là, c'est à vous de décider.

En réalité, elle aurait voulu faire disparaître l'agent spécial, mais elle connaissait d'avance la réaction de son petit frère.

— Je croyais que vous vouliez rentrer à l'hôtel et vous coucher tôt, dit-elle.

— En effet, mais j'avais promis à Bren de l'aider à s'entraîner ce soir.

— Oh...

C'était donc un homme de parole. Quinn savait

exactement où elle aurait eu envie d'accrocher la médaille.

— ... Allons tous dîner ensemble au Sirloin Saloon, alors.

— On va où Bernie voudra.

Levitsky ébouriffa les cheveux de l'enfant.

— C'est toi le héros du jour, champion. C'est à toi de choisir.

Bren fonça prendre une douche au premier étage, et Quinn alla l'attendre au salon. Elle espérait se débarrasser de Levitsky pour un petit moment, mais elle n'eut pas cette chance.

Déterminée à l'ignorer, elle ramassa un vieux numéro de *Newsweek* sur la table basse et essaya de s'intéresser à un article prophétisant les résultats d'une élection présidentielle survenue deux ans auparavant. Elle sentait le regard de Levitsky posé sur elle, aussi intense et irritant que la lampe-torche de Ralph Norman.

Elle finit par lever les yeux.

— Oui ?

Levitsky croisa les jambes et se laissa aller contre le dossier.

— C'est vous qui avez quelque chose à dire, mademoiselle Gallagher. Pas moi.

— Non, je n'ai rien à dire.

— Si.

— Étant donné que vous savez déjà tout, Levitsky, pourquoi est-ce que vous voulez me faire parler ?

— Je ne veux pas. Je pensais que ce serait plus facile pour vous.

Elle se gonfla de mépris.

— Votre tête est tellement pleine de courants d'air, Levitsky, que je m'étonne que vous ne vous soyez pas encore envolé.

Levitsky ne broncha pas. Il avait l'air décontracté. Il paraissait avoir tout son temps.

— Vous êtes allée au Waldorf parler à Weir.

Quinn rougit.

— Pourquoi me rendrais-je coupable d'une pareille idiotie ?

— Parce que vous êtes téméraire et impulsive, et vous pensiez avoir plus de chances que moi de lui tirer les vers du nez.

Elle se sentit rougir plus violemment encore. Elle se serait battue, et lui avec, pas forcément dans cet ordre.

— Je suis fatiguée, Levitsky. Si ça ne vous fait rien, je préférerais remettre inquisition et exécution capitale à demain, d'accord ?

— Tout ce que je veux savoir, c'est ce qui s'est passé avec Weir.

— Il ne s'est rien passé. Je n'ai jamais dit que j'étais allée au Waldorf.

Bren descendait l'escalier. Levitsky baissa la voix et murmura :

— Vous me raconterez plus tard.

— Il n'y a rien à dire.

— Oh que si, dit-il d'un ton rauque. Et commencez par le moment où il vous a subtilisé le revolver.

29

— Abigail ! Abigail Eakins !

La voix se rapprochait d'elle. Si elle restait là, elle allait se trouver prise au piège dans sa cachette. Rejetant les couvertures, elle s'enfuit de la véranda et courut aussi vite que le lui permettaient les rangers trop grandes qui entravaient sa foulée. Pour atteindre la route de terre battue, il lui fallait traverser une assez grande étendue à découvert.

— Abigail ! dis-moi quelque chose. Réponds-moi, Abby. Allez, viens.

Le chemin était beaucoup moins large qu'elle ne s'y attendait, à peine suffisamment pour une voiture. Des broussailles le rétrécissaient encore. Il était bordé de grands arbres. Leurs branches s'enchevêtraient en l'air, projetant une ombre épaisse sur la terre sombre.

— Abby ? Dis-nous quelque chose. On va venir te chercher. Tu seras en sécurité avec nous.

Elle accéléra sa course. Fermant son esprit aux ombres vertigineuses qui lui zébraient le visage. Refusant de prêter attention aux créatures à quatre pattes qui fuyaient devant elle et aux masses indistinctes profilant une menace invisible. Le péril le plus grand se trouvait derrière elle. Les ténèbres grandissantes n'étaient rien comparées à un maniaque armé de tubes irrespirables, de feux invisibles, et de doigts fantômes paralysants qui saisissaient et rivaient les pieds au sol.

Elle s'efforçait d'éviter les pierres du chemin et les

ornières susceptibles de la faire trébucher. Son pied retomba pourtant brutalement dans un trou imprévu et elle se tordit la cheville. Elle entendit un craquement, et une douleur fulgurante remonta le long de sa jambe. Au bout de quelques pas hésitants, celle-ci fit place à une souffrance persistante.

— Allez, Abigail. On sait que tu es là. Dis-nous où tu te caches.

On. Nous.

Il semblait y avoir deux voix distinctes, mais elle ne s'y laissa pas prendre. Elle savait qu'il pouvait faire ricocher sa voix comme un caillou à la surface de l'eau, l'infiltrer dans les endroits les plus saugrenus, l'étirer au maximum ou bien l'alourdir d'un baril de gravier. Il pouvait changer de ton, d'accent, d'humeur, d'intentions à n'importe quel moment. Il l'avait fait dans le cylindre métallique et le sac postal.

Petits jeux et tours de cochon. Journaux bidon et photos secrètes. Son cerveau se mit à scander au rythme de sa course : *Je ne me laisserai plus piéger. Jamais, jamais plus. Jamais. Jamais. Je préfère mourir.*

— Abigail !

Elle entendit passer une voiture à proximité. Elle était près de la route. La voix était à peine audible, derrière elle, maintenant.

Elle continua à suivre le chemin qui contournait un chêne massif et commençait à monter en pente douce. Au sommet, elle arriva enfin à l'entrée de la ferme. Une clôture rouillée entourait la propriété. Le portail était flanqué d'une enseigne en forme de fer à cheval et une boîte aux lettres abîmée par les intempéries. Un peu plus loin à droite se trouvait une échoppe de bois sur laquelle on pouvait lire « Sirop d'érable, vente directe ».

La route n'était pas beaucoup plus large que le chemin de terre battue et à peine mieux entretenue. Son revêtement était fendu, plein d'ornières, et le sable jeté sur le verglas s'amoncelait sur le bas-côté.

Des kilomètres d'une campagne désertique s'étendaient des deux côtés, à perte de vue. Devant ce paysage désolé, les poumons en feu, s'efforçant de reprendre souffle, Abigail fut assaillie par l'humidité glaçante de la nuit. Son tee-shirt déchiré était trempé de pluie. Elle regretta les couvertures abandonnées sur la véranda. Celles-ci l'auraient peut-être ralentie, mais elle n'avait rien pour se réchauffer ou se tenir au sec.

Et maintenant ?

Gelée, affamée, les pieds endoloris, l'idée de marcher indéfiniment sous la pluie à la poursuite de l'inconnu ne lui souriait guère. Elle ne savait pas de quel côté s'aventurer. La maison ou la ferme la plus proche était peut-être distante de plusieurs kilomètres.

Mais elle ne pouvait pas rester là.

Elle partit sur la gauche. Soudain, le bruit de pales d'hélicoptères cisaillant l'air la stoppa au bout de quelques mètres. Il avait laissé tomber la ferme pour retourner dans l'appareil. Sa cible, à présent, c'était la route.

Cache-toi !

Elle détala en direction de l'échoppe à sirop d'érable, ouvrit le panneau qui servait de porte, le remit en place, et s'accroupit hors de vue.

La cabine était une construction pleine de courants d'air. Ses planches minces, écartées, étaient assemblées par des solives transversales. Abigail se recroquevilla dans un coin sur le sol de contreplaqué, déformé par l'humidité. Les bras passés autour de ses chevilles, les genoux serrés contre la poitrine, les doigts entrelacés, elle ne pouvait plus s'arrêter de trembler. L'hélicoptère hésita au-dessus de l'échoppe et finit par s'éloigner après un bref coup de projecteur.

Dehors, une seconde voiture passa dans un courant d'air et un éclair de phares. Elle s'imagina à l'intérieur, roulant confortablement en écoutant une musique apaisante à la radio, tandis que l'air chaud serait diffusé dans la voiture par les conduits d'aération.

Une fois qu'on l'aurait déposée à l'auberge, elle se faufilerait à l'intérieur et surprendrait tout le monde. Penser à toutes les embrassades et toutes les larmes de joie qui l'accueilleraient lui réchauffait le ventre. Mim lui préparerait une grande tasse du fameux chocolat chaud à la guimauve dont elle avait le secret. Maman irait chercher ses pantoufles fourrées, sa robe de chambre en tissu éponge, et ils s'assiéraient tous en rond devant une joyeuse flambée dans le foyer de cuivre. Abigail leur raconterait toute l'histoire. Sans omettre aucun détail. À quel point il était méchant, maladif, dérangé. Tout ce qu'il lui avait dit et fait subir. La seule chose dont elle éviterait de parler, c'était de son retour à la maison en autostop.

À des centaines de reprises, maman l'avait mise en garde contre le danger qu'il y avait à monter dans une voiture avec des inconnus, et même de leur adresser la parole. Contre les inconnus en général. Abigail connaissait la règle : ne pas croiser le regard, ne pas répondre aux questions ni rendre service, si anodine que puisse paraître la situation. Ne rien prendre et ne rien donner, même le renseignement le plus trivial, comme le nom ou la date d'anniversaire.

Ces périls étaient déclinés quotidiennement dans les médias, à grand renfort de manchettes sanguinolentes : meurtres, viols, enlèvements. Tous les jours, de nouvelles histoires d'enfants victimes de ces horreurs faisaient la une. Ces faits divers se répétaient si souvent que l'électrisante épouvante qu'avait ressentie Abigail au départ avait cédé la place à une curiosité clinique engourdie.

Jeanine et elle avaient passé une partie de la soirée à évoquer les victimes, un samedi où Abigail était allée dormir chez son amie. Presque tous les gosses au frais minois dont le portrait s'étalait au-dessus de légendes à faire froid dans le dos étaient de brillants élèves, ou des vedettes sportives de leur établissement scolaire, ou bien étaient tout simplement très populaires auprès de leurs condisciples, ou encore tout ça à la fois, et d'une piété exemplaire à l'église par-dessus le marché. Pas un seul d'entre eux n'avait le moindre défaut.

Vers 3 heures du matin, ivres de fatigue, gavées de friandises grignotées au cours de la soirée, elles avaient convenu d'un commun accord que la meilleure défense contre un sort aussi funeste, c'était d'éviter la perfection à tout prix. Abigail, qui avait un blocage avec les mathématiques et avait essayé de fumer une cigarette en compagnie de Bonita Todd en classe de septième, ne voyait pas d'obstacle majeur à la mise en place d'un tel programme. Rien ne s'y opposait non plus dans le cas de Jeanine, qui souffrait de curieux trous de mémoire pour les devoirs à la maison, et avait un jour séché les cours pour regarder un épisode crucial de la série télévisée *All My Children*. Quoi qu'il en soit, avaient-elles conclu, ni l'une ni l'autre ne jouissait d'une fraîcheur de teint comparable à celle des photographies du journal.

Quoi qu'en dise maman, se méfier des inconnus n'était pas une garantie. Abigail connaissait son tourmenteur. Pis, il la connaissait. Il avait le pouvoir de décoder ses peurs, jauger ses points faibles, la prendre au piège de ses propres imperfections. Comparé à lui, un inconnu, c'était un souffle d'air frais.

Une autre voiture passa sur la route. L'autostop était décidément la seule façon de s'en sortir, songea-t-elle. Maman n'avait pas besoin de le savoir.

Elle sortit de sa cachette. Un vent glacial, féroce, s'était levé et la pluie s'était matérialisée en flocons de neige cinglants. Elle se posta du côté droit de l'échoppe, qui offrait une maigre protection, et attendit la voiture suivante. Une éternité s'écoula avant qu'une lueur apparaisse au loin. Les phares prirent forme et intensité, mais elle n'arrivait pas à sortir à découvert et tendre le pouce au bord de la route.

Au bout de quelques minutes, une nouvelle voiture passa à toute allure : un petit bolide rouge. Abigail se promettait de faire signe à la prochaine, lorsque deux lueurs jumelles surgirent à nouveau sur la route, et elle vit qu'il s'agissait de doubles phares spéciaux de poids lourds. Arrêter une voiture semblait moins risqué.

Ce fut interminable. Finalement, un éclat trouble envahit la périphérie de sa vision. La voiture avançait au ralenti, et elle eut tout le temps nécessaire pour se mettre en condition et se placer au bon endroit.

Elle travailla une expression implorante et un geste du pouce sans équivoque. La voiture était encore à quelque distance de là, mais elle vit qu'il s'agissait d'une longue Lincoln foncée, un vaisseau de la route bien briqué comme celle de papa.

Elle tenta de refréner son enthousiasme. La raison lui chuchotait qu'il existait des tas de Lincoln noires et luisantes. L'obscurité régnait à l'intérieur, le conducteur était invisible. Ça pouvait être n'importe qui.

Son instinct lui disait pourtant que c'était papa. Il avait sûrement appris sa disparition et il était venu la chercher. C'était son genre. Et elle savait exactement ce qu'il dirait en la voyant :

— Abby Gail, où est-ce que tu étais, petite ? Viens t'abriter au chaud.

Elle avait mal aux lèvres à force de sourire. D'ici une seconde, elle serait en sûreté dans la voiture de papa. Dans ses bras. En train de rire à l'une de ses désopilantes histoires drôles.

Sautant sur la route, elle leva les bras et se mit à les agiter frénétiquement. Il lui répondit par cinq brefs coups de klaxon. Elle était transportée de bonheur. Ses pieds étaient montés sur ressorts, ses articulations rebondissaient comme des trampolines, son cœur était si heureux qu'il menaçait d'éclater.

— Papa ! cria-t-elle. Je savais que tu viendrais. Je le savais !

Ses cris s'intensifièrent tandis que la Lincoln ralentissait. Elle était si pressée de hâter les retrouvailles qu'elle mourait d'envie de se jeter sur le capot pendant que la voiture était encore en marche. Elle voulait étreindre le métal, embrasser le pare-brise constellé de givre.

— Dépêche-toi ! Dépêche-toi, papa !

Elle fit le tour du véhicule tandis que celui-ci s'arrêtait, ouvrit la portière du conducteur et se prépara à se pendre au cou de son père.

Mais au spectacle qui s'offrait devant elle, Abigail se figea. Le maniaque était venu la chercher. Et elle avait couru au-devant de lui.

30

De retour du Sirloin Saloon, Levitsky emprunta le poncho imperméable de Quinn et passa une heure dans la cour illuminée à envoyer des balles impeccables et glisser à Brendon des tuyaux du tonnerre sur les meilleures façons de s'y prendre. Les traits rougis par le froid, ils revinrent à l'intérieur, une neige sale et sombre dégoulinant de leurs vêtements. Dans la cuisine, Levitsky prépara une boisson chaude et mousseuse à base de lait. Sur l'insistance de son frère, Quinn y goûta. Sacré nom. C'était délicieux.

Marilyn Holland harcelait Quinn pour qu'elle se trouve un homme capable de cuisiner. Celui-là y parvenait assez bien. Malheureusement, il n'aiguisait pas particulièrement son appétit.

Lorsque sonna l'heure de se coucher, Brendon lui souhaita bonne nuit avec désinvolture et fit signe à Levitsky de l'accompagner au premier étage. Ce qui éveilla une pointe de jalousie chez Quinn, d'habitude chargée de le border. Elle avait toujours su qu'elle finirait par être déchue de sa qualité de centre de l'univers pour Brendon. Mais sa rivale n'était pas censée mesurer un mètre quatre-vingt-dix et avoir le menton bleui par une barbe naissante.

Elle les entendit au-dessus de sa tête : piétinements, ressorts de sommier grinçants, rires, une longue conférence à mi-voix qui lui parvenait avec une clarté troublante par les conduits du chauffage.

À la recherche d'une distraction quelconque, elle zappa sur sa télécommande. Elle avait envie de regarder un film d'horreur ou une émission de cuisine. Deux formes de divertissements sensiblement équivalentes, de son point de vue. Mais elle ne réussit à trouver ni l'une ni l'autre.

Dix minutes plus tard, Levitsky descendit l'escalier. Quinn remit le poste en marche et feignit d'être absorbée par une émission de télé-achat. Trente-deux dollars et demi seulement pour un machin en céramique surmonté d'un bitoniau fascinant. Une affaire. L'animateur avertit les spectateurs d'un ton dramatique : l'offre était limitée, attention à ne pas laisser filer l'occasion en or.

Mais Levitsky s'était immobilisé à l'entrée de la pièce et attendait, les bras croisés, l'air perplexe. Il était bien trop têtu et déterminé au goût de Quinn. Ça lui donnait envie de lui rentrer dedans comme dans un sac de frappe. Quel dommage qu'elle ait besoin de ce boulot.

Elle choisit d'adopter une expression d'aigreur, qu'il prit bien soin d'ignorer.

— Je veux un compte-rendu minute par minute de tout ce qui s'est passé avec Weir à partir du moment où vous avez franchi le seuil de sa maison. N'omettez aucun détail, même s'il vous semble anodin.

— Vous en êtes encore à cette histoire ? Où avez-vous été chercher que j'ai vu Weir, Levitsky ?

— Ça crève les yeux...

Il énuméra les indices de haut en bas, en les désignant du doigt.

— Les débris qui collent à vos chaussures viennent du Waldorf. Un mélange d'herbe de zoysia, de seigle et de trèfle sauvage, tondu avec une lame à cinq centimètres de hauteur. Sur votre pantalon, les poils viennent du chien de Weir : un berger allemand de cinq ou six ans métissé de collie anglais et de labrador. Les poches de votre veste sont déformées, ce qui indique qu'elles ont récemment transporté de volumineux objets. D'après la forme prise par la droite, je parierai sur une arme de poing et des munitions, probablement un .45, mais je ne m'aventurerais pas jusqu'à donner la marque ou le modèle. Je n'ai pas grand-chose à dire sur la bosse de la poche gauche, bien qu'il s'agisse manifestement d'un rectangle, assez lourd pour sa taille. Peut-être un magnétophone à cassette ou un transistor.

« Plus révélateur encore, vous transpiriez à grosses gouttes lorsque vous êtes arrivée et, pour un 25 avril, il a fait un froid historique. On a annoncé qu'un peu plus au sud, il tombait une pluie gelée et qu'il neigeait. En principe vous ne transpirez pas beaucoup, même en colère, c'est-à-dire la plupart du temps. Vous avez donc manifestement eu la peur de votre vie. Qu'est-ce qui pouvait vous flanquer une frousse plus mémorable que Weir réussissant à s'emparer de votre revolver ?

Quinn n'en croyait pas ses oreilles. Non seulement ce type était une machine à rayons X, mais il avait l'audace de s'asseoir à côté d'elle, de la mettre à nu, de lui montrer sa bêtise, sans que le moindre soupçon de suffisance ne soit perceptible dans son attitude. Pas la moindre lueur triomphante dans les yeux de faon, pas la moindre supériorité émanant du corps mince et athlétique. Si au moins elle avait eu sous la main un objet lourd et dangereux à lui jeter à la tête !

— Comment faites-vous pour en savoir autant, Levitsky ?

— Il m'est impossible d'oublier quoi que ce soit, Gallagher. Même ce dont j'aimerais ne pas me souvenir. Je lis, je vois ou j'entends quelque chose, et ça reste imprimé dans mon esprit. Pour le meilleur et pour le pire. Mais pour l'instant, ce qui m'intéresse, c'est ce que vous avez gardé en mémoire de votre entrevue avec Weir.

Elle le fusilla du regard, avant de s'affaisser sur sa chaise et d'éteindre la télé.

— D'accord. Je suis allée au Waldorf, je l'avoue. D'après certaines paroles qu'il avait eues, je me suis dit que Weir consentirait peut-être à se confier à moi. Me dire ce qu'il savait sur la disparition, par exemple. C'était idiot de ma part...

Levitsky ne contesta pas ce dernier point.

— ... Je n'ai rien obtenu de lui. Alors oublions cette histoire.

Il secoua la tête négativement avec force.

— Non, mademoiselle Gallagher. Impossible d'oublier. Je veux tout savoir. Tous les détails, si triviaux qu'ils vous semblent. Votre approche de cette affaire était complètement erronée, mais je rends grâce à votre instinct. Si cette petite fille a été enlevée, il y a des chances que Weir y soit pour quelque chose, directement ou indirectement.

— Comment pourrait-il ? Il ne peut ni quitter le Waldorf ni même entrer en communication avec l'extérieur.

— Vous n'en êtes manifestement pas plus sûre que moi, sinon vous n'auriez pas pris le risque idiot d'aller le voir. Alors je vous en prie, racontez-moi exactement ce qui s'est passé.

Quinn reconnut la voix de la raison dans ces paroles, ce qui l'énerva au plus haut point. Elle aurait voulu nier les soupçons qui la rongeaient elle-même au sujet de Weir. Mais comment Weir avait-il su le nom de la petite fille ?

— Vous voulez que je commence par le moment où le maître d'hôtel a ouvert la porte, et où l'extra en veste blanche a passé le plateau chargé de petits canapés à la ronde ? Un vrai régal, cette crème d'esturgeon.

— J'ai tout mon temps, mademoiselle Gallagher.

— Pourquoi ne sortez-vous pas faire un tour, histoire de le mettre à profit, monsieur Levitsky ?

Il soupira.

— Écoutez, je sais que vous ne m'aimez pas. Vous avez été très claire à ce sujet. Mais il ne s'agit ni de vous, ni de moi, ni de nous. Il s'agit d'une petite fille de onze ans qui court peut-être un terrible danger, et d'un salaud démoniaque qui nous a peut-être livré à son insu un indice nous permettant de la retrouver. Alors dites-moi d'abord ce qui s'est passé avec lui, et vous aurez tout le temps de me lapider ensuite.

Quinn finit par baisser les yeux. Il avait raison. Comment se faisait-il qu'il ait toujours raison ?

Il était assis en face d'elle. Elle lui raconta le désastre en détail. Levitsky prit son temps pour digérer cette histoire.

— A-t-il parlé de mélodie ? finit-il par dire.

— Oui.

— Et il a dit qu'à partir de cet élément vous disposiez de tout ce qui vous serait nécessaire ?

— Oui.

— Il l'a formulé de cette manière ?

Elle roula des yeux excédés et souffla en émettant un bruit de pneu qui se dégonfle, mais Levitsky n'eut pas l'air de s'en apercevoir. Même si Quinn décidait de passer ses mains autour du cou de l'agent spécial et de serrer, elle n'était pas certaine d'attirer son attention.

Il réfléchit encore un peu.

— C'est évident, alors.

— Qu'est-ce qui est évident ?

— Faites travailler vos cellules grises, Gallagher. S'il dit que vous êtes déjà en possession de tous les éléments, de quoi peut-il bien parler ?

— Son casier judiciaire ?

— Exactement. Et s'il vous oriente dans cette direction, par où faut-il commencer ? Comment pensez-vous trouver « l'entrée du chemin », dont il a parlé ?

Quinn se troubla. Elle commençait à voir où menait le raisonnement de l'agent spécial.

— Vous voulez dire qu'il faut commencer par la fin et revenir en arrière ?

Un sourire de satisfaction étira lentement les lèvres de Levitsky.

— Pas mal, mademoiselle Gallagher. Vous êtes peut-être douée d'un brin de logique, après tout.

— Attention, Levitsky, je vous ai prévenu, dit-elle. Pas d'insultes.

Levitsky parvint à joindre Will Darmon, le directeur de la prison de St. Albans, à son domicile. Quand il comprit que l'appel portait sur Weir et un enlèvement d'enfant, Darmon accepta de les recevoir dans la matinée, mais ils devaient se présenter à l'entrée de la prison à 10 heures au plus tard.

Pour y parvenir, il fallait que Quinn réussisse à arracher Brendon du lit pour le lâcher chez un de ses copains. Elle demanda ce service à la mère de Jason Stutey, espérant que la collection de jeux Nintendo de ce dernier l'aiderait à arracher son petit frère des bras de Morphée.

Ce qui se révéla impossible.

Le garçonnet ne bougea même pas un cil durant tout le numéro exécuté par Quinn qui imitait Brad à la batte dans l'équipe des Sox. Pas un frémissement lorsque la foule en délire sautait sur ses pieds. Il était temps de sortir la grosse artillerie.

Elle porta un mégaphone imaginaire à ses lèvres et se lança dans sa célèbre imitation de Yogi Berra.

— Un jour glorieux s'est aujourd'hui levé sur le stade, messieurs-dames. Le Grand Gallagher, l'une des légendes vivantes du base-ball, est avec nous pour que le numéro de son jersey soit retiré de la circulation et passe à l'histoire. Personne ne mérite cet honneur plus que Gallagher. Big Bren a fait plus que quiconque dans l'histoire du base-ball pour promouvoir et faire aimer ce sport. Veuillez maintenant acclamer avec moi le joueur le plus époustouflant qu'on ait jamais connu... Brendon « Le Tendon » Gallagher !

Elle gloussa et siffla et applaudit et gesticula jusqu'à ce qu'il cède et sorte du lit. Puis elle se mit à japper et à aboyer comme un chien surexcité pour qu'il se mette en mouvement. Il traversa la pièce pour aller dans la salle de bains, agitant ses bras maigrichons en direction de fans imaginaires.

Lorsqu'elle entendit l'eau couler des robinets, elle jeta un coup d'œil sous les couvertures. Aucune trace humide. Une sécheresse miraculeuse.

Quinn était ravie, mais elle préféra ne rien dire. C'était à lui d'en parler. Si Bren voulait des compliments, il en demanderait.

Ce dont il s'abstint. Lorsqu'il entra d'un pas traînant dans la cuisine en bâillant et en se frottant les yeux, ses requêtes se limitèrent à du pain perdu et une orange pressée. Il reprit suffisamment conscience pour se souvenir que c'était Quinn qui faisait la cuisine, et fila au garde-manger prendre des céréales.

Après le petit déjeuner, Quinn le déposa chez les Stutey et roula jusqu'au Holiday Inn retrouver Levitsky. Il l'attendait devant l'hôtel, absorbé dans la lecture d'un fax de trois pages. Lorsque Quinn klaxonna pour attirer son attention, il plia le papier et le fourra dans son porte-documents.

La ville de St. Albans se situait au nord-ouest du Vermont. Proche de la frontière canadienne, la bourgade était, selon Quinn, nettement plus éloignée de Rutland que ne l'autorisaient les bonnes manières.

La taille de l'État dont elle était originaire était depuis longtemps une source de mécontentement pour elle. Les touristes privés de sites grandioses ne se fatiguaient peut-être jamais de l'affligeante succession de paysages vallonnés, montagnes saupoudrées de sucre-glace et de forêts sauvages, mais Quinn trouvait l'interminable étendue de splendeurs naturelles extrêmement ennuyeuse, et très malcommode.

Elle préférait de beaucoup Boston, une cité compacte où les gens vivaient sur un rythme frénétique et où régnait un vacarme exaspérant. La plaisante sensation d'être entassés comme des sardines dans un centre d'activités urbain lui manquait. Élevée dans une atmosphère d'engourdissement rural, Quinn était vite devenue en ville une fanatique des déplacements rapides. Les gens se bousculaient comme de trop nombreuses molécules dans un bocal. Ses propres voisins ignoraient son métier, et parfois même son nom. Béni soit l'anonymat.

Levitsky ne fit pas exception à la règle, étudia le paysage verdoyant, poussa un soupir satisfait, et fit la remarque typique du touriste moyen :

— C'est si beau, ici.

— Vraiment ? Qu'est-ce qui vous plaît le plus, Levitsky ? Moi, c'est les routes. On ne le sait pas toujours, mais le Vermont peut s'enorgueillir de la plus belle collection d'ornières d'Amérique du Nord. Nous sommes aussi les plus gros producteurs de fumier. Et si on aborde le sujet des sports d'hiver, nous exportons plus de déchirures ligamentaires que n'importe quel autre État de l'Union, et quasiment le double de fractures. Vous connaissez celles où l'os casse comme une brindille et crève la peau ?

Cette saillie mit fin à toute conversation pendant les deux heures qui suivirent, durant lesquelles Quinn tripota la radio, cherchant en vain une station écoutable. Encore un secret bien gardé de l'État de la montagne verte : ces sacrés sommets verdoyants brouillaient les transmissions radio et télé, provoquant de sérieuses perturbations parasitaires dans l'humeur de Quinn par la même occasion.

Elle voulait dénicher la station musicale qu'elle avait entendue plusieurs fois ces jours-ci. Dud Chambers la recevait au labo photo, ainsi que Dawn, la secrétaire de Wellacott. Ils passaient de bons morceaux des années soixante et soixante-dix. Quinn se souvenait des initiales de la station : WCCR. Mais elle ne connaissait pas la fréquence, elle pressa donc le bouton « recherche » quatre ou cinq mille fois.

— Qu'est-ce que vous cherchez ? dit Levitsky entre ses dents. Je peux peut-être vous aider.

Quinn éteignit la radio. Elle savait qu'elle devenait enquiquinante, et elle avait beau adorer mettre l'agent spécial mal à l'aise, elle commençait à ne plus pouvoir se supporter elle-même.

Pour la dernière partie du trajet, ils empruntèrent la route du Mémorial des anciens combattants, qui sinuait vers le nord en passant par Colchester, Chimney Corner et Checkerby Village. Pour Quinn, cette enfilade de petits bleds aux noms précieux était terriblement déprimante. Son humeur ne commença à s'améliorer qu'en lisant la pancarte annonçant qu'ils venaient d'arriver à Georgia Center, ce qui signifiait qu'ils n'allaient pas tarder à atteindre St. Albans.

Comme dans la plupart des villes de la région, il y avait à Georgia Center une minuscule bibliothèque, une école primaire, des échoppes de vente de produits fermiers et des brocantes. Au bout de quelques pâtés de maisons, les habituelles demeures de style colonial du centre-ville cédaient la place aux coutumières étendues de prés appartenant aux fermes laitières.

Les seuls traits distinctifs de la ville étaient l'usine et les bureaux de Langdon Industries à la lisière. Un groupe de bâtiments à usage professionnel d'aspect quelconque, entourés de grillages à poulailler et surmontés d'un gros nuage du principal produit Langdon : la pollution.

— Cet endroit charmant vous est offert par la même personne qui nous a déjà donné Eldon Weir, dit-elle en passant.

— Arrêtez-vous, dit Levitsky.

Quinn choisit de l'ignorer. Elle n'avait pas envie de prolonger encore le trajet.

— Est-ce que vous pourriez vous arrêter, s'il vous plaît ?

Quinn aurait continué à ignorer ce qu'il venait de dire, mais Levitsky lui rendit la tâche difficile en mettant le frein à main. La Jeep hurla comme un taureau blessé et s'arrêta en se cabrant.

— Qu'est-ce que vous faites ? s'écria Quinn.

— Je vous ai demandé de vous arrêter, dit-il. Je veux jeter un coup d'œil à l'usine. Pourriez-vous reculer ? Ça ne prendra pas plus d'une minute.

— Et si je vous laissais là ? Vous pourriez regarder tout à votre aise, pas vrai ?

— Arrêtez-vous près du portail. De là, je peux voir ce qui m'intéresse.

Bouillant intérieurement, Quinn fit marche arrière à toute allure jusqu'à l'entrée de l'usine. Ne jamais réussir à avoir le dernier mot avec Levitsky la rendait folle de rage. Les gens brillants et imperturbables comme l'agent spécial lui donnaient envie de piquer une bonne vieille colère.

Levitsky descendit du véhicule et scruta le complexe industriel pendant quelques minutes. Quinn fit de son mieux pour repérer ce qu'il pouvait bien trouver de si captivant dans le tableau, mais elle ne voyait qu'un tas de béton, des bouts de métal et d'épaisses volutes d'une fumée nauséabonde.

Levitsky revint s'installer dans la Jeep et lui fit signe de démarrer. Ses yeux étaient braqués sur elle, mais il avait manifestement l'esprit ailleurs. Quinn mourait d'envie de savoir ce qu'il avait espéré apprendre en observant cet endroit repoussant. Mais jamais elle ne lui ferait le plaisir de poser la question.

Encore un accès de colère juvénile à son actif.

Quinn savait qu'elle se conduisait mal depuis son arrivée, mais elle était incapable de s'en empêcher. Bientôt tout serait fini, songea-t-elle, et il sortirait de sa vie pour toujours. Elle pourrait reprendre une vie normale, ou du moins ce qui lui en tenait lieu.

Une vie sans Levitsky. Étrangement, elle avait de la peine à concevoir à quoi ça pouvait ressembler.

31

La prison de St. Albans, que le langage administratif appelait « Établissement correctionnel du nord-ouest du Vermont », était une construction trapue, en brique, sombre et sinistre. Deux cours de promenade et d'exercices clôturées entouraient plusieurs cubes de béton abritant les diverses activités de réinsertion, élevés là comme une arrière-pensée, qui saillaient de la masse du bâtiment principal. La prison était défendue par un grillage de trois mètres, surmonté d'un double rouleau de barbelés spéciaux affûtés comme des lames de rasoir. À intervalles réguliers, miradors et projecteurs rotatifs géants venaient renforcer cette frontière.

La prison était classée centre de détention à sécurité moyenne. Cette désignation signifiait périmètre de sécurité extérieur, périmètre de patrouilles armées dans l'enceinte, restriction de la circulation des prisonniers à l'intérieur de l'établissement, et escorte armée pour toute sortie des détenus quel qu'en soit le motif. Quinn savait qu'on transférait les délinquants jugés plus dangereux dans des pénitenciers de haute sécurité situés en dehors de l'État. À la vue de cet endroit, on se demandait légitimement quelle espèce d'animaux pouvait bien exiger qu'on les enferme dans une cage plus effrayante encore.

Connaissant le règlement, Quinn laissa ses clés dans la boîte à gants. Levitsky y déposa aussi les siennes, ainsi qu'un Smith & Wesson réglementaire semi-automatique 10 mm et un pistolet de calibre .22 qu'il portait à la cheville, comme le découvrit Quinn. Dans toutes les prisons, il était interdit d'entrer avec des clés ou des armes dont les détenus étaient susceptibles de s'emparer à des fins répréhensibles.

Une fois dans le hall d'entrée, ils patientèrent jusqu'à l'arrivée de la gardienne, une costaude aux cheveux blond filasse, qui vérifia que leurs noms figuraient sur la liste des visiteurs attendus par le directeur ce jour-là. Ensuite, on les fit passer au détecteur de métal.

Quinn était la première et obtint le feu vert. Lorsque vint le tour de Levitsky, le voyant passa au rouge et l'appareil émit un bourdonnement.

— Cette machine est ultrasensible, dit la gardienne. Vous feriez mieux de vider vos poches.

Levitsky déposa sa petite monnaie, mais le détecteur ne s'apaisa pas pour autant. La gardienne lui demanda donc d'enlever sa ceinture et ses chaussures. Il y avait parfois du métal dans les talons, expliqua-t-elle. Mais pieds nus et sans ceinture, il déclenchait encore l'alarme.

Manifestement, la gardienne appréciait le petit spectacle qui s'offrait à elle. Quinn prenait son mal en patience, irritée du retard, pendant que la blonde et Levitsky cherchaient une solution.

— Vous n'avez plus que votre jean, monsieur Levitsky. Il va falloir l'enlever, le règlement, c'est le règlement.

Levitsky hésita. Puis, au moment où elle pensait que ce nigaud allait baisser son pantalon, il se souvint de ses lunettes de soleil, dans sa poche de poitrine. C'était la bonne explication et il put franchir le détecteur sans encombre.

La circulation interne de la prison était régulée par une cabine d'observation au cœur du bâtiment. À l'intérieur de la bulle de verre, un gardien surveillait trois rangées superposées d'écrans vidéo qui retransmettaient en permanence l'image de toutes les portes intérieures et extérieures. Le même gardien contrôlait toutes les serrures électroniques par télécommande pour s'assurer que jamais deux portes adjacentes ne restent ouvertes en même temps.

Des sas, petits couloirs fermés des deux côtés, servaient à absorber et endiguer plus avant toute circulation trop aisée de détenus, à séparer les visiteurs des occupants. À trois reprises sur le chemin du bureau du directeur, Quinn et Levitsky durent y patienter un moment, jusqu'à ce que le gardien décide que leur passage pouvait s'effectuer en toute sécurité et débloque les portes. Celles-ci se refermaient derrière eux avec le claquement hideux et définitif qui avait valu à ce genre d'endroits le surnom de « placard ».

Le bureau du directeur, Darmon, était situé au centre de l'aile administrative. Une assistante en uniforme les introduisit et les présenta à Darmon, un homme bâti en force, aux yeux bleu acier et aux cheveux vanille. Son regard s'attarda un instant sur la silhouette élancée de Quinn avant de se poser sur Levitsky.

L'agent spécial avait de toute évidence été choisi comme l'interlocuteur principal, et Quinn grinça des dents. Mais ça la libérait aussi de la corvée d'avoir à fournir des explications et formuler des requêtes. Elle était contente de pouvoir rester assise tranquillement pendant que Levitsky racontait la disparition de l'enfant et le rôle qu'avait peut-être joué Ellie le Dingue dans cette affaire.

Darmon écouta en prenant des notes. Après l'exposé de Levitsky, qui désirait obtenir des informations sur Weir pour mener à bien son étude, le directeur appela un autre poste à l'intérieur de la prison.

— Vous avez quelques minutes de libres, Brooks ? Bien. Je vais venir vous voir avec deux personnes. C'est au sujet d'Eldon Weir.

Il se leva en raccrochant.

— Je vous emmène voir Brooks Harper. Il pourra vous renseigner.

Quinn et Levitsky le suivirent, sortirent de l'aile des bureaux, traversèrent un sas, puis le couloir qui abritait le réfectoire, la blanchisserie et la bibliothèque, avant de repasser dans un sas et de monter les quelques marches d'un escalier métallique.

Darmon frappa, et un petit homme au visage de furet et aux cheveux châtains apparut sur le seuil. Il avait une fine moustache, un air théâtral et un accent aussi épais que le plus impénétrable brouillard de Londres.

— Brooks Harper, dit-il en tendant gracieusement la main. Entrez.

Quinn remarqua un alphabet servant de test pour les yeux, des affiches vantant les mérites de la cure en douze étapes des Alcooliques Anonymes, des manuels pour apprendre à se servir d'un ordinateur, suffisamment de bibles pour équiper un groupe d'études, et des brochures concernant les procédures de réinsertion dans la société.

— Brooks est responsable de l'unité des criminels de sang, dit Darmon. Il s'est occupé de Weir pendant son séjour ici. Je vais vous laisser entre ses mains compétentes.

Après le départ de Darmon, Harper invita Quinn et l'agent spécial à s'asseoir, et ils dégagèrent des chaises. Quinn déplaça des accessoires et des costumes de théâtre, Levitsky souleva des piles de livres.

— Dites-moi un peu dans quel guêpier Ellie le Dingue vous a fourrés, demanda Harper.

Les deux hommes eurent un échange silencieux.

— Officiellement, aucun. Officieusement, je ne suis pas certain qu'il soit blanc comme neige, répondit finalement Levitsky. (À l'adresse de Quinn, il ajouta :) Harper est très bien placé pour nous éclairer sur Ellie le Dingue. Je pense qu'il faut lui raconter toute l'histoire.

— Je suis anglais, mademoiselle Gallagher, je sais me taire.

Levitsky lui parla de la disparition d'Abigail Eakins. Il expliqua la proximité de sa résidence avec celle de l'enfant et évoqua les autres coïncidences, notamment la ressemblance physique entre l'enfant et les précédentes victimes de Weir. Quinn avait tellement entendu cette histoire que son esprit se mit à vagabonder. Mais lorsque Levitsky livra une information nouvelle, elle tendit l'oreille.

— J'ai remarqué quelque chose de bizarre sur le paillasson lors de la perquisition du domicile de Weir. J'ai raclé un peu le tapis et j'ai envoyé ça au labo. Je n'ai pas encore tous les résultats de l'analyse, mais le technicien m'a faxé ses premières conclusions. Il pense que l'échantillon était un mélange de béton extrêmement compact, beaucoup plus concentré en pierre écrasée que la moyenne utilisée. Ce qui soulèvera d'intéressantes questions si les tests confirment qu'il est dans le vrai.

— Une seconde, Levitsky, dit Quinn. Le Waldorf vient d'être rénové. Weir aurait pu ramasser la poussière de béton là-bas, n'est-ce pas ?

— Non, répondit Levitsky. Comme je l'ai signalé, il s'agissait d'un béton à usage industriel, hautement concentré. Si l'on en versait sur des tiges en acier pour renforcer la structure, la surface ainsi couverte serait assez solide pour supporter le poids d'un semi-remorque géant à dix-huit roues. Jamais on ne se sert de ce genre de matériau pour construire une maison. Beaucoup trop cher. Même dans une construction industrielle, ce mélange particulier ne serait utilisé que là où une charge inhabituellement lourde serait à craindre. Une usine avec des machines-outils, un parking, ou les fondations d'un immeuble.

« J'ai appelé l'entrepreneur qui s'est occupé de la réfection du Waldorf. Il m'a dit que le seul travail de maçonnerie qu'il ait eu à y fournir, c'étaient des réparations du parvis. L'entrepreneur s'est servi d'un mélange traditionnel sable et gravier. »

Quinn n'allait pas abandonner la partie si facilement. Une fois de temps en temps, il fallait bien que l'agent spécial ait tort. Un plaisir auquel chaque être humain avait droit, après tout.

— Et si le béton avait été laissé sur le paillasson par un des employés de l'entrepreneur revenant d'un autre chantier ? Il a pu aussi arriver sous la semelle d'un autre visiteur, à commencer par toute l'équipe qui a procédé à la perquisition.

— Très judicieux, j'ai d'ailleurs pris toutes ces possibilités en considération. Mais il nous faut malheureusement croire que c'est Weir qui a rapporté cette poussière.

Harper fronça les sourcils.

— Il a toujours été du genre à passer entre les mailles du filet, cet animal de Weir. Je n'ai jamais été convaincu qu'il existe un système de surveillance assez au point pour le retenir. Vous avez entendu parler du jour où il a mis toute la prison de Rutland sens dessus dessous ?

Ni l'un ni l'autre n'étaient au courant.

— C'est arrivé six mois avant son transfert ici. Il était inscrit au programme de rééducation pour crimes sexuels, il devait se rendre à une séance de thérapie. Le gardien du poste de contrôle principal l'a vu s'approcher, a trouvé son nom sur la liste des patients, l'a fait passer dans le sas central. Le gardien jure que Weir était enfermé entre deux portes verrouillées automatiquement. Il s'est retourné une fraction de seconde pour jeter un coup d'œil à l'écran vidéo. Et quand il a regardé à nouveau, Weir s'était envolé.

« On a lancé l'alerte générale, le bâtiment a été isolé du reste de la prison, les cellules fermées et les sorties bloquées. Le personnel au repos a été rappelé pour aider à la fouille et on a envoyé des renforts de Chittenden. Chaque mètre carré a été passé au peigne fin, mais pas de trace de Weir.

« Le directeur de la prison ne savait pas quoi faire.

Il ne voulait pas répandre un vent de panique dans l'opinion, mais il ne pouvait pas se permettre de laisser Weir prendre le large, si par hasard il avait réussi à s'évader. Le gouverneur et le responsable de l'administration pénitentiaire ont été consultés et ils ont tous deux accepté que la fouille se poursuive encore pendant deux heures avant de faire une déclaration publique.

« À l'heure dite, toujours aucun signe de Weir. Alors le directeur a décroché le téléphone pour prévenir la police de l'État et la presse. Mais avant qu'il n'ait eu le temps de composer le numéro, qui est entré dans son bureau ? Nul autre qu'Ellie le Dingue en personne.

Harper marqua une pause théâtrale avant de reprendre.

— Celui-ci a lancé au directeur de la prison un grand regard plein d'innocence. Il ne comprenait rien à toute cette agitation. Il prétendait avoir été un peu souffrant et avoir passé l'après-midi à dormir dans sa cellule.

— Est-ce que c'est possible ? demanda Quinn.

Harper haussa les épaules.

— J'ai bien peur que ce point ne soit jamais éclairci. L'alerte générale avait déclenché un enregistrement de toutes les bandes vidéo de surveillance de la prison. Le directeur a ordonné une saisie immédiate de ces bandes, certain qu'elles prouveraient l'inanité de la version de Weir. Il était tellement sûr qu'il obtiendrait la preuve de la culpabilité de celui-ci qu'il a invité des officiels de l'État et le district attorney à assister à la projection. Ils espéraient tous pouvoir rallonger la peine de Weir avec une tentative d'évasion.

« Mais en lieu et place des films de surveillance des sorties de la prison, des dessins animés avaient été enregistrés sur les bandes vidéo : *Tom et Jerry, La Famille Pierre-à-Feu*. Le moins qu'on puisse dire, c'est que ça a jeté un froid.

Levitsky reprit sa respiration.

— Comment se fait-il que ce ne soit pas mentionné dans son dossier ?

Harper haussa les épaules.

— Je suppose qu'on a préféré oublier l'histoire. Imaginez de quoi ça aurait l'air : « À 13 heures, le 4 février, le détenu numéro neuf-trois cinq-un-sept-zéro-trois a fait tourner en bourrique tout le personnel pénitentiaire. »

Levitsky soupira.

— Oui, c'est à peu près ça. Et maintenant, j'ai bien peur que ce ne soit notre tour.

— Alors il faut l'en empêcher, dit Harper. Surtout si une très jeune fille est à sa portée. Avec Weir c'est ça le détonateur. À la seule idée d'une toute jeune fille blonde et mince, il se met à émettre un tic-tac de bombe à retardement.

Quinn avait tout d'abord été très heureuse de laisser la parole à Levitsky, mais celui-ci avait déjà passé un quart d'heure à tourner autour du pot. Elle regarda sa montre ostensiblement.

— Parlez-lui de la mélodie, Levitsky. Je suis certaine que M. Harper n'a pas toute la journée à nous consacrer.

— J'allais y venir, mademoiselle Gallagher...

Il lui lança un regard sans aménité et se tourna vers Harper.

—... Pardonnez-la, dit-il doucement. Elle ne peut s'empêcher d'être elle-même.

Quinn le fusilla du regard, mais il refusa de se laisser intimider. Il répéta les étranges déclarations de Weir avec un détachement tout professionnel.

— Il a dit : « Trouvez la mélodie, découvrez la mélodie, c'est l'entrée du chemin. » Il a dit qu'il en entendait à nouveau le premier mouvement. Et il a précisé que la découverte exigerait de la logique et des efforts. C'est bien ça ?

Elle approuva d'un bref signe de tête.

Harper secoua la tête lui aussi, mais avec beaucoup plus de véhémence.

— Je n'avais jamais entendu personne en parler comme d'une mélodie, mais je suppose qu'il fait allusion au concept qui est la pièce maîtresse du programme de rééducation.

« Nous travaillons avec un groupe très spécifique dans l'unité des criminels de sang : une espèce particulière d'assassins, de violeurs et de braqueurs. Depuis l'enfance, ces hommes ont été arrêtés à de multiples reprises après s'être rendus coupables de sauvagerie caractérisée. Mais pour la plupart d'entre eux, ils n'ont aucune idée de ce qui les pousse à agir de cette façon, encore moins des moyens de maîtriser leurs impulsions.

« Nous nous concentrons sur la séquence événementielle qui mène aux explosions de violence. Nous nous intéressons aux éléments qui déclenchent cette rage. Il y a des facteurs externes, comme le fétichisme de M. Weir pour tout ce qui touche aux filles minces à cheveux clairs. Et puis il y a des facteurs internes, plus difficiles à cerner : une impression d'injustice, la perception d'un manque de respect ou d'une moquerie imaginaire, le mépris de soi-même.

« Dans cette unité, les détenus passent beaucoup de temps à reconstituer leurs crimes. On fait des dessins, on raconte par écrit des incidents déclencheurs, on décrit avec des mots et des images clés la route de la violence. Après quoi on met en scène les situations critiques jusqu'à ce qu'elles perdent prestige et puissance d'évocation.

Levitsky buvait ses paroles.

— J'ai lu quelque chose sur ce programme de rééducation. Il se fonde sur le psychodrame, c'est ça ?

— Précisément. Dans un grand nombre de cas, la distanciation de la mise en scène permet à ces hommes de prendre conscience. Ils arrivent ici incapables d'exprimer ou même de percevoir le sens de leurs propres émotions. Rejouer leurs crimes dans un contexte neutre et encadré les autorise à examiner ce qui sous-tendait l'explosion. Ils apprennent aussi à compatir au sort de leurs victimes. Ce qui est utile pour empêcher les récidives.

Une vision absurde de tueurs en série assis en rond en train de boire une tisane et d'essuyer leurs larmes en partageant leurs sentiments les plus intimes traversa l'esprit de Quinn.

— Ce schéma ne peut s'appliquer à tout le monde. C'est impossible, dit-elle.

— En effet, mademoiselle Gallagher, dit Harper. Cette méthode ne vaut pas un clou avec le pur psychopathe. On ne peut exploiter les sentiments que s'il y en a. On s'arrange pour que cette espèce reste à l'écart de notre programme de rééducation, mais une fois de temps en temps, un simulateur intelligent se faufile quand même dans les rangs. La commission des libérations conditionnelles voit d'un œil favorable la participation à des programmes de réinsertion tels que le mien, les détenus sont donc extrêmement motivés pour s'inscrire. Avec un peu d'ingéniosité, on peut apprendre à passer les examens d'entrée et à réagir comme il faut à la thérapie, de telle manière que même une totale absence de conscience se révèle virtuellement impossible à détecter.

— Pensez-vous que c'est ce qui s'est passé avec Eldon Weir ? demanda Quinn.

— Je ne peux pas en être certain, mais je suis prêt à parier que Weir a manipulé tout le monde de manière à participer à la réinsertion et à en ressortir avec le maximum de crédit. Weir est un acteur confirmé, en fait. Tellement doué qu'il est difficile à prendre en flagrant délit. Même lorsqu'il vous met au défi.

— Et la mélodie ? Qu'est-ce qu'elle vient faire dans le tableau ?

— Comme je vous l'ai dit précédemment, il doit faire allusion à l'une de nos idées maîtresses. C'est plus facile à montrer qu'à expliquer.

Harper traversa la pièce, se dirigeant vers un placard situé derrière un tableau d'affichage parsemé d'aphorismes : « *Dans le doute, abstiens-toi. Quand on ne sait pas où on va, on ne sait pas quand on arrive. Quand c'est la colère qui t'emporte, l'atterrissage est rude.* » Quinn avait quasiment fini la lecture de ces clichés lorsque Brooks Harper sortit du placard affublé d'un masque effrayant. Il s'agissait du visage d'une créature au bec crochu et aux couleurs criardes, aux yeux noirs hideux.

Le petit homme ainsi transformé émit une suite de cris inarticulés, avant d'avancer vers Quinn et Levitsky, les doigts recourbés comme des griffes, dans une posture ramassée de monstre préhistorique. Quinn suffoqua un instant et recula instinctivement.

Harper s'arrêta et enleva le masque.

— Pardonnez-moi de vous avoir fait sursauter, mademoiselle Gallagher. Cette monstruosité est criante de vérité, et c'est sans doute la raison pour laquelle elle est si efficace. Nous l'utilisons lors des séances pour incarner la colère meurtrière enfouie dans chacun d'entre nous. Chez ceux qui ont eu recours au meurtre et à la destruction, cette fureur est remontée à la surface et a explosé. Nous enseignons aux prisonniers la façon de reconnaître les premiers symptômes qui les poussent sur cette pente fatale et le moyen de faire ce qu'il faut pour que la rage reste enfermée à double tour.

— Quel rapport avec la mélodie de Weir ? dit Levitsky.

Brooks Harper ajusta le masque sur le dos de sa main.

— Cette créature représente la rage en question,

monsieur Levitsky. Nous l'appelons l'Oiseau de Mort. Et son appel à la violence, nous l'appelons le chant de l'Oiseau de Mort.

32

Électrisée par une énergie nerveuse, Nora avait passé l'essentiel de la matinée à ranger l'atelier photo et à terminer le travail en retard dans la chambre noire. Elle s'était interrompue par deux fois pour aller à la maison interroger Poppa, mais celui-ci était encore complètement désorienté. Aucun éclair de lucidité en entendant parler d'Abigail ou du tourmenteur de l'enfant. Pas la moindre lueur dans le regard permettant de déduire qu'il savait qui étaient Nora ou même Charlie. Il avait l'air absent et les yeux vitreux.

— Je vous en prie, Poppa. Essayez de vous souvenir qui faisait peur à Abby. Un membre du personnel ? Un client ?

Elle avait posé la question à tout le monde à l'auberge. Poppa était le seul à avoir vu Abby se faire persécuter.

Pendant que Nora interrogeait le vieillard, Maisie vint jeter un coup d'œil, la sympathie pour la mère aux abois crispant son visage lunaire.

— Désolée, mon ange, fit la gouvernante. M. Brill est comme ça depuis la visite du médecin, hier. On dirait qu'il a du mal à se remettre des tranquillisants qu'on lui a administrés. Doc Gordon a dit que ça pouvait prendre un jour ou deux. Impossible à dire.

— Vous pouvez m'appeler dès qu'il aura retrouvé ses esprits ?

— Bien sûr. Je serais heureuse de vous aider. Ça

n'est plus pareil ici, sans la petite fille. Je sais qu'elle va revenir. Je le sens dans mes vieux os.

— Vous êtes certaine de ne pas savoir de qui parlait Poppa ? Vous n'avez jamais vu quelqu'un harceler Abby ?

Maisie haussa des épaules semblables à de gros oreillers. Elle était bâtie comme un bonhomme de neige, des boules superposées.

— Non. Je n'ai jamais rien vu de tel. Elle s'est toujours très bien entendue avec Stephanie. On aurait dit deux sœurs. Et Hugh faisait à peine attention à elles. Il ne fait pas attention à grand-chose, d'ailleurs, celui-là. (Elle prit un air soucieux.) Je parie que M. Brill racontait des histoires. Depuis qu'il est malade, il a une imagination débridée.

— Mais dans son journal Abby a écrit qu'il y avait quelque chose ici qui la perturbait. Elle disait qu'elle ne pouvait plus le supporter.

— Elle voulait peut-être parler de ses amies de New York qui lui manquaient. Ou peut-être se sentait-elle délaissée par son père. Elle n'arrêtait pas de dire qu'elle avait le père le plus formidable du monde. Ça doit être ça. Je ne vois pas ce qu'il pourrait y avoir d'autre. Qui donc irait s'en prendre à une fillette gentille comme elle ?

— Je ne sais pas. Mais Poppa a bien spécifié que quelqu'un s'amusait à lui faire peur. Et je ne crois pas qu'il divaguait.

— Ce pauvre vieillard ne sait même plus qui il est la plupart du temps, alors les autres... (Maisie lissa une mèche de travers sur le front du vieil homme, et essuya un filet de salive sur ses lèvres.) Vous voulez du jus de fruits, monsieur Brill ? Qu'est-ce que vous en dites ? Je vais aller vous chercher un verre de jus d'orange fraîchement pressé. Vous avez à peine touché au petit déjeuner.

Nora était épuisée, mais il fallait qu'elle s'occupe à tout prix. Elle prit donc le chemin de l'auberge et entra par la porte de la cuisine. Il était encore trop tôt pour l'arrivée du personnel de service pour le déjeuner, la pièce était déserte. Un tas de saucières et de couverts sales en argent s'amoncelaient près de l'évier. Munie d'un chiffon et de produit nettoyant péchés dans un placard, elle tenta de s'absorber dans cette tâche.

Et elle y parvint dans une certaine mesure, puis son attention fut attirée par un bruit de voix, venu du bureau voisin. De là où elle était, elle reconnut le grasseyement élastique typiquement sudiste de Ray et l'accent sans fioritures propre à la Nouvelle-Angleterre de Charlie. Nora se rapprocha, irrésistiblement aimantée, jusqu'à ce que la conversation devienne intelligible.

Ils parlaient de son état psychologique, essayant de trouver quelle était la meilleure manière de traiter ce qu'ils voyaient tous deux comme un déséquilibre de plus en plus grave.

— Elle a toujours été du genre à se faire un sang d'encre, dit Ray. À chaque fois qu'Abby avait un rhume ou une écharde, Nora s'affolait. J'étais sans arrêt en train de l'appeler au calme. La gamine n'est pas en verre, bon sang. Mais vous connaissez les mères.

Un silence de conspirateurs régna quelques instants.

— L'idée d'emmener Abby dans le Vermont la mettait dans tous ses états, dit Charlie. Elle avait des inquiétudes à propos de l'école, des camarades de classe, du climat, ce que vous voudrez, alors qu'Abby, elle, avait l'air de prendre la chose avec philosophie.

— Typique, fit Ray.

— Tout s'est très bien passé, au début, mais Nora continuait à s'inquiéter. Quand Abigail s'est mise à ruer dans les brancards, je n'ai pas été très surpris. Elle devait percevoir les angoisses de sa mère.

Ray fit claquer sa langue.

— Je ne voudrais pas me mêler de ce qui ne me regarde pas, Charlie. Mais à votre place j'emmènerai cette femme consulter un bon psy, et plus vite que ça.

À voir comment elle réagit aux petites choses, il n'est pas étonnant que la fugue d'Abby lui fasse perdre la tête.

— Je suis d'accord avec vous. Mais je lui ai déjà conseillé de voir quelqu'un, ainsi que Victoria. Elle ne veut pas en entendre parler.

Raymond soupira.

— Quand je pense qu'elle dit que je suis entêté. Elle est encore plus têtue qu'une mule.

— Ray, je ne sais pas quoi faire. Elle m'inquiète beaucoup.

— Ne vous tourmentez pas. On va réfléchir ensemble et trouver une solution.

Nora était si furieuse qu'elle aurait pu sur-le-champ réduire en miettes toute la porcelaine. Elle fut tentée de s'engouffrer dans la pièce pour cogner leurs têtes l'une contre l'autre. Mais étant donné qu'ils la jugeaient déjà bonne pour l'asile, un tel comportement n'aurait fait qu'apporter de l'eau à leur moulin.

Elle sortit de la cuisine s'emplir la poitrine de l'air frais du matin. Le ciel était bleu comme un glacier, parsemé de nuages infinitésimaux. Le chœur des oiseaux faisait entendre son gazouillis, mêlé au bourdonnement mécanique des tracteurs cultivant les champs de la ferme voisine. Le choc à basse fréquence du marteau de Reuben Huff lui parvint aux oreilles, ainsi que l'échange acerbe venu de la cour où le chef Villet en faisait baver à un fournisseur.

La liste des gens du coin et des endroits qu'elle souhaitait éviter ne cessait de s'allonger. Il y avait Villet, Reuben Huff, ce sale type, Victoria, cette fadeur, et Hugh, l'incompréhensible. Il y avait aussi son propre chalet, tout particulièrement la chambre d'Abigail avec son silence accusateur et ses souvenirs déchirants. À tout cela venaient à présent s'ajouter Ray, le cow-boy, et son improbable complice, Charlie Brill.

La camaraderie de Charlie et de Ray représentait une trahison impensable aux yeux de Nora, surtout dans ces circonstances. Et juste au moment où elle avait le plus besoin de l'attention sans défaut de son mari. Elle désirait ardemment le soutien de son épaule rassurante, de son oreille bienveillante, de ses bras solides. Mais il était hors d'atteinte, complètement absorbé par un rite primitif d'amitié virile, avec un homme plus primitif encore.

Comment Charlie pouvait-il lui faire une chose pareille ?

Elle se sentait si douloureusement seule. Mais au fond, elle n'avait personne. Mim s'occupait de Poppa. Victoria ne s'intéressait qu'à Victoria. Et Stephanie n'était encore qu'une enfant, trop jeune et trop innocente pour que Nora puisse se décharger sur elle du fardeau qui pesait sur ses épaules.

Elle ne pouvait même pas appeler sa mère en Floride. En temps normal, maman avait l'oreille la plus sûre et la plus attentive qui soit. Mais depuis un mois, elle avait de sérieux problèmes de santé : angine de poitrine, tension artérielle trop élevée, examens terrifiants et médicaments à double tranchant. Nora avait décidé de lui cacher la disparition d'Abigail. Du moins, aussi longtemps que ce serait possible.

Ce qui, au vu des liens tissés entre Charlie et Ray, ne lui laissait personne. Elle ne pouvait compter que sur elle-même pour rester debout dans l'épreuve. Une chance qu'elle ait de grands pieds.

Refusant de s'apitoyer sur elle-même, elle fila vers l'atelier pour tenter de joindre Justin Wellacott à la mairie. Il devait avoir obtenu des informations sur l'occupant du Waldorf. Dès qu'elle en saurait plus, elle ferait le nécessaire pour que les policiers l'interrogent au sujet d'Abigail.

La secrétaire de Justin la fit attendre plusieurs minutes au bout du fil. Le maire finit par répondre mais lui aussi lui fit perdre son temps. En surface il paraissait aussi onctueux que d'habitude, mais elle sentait chez lui une tension sous-jacente. Il devint encore plus nerveux lorsqu'elle mit fin aux politesses d'usage et s'enquit du locataire du Waldorf.

— Vous voulez dire que quelqu'un vit là-bas ?

— Nous en avons parlé hier soir, Justin. Vous vous souvenez ? La maison a été rénovée et quelqu'un s'y est installé. Vous avez dit que vous alliez vous renseigner.

— Oh, ciel, c'est vrai. Je suis désolé. Ça m'est sorti de la tête. Je m'en occupe et je vous rappelle. Je suis débordé aujourd'hui, mais je devrais avoir une réponse demain, après-demain au plus tard, ça vous va ?

— Ça prend tant de temps ? Vous pourriez passer un simple coup de fil et...

— Voyons, voyons, ma chère. Je comprends bien que toute cette histoire avec Abigail vous mette les nerfs en pelote. Mais je ne peux pas tout laisser tomber.

— D'accord. J'attends de vos nouvelles.

Elle raccrocha en vitesse, par peur de ne pouvoir se maîtriser si la conversation se poursuivait. Nora ne croyait pas une seconde qu'il ait oublié le nouveau locataire du Waldorf. Pour une raison inexplicable, il lui mentait. Mais elle avait beau brûler d'envie d'exiger le fin mot de cette ridicule charade, Nora ne pouvait prendre le risque de se mettre Justin à dos. Il détenait le pouvoir d'obliger les policiers à rechercher Abigail.

Quittant l'atelier photo, elle regarda le Waldorf juché sur la colline. Les rideaux tirés lui conféraient un aspect mystérieux. Qu'elle ne puisse obtenir des précisions sur l'identité de l'occupant des lieux, ça ne tenait pas debout. Si cette personne avait vu ou entendu quelque chose susceptible d'aider la police à trouver Abigail, il n'était pas question pour Nora d'attendre que Justin se réveille.

Le chef Villet était toujours dans la cour en train d'invectiver son fournisseur, dans un anglais copieusement assaisonné d'une rage toute gauloise. Les fraises étaient bonnes à jeter, les avocats à donner aux cochons, la laitue était un crime, et l'oubli de courgettes méritait la guillotine. Villet ne plaisantait pas avec ses produits de base.

Se faufilant dans la cuisine, Nora fouina dans le réfrigérateur pour préparer un assortiment de pâtisseries et de biscuits restant du plateau de desserts de la veille. Pour boucher les trous, elle ajouta des fruits et plusieurs des célèbres truffes au chocolat du chef Villet. Ça n'était pas aussi spectaculaire qu'une couverture du magazine *Gourmet*, mais pour un geste de bon voisinage, ça ferait l'affaire.

Elle entendit la porte claquer et le ronronnement du moteur du camion de livraison, ce qui signifiait que Villet était retourné dans sa cuisine. Nora sortit en catimini par la salle à manger. En passant devant le bureau, elle remarqua que Raymond et Charlie ne s'y trouvaient plus. Ils étaient probablement partis faire le tour des asiles de dingues de la région, pour voir s'il n'y aurait pas une place pour une photographe à la mise au point défectueuse. Dommage que Poppa n'ait pas tiré dans la bouche de Raymond.

Le plateau en équilibre sur l'épaule droite, Nora quitta l'auberge par la grande porte. Elle franchit la véranda, la cour et le parking en direction de la route adjacente.

Elle attendit le passage d'une berline et de deux camions de livraison, qui avançaient au pas sur la chaussée défoncée. Elle examina le Waldorf, lugubre et sans vie.

Serrant le plateau dans ses mains, elle grimpa tant bien que mal la côte sinueuse en direction du pont couvert. La route d'accès prenait des allures de terrain miné, pleine d'ornières et de plaques de verglas. Nora regardait par-dessus le plateau pour savoir où poser les pieds, mais elle fit deux erreurs de calcul. Elle se tordit le pied dans un sillon imprévu, et la douleur fulgurante lui fit monter les larmes aux yeux. Puis, non loin du pont branlant, la pointe de sa chaussure de sport accrocha un petit monticule de glace. Elle chancela vers l'avant et n'évita la chute qu'en rattrapant la rampe de justesse à l'entrée du pont.

Ce qui lui valut de renverser la moitié du plateau. Elle le posa par terre et réarrangea ce qui restait le plus joliment possible. L'offrande avait perdu de l'ampleur, mais il faudrait s'en contenter. Il n'était pas question de revenir sur ses pas.

Le pont branlant et déglingué grinça sous ses pas. Loin au-dessous, la rivière bouillonnait et venait cogner contre les rochers qui bordaient son lit, ses eaux gonflées par la fonte des neiges. Elle eut une vision d'une clarté saisissante d'Abby tombant du pont, se débattant dans l'eau glacée, projetée contre la roche comme une poupée de chiffons. Lorsqu'elle posa le pied sur la terre ferme, elle se sentit soulagée.

Mais quand elle fit face au Waldorf, une étrange prémonition chassa la sensation de soulagement. Bien qu'elle ait passé un temps fou à repérer et à photographier la vieille bâtisse, elle n'avait jamais éprouvé le moindre désir d'aller y voir de plus près. Nora savait que des hordes d'adolescents de la région envahissaient l'endroit à intervalles réguliers pour y faire la fête et se cacher, mais elle préférait garder ses distances. Il valait mieux ne déflorer ce genre de maisons qu'en imagination.

Pourtant, la pensée d'Abby la poussa à continuer d'avancer coûte que coûte. Du Waldorf, on jouissait d'une vue assez complète de l'auberge. Ce mystérieux nouveau voisin avait peut-être été le témoin de quelque chose d'important le jour de la disparition d'Abigail.

Près de la clôture, Nora remarqua le grillage vert posé entre les planches, et plusieurs piquets tout neufs qui avaient remplacé les anciens en état de décomposition avancée. En jonglant avec le plateau, elle réussit à ouvrir le portail pour entrer.

Elle vit que les rideaux étaient tirés et hésita. Il était 11 heures passées, mais le nouveau voisin était peut-être encore en train de dormir. L'idée de réveiller un inconnu était loin de la ravir, surtout qu'elle avait besoin de la coopération de l'inconnu en question. Nora observa la maison un moment, se demandant s'il n'aurait pas été plus prudent de s'en aller et de repasser plus tard.

Puis elle se souvint que les rideaux étaient déjà tirés lors de prises vues qu'elle avait effectuées en milieu d'après-midi. Le nouveau locataire souffrait peut-être d'une aversion pour la lumière du jour.

Elle approcha du bâtiment à pas lents. Elle se morigéna d'être aussi stupide, d'imaginer que fantômes et lutins étaient tapis à l'intérieur. Il s'agissait probablement d'un vieux couple bienveillant, plus à l'aise à la lumière des lampes. Ou bien peut-être un jeune couple amoureux. Autre explication des rideaux tirés.

Serrant le plateau, elle reprit sa respiration et avança à longues enjambées vers la maison. Elle n'avait pas de temps à perdre avec des bêtises, même les siennes. Il n'y avait qu'à marcher jusqu'à la porte d'entrée, sonner et se présenter.

Elle était déterminée. Confiante. Rien ne l'arrêterait. Mais son pied buta contre quelque chose et elle se retrouva brutalement sur la terre détrempée.

Le restant du plateau de pâtisseries était éparpillé sur la pelouse fraîchement tondue. Les fonds de pantalon de Nora étaient pleins de boue, son arrière-train lui faisait mal, sa dignité avait pris un sérieux coup. Elle avait toujours été un peu pataude, mais ces jours derniers la terreur et l'épuisement l'avaient littéralement transformée en catastrophe ambulante. Comment pouvait-elle être si maladroite ?

Elle remarqua alors la ligne de piquets et les fils tendus dans les intervalles. Suffisants pour provoquer une chute. Nora ne comprenait ni à quoi servait cette barrière, ni pourquoi on l'avait placée là. Une sensation de malaise lui fit lever les yeux.

Elle sentit le regard posé sur elle avant de voir les

yeux qui épiaient par une petite ouverture dans les rideaux. Ils étaient noirs comme du charbon et la contemplaient sans ciller. Elle se détourna et réprima un frisson.

Elle se remit debout en vitesse et refusa de se laisser intimider. Elle n'avait pas besoin d'un plateau de pâtisseries ni de quelque excuse que ce soit pour venir demander à son nouveau voisin s'il savait quelque chose au sujet de sa petite fille. Il y avait trois jours qu'Abigail avait disparu. La retrouver, c'était tout ce qui importait.

Elle s'approcha de la maison, les yeux rivés au sol pour éviter les pièges éventuels. Elle avait toujours l'impression d'être observée. Pourquoi diable la personne qui se tenait derrière les rideaux ne venait-elle pas lui ouvrir la porte ?

Qu'à cela ne tienne. À cet instant précis, Nora n'avait que faire de la politesse et se souciait peu de déranger ou non. Elle essuya ses chaussures boueuses sur le paillasson et leva la main pour frapper.

Mais elle fut interrompue par une sirène hurlante et le spectacle d'une voiture de police lancée à fond sur le chemin de terre battue en direction du portail du Waldorf. Lorsque la voiture entra dans le périmètre, Nora reconnut les détectives Merriman et DeSoto sur les sièges avant. Ils lui criaient d'interrompre immédiatement son geste.

33

La voiture de police freina au bout de l'allée et s'arrêta avec une embardée. Merriman et DeSoto en jaillirent et chargèrent sur Nora comme un troupeau de buffles emballés.

— Que se passe-t-il ? Vous avez trouvé Abby ?

Ils l'agrippèrent par les coudes et l'entraînèrent à l'écart de la maison.

— Dites-moi ce qui se passe, je vous en prie ! s'exclama Nora.

— Nous n'avons rien de nouveau sur votre fille pour l'instant, madame Brill, dit le plus grand d'une voix rocailleuse.

Nora se dégagea de l'emprise insistante de DeSoto.

— Alors pourquoi vous êtes-vous rués sur moi de cette façon ? Vous avez failli me faire mourir de peur.

— Désolé, c'était involontaire, dit Merriman. Nous vous avons vue de la route. Nous voulions vous retenir avant que vous ne vous attiriez des ennuis. Le type qui vit dans cette maison a appelé le Q.G. quand il s'est installé. Nous a demandé d'écarter les curieux. C'est un original. Il peint toute la journée. Il est obsédé par la tranquillité, si vous voyez ce que je veux dire. Le genre Howard Hughes.

— Oui, approuva DeSoto. Il voulait mettre un écriteau « Défense d'entrer » et désirait savoir si les lois de l'État autorisaient qu'on tire à vue sur les intrus. On ne voulait pas vous faire courir un danger pareil.

Nora souffla.

— On n'est pas au Far West, il ne peut pas tirer sur les gens qui passent dire bonjour.

— Exact, fit DeSoto. Mais on dirait qu'il est susceptible de tirer d'abord et de s'inquiéter des conséquences après. Il est décidé à ce qu'on lui foute la paix, quel qu'en soit le prix.

Elle contempla la maison, un œil solitaire brillait toujours dans la fente entre les rideaux. Très bizarre.

— Tout ce que je voulais, c'était lui apporter des gâteaux. Malheureusement, je me suis pris le pied dans ce fil idiot et j'ai tout renversé.

Elle eut un signe de tête en direction de la rangée de piquets et des friandises éparpillées qui avaient déjà attiré les corbeaux.

Merriman alla chercher le plateau. La chute de Nora avait arraché un piquet. Le policier le replanta dans son trou et tassa la terre à coups de talon.

— C'est très aimable à vous, madame Brill. Mais ce n'est pas une excellente idée, dans ce cas particulier. (Il pointa l'index vers la tempe.) Il s'agit d'un artiste à moitié timbré. Il déteste être dérangé, et n'aime pas beaucoup le monde. Établir des rapports de bon voisinage avec ce genre de type, c'est une perte de temps. Venez. Nous vous déposons au bas de la colline.

— Ce ne sera pas nécessaire. Je vais y aller à pied.

Les deux détectives échangèrent un regard.

— Si ça ne vous fait rien, madame, nous préférerions vous raccompagner.

— C'est idiot, détective.

— Soyons idiots, alors. C'est pour ça qu'on s'engage dans la police.

Voyant qu'il était inutile d'insister, Nora se laissa emmener dans la voiture de police. Une fois dans l'entrée de l'auberge, elle regarda la voiture disparaître au loin. Pour plus de sécurité, elle se força à attendre dix minutes supplémentaires, l'œil sur l'horloge du grand-père.

Ce laps de temps écoulé, Nora sortit furtivement de l'auberge et fonça de l'autre côté de la route, plongeant dans les broussailles dès qu'elle apercevait une voiture. Elle était plus résolue que jamais à avoir une petite conversation avec le nouveau voisin.

D'après ce qu'avaient dit les policiers, il n'était pas du genre à coopérer avec une escouade de détectives faisant du porte-à-porte pour mener à bien des recherches. Elle n'arrivait pas à se débarrasser de l'image des yeux métalliques à la fenêtre. Peut-être avait-il été ainsi aux aguets lors de l'enlèvement d'Abby.

Les policiers n'étaient peut-être pas très chauds pour aller lui tordre le bras, mais elle ne souffrait pas d'une telle inhibition. Elle se débrouillerait d'une manière ou d'une autre pour lui faire cracher ce qu'il savait, s'il savait quelque chose. Comme l'avait dit si tendrement Raymond, elle était encore plus têtue qu'une mule.

Libérée du plateau, elle monta la pente en se dépêchant, traversa le pont en courant et se précipita vers la clôture. Mais avant qu'elle n'ait eu le temps d'ouvrir le portail, une autre voiture de police surgit sur la route d'accès. L'abattement la submergea.

La voiture freina à sa hauteur. Un des détectives venus à l'auberge lorsque Ray avait essuyé un coup de feu se trouvait au volant. D'un ton sec, il lui ordonna de rester à l'écart de la propriété, sans s'embarrasser d'explications.

— Il ne faut pas entrer là-dedans, disait-il.

— Et pourquoi donc ?

— Désolé, madame. Ce sont les ordres.

— Et de qui viennent-ils, ces ordres ?

— Vous feriez mieux de partir, à présent. Merci.

Il resta au point mort devant le portail, en la surveillant tandis qu'elle s'éloignait à contrecœur. Nora regardait par-dessus son épaule, espérant qu'il se lasserait et redémarrerait, mais il suivait ses mouvements comme une ombre.

Arrivée au pont couvert, elle s'arrêta et changea de

direction. Elle suivit le chemin de terre jusqu'à Main Street, dépassant la voiture de police sans commentaires. L'auberge serait bientôt débordante de monde pour le déjeuner, personnel et clients. Elle avait besoin d'un peu de solitude pour réfléchir.

Le restaurant-salon de thé Chez Emma était vide, si l'on exceptait la grande brune derrière le comptoir et la blonde boulotte qui remplissait les pots de sucre et posait des serviettes en papier sur les tables. Nora s'assit dans un coin éloigné à une table de deux personnes et commanda un Coca light.

À travers la verrière, elle apercevait le Waldorf et jouissait d'une vue imprenable sur la route qui menait à l'auberge. Une voiture d'un membre du personnel, puis une autre, et bientôt toute une cohorte de véhicules se mirent à tourner dans Main Street, avant l'écriteau en bois qui signalait l'entrée de l'auberge.

Nora vit l'antique Cadillac à ailerons de Mim, suivie de près par la camionnette bleu pâle de l'auberge où se trouvaient Charlie et Ray. La Nova de Reuben Huff cahotait au gré des ornières sur le parcours du combattant. Victoria surgit dans sa Nissan flamboyante, klaxonnant le camion de livraison de fruits de mer qui avançait à une allure poussive devant elle. Elle était très pressée. Probablement en retard pour suivre une série télévisée.

— Est-ce que je peux vous donner autre chose ? La salade de poulet est délicieuse.

La serveuse boulotte était devant la table de Nora, armée d'un bloc-notes.

— Non, merci. Je me demandais... Est-ce que le nouveau locataire du Waldorf est déjà venu ici ?

— Je ne savais pas qu'il y avait un nouveau locataire. Qui peut vivre dans un endroit pareil ?

La grande brune derrière le comptoir lui lança un regard triomphant.

— Tu vois, Suzy, qu'est-ce que je te disais ?

— Vous l'avez rencontré ? demanda Nora.

— Non, je n'ai même pas posé les yeux sur lui. Mais j'ai remarqué qu'on y faisait des travaux le mois dernier, alors je me doutais qu'il y avait anguille sous roche. Suzy pensait qu'il s'agissait uniquement de réparations d'urgence. Mais il y a environ une semaine, j'ai vu un camion transportant du mobilier. Les meubles, c'est rarement une question d'urgence, pas vrai ? Et ça s'active beaucoup là-haut depuis.

— Ah bon ? dit Nora. Bizarre. On m'a dit que le nouvel occupant des lieux était un ermite.

La brune se mit à rire.

— Un ermite très sociable, alors. Il a des tas de visiteurs. Beaucoup d'allées et venues.

— Des gens de la région ?

— Non. Des inconnus. Je ne serai pas surprise que ce soit le domicile de quelqu'un d'officiel. La plupart des voitures portaient le sceau de l'État.

Suzy approuva du menton.

— J'en ai remarqué un sur la voiture du type bien foutu qui est venu avec la rouquine effrontée.

Nora se demanda si elle parlait de la même femme aux cheveux roux qu'elle avait vue quitter le Waldorf la veille. Celle-ci était seule.

— Une jeune femme assez jolie ? Qui roulait en Jeep ?

— Je ne dirais pas qu'elle était jolie, dit Suzy. Joliment pénible, ça oui, mais c'est à peu près tout.

— Miaou, fit la grande brune. Elle était du tonnerre. Grands yeux verts, peau très claire, bien carrossée. Tu es jalouse, Suzy, tu aurais voulu sortir avec le grand type aux cheveux bouclés.

La blonde rougit.

— Laisse-moi tranquille, Gloria. On t'a rien demandé.

— De quel genre de voitures officielles s'agissait-il ? insista Nora.

Gloria leva les mains en signe d'ignorance. Elles étaient énormes. Deux jambonneaux.

— Aucune idée. Il y avait un médaillon métallique à l'arrière de sa Jeep, mais je n'ai pas vu ce que c'était. Et toi, Suzy ?

— Non plus.

— Évidemment, dit Gloria. Tu n'as pas pu faire attention, tu étais en train de détailler le grand type aux cheveux bouclés, aux larges épaules et aux grands yeux marron.

— Et la fossette sur son menton, roucoula Suzy.

— Vous voyez ?

En effet, elle voyait. Nora se souvint tout à coup de la photo de cette rousse qu'elle avait prise au moment où celle-ci sortait du Waldorf au volant de sa voiture. S'excusant, elle paya et quitta les lieux.

Contournant l'auberge, elle se dépêcha d'aller à l'atelier. L'instantané de cette femme rousse était encore dans son Nikon. Frémissant d'impatience, elle retira la pellicule de l'appareil et commença à développer.

En examinant les négatifs encore humides, elle trouva celui de la femme au volant de la Jeep. Elle fit un tirage, l'agrandit et l'emporta à son bureau.

L'objectif avait pris le médaillon de guingois. Même à la loupe, elle était incapable de déchiffrer les lettres minuscules qui s'étalaient sous le sceau de l'État. Ça pouvait être n'importe quel département.

En agrandissant encore le cliché, elle parvint à lire la lettre R au centre du mot, et à distinguer des morceaux des deux lettres voisines, une ligne penchée à gauche et un arc de cercle à droite. Prenant un bout de papier, elle écrivit un certain nombre de combinaisons possibles : A-R-C, M-R-O. Elle était incapable de dire combien il y avait de lettres manquantes à chaque bout de l'inscription.

Nora contempla ces lettres jusqu'à ce que sa vision se brouille. C'était exaspérant. Puis, sous le coup d'une inspiration soudaine, elle prit l'annuaire dans le placard et feuilleta rapidement la section « Administration ».

Elle compara les noms des divers départements aux combinaisons à trois lettres qu'elle avait inscrites sur le bout de papier. Elle n'obtint aucun résultat ni avec la première colonne ni avec la seconde. À mi-hauteur de la troisième, elle trouva une correspondance avec un groupe de trois lettres dans sa liste : Département des relaxes conditionnelles.

Son esprit fonctionnait à toute allure, mais elle se força à éplucher le reste de la liste. Rien d'autre ne correspondait.

S'efforçant de rester calme, elle examina à nouveau la photo de la Jeep à la loupe. Aucun doute sur le R ni sur la forme des lettres voisines. Le visiteur du Waldorf était un agent du Bureau des conditionnelles.

Soudain, tout s'éclairait. Les voitures de patrouilles surgissant de nulle part. Cette histoire absurde d'artiste cinglé exigeant que la police protège sa tranquillité. Un peintre qui travaillait avec les rideaux tirés.

Son cœur battait dans sa poitrine à grands coups martelés. Un criminel en liberté conditionnelle s'installait au Waldorf, et sa petite fille disparaissait brutalement. Abigail avait peut-être été retenue dans cette macabre demeure pendant tout ce temps. Nora entendait presque ses gémissements désespérés. Ses appels au secours.

Sa première impulsion fut de courir à l'auberge raconter ça à Ray et Charlie, mais elle se ravisa. Ils penseraient sans doute qu'il s'agissait encore d'un fantasme paranoïaque. Nora ne supporterait pas d'être traitée une nouvelle fois avec commisération ou condescendance. Il était hors de question de gaspiller sa salive et de perdre du temps.

Et il était également inutile d'appeler la police. Ils faisaient partie du cauchemar. Aussi coupables que l'hôte des lieux lui-même. En pensant à tous les mensonges et réponses évasives que les autorités lui avaient prodigués, la colère envahit Nora. Le sort d'Abigail leur était indifférent. Elle était la seule à prendre la chose au sérieux et à agir.

Au fond d'un placard, elle trouva les serpes affûtées comme des rasoirs dont elle se servait pour tailler la haie. Elle choisit les deux qui avaient la plus grosse lame et les mit dans sa poche. Si Abigail était dans cette maison, Nora l'en sortirait.

Au moment où elle fermait la porte, le téléphone sonna. Elle aurait volontiers ignoré l'appel, mais il était exceptionnel qu'on lui transfère ses communications à l'atelier. Toutes les personnes susceptibles de répondre à l'auberge savaient qu'il fallait prendre les messages et lui laisser un mot pour le lui signaler. Trop souvent par le passé, elle avait gâché des portraits ou des tirages délicats à cause d'un coup de fil importun.

La sonnerie était insistante. Forcément une urgence. Du nouveau sur Abigail ? Sa main tremblait en décrochant.

— Oui ?

— Nora Brill ?

Une voix masculine, enrouée.

— Elle-même.

— Vous êtes la mère d'Abigail Eakins ?

— Oui. Qui est à l'appareil ? Que désirez-vous ?

Un frisson d'angoisse lui parcourut l'échine.

— Je m'appelle Eric Wise. J'ai vu votre fille errer dans ma rue. Elle avait l'air perdue, je suis sorti pour lui parler. Au début, elle refusait de me répondre, mais elle a fini par céder au bout d'un moment. Elle m'a dit qu'elle avait fugué et qu'elle voulait rentrer chez elle. Elle avait peur de vous appeler. Elle pensait que vous seriez furieuse contre elle. Alors je le fais pour elle.

— Elle va bien ?

— Elle avait froid et faim quand je l'ai recueillie, mais sinon ça va. Vous voulez venir la chercher ?

— Bien sûr. Tout de suite. Est-ce que je pourrais lui parler s'il vous plaît ?

— Je vous l'aurais passée mais elle s'est effondrée

sur le divan dès que je lui ai donné quelque chose de chaud à boire. Elle dort à poings fermés. C'est pour ça que je parle à voix basse.

— J'arrive, alors. Et merci infiniment monsieur, je ne pourrais jamais vous récompenser suffisamment.

— C'est inutile, madame. Moi aussi, j'ai des enfants.

Elle prit note de l'adresse et de la façon de s'y rendre. Abigail s'était retrouvée à Burlington, à deux heures au nord de Dove's Landing. Nora se posait des tas de questions mais ça pouvait attendre.

Pour l'instant, une seule chose comptait, aller chercher Abigail. Grâce à Dieu, l'enfant était en lieu sûr.

34

Quinn était impatiente de quitter St. Albans. L'aura maléfique de l'Oiseau de Mort imprégnait la prison tout entière. Elle n'arrivait pas à se débarrasser de l'image aveuglante de cette horrible invention : le mélange de couleurs criardes, le bec comme une machette, les yeux noirs au regard perçant comme un stylet. Ces yeux étaient capables de la traverser de part en part, de la mettre à nu. Révéler sa propre source bouillonnante de rage meurtrière.

Mais Levitsky avait encore des choses à faire dans la prison. Il demanda à Brooks Harper de leur montrer la cellule de Weir, à l'époque où il avait séjourné dans l'unité des criminels de sang. Quinn ne voyait pas très bien à quoi ça servait, mais elle ne protesta pas. Bien qu'elle eût préféré mourir plutôt que de l'admettre, les observations pleines de bon sens et la perspicacité de l'agent spécial l'impressionnaient. Il avait un regard avisé et témoignait d'une intelligence remarquable, aussi, pour un imbécile.

Harper les escorta jusqu'à la section C. Une douzaine de cellules encombrées étaient encastrées dans un couloir. Plusieurs de leurs occupants étaient allongés sur les couchettes. Quelques-uns détaillèrent ouvertement Quinn quand elle passa, mais elle n'eut à supporter ni commentaires ni gestes obscènes. Les clients de Harper étaient plus disciplinés que bien des animaux enragés en liberté conditionnelle qu'elle avait eu le déplaisir de rencontrer.

L'ancienne cellule d'Eldon Weir se situait à l'autre bout du couloir, près d'une petite salle de loisirs où trônait la télé. Harper expédia gentiment l'occupant des lieux ailleurs et invita Quinn et Levitsky à entrer et à jeter un coup d'œil.

Des poèmes de taulards et des aphorismes primitifs décoraient les murs jaunes. Il y avait un lit métallique avec un matelas rudimentaire, un combiné évier-toilettes rouillé, un casier au volet endommagé, une petite écritoire zébrée par les pans de lumière qui filtraient à travers les barreaux. Comme elle trouvait que l'air était impropre à la consommation, Quinn rejoignit Brooks Harper dans la petite salle, après un tour poli du propriétaire.

— Alors, qu'en pensez-vous ? demanda celui-ci.

— Personnellement, je préférerais quelque chose avec vue sur le lac et jacuzzi.

Harper sourit.

— Malheureusement, nos hôtes réfléchissent assez peu à la qualité de vie quand ils retiennent une chambre ici.

Levitsky demanda à être enfermé dans la cellule. Harper fit venir un gardien avec un trousseau de clés et s'excusa, il avait un coup de fil à passer. Pendant les dix minutes qui suivirent, Quinn tourna en rond en attendant que l'agent spécial ait terminé son inspection.

D'avoir été élevée par un père détective l'avait habituée à attendre. Combien de nuits Quinn avait-elle passées à attendre avec sa mère, et à faire semblant, dans un silence crispé, de ne prêter aucune attention à la porte ? Tout en sachant que son père passait la lie de la société au crible, à la recherche d'un trésor équivoque, espérant qu'il ne tomberait pas victime du devoir. Il restait dehors toujours plus longtemps que prévu. Toujours beaucoup plus longtemps. Curieux. Levitsky lui rappelait son père : méticuleux, méthodique, concentré.

Eddie « Soupe-au-Lait » Gallagher n'avait jamais été un noceur tonitruant et sans cervelle comme son surnom aurait pu le laisser croire. C'était un homme bon : solide, d'humeur égale, au grand cœur.

Il était exact que, dans sa jeunesse, il avait fait les quatre cents coups, mais il avait renoncé à cette vie tumultueuse des décennies avant l'accident. Quinn ne l'avait jamais vu ingurgiter quelque chose de plus fort qu'une bière allégée avec un sandwich, ou une gorgée de sherry lors de cérémonies officielles. Mais il avait fait assez de bruit, ou parlé d'en faire, pour que sa légende dure longtemps après que son juvénile appétit d'excès se fut éteint. Cette renommée, compliquée d'une fierté démesurée, avait causé sa perte, et quasiment celle de Quinn.

Eddie Gallagher avait été un homme d'une stature imposante, taillé dans la masse. Son apparence lui avait valu une réputation de force et de vigueur hors du commun. Il avait fini lui-même par accepter l'idée que fatigue, maladie et autres limitations auxquelles se plie le commun des mortels ne pouvaient l'atteindre.

Raison pour laquelle c'était toujours lui qu'on appelait pour les planques qui duraient toute la nuit, qu'il figurait en tête de liste des surmenés et surchargés d'heures supplémentaires, un sort compensé tant bien que mal par la vaine satisfaction de représenter trop de choses pour trop de gens à un prix personnel trop élevé.

Quinn avait remarqué le tremblement de sa main gauche des mois avant d'avoir le courage d'en parler, et lorsqu'elle l'avait eu, ç'avait été auprès de sa mère. En guise de réponse, celle-ci avait poussé un soupir sans espoir, et roulé les yeux las d'une femme qui en a trop vu. Essayez donc de faire entendre raison à cet homme. C'est peine perdue.

La seule concession qu'Eddie avait acceptée quand il avait commencé à perdre le contrôle de ses muscles, c'était d'enfoncer ses mains dans ses poches plus profondément. En dépit des efforts de Quinn et de sa mère, il n'avait jamais voulu entendre parler de subir des examens neurologiques.

Les examens, c'était pour les nourrissons, ou les automobiles. Les docteurs étaient là pour vous rendre malade, les hôpitaux étaient des mouroirs, consommer des médicaments ne faisait du bien qu'aux laboratoires qui les fabriquaient. Et rien de tout ça n'avait d'ailleurs la moindre utilité. Il se portait comme un charme. La tremblote n'était rien, pas plus que les troubles de la vision, les vertiges ou ces migraines si violentes que la douleur le rendait livide.

La nuit où l'accident s'était produit, ses parents étaient invités chez les Holland. Eddie Soupe-au-Lait avait l'air un peu éméché en fin de soirée et un autre convive avait proposé de ramener les Gallagher à la maison. Outragé qu'on puisse l'estimer incapable de conduire, le père de Quinn avait refusé l'offre avec véhémence.

À huit cents mètres de la maison, la voiture de ses parents avait malencontreusement franchi la ligne jaune et percuté une voiture break qui venait dans l'autre sens. Les deux voitures avaient explosé, en flammes. Les témoins assuraient que, juste avant la collision, le véhicule zigzaguait comme une farandole d'ivrognes un soir de bamboche.

Les parents de Quinn avaient été déclarés tués sur le coup. La conductrice du break, une femme aux abords de la trentaine, était morte dans l'ambulance. Sa fille, âgée de trois ans, avait survécu trois jours avant de succomber à des blessures à la tête. Son fils de cinq ans était paralysé et son cerveau avait subi des dégâts irréparables. Seul le bébé, un garçon de six mois, éjecté hors de la voiture, avait réussi à s'en sortir avec des blessures superficielles.

Avant même qu'on ait eu le temps de déterminer les causes de l'accident, feu Eddie Gallagher avait été jugé coupable et exécuté à nouveau par la presse. Ses amis témoignèrent qu'en quittant la soirée il tenait des propos incohérents et titubait. Ses frères d'armes de la police, dont la fidélité ne s'étendait pas outre-tombe, firent aux journalistes des descriptions détaillées de ses démêlés mythiques avec la dive bouteille.

— Quand Eddie avait un coup dans le nez, impossible de lui faire entendre raison, devait déclarer l'un d'entre eux.

L'histoire avait attiré l'attention de médias d'importance nationale et provoqué une tempête d'indignation dans l'opinion. La police était censée protéger les citoyens, et non descendre des civils innocents avec un véhicule mortel en guise d'arme fatale.

Eddie Soupe-au-Lait Gallagher était rapidement devenu le symbole de l'irresponsabilité policière et de l'abus de la confiance publique. Une caricature largement diffusée représentait le long bras de la loi et de l'ordre levant le coude au comptoir, une bouteille de poison millésimé au creux du poing.

La compassion initiale qu'avaient suscitée Quinn et Brendon s'évapora donc très vite. Bren, que le choc et le chagrin avaient commotionné, devint la cible favorite de ses camarades d'école. Le poste qu'on avait promis à Quinn dans la police de Rutland disparut mystérieusement des tablettes. Décidée à s'installer dans la région, elle avait déjà donné sa démission de la brigade des mœurs à Boston, où elle avait passé cinq ans. Un moratoire de l'embauche dans la police de Boston rendit, par contrecoup, sa démission irrévocable. Au bout du compte, en comparaison avec le reste, la perte de son travail ne fut qu'un souci mineur.

Un comité de citoyens faisait pression pour que les arriérés de solde et la retraite d'Eddie Gallagher reviennent à l'époux survivant et au nourrisson. Le veuf éploré entama des poursuites contre les ayants droit des Gallagher, les Holland, la ville de Rutland, et l'État du Vermont, réclamant cinquante millions de dollars de dommages et intérêts.

L'avocat du plaignant désignait Jake et Marilyn comme les responsables de l'accident, en vertu de lois interdisant de servir de l'alcool à des gens en état d'ébriété. Les poursuites engagées accusaient la ville et l'État de négligence coupable, tenant pour acquis que les supérieurs d'Eddie Gallagher étaient au courant de son problème de boisson depuis des années, sans l'avoir orienté vers une thérapie ou une désintoxication.

Quinn s'était trouvée menacée d'un désastre personnel et financier à un moment où elle était si accablée de chagrin qu'elle était prête à capituler. Elle avait même commencé à croire que ces ennuis étaient mérités. À force d'entendre toutes ces opinions défavorables sur son père, elle se prenait à douter d'avoir jamais connu la vérité sur celui-ci.

Sans les conseils et le soutien de Jake Holland, elle se serait sans doute effondrée, quitte à en supporter les conséquences toute sa vie. Mais Jake avait démontré une fidélité inattendue et entêtée à feu son vieil ami. Avec une tranquille détermination, il l'avait aidé à découvrir la vérité.

Aucune trace d'alcool n'avait été retrouvée dans le sang d'Eddie Soupe-au-Lait. Rien que des médicaments courants contre la douleur, délivrés sans ordonnance. Deux laboratoires indépendants réfutèrent alors les conclusions du rapport préliminaire du médecin légiste. Holland avait obligé les journaux à publier des communiqués revenant sur leurs affirmations précédentes et persuadé le responsable de l'administration pénitentiaire d'offrir à Quinn une place au Bureau des conditionnelles.

Mais trois ans après que Jake l'eut aidé à faire toute la lumière sur l'accident et à se remettre en selle, les gens n'avaient pas oublié et croyaient encore aux calomnies. Elle avait à subir des réflexions incessantes, des regards blessants. C'était exactement l'expression qui était passée sur le visage de Wellacott, le maire, quand il lui avait demandé si elle était de la même famille qu'Eddie Soupe-au-Lait. Et Quinn avait senti à nouveau la vieille colère monter en elle.

Un jour ou l'autre, d'une manière ou d'une autre, elle trouverait le moyen de laver la mémoire de son père et sa propre réputation de toute tache. Il n'était pas question de laisser Eldon Weir se dresser comme un obstacle en travers de sa route. Elle ne pouvait se permettre un tel échec.

Brooks Harper revint et, quelques instants plus tard, Levitsky fit signe qu'il voulait sortir. Quinn essaya de déchiffrer son expression quand il quitta la cellule, mais s'il avait récolté de nouveaux secrets, l'agent n'en laissa rien paraître.

— Je peux faire autre chose pour vous ? dit Harper.

— Oui, fit Levitsky. J'aimerais bien jeter un coup d'œil aux documents rédigés par Weir au cours des séances du programme de réinsertion.

Harper prit un air soucieux.

— M. Darmon, le directeur, m'a harcelé pendant des mois pour que je me débarrasse de ce tas de vieux papiers. Il répétait que c'était bon à jeter aux ordures, que ça aggravait les risques d'incendie.

Devant la consternation qui se peignait sur les traits de Levitsky, un sourire espiègle éclaira le visage de Harper.

— Fort heureusement, je n'en ai pas tenu compte. Tout ce qui a été produit au cours des séances est entreposé en bas. Suivez-moi.

Ils traversèrent un labyrinthe de quartiers cellulaires, signalés comme tels par des pancartes, et de couloirs tronqués. À l'arrière du bâtiment, Harper ouvrit la porte d'une sortie de secours et ils descendirent deux volées de marches en béton. Ce sous-sol caverneux abritait la chaufferie de la prison, les réservoirs d'eau, les installations électriques, les systèmes d'alarme, et une rangée de groupes électrogènes. Harper les entraîna par-delà toute cette assourdissante machinerie vers une masse gonflée et informe recouverte d'une bâche de toile goudronnée dans un coin au fond de la pièce.

Se frayant un chemin dans ce qui paraissait à Quinn un impénétrable amoncellement de paperasses, Harper réussit à en extraire les contributions de Weir au programme de réinsertion en quelques minutes. Lorsqu'il reparut, il était couvert de poussière, mais content.

— Je pense que tout y est.

Levitsky prit les documents et les étala sur le sol de béton. Complètement absorbé, il s'accroupit et les étudia un par un, prenant des notes sur un carnet au fur et à mesure.

Par-dessus son épaule, Quinn parcourut plusieurs exemplaires de ce que Harper désignait sous le nom de « comptes-rendus de réflexion ». Les détenus qui participaient au programme devaient rédiger un récit de tous les incidents susceptibles de provoquer leur colère. Chacun d'entre eux portait un titre, était illustré et décomposé en séquences pour distinguer les faits de la réaction qu'ils suscitaient.

Quinn trouva les confessions de Weir risibles. Le monstre avait apparemment fait des études supérieures de linguistique psycho-charlatan. Ses comptes-rendus étaient truffés des perles introspectives du prêt-à-penser en usage chez les réducteurs de têtes. Son problème, écrivait-il, c'était qu'il manquait d'estime pour lui-même. Un isolement précoce lui avait donné des idées fausses sur le monde. Il compensait son absence de valeur à ses propres yeux en mettant les défenses de la société à l'épreuve. En observant d'autres individus dont l'histoire était semblable à la sienne, il avait décelé chez eux les mêmes motivations sous-jacentes. Il couchait son expérience sur papier pour mieux comprendre l'origine de sa colère.

En étalant ce boniment dans le jardin, on avait une chance de faire pousser des tomates à décrocher un trophée agricole.

Levitsky en avait terminé, il se releva et agita la tête pour décontracter sa nuque ankylosée.

— Merci, monsieur Harper. Ça devrait suffire.

— Très bien. Je vous raccompagne.

Quinn attendit d'être dans la Jeep pour essayer de lui soutirer des informations.

— Pour l'instant, je n'ai rien de solide. Des fragments d'idées, c'est tout.

— Je suis preneuse des fragments.

— Je préférerais attendre jusqu'à ce que je puisse former un tableau cohérent.

— Eh bien moi, je préférerais savoir tout de suite ce que vous avez glané.

— Ça ne vous dira rien du tout.

— Et si vous me laissiez juge ?

— Vous ne laissez jamais tomber, Gallagher, n'est-ce pas ?

— Si, Levitsky, ça m'arrive, dès que je suis arrivée à mes fins.

Il éclata de rire, mais redevint sérieux presque aussitôt. Quinn pouvait presque entendre les rouages se mettre en branle dans son cerveau.

— Weir vous a dit de trouver la mélodie et de suivre le chemin, fit-il. Si le point de départ se trouve être le chant de l'Oiseau de Mort, je suppose qu'il aura semé des indices qui peuvent nous servir. En toute logique, la seule chose qu'il ait pu laisser dans son sillage à St. Albans, ce sont des mots.

— Exact.

— Oui, mais il s'agissait de trouver les mots significatifs, et deviner ce qu'ils recouvraient. À l'examen de ce qu'il a écrit sur les murs de la cellule et dans les comptes-rendus, je ne crois pas qu'il se serve d'un code. Pas une trace de mots clés ou de code chiffré. J'ai remarqué, pourtant, qu'il utilisait certains mots plusieurs fois de suite. Je me suis dit que la clé de tout était là, dans la répétition.

— Et alors ?

— Je vais vous donner la liste des mots répétés sur les murs de sa cellule, et vous pourrez me dire si ça vous évoque quelque chose. Racontez ce qui vous passe par la tête. Association d'idées. D'accord ?

— Je suis prête.

Il sortit son carnet.

— Excitation... Fraîcheur... Lisse... Entrée.

— Sexe, dit-elle, surprise par l'irruption de ce mot dans son cerveau et sur ses lèvres.

— Sexe avec... ?

La première chose qui lui vint à l'esprit lui resta en travers de la gorge. Elle chercha une interprétation plus acceptable, mais rien ne vint.

— Avec un enfant, dit-elle finalement, et le feu lui monta aux joues.

— C'est aussi comme ça que je l'entends, dit Levitsky d'un ton sinistre.

— Ce qui nous amène à... ?

— Il pourrait s'agir d'une déclaration d'intentions. Ce pourrait être une référence au programme de réinsertion des délinquants sexuels de Rutland. J'espérais que les mots employés dans les comptes-rendus qu'il avait rédigés m'aideraient à comprendre. Mais jusqu'ici je ne suis arrivé à rien.

— Je peux peut-être vous aider.

— Je vous en prie. (Levitsky se mit à lire ses notes :) Enregistrer... Mettre à l'épreuve... Hypothèses... Problèmes... Observer.

— Freddie, dit-elle après un instant d'hésitation.

— Pardon ?

— Vous m'avez demandé de vous dire la première chose qui me passait par la tête, et voilà : Freddie.

— Expliquez-vous, Gallagher.

Pendant quelques secondes exaspérantes, elle resta en panne. Petit à petit, une image se forma dans son esprit et se fit plus précise.

— Freddie Fenold, dit-elle. Le petit tordu pénible

toujours assis derrière moi en cours de chimie. Il savait toujours tout. Il puait le salami.

— Et ?

— La chimie... La science. Attendez, j'y suis ! C'est la méthode scientifique, Levitsky. Vous vous souvenez ? Observer un problème, formuler une hypothèse, la mettre à l'épreuve, enregistrer les résultats.

Il prit le temps de réfléchir à ce qu'il venait d'entendre.

— La méthode scientifique, la recherche. Intéressant. Weir a dû mettre le paquet pour bluffer comme ça au programme de réinsertion. Pendant qu'il y était, il a peut-être étudié aussi la façon d'échapper aux sas, aux serrures télécommandées et autres systèmes de sécurité. Étaler ses compétences, c'est tout à fait le genre de Weir. Joli travail, Gallagher. Vraiment. Allons-y.

Il monta dans la Jeep.

Le plaisir qu'éprouva Quinn était un peu amoindri par sa perplexité. Elle n'avait pas suivi le raisonnement de Levitsky, qui progressait par des bonds logiques dignes du kangourou. Faisant de son mieux pour comprendre, elle se glissa à côté de lui dans le véhicule. Elle marqua une pause, tâtonna pour mettre le contact, sortit lentement du périmètre de la prison, hésita avant de s'engager sur la route principale.

— Vous avez gagné, Levitsky. Je donne ma langue au chat. Où allons-nous ?

— C'est à vous de me le dire, Gallagher. Vous vous y entendez aussi bien que moi. Et je dois dire que dans ma bouche, c'est un sacré compliment.

Une sensation grisante s'empara de Quinn. Ces histoires de raisonnement logique, c'était aussi marrant que de donner une leçon à ce pauvre type de Ralph Norman.

Les yeux mi-clos, elle se dégagea de ce qu'elle savait déjà et tenta de visualiser ce qu'il fallait faire. Efforts et raisonnement. Petit à petit, la lumière se fit. Elle voyait l'étape suivante, sur le chemin. Si seulement elle avait pu savoir ce qu'ils trouveraient au bout.

35

En roulant vers Burlington, Nora revenait sans cesse en pensée à Eric Wise, à sa voix et à ses instructions. Elle était impatiente d'arriver au but, de revoir Abigail, de prendre son enfant dans ses bras.

Nora avait l'impression d'être en route pour retrouver une inconnue. Récupérer un colis rempli d'énigmes terrifiantes.

Quel gouffre d'expériences sa fille avait-elle traversé depuis son départ ? Comment celles-ci l'avaient-elles transformée ? Nora connaissait-elle encore la personne à la rencontre de laquelle elle se précipitait ? Jusqu'à quel point l'avait-elle connue auparavant ? Qu'est-ce qui avait provoqué sa fugue ? Ou bien qui ?

Comme le lui avait dit Wise, elle prit la sortie 189 à la bretelle de raccordement de la Route n° 2 et fit le tour du trèfle à quatre feuilles jusqu'à Williston Road. La succession prévisible des repères la rassurait. Wise lui avait donné des indications détaillées.

— Après la sortie, vous dépasserez le Sheraton sur votre droite. Un immeuble moderne avec un restaurant à la mode en façade. Un peu plus loin, vous verrez un centre commercial.

Elle y était : les grands magasins Gaines, Price Choppers, la station-service Mobil au carrefour, exactement comme l'avait décrit Wise.

Les choses étaient à leur place. Le monde redevenait peut-être ordonné, raisonnable, prévisible. Nora se promit, lorsque tout serait fini, de ne plus jamais rêver d'aventure, et de ne plus jamais dénigrer l'ennuyeuse routine quotidienne.

Mais le cauchemar ne touchait pas encore à sa fin. Il restait encore tant de questions torturantes. Où donc Abby avait-elle dormi pendant toutes ces nuits ? Avait-elle seulement réussi à trouver le sommeil sans la veilleuse, et sans son petit monde familier et rassurant ? Comment était-elle parvenue à Burlington ? À l'idée que sa petite fille avait fait de l'autostop, le sang de Nora se figea dans ses veines. Des risques fous, désespérés. Tout ça pour échapper à une situation qu'elle ne pouvait pas désamorcer, dont elle ne pouvait même pas parler. Qu'existait-il de suffisamment terrible pour éloigner une petite fille de sa famille, et la jeter dans les bras d'inconnus ?

Toute cette histoire était si absurde. Abby avait dit à Eric Wise qu'elle s'était enfuie, confirmant ainsi tout ce que tout le monde avait affirmé — à l'exception de Nora elle-même — depuis sa disparition.

Et puis qu'en était-il des photos ? D'après les vêtements que portait Abby sur les instantanés, Nora avait la certitude que celles-ci avaient été prises après la fugue de la petite fille. Mais par qui ? Et où ? Et comment avaient-elles atterri dans le bac à développer de la chambre noire ?

Enfin, il y avait le mot d'adieu. Pourquoi Abby aurait-elle laissé une copie mot pour mot de son devoir d'école ? Se pouvait-il que tout ça ne soit que le produit de l'imagination délirante de Nora ? Avait-elle perdu toute sa raison ?

Nora écarta les doutes qui la tenaillaient. Toutes ces questions trouveraient une réponse. Les énigmes seraient éclaircies, triées, domptées. À présent, il lui fallait se concentrer sur l'itinéraire que lui avait donné Wise. La dernière chose qu'elle pouvait désirer au monde, c'était de se perdre plus qu'elle ne l'était déjà.

À quelques pâtés de maisons de Williston, elle arriva

en vue de l'université du Vermont. Sur la gauche s'élevaient les immeubles abritant les dortoirs d'étudiants. À droite, une rangée de bâtiments de style gothique menait jusqu'au clocher blanc de la chapelle du campus.

La route partait sur la gauche et passait devant la colline herbeuse où était filtrée l'eau qui alimentait la collectivité. La faculté s'étendait de l'autre côté de la route, vertes pelouses découpées au scalpel et entourées d'édifices majestueux. Les étudiants allaient et venaient, armés de sacs remplis de livres, de vélos, et de possibilités illimitées. Un jour, songea Nora, Abby ferait partie de cet univers. Grâce au coup de fil magique de Wise, la petite fille avait à nouveau un avenir.

Après South Prospect, Williston se fondait dans Main Street. La route montait et descendait en direction de la tache étincelante du lac Champlain, la masse imposante des Adirondacks se profilant sur l'autre rive.

Elle continua sa descente vers le centre-ville congestionné. Le trafic s'écoulait lentement dans les rues encombrées.

Tendue comme une corde à piano, elle tourna à droite et vit les repères dont Eric Wise lui avait égrené la liste. La caserne de pompiers, la bibliothèque, les cinémas multiplex, le glacier. Quelques rues encore, et elle y serait.

Les boutiques et les restaurants s'alignaient sur Pearl Street. L'un d'entre eux attira son regard, le Déjà Vu Café. Le genre d'endroits qu'Abigail aimait, elle en eut la confirmation en le dépassant : décor en bois, beaucoup de plantes, couleurs pastel et vitres teintées. Endémiques à Manhattan, ce genre d'établissements était rare dans le Vermont.

Nora s'imagina installée en face de sa fille dans un coin douillet du Déjà Vu Café. Elle eut une vision d'Abby, les yeux bleus illuminés par la lueur des bougies, chaleur, satisfaction et soulagement lui faisant monter le rouge aux joues. En tête à tête, sans hâte, l'enfant pourrait se délivrer de son fardeau. Elles pourraient commencer tout de suite à la remettre sur pied.

La route emmena Nora jusqu'aux rues piétonnières bondées de Church Street. Un groupe de petites filles étaient stationnées au carrefour. L'une d'elles lui rappela Abigail : mince, blonde, toujours en mouvement, un rire éclatant. Son sourire ressemblait tant à celui d'Abby... ouvert, contagieux. Nora mourait d'impatience de le revoir.

Et son attente touchait presque à sa fin.

Quand elle vit Pine Street, sa bouche se dessécha. En s'engageant dans l'étroite ruelle ramassée, elle répéta intérieurement l'accueil qu'elle allait faire à Abby. Elle était résolue à se montrer calme et rassurante. Pas de cris d'hystérie, ni de manifestation d'un désespoir résiduel. Pas d'exigences de tout savoir tout de suite. Elle ne serait que bras ouverts, acceptation inconditionnelle et compréhension illimitée. Désormais, Nora consacrerait tout à Abby : le temps, la patience et l'ouverture d'esprit nécessaires.

Nora se surprit soudain à souhaiter que Ray soit avec elle. Abby serait si heureuse de voir son père.

En fait, sa première impulsion avait été d'emmener ce grand dadais. Dès qu'elle avait raccroché après l'appel d'Eric Wise, Nora avait foncé à l'auberge, dans l'intention de tout raconter à Ray et à Charlie, et de leur demander de l'accompagner à Burlington. Mais elle avait vu son ex-mari et Victoria assis l'un près de l'autre devant la cheminée. Il était impossible de ne pas remarquer le courant brûlant qui passait entre eux. Elle avait alors aperçu la main valide de Ray remontant à tâtons le long de la cuisse ferme de Victoria. Nora avait donc tourné les talons.

Elle n'avait pas pris la peine d'analyser ses réactions et n'avait pas très envie de s'y mettre. Elle affronterait l'idée impensable d'un tel couple et tout ce qu'il lui faudrait endurer, mais après avoir récupéré son enfant.

À trois maisons du carrefour où elle avait tourné,

elle localisa l'endroit où vivait Eric Wise. Comme il l'avait expliqué, c'était un grand bâtiment gris ardoise de style victorien, divisé en appartements.

Elle se gara et s'approcha de l'immeuble. Une double rangée de boîtes aux lettres et de boutons d'interphone portaient des étiquettes. Elles étaient posées au petit bonheur, faites à la main et difficiles à lire. Elle ne trouva aucun Eric Wise.

Nora se maudit d'avoir négligé de lui demander le numéro de l'interphone de son appartement. Mais il avait dit que son nom y était inscrit. Elle passa lentement les étiquettes en revue pour la deuxième fois. Rien d'approchant. Aucun nom commençant par W. Pas d'Eric, ni de prénom avec l'initiale E.

En descendant du perron, elle vérifia l'adresse sur le morceau de papier où elle avait griffonné ses instructions. C'était la bonne maison : 234 Pine Street. Sans doute un problème d'étiquettes. Celle qui portait le nom de Wise était peut-être tombée, remplacée par le nom de l'ancien locataire.

Nora appuya sur le bouton du haut. N'obtenant aucune réaction, elle continua en descendant le long de la rangée. Elle entendait la sonnerie retentir à l'intérieur du bâtiment, mais attendit en vain qu'on lui réponde.

Il y avait bien quelqu'un dans l'immeuble. Abigail se trouvait dans l'un des appartements. M. Wise savait que Nora était en chemin. Il ne pouvait pas être sorti.

Il ne restait plus que trois boutons. Elle appuya. Attendit. Le sang lui battait aux tempes.

Il n'en restait plus que deux. Elle appuya avec plus de force cette fois, comme pour augmenter ses chances. Il y eut un silence interminable. *Abby est forcément là.*

Il n'en restait plus qu'un, à présent. Nora avait le doigt en l'air lorsqu'une sonnerie perçante déchira le voile de terreur qui s'était abattu sur elle. Quelqu'un la faisait entrer.

La porte cochère s'ouvrit, et elle pénétra dans un hall où flottaient des odeurs de cuisine et d'encens. Un escalier en spirale s'élevait au fond. En se tordant le cou, Nora pouvait apercevoir les quatre portes du premier et du deuxième étage, en tout point semblables à celles du rez-de-chaussée.

— Monsieur Wise ?

Sa voix résonnait dans le hall silencieux.

— Monsieur Wise ! Abigail ?

Une porte s'entrouvrit derrière elle, et une petite femme dans la soixantaine en robe d'intérieur rose regarda dans le hall.

— Je peux vous aider ?

— Je cherche M. Wise.

La femme ressemblait à une Betty Boop frappée par le retour d'âge : ronde, rose, les cheveux en chignon, d'un brun terne comme les briquettes de charbon de bois des barbecues.

— Il n'y a pas de Wise, ici.

— Il y en a forcément un. Il m'a appelé. Ma fille est avec lui. Elle avait fugué.

L'expression de la femme se fit plus attentionnée.

— Du calme. Entrez, je vais regarder dans l'annuaire. Vous vous êtes trompée de maison, peut-être.

L'odeur d'encens s'intensifia à mesure que Nora s'approchait de l'appartement. À l'intérieur, le salon était encombré de présentoirs et de pacotille new-age : livres, boules de cristal, huiles essentielles, livres et disques. Sur le buffet trônait un écriteau : « L'impossible est possible. »

La femme lui offrit une main moite et molle.

— Je m'appelle Alice Murtagh. (Son regard fit le tour de la pièce et elle soupira.) La boutique appartenait à mon mari. Difficile d'imaginer qu'il y a plus d'un an déjà qu'il est mort. J'ai continué du mieux que j'ai pu. Pas très bien, j'en ai peur. M. Murtagh était un expert en ce qui concernait toute la parapsychologie. (Elle sortit un annuaire.) Vous avez dit Wise ?

— Eric Wise.

— Ça me dit quelque chose. (Alice Murtagh éplucha le Bottin.) Je ne vois pas de Wise. Vous êtes sûre que ça s'écrit comme ça ? W-I-S-E ?

Nora n'avait pas pensé à demander.

— Il m'a donné son adresse et l'itinéraire. Il m'a dit que c'était une maison au milieu de Pine Street. Ce numéro. Ma fille est forcément ici.

— Allons. Calmez-vous. Je suis la propriétaire de l'immeuble, je peux vous dire qu'il n'y a pas de Wise ici. Il doit y avoir une explication simple, toutefois. C'est peut-être près d'ici, et votre type est sur liste rouge. Je vais appeler mon amie Greta à la compagnie du téléphone. Elle jettera un coup d'œil sur les numéros sur liste rouge pour moi.

La femme passa son coup de fil. Raccrocha en fronçant les sourcils.

— Désolée. Pas d'Eric Wise à Burlington. Greta a essayé les variations possibles du nom, mais sans succès. Il a peut-être dit Bennington ? Je parie que c'est ça. Eric Wise. C'est un nom qui m'est familier. Je n'arrive pas à mettre le doigt dessus, pourtant.

Nora était effarée. Mme Murtagh appela les renseignements à Bennington. Pas d'Eric Wise. Rien d'approchant.

Mais évidemment, pourquoi y en aurait-il eu un ? L'homme qui l'avait appelée avait décrit *cette* maison, lui avait indiqué le chemin pour venir *ici*.

Le kidnappeur d'Abigail jouait avec ses nerfs. Agitant un espoir sous son nez comme un appât. Un salaud, une pourriture.

Un cri d'angoisse monta du tréfonds de ses entrailles.

Les grands yeux de Mme Murtagh s'écarquillèrent plus encore.

— Je suis persuadée qu'il s'agit d'un malentendu, ma pauvre. Vous voulez que j'essaie Wilmington ? Ou bien Arlington, peut-être ? Je suis sûre d'avoir déjà entendu ce nom. Ça va me faire tourner chèvre jusqu'à ce que je trouve.

Nora sortit de l'appartement. L'odeur d'encens était soudain accablante. Elle avait besoin d'air frais ; il fallait qu'elle réfléchisse.

— Non. Ça ne sert à rien. À rien.

La tête lui tournait. Il lui fallait rentrer chez elle et raconter ce qui venait de lui arriver. Ce coup de fil cruel prouvait qu'Abby avait été enlevée. Si la police la croyait, ils pouvaient peut-être trouver des indices pour mettre la main sur cet homme, grâce à ce qu'il avait dit au téléphone. Il devait bien y avoir quelque chose à faire. Un moyen pour retrouver Abby.

Elle retourna vers Dove's Landing sans se soucier des limitations de vitesse. À l'auberge, elle abandonna la voiture devant l'entrée principale et courut dans le hall d'entrée. Stephanie était à la réception et faisait ses devoirs. Lorsque Nora entra en trombe, elle leva les yeux.

— Qu'est-ce qui ne va pas, tante Nora ?

— Où sont passés les autres ?

— Mim surveille le peintre qui travaille au pavillon Baxter. Hugh est en train de faire ses heures de colle. Charlie est dans le bureau. Je n'ai vu ni Ray ni ma mère.

Nora cria à Charlie de la rejoindre dans le vestibule. Puis elle courut dans le couloir et frappa à la porte de la chambre de Ray. Un concert de protestations étouffées s'éleva.

— Sacré nom d'un chien, Ray, habille-toi. Il s'agit d'Abigail.

En quelques minutes, elle avait rassemblé tous ces traînards dans le salon. Ray avait l'air rescapé d'un cyclone. Victoria apparut un peu plus tard, vite remaquillée. Reuben Huff, Jory Albert et Étienne Villet firent leur entrée ainsi que Maisie. Charlie s'approcha de Nora et lui prit la main.

D'un ton mesuré, elle leur fit part du coup de fil d'Eric Wise et de son expédition à Burlington.

— Ceci prouve qu'Abby a été enlevée. La police a peut-être les moyens de retrouver l'origine de l'appel, ou de déterminer de qui il s'agit d'après notre conversation.

Victoria inclina la tête. Une mèche de cheveux lui balaya le front.

— Mais j'ai passé la matinée à la réception, Nora. Il n'y a eu aucune communication pour vous.

— Vous aviez manifestement de *plus gros* soucis en tête, Victoria.

Cette réplique eut le don de hérisser la jeune femme.

— J'ai répondu et noté chaque coup de fil. Vous pouvez aller voir vous-même.

C'était le cas. Nora passa en revue tous les appels. Il n'y en avait aucun pour elle.

— Vous avez oublié de le noter. À la faveur de l'excitation ambiante, etc.

— Ce que je fais ne vous regarde pas, Nora. Alors occupez-vous de vos oignons.

— Il s'agit de mon enfant, Victoria. Si vos bouillonnantes hormones vous égarent et que vous oubliez quelque chose qui puisse être d'un quelconque secours pour Abby, ça me regarde.

Reuben Huff s'éclaircit la gorge. Sa salopette était pleine de peinture, et une traînée blanche ornait son front.

— Je ne voudrais pas me mêler de vos affaires, mais il est impossible qu'on vous ait appelée à l'atelier ce matin, madame Nora.

— Qu'est-ce que vous voulez dire ?

— Je vais vous montrer.

Le groupe suivit Reuben qui traversa la cour jusqu'aux arcades. L'atelier se trouvait un peu plus loin, sur une bande de terrain boueuse. Le soleil se couchait et l'air printanier se rafraîchissait soudain. Huff entama ses explications.

— Je suis en train de refaire le vieux hangar près de la piscine, comme me l'avait demandé M. Brill. J'avais trouvé des traces d'effritement sur la face nord. En voyant qu'il fallait que je commande du bois et des fournitures pour ça, je me suis dit que j'allais jeter un coup d'œil aux autres bâtiments. La vieille sucrerie qui abrite votre atelier était la première chose dont il fallait s'occuper. Elle a au moins cent cinquante ans. Ça s'effritait côté nord, là aussi. On attend le bois après-demain. Pendant que je ponçais et que j'entamais le travail préliminaire, j'ai coupé accidentellement la ligne téléphonique. J'ai décidé que j'attendrais que le travail soit fini pour la réparer. Je ne pensais pas que vous y verriez d'objections, dans la mesure où vous n'aimez pas qu'on vous appelle là-bas.

Ils n'étaient plus qu'à quelques mètres de l'atelier. Huff les mena jusqu'à l'arrière du bâtiment et désigna un fil téléphonique qui pendait.

Le vertige s'empara de Nora. Charlie lui prit le bras mais elle se dégagea. Courant à l'intérieur, elle décrocha le téléphone.

Aucune tonalité.

Un seul bruit s'éleva dans le silence, un cri perçant. Il s'échappait de la gorge de Nora.

36

Quinn et Levitsky roulèrent jusqu'à Rutland et se garèrent dans la rue devant la prison à sécurité minimum, près du centre-ville.

En dehors de la clôture surmontée de barbelés et des caméras de surveillance, l'établissement correctionnel de Rutland aurait pu passer pour une école ou un ensemble de bureaux : façade de brique de style contemporain, verrières disposées avec goût sur l'édifice. Le portique qui marquait l'entrée était encore rehaussé par des colonnes blanches.

Un certain nombre des « élèves » auxquels Quinn enseignait le droit chemin étaient des anciens de la promotion Rutland, elle ne connaissait que trop cet endroit. Bien conçu par des âmes trop bien intentionnées, l'établissement était victime des maux qui affligeaient le système pénitentiaire dans tout le pays : budget insuffisant, surpeuplement. D'importants programmes de réinsertion avaient été supprimés faute de moyens, et le personnel avait été réduit au strict minimum. Un engorgement de détenus avait obligé à doubler les couchettes dans de nombreuses cellules. Quarante prisonniers dormaient, traînaient et passaient le temps au gymnase de la prison, dans l'atmosphère irrespirable de ce qui évoquait un grand cendrier d'habitation.

Quinn obtint facilement un laissez-passer les autorisant à circuler à leur guise dans toute la prison. Elle guida l'agent, franchissant le principal poste de contrôle situé sous une bulle de plexiglas, traversant un hall plein de téléphones publics et de distributeurs automatiques, descendant un étroit passage jusqu'au centre éducatif, un bâtiment carré qui abritait dans un espace surencombré la bibliothèque de la prison, le programme d'initiation à l'initiation à l'informatique, le laboratoire d'orientation et les séances de thérapie éducative.

Les rayons de la bibliothèque avaient l'aspect d'une mâchoire béante dont on aurait négligé l'entretien. Les quelques livres subsistants étaient séparés par de larges intervalles. L'examen de ce désolant étalage rappela à Quinn que les détenus considéraient appropriation et possession comme les neuf dixièmes de la loi, le dixième restant n'éveillant chez eux qu'un intérêt limité. Ils empruntaient moins les livres qu'ils ne les saisissaient, dans la grande tradition des huissiers des services de contentieux et du Trésor public. Leur circulation était ensuite sujette aux fluctuations des lois fondamentales de l'économie en prison : offre et demande.

Elle se rendit compte avec découragement de la faible probabilité qu'il existe un registre fiable où trouver trace des titres des ouvrages consultés par Weir durant son séjour à Rutland dans l'unité des délinquants sexuels.

Mais cet obstacle manifeste aux recherches n'eut pas l'air de désarçonner Levitsky. Il avança et se présenta au directeur du centre, sorte d'oiseau binoclard, posté près d'un panneau indiquant les divers sujets auxquels étaient consacrées les allées de la bibliothèque.

Quinn connaissait déjà le directeur, Eugene Peterman ; elle l'avait rencontré à l'époque où Dud Chambers prenait des cours par correspondance de dépannage radios et télés. Peterman portait un nœud papillon, des chaussures bicolores et une expression de frayeur se lisait sur ses traits, laquelle s'intensifia lorsqu'il apprit que Levitsky faisait partie du FBI.

L'agent spécial expliqua qu'il désirait inclure dans son étude des criminels de sang des informations sur les travaux intellectuels de Weir. Peterman salua et promit sa coopération pleine et entière.

— Je n'ai rien à refuser au FBI, dit-il. Je suis très honoré de votre visite.

Levitsky le soumit aussitôt à une rafale de questions par-dessus la tête de Quinn.

— Est-ce que vous disposez du logiciel Dialog ? fit-il. Lexus-Nexus ? De l'Index des connaissances ? Quel est votre système individuel de facturation des frais d'usagers Internet ? Et où sont archivées les factures ?

Quinn était certaine qu'il était question d'ordinateurs.

— Je parle d'un numéro d'abonné, expliqua Levitsky. Chaque personne équipée d'un modem peut avoir un accès en ligne, et je vois quatre Epson munis du programme Hayes 1200 bauds et de Crosstalk. Dans la mesure où la facturation se fait sur un tarif qui dépend de l'horaire et de la durée de la communication en ligne, je me disais qu'il devait exister un registre avec mot de passe et identification de l'usager.

— Merci, Levitsky. Grâce à votre explication, tout s'éclaire, dit Quinn.

Elle n'avait jamais rencontré quelqu'un d'aussi bien informé dans tant de domaines distincts. Elle brûlait de lui demander s'il savait faire des cabrioles.

Peterman écouta les requêtes de Levitsky avec attention et y ajouta quelques idées supplémentaires. Weir pouvait avoir suivi un cours au centre éducatif ou bien par correspondance. Il pouvait s'être inscrit à des conférences données dans l'enceinte de la prison, ou sur la liste d'attente pour prendre connaissance de l'une des publications spécialisées dont le catalogue était disponible au bureau d'accueil du centre.

— Nous contrôlons plus facilement la circulation des périodiques que celle des livres, dit Peterman avec un signe de tête attristé en direction des rayons dénudés. On évite leur disparition en les gardant sous clé. Et on s'abstient de commander tout ce qui risquerait d'être trop demandé.

Deux autres sources potentielles d'informations au sujet des études personnelles entreprises par Weir furent évoquées par Peterman et Levitsky. Le courrier reçu par les prisonniers était répertorié, et on gardait trace de chacune des visites. Si le Professeur Souffrance avait suivi les cours dispensés au centre par des travailleurs sociaux bénévoles, il en serait fait mention dans son dossier.

Peterman promit de rassembler les documents requis dans l'heure. Quinn n'était pas très optimiste. Elle pouvait imaginer un certain nombre de subterfuges utilisés par Weir pour déjouer tout examen sérieux de ses prétendues « études ».

Tous les appels passés de la prison l'étaient en PCV, et si Weir avait fait des recherches par téléphone, il n'y avait aucun moyen de le savoir. On pouvait lui avoir glissé de la lecture en douce dans le grand aquarium peu surveillé où les détenus recevaient leurs visiteurs. Il pouvait s'être servi de travaux dont la référence n'avait pas été communiquée, ou bien avoir tiré les vers du nez d'un autre prisonnier. Et ainsi de suite.

— C'est sans espoir, Levitsky, dit Quinn quand ils quittèrent le centre et mirent le cap sur la section des délinquants sexuels. Il a pu ruser le système de surveillance d'une bonne dizaine de façons différentes et faire des recherches sur tout ce qu'il voulait sans laisser de traces.

— C'est exact, Gallagher. Mais vous négligez de prendre en considération ce qui fait pencher la balance de notre côté.

— C'est-à-dire ?

— Weir vous a dit qu'il avait ouvert un chemin qu'on pouvait suivre. La dernière chose qu'il souhaiterait, c'est qu'on se lasse et perdre tout intérêt. C'est pour ça qu'il a laissé deux séries de mots clés à St. Albans. Il se répétait volontairement. Il voulait s'assurer qu'il y aurait des traces, même si on repeignait la cellule ou qu'on balançait le compte-rendu de réflexions. On s'amuse moins quand on joue tout seul, Gallagher, même aux jeux d'Ellie le Dingue.

Ils trouvèrent Rita Banks dans une pièce où des prisonniers sans chemise faisaient des poids et haltères, le torse ruisselant de sueur. Quinn la présenta à Levitsky comme la directrice du programme de réinsertion des délinquants sexuels et attendit l'inévitable intervalle de silence ébahi. Ayant consulté Mlle Banks au sujet de plusieurs des anciens prisonniers dont elle avait la charge, Quinn n'en était plus à s'étonner de son apparence, mais la première fois qu'elle l'avait vue, elle avait partagé la stupéfaction de Levitsky.

Banks mesurait plus d'un mètre quatre-vingts, offrait un assortiment de courbes avantageuses, sous une cascade de boucles couleur de miel. Ses yeux étaient bleus comme la mer, ses lèvres ourlées et sensuelles. Pas vraiment le genre de Rambo féminin qu'on s'attendait à trouver aux commandes d'un programme de réinsertion pour violeurs endurcis.

Mais dans le cas de Rita Banks, l'habit ne faisait vraiment pas le moine. Sa poigne d'acier, son regard de pierre et l'autorité naturelle de dompteur de fauves qui émanait d'elle coupèrent court à toute manifestation de surprise. Levitsky réagit comme tout le monde face à Rita, en s'ébrouant, arraché à sa stupeur, et en redressant la taille. Quinn expliqua qu'ils étaient venus la voir au sujet d'Eldon Weir.

— Le nombre de gens qui viennent pour ça, c'est effarant, dit-elle. Suivez-moi. On peut parler là-haut.

Un petit escalier menait à son bureau. Quand elle s'en approcha, les trois détenus les plus proches baissèrent leurs haltères et reculèrent. La tenue de travail de Mlle Banks était invariablement féminine, robe ou tailleur. Mais nul prisonnier sain d'esprit n'aurait risqué même un simple coup d'œil s'attardant sur sa jupe. Ils l'appelaient Rita la mangeuse d'hommes. Et la plupart d'entre eux pensaient que ce surnom était encore très au-dessous de la vérité.

Les murs du bureau étaient peints en bleu tendre et la moquette était beige. La pièce était dépouillée de toute ornementation, à l'exception d'une photo de ses trois rottweilers et de son diplôme de troisième dan de karaté. Il y avait une mystérieuse série de barres faites au crayon sur le mur. Le nombre de scalps à son actif, se dit Quinn. Mlle Banks s'assit et leur fit signe de l'imiter.

Pour expliquer le but de leur visite, Levitsky se resservit une nouvelle fois de la demi-vérité concernant le rôle de Weir dans son étude sur les criminels de sang.

— Je nourrissais l'espoir que vous auriez sur lui des aperçus que je ne trouverais jamais dans le dossier, dit Levitsky.

— En fait oui, j'ai quelques idées à son sujet, dit Rita. Notre section traite des sujets ultrasensibles. Lorsque nous avons commencé, on s'est rendu compte que beaucoup de détenus qui ressentaient le besoin d'avoir recours à nos services répugnaient à s'inscrire sans la garantie que les informations qu'ils livreraient sur eux-mêmes ne sortiraient pas d'ici.

— Alors il nous faudra votre dossier sur Weir, dit Levitsky.

— Désolée, fit Banks d'une voix douce. C'est impossible.

— Il s'agit d'un projet très important, insista Levitsky. À l'échelon national.

— Très certainement vital, agent Levitsky. Mais comme je viens de vous le dire, nous recevons sans arrêt des demandes pour consulter le dossier Weir. On ne peut pas se permettre de divulguer des renseignements confidentiels à la légère.

— Je ne vous demande pas ça. Je vous assure que rien de ce que vous me direz ne circulera. Je vous en prie, mademoiselle Banks. C'est d'une importance cruciale.

— Alors laissez tomber votre baratin, monsieur Levitsky. Si vous voulez que je vous laisse consulter les registres au sujet de Weir, il faut que vous me révéliez les *véritables* raisons pour lesquelles vous en avez besoin. Je me fous des boniments. Même lorsqu'ils viennent dc l'Onclc Sam.

Levitsky céda. L'effet Rita Banks marchait sur presque tout le monde. Elle l'écouta attentivement parler de l'enfant disparue et des coïncidences accablantes qui semblaient indiquer la culpabilité de Weir.

— Qu'il ait trouvé une façon de déjouer la surveillance ne me surprendrait qu'à moitié, dit-elle après la conclusion de l'agent spécial.

— Vous le croyez d'une intelligence aussi remarquable ? demanda Quinn.

— Il est assez intelligent pour y parvenir, dit Banks. Mais ce qui distingue Weir, ce n'est pas son esprit, c'est une caractéristique qui lui est propre. Vous connaissez le P-Graphe ?

Quinn n'en avait jamais entendu parler et, pour une fois, Levitsky non plus. Rita Banks ouvrit le tiroir de son bureau et prit un anneau métallique en forme de fer à cheval relié par des fils à un appareil électronique.

— Il s'agit d'une ingénieuse petite machine de mesure, dit Banks. On appelle cet anneau la jauge Barlow. Le délinquant la met. On lui montre diverses images accompagnées de bande son destinées à stimuler certains appétits sexuels. Toute manifestation d'excitation est alors transmise et enregistrée.

— Il met ça sur son... ? fit Levitsky avec une grimace, avant de croiser les jambes.

— Oui, monsieur Levitsky, sur son pénis. C'est pour ça qu'on appelle ça un P-Graphe. Le nom réel de cet appareil, c'est pléthysmographe pénien. Ça nous permet de mesurer la nature et l'intensité des comportements sexuels déviants. Les hommes ont une réaction réflexe et par conséquent honnête aux stimulations auditives et visuelles, ce qui est très commode pour nous. Nous les enregistrons, et nous pouvons ainsi savoir à quoi nous avons affaire.

Levitsky grimaça de nouveau.

— Ça ne fait pas mal, dit Rita Banks. Et, bien entendu, ces examens ont lieu dans le respect de l'intimité et de la dignité du détenu. Cela peut paraître primitif comme procédé, mais nous nous sommes rendu compte que c'était la manière la plus fiable d'obtenir des renseignements sur les goûts sexuels des délinquants dont nous avons la charge. Peu d'hommes sont prêts à admettre que les jeunes enfants les excitent, ou les animaux, ou la douleur, ou pis encore.

— Mais dans le cas de Weir, nous savons déjà qu'il aime les très jeunes filles blondes, dit Levitsky.

— C'est une erreur d'appréciation que Weir tente d'accréditer chaque fois qu'il en a l'occasion, dit Banks. La thèse de sa prédilection sexuelle pour les petites filles ne s'appuie sur rien.

Elle sortit des graphiques du dossier Weir. En plusieurs endroits, expliqua-t-elle, on avait présenté au Professeur Souffrance des images susceptibles de provoquer une excitation intense : femmes nues, garçons, filles, couples en pleine copulation.

— Mais je ne vois aucune réaction, dit Levitsky.

Banks fit un signe d'assentiment, l'air lugubre.

— C'est parce qu'il n'en a aucune. M. Weir n'était excité par rien de ce que nous pouvions lui montrer, monsieur Levitsky. Pourtant, un examen médical nous a révélé qu'il ne souffrait d'aucun handicap sexuel empêchant un fonctionnement normal des organes. Et d'après ses propres dires, nous savons que ses expériences les plus intenses ont eu lieu pendant ses crimes les plus odieux.

« Lorsqu'il s'est inscrit en réinsertion, il a de lui-même raconté en détail l'excitation qu'il ressentait en martyrisant de jeunes enfants, et je vous assure qu'il n'inventait rien. Mais qu'elles soient blondes ou jeunes, qu'il s'agisse de filles ou non, ne changeait rien en la matière. Il faisait exprès de choisir des victimes ressemblant les unes aux autres pour attirer l'attention sur ses crimes et défier les autorités.

« Cet homme ne réagit ou n'a de préférence pour aucune caractéristique humaine particulière. Il est incapable de jouir normalement, comme de remplacer ou revivre ses expériences érotiques par des fantasmes. Il y a quinze ans que j'exerce ce métier, et je n'ai jamais rien vu de pareil. Rien n'excite Eldon Weir sinon la torture d'un autre être humain et la possibilité de s'en sortir sans dommage.

— Ça me paraît la description typique du sadique ordinaire, rien de plus, dit Levitsky.

— Je partageais cette opinion, au début. Mais au fil du temps, j'ai appris à connaître Weir. Et j'ai compris ce qui l'aiguillonnait. Vous contemplez là les seules façons de s'exciter d'un homme qui ne ressent rien la plupart du temps, monsieur Levitsky.

« Un tel homme n'a absolument rien à perdre, poursuivit-elle. Il est déjà mort intérieurement. Pour se sentir vivre à nouveau, il est prêt à tout.

37

L'oreiller avait retenu l'odeur d'Abigail : shampooing au citron et talc. Nora enfouit son visage dans la douce taie de coton et huma les précieuses traces sensorielles du passage de son enfant perdue : un air qu'Abigail avait respiré, l'aura de ses rêves nocturnes, l'écho de ses secrets chuchotés.

Elle était partie. Pour ne plus revenir.

Nora le sentait au tréfonds d'elle-même, là où ses propres mensonges les plus élaborés n'avaient plus cours. C'était une langueur accablante, une douleur lancinante et hideuse.

Elle se tourna sur le côté et se recroquevilla pour tenter de refermer un peu cette plaie ouverte, béante, ce vide incompressible. Mais rien ne pouvait apaiser cette sensation de déchirement.

On lui avait ravi son bébé.

Elle l'avait compris en collant son oreille au téléphone muet dans l'atelier photo. Ses espoirs n'avaient pas la moindre réalité. Ils n'étaient que le fruit d'une imagination aux abois : les photos qui disparaissaient, le coup de fil de Burlington, les mots d'adieu photocopiés.

Hallucinations. Folie. Seule l'épouvantable vision récurrente d'Abigail sombrant corps et biens dans une crevasse enténébrée de l'univers lui paraissait tangible. Abby, aspirée par un néant obscur, recouverte d'un sombre linceul d'oubli. Disparue à jamais.

La porte grinça en s'ouvrant dans son dos. Elle feignit le sommeil et perçut l'intensité du regard alarmé de Charlie, le flux mesuré de son souffle. Le temps qu'il passa à l'observer parut interminable à Nora, qui s'efforçait de rester immobile. Invisible.

Il lui fallait tenir Charlie et tous les autres à une distance raisonnable d'elle-même. Un frôlement pouvait la pulvériser en millions d'éclats. Un mot, la disperser au vent comme de la cendre.

Il finit par tourner les talons et quitter la pièce.

Elle l'entendit s'entretenir à mi-voix avec Mim, dans le couloir.

— Cette pauvre chérie a besoin de repos.

— C'est le meilleur remède qu'on puisse lui recommander.

— Tu crois qu'elle va se remettre ?

— Elle s'en remettra, Mim. Il le faut.

Cette idée resta en suspens autour de Nora quelques instants, légère et frivole comme le dessus-de-lit en dentelle sur lequel elle était couchée. Qu'elle se remette ou pas, quelle importance ? Qu'est-ce qui pouvait bien compter, d'ailleurs, à présent ?

Nora s'était toujours crue douée de force et d'endurance, pas le genre à se coucher sur les rails en attendant le passage du train. L'adversité lui servait de défi. Elle affrontait les difficultés les plus dures la tête haute. Mais elle était trop lasse pour continuer à se battre.

Et elle avait épuisé les raisons de le faire.

Elle avait mal aux yeux. En les ouvrant presque imperceptiblement, elle constata qu'elle avait du mal à voir nettement. On avait sommé le Dr Gordon de mettre un terme chimique à son hystérie. Il lui avait injecté un calmant au nom imprononçable qui avait instantanément embrumé son cerveau d'une ouate impénétrable, cotonneuse, et lui avait liquéfié les os jusqu'à la moelle. Elle voulait savoir s'il s'agissait du même produit que celui qu'il avait donné à Poppa après que celui-ci eut tiré sur Ray. Mais elle s'était révélée incapable de se concentrer assez longtemps sur cette idée pour pouvoir formuler une question à voix haute.

D'une certaine manière, elle en venait presque à envier le sort de Poppa. Elle l'imaginait hors de portée de la souffrance, protégé, capable de substituer des fragments choisis du passé aux réalités désagréables qui s'offraient à lui. Il s'en sortait peut-être mieux.

Charlie et Mim descendirent l'escalier du chalet. La porte claqua et leurs voix s'estompèrent au fur et à mesure qu'ils marchaient vers le bâtiment principal de l'auberge. Nora roula sur le ventre, le visage plongé dans l'oreiller qui exhalait l'odeur d'Abby, et chercha refuge dans le sommeil.

Mais ce sacré tranquillisant ne lui faisait aucun effet. Des pensées éparses l'assaillaient comme une nuée d'insectes. Poppa. Ray et Victoria. Des balles sifflant aux oreilles. Un rire qui s'écoulait comme un flot de sang.

Sa fébrilité finit par l'arracher au lit d'Abigail. Elle s'assit au bord du matelas jusqu'à ce que les murs se stabilisent autour d'elle. Elle se leva et, sur des jambes flageolantes, combattit le vertige qui la menaçait en fixant son regard sur l'étagère où s'alignaient les trophées d'Abigail.

La statuette dorée gagnée pour les exercices au sol dans les compétitions régionales de gymnastique, l'année dernière, auprès de laquelle se dressait la coupe géante qu'elle avait remportée en finissant deuxième toutes catégories dans le tournoi de la ville de New York. Et cinq statuettes placées côte à côte signalaient qu'elle avait été proclamée meilleure gymnaste de son équipe du Midtown Sports Center durant cinq années consécutives.

Ces trophées avaient été obtenus au prix de tant d'heures d'entraînement épuisantes et d'une volonté de fer. La façon dont l'enfant s'acharnait en dépit des blessures, persistait envers et contre tout malgré la menace de déceptions futures, avait toujours étonné Nora. Abby était capable de s'entraîner sans relâche à reproduire un mouvement apparemment impossible à exécuter, des centaines, des milliers de fois, jusqu'à ce qu'il soit imprimé dans sa chair, aussi naturel que la respiration.

Depuis le début, elle avait parlé de participer aux compétitions nationales, aux Jeux olympiques. Nora avait tout d'abord tenté de la décourager, par crainte de voir des ambitions inaccessibles bouleverser sa fille. Mais elle avait fini par adopter l'attitude de celle-ci. Si on s'appliquait suffisamment longtemps, rien n'était hors d'atteinte. Les seules limites infranchissables étaient celles qu'on s'imposait à soi-même.

Elle traversa la pièce et ouvrit la fenêtre. Le monde semblait intolérablement normal. Le terrain vallonné, le cercle de chalets, le lac, le belvédère.

Les senteurs du printemps avaient envahi toute la propriété. Les troncs d'érables étaient constellés de cloques où jaillissait la résine qui deviendrait du sirop, et de seaux qui servaient à la recueillir. Un vert juvénile chassait le terne beige hivernal des pelouses. En bruit de fond s'élevait le gazouillement jubilatoire des oiseaux.

Comment le changement de saison pouvait-il survenir en l'absence d'Abigail ? Nora ne pouvait pas laisser passer ça. Si désespérée que la situation paraisse, elle ne baisserait pas les bras.

Assise au bureau d'Abigail, entourée des objets et des trésors chers à celle-ci, Nora passa en revue tous les gens qu'elle avait contactés depuis le début de cette histoire. Avait-elle oublié quelqu'un ? Négligé la moindre piste ?

Ensuite, elle se remémora tout ce dont elle se souvenait de la journée où Abigail avait disparu, en commençant par le moment où l'enfant était rentrée de l'école, traversant l'auberge au pas de charge pour aller au chalet. Nora revoyait l'expression de souffrance gravée sur les traits d'Abigail lorsqu'elle avait ouvert la porte de la cuisine à la volée et foncé dans la salle à manger en direction des arcades à l'arrière du bâtiment.

S'informer sur le comportement d'Abigail pendant le trajet en car de ramassage, écrivit Nora. *Enquêter auprès de Mme Schiffman sur l'éventualité d'événements inhabituels survenus ce jour-là à l'école. Problèmes avec des camarades de classe ? D'autres gosses ? Mauvaises notes ?*

Certaine depuis le départ qu'Abby avait été enlevée, elle n'avait pas songé aux autres raisons pour lesquelles l'enfant avait pu s'enfuir. Si Nora parvenait à les deviner, les motifs du départ d'Abby pouvaient révéler l'endroit où elle était partie.

Elle était peut-être retournée à New York, pour une raison ou pour une autre. Se passait-il quelque chose là-bas qu'elle n'aurait pas voulu manquer ? Une réunion toute particulière ? Il fallait peut-être se renseigner sur le calendrier de l'équipe auprès de l'ancienne monitrice de gymnastique d'Abby. *Rappeler Jeanine*, écrivit-elle. Elles avaient peut-être parlé au téléphone d'une importante manifestation sportive à venir.

La liste des gens à consulter s'allongea lorsqu'elle énuméra les gens du coin que la police n'avait peut-être pas pensé à questionner. Les visiteurs qui se rendaient au Waldorf, par exemple ? Des voitures de fonction, d'aspect très officiel. Des gens étrangers à la région. N'importe lequel d'entre eux avait pu remarquer une petite fille seule sur la route. Nora pouvait commencer par rechercher la femme à la Jeep. Ça ne devait pas être trop difficile. Combien de filles jeunes, rousses et séduisantes pouvait-il y avoir au Bureau des conditionnelles ?

Remotivée, elle quitta le chalet avec sa liste. À cette heure, Charlie était sûrement au bureau. Avec son aide, il serait beaucoup plus rapide de passer les coups de fil nécessaires. Elle aurait volontiers recruté Raymond aussi, mais la Reine Victoria l'avait déjà enrôlé à son service.

En s'approchant de l'auberge, une soudaine hésitation lui fit marquer le pas. Elle redoutait d'avoir à affronter la famille, les regards entendus et les réflexions pleines de sollicitude.

Mais elle s'obligea à poursuivre sa route. Elle n'arriverait nulle part en courant se cacher. On n'accomplissait rien comme ça. Elle était d'une autre trempe. Abby était d'une autre trempe.

S'armant de courage, elle entra dans l'auberge par la grande porte. Mim était au téléphone à la réception. À l'approche de Nora, elle leva les yeux.

— Ça va mieux ? chuchota-t-elle.

— Oui, beaucoup.

La vieille femme hocha la tête. Rien de plus. Reconnaissante, Nora traversa le salon où Stephanie lisait, assise sur le canapé. L'enfant leva la main pour la saluer et retourna à ses lectures. Facile.

Nora se décontracta. Son explosion de tout à l'heure était oubliée.

Près du bureau, Hugh entra dans le salon par la porte de la cuisine. Fidèle à lui-même, il la dépassa sans un regard, un masque de granit posé sur les traits. Pour un peu, Nora aurait embrassé ce petit animal.

Le seul obstacle, c'était Charlie. S'il avait la présence d'esprit et le tact de ne pas mentionner son accès de folie temporaire, Nora était prête à tout lui pardonner, même sa scandaleuse alliance avec Raymond.

Elle le trouva penché sur les plans du complexe socioculturel d'été, en train de le corriger pour l'adapter à un budget toujours plus réduit. Il écarta les documents dès qu'il la vit.

Nora s'avança et s'installa sur ses genoux. Il l'entoura de ses bras et elle posa la tête sur son épaule.

C'était si agréable. Douillet et paisible. Elle aurait pu rester là pour toujours, mais tant de choses l'attendaient.

— J'ai préparé une liste de gens à appeler au sujet d'Abby. Est-ce que tu vas m'aider ?

Il posa ses lèvres sur le front de Nora.

— Bien sûr. Tout ce que tu voudras.

— Bien. Mettons-nous au boulot.

Elle se redressa et tira la liste de sa poche. Tandis que Charlie la consultait, elle lui expliqua pourquoi il fallait appeler chaque personne.

Il était adorable. Aucune réserve, aucun scepticisme. Lorsqu'elle termina la répartition des coups de fil à passer, il se leva et lui offrit la place la plus confortable, derrière le bureau.

— Je me servirai de l'autre poste, dit-il, et il traversa la pièce pour s'asseoir sur un fauteuil de l'autre côté.

En le regardant, Nora fut envahie par un sentiment chaleureux. Charlie était toujours Charlie. Ils étaient toujours soudés l'un à l'autre. Abigail ne tarderait pas à revenir. Ensemble, ils la retrouveraient.

Plus de crise de folie, avait-elle envie de lui dire. *Je te le promets. Ça n'arrivera plus.*

En composant le premier numéro, il posa nonchalamment sa cheville gauche sur son genou droit. Nora remarqua ce qu'il y avait sur sa semelle et se figea.

La chaussure présentait les mêmes débris filandreux qu'elle avait remarqués sous une des baskets d'Abigail, sur la photo disparue mystérieusement. L'image revint au galop. Un pied nu, l'autre glissé dans une chaussure où s'agglutinait une substance épaisse ressemblant à du mortier, parsemée de cette même matière fibreuse.

Mais qu'est-ce que cela signifiait ? Charlie s'était-il trouvé à l'endroit même où se cachait Abigail ?

L'endroit où elle était prisonnière ?

Des idées invraisemblables l'assaillirent aussitôt. Personne n'avait accès plus facilement que lui à Abigail et à toute l'auberge. Charlie pouvait avoir caché le mot d'adieu, les photos, et trouvé une manière de passer le coup de fil bidon à l'atelier. S'il s'était emparé d'Abby, s'il retenait l'enfant quelque part, la meilleure manière de détourner les soupçons, c'était de rendre Nora folle.

Était-il possible qu'il ait tout projeté depuis le début ? Nora se souvint de leur première rencontre dans une surprise-partie à New York. Il avait été ravi d'apprendre qu'elle avait une fille.

Beaucoup trop, peut-être ?

Assez !

Pour l'amour du Ciel ! Était-elle en train de perdre complètement la tête ? C'était de son Charlie qu'il s'agissait. Le doux, le gentil Charlie avec sa bouée autour de la taille et ses yeux tendres. Charlie Brill, qui avait toujours vécu au même endroit avec les mêmes gens raisonnables et stables. Charlie, qui était aussi inquiétant qu'un ours en peluche.

Les photos n'existaient d'ailleurs que dans son imagination, se souvint-elle. Et il avait pu marcher dans la boue à peu près n'importe où. Dans cette région, à cette époque de l'année, c'était très courant. Pas de quoi se perdre en conjectures.

Charlie composa un numéro. Il sourit en croisant le regard de Nora. Un sourire chaleureux, ouvert. Sans rien de furtif, de malveillant, ni de préfabriqué. Il fallait qu'elle mette un terme à ses divagations. Qu'elle reprenne ses esprits et fasse quelque chose de constructif pour découvrir l'endroit où était partie Abigail.

Nora fit de nouveau le vœu silencieux de surmonter ses accès de démence. Elle retourna à sa liste et se mit à téléphoner.

38

Levitsky avait passé plus de deux heures penché sur la table de la cuisine, chez Quinn, à étudier les archives que lui avait remises Eugene Peterman au centre éducatif de Rutland.

Après avoir parcouru ces pages à deux reprises sans en tirer beaucoup d'éclaircissements ou d'inspiration, Quinn avait décidé qu'elle ferait mieux de mettre à jour ses rapports hebdomadaires très en retard. Elle travaillait assise en face de l'agent spécial, tâchant tant bien que mal d'obtenir un peu de place sur la table.

La clé ferrailla dans la serrure de la porte d'entrée, et elle entendit retentir le pas de Brendon, puis le bruit du cartable qu'il lâcha dans le couloir.

— Eh, champion, par là, appela-t-elle.

Après une courte halte aux toilettes, Bren fonça dans la cuisine, tapa dans la main de Levitsky, traversa la pièce en direction du réfrigérateur et pointa le museau dans le freezer. De dos, avec ses membres décharnés et sa tignasse poil-de-carotte, il ressemblait à une sucette à la cerise.

— On n'a pas de glaces ?

— De la glace au yoghourt, c'est tout.

— Ça craint.

Il préféra une poignée de biscuits et un verre de lait, avant de se diriger vers sa chambre pour s'attaquer à ses devoirs de maths.

Levitsky continua son examen des documents. Pendant qu'il travaillait, quelques feuilles de papier glissèrent du côté de Quinn, qui les repoussa d'une chiquenaude. La pile s'envola et tomba. Un courant d'air mal placé, sûrement.

— Je vous en prie, Gallagher, ce sont des papiers importants.

Il se baissa pour ramasser les pages étalées par terre.

— Ça fait des heures que vous êtes là-dessus, Levitsky. Je vous ai dit que c'était sans espoir. Weir ne faisait probablement pas allusion à ses recherches personnelles entreprises en prison. Toute cette histoire n'est sans doute qu'une des plaisanteries macabres dont il a le secret.

Elle eut droit à une suite de plans fixes sur le visage de Levitsky, sur lequel se peignirent les expressions les plus diverses : perplexité, curiosité, pour finir par un éclatant sourire de contentement.

— C'est ça. Vous avez trouvé !

— J'ai trouvé ? Euh... oui, bien sûr, j'ai trouvé.

— Je peux me servir du téléphone ?

Il alla dans le salon et ferma la porte. Quelques instants plus tard, il passait la tête dans la cuisine.

— Vous avez le numéro personnel de Rita Banks ?

— Il se trouve probablement dans l'annuaire de l'administration pénitentiaire.

— Vous pourriez me le donner, s'il vous plaît ?

— Pour quoi faire ?

— Pour l'appeler, Gallagher.

Quinn feignit l'indifférence, bien que la raison de ce coup de fil à la mangeuse d'hommes lui échappât complètement, surtout à domicile. Levitsky avait pas mal de défauts, mais il n'était pas suicidaire.

Par curiosité, elle feuilleta à nouveau la pile de documents. Eldon Weir avait emprunté un ouvrage sur la guerre de Sécession à la bibliothèque et lu plusieurs numéros de *Newsweek*. Peterman avait répertorié les articles consultés par le criminel, mais aucun des sujets abordés ne paraissait très concluant. Le Professeur

Souffrance avait assisté à une conférence sur la gestion des finances personnelles et pris un cours abrégé de religions comparées. Il y avait d'autres éléments encore, mais rien qui semblât très révélateur à Quinn. Et qu'est-ce qui pouvait bien avoir un rapport avec Rita Banks, dans tout ça ?

Le coup de fil dura un certain temps. Elle passa quelquefois devant la porte du salon d'un pas nonchalant et colla une oreille tout aussi nonchalante à la serrure. Mais elle ne réussit à surprendre qu'un *humm-humm* de temps à autre.

Lorsque Levitsky revint dans la cuisine, il marmonnait, le visage sévère.

— J'ai bien peur que nous ne soyons dans l'impasse.

Il dit à Quinn qu'elle avait eu raison de penser que Weir n'avait laissé aucune trace d'une quelconque recherche spécifique menée derrière les barreaux. Elle avait également vu juste lorsqu'elle avait émis l'hypothèse que le Professeur ne faisait pas allusion à ses propres recherches. Ce qui avait poussé Levitsky à émettre la conclusion qui s'imposait : les indices laissés par Weir les orientaient vers les recherches dont il était lui-même l'objet.

Rita Banks avait parlé de fréquentes démarches de professionnels désireux d'étudier le cas d'Ellie le Dingue. Levitsky avait alors pensé qu'il suffisait de contacter Mlle Banks pour découvrir à qui avait été accordée la permission d'examiner Weir pendant qu'il était à Rutland.

Malheureusement, Weir avait accepté de participer à un certain nombre de projets. Rita avait parlé de trois criminologues, de deux départements universitaires de psychologie, d'un institut d'études des phénomènes psychiques, et d'un neurologue. Il y en avait encore d'autres, avait-elle ajouté. Mais elle ne s'en souvenait pas, et il lui fallait consulter ses archives, au bureau.

— Je lui ai dit que ça pouvait attendre demain

matin, conclut Levitsky. Impossible de joindre tous ces gens et d'arriver à les voir dans la journée.

— On peut essayer, insista Quinn.

— Oui, mais j'ai bien l'impression que ça ne nous mènera nulle part. Il y a quelque chose qui cloche dans tout ça, Gallagher. Weir ne fonctionne pas de cette façon-là. Il est plus linéaire que ça, plus direct. Les comportements fondamentaux des gens sont aussi constants, aussi distinctifs que des empreintes digitales. Qu'il nous ait envoyés sur une piste aussi hasardeuse, ça ne colle pas avec le reste.

Quinn se laissa gagner par le pessimisme de l'agent spécial. Elle tentait de s'en débarrasser lorsque retentit la sonnerie de son beeper. Le numéro du standard du quartier général s'inscrivit sur l'écran digital.

Elle rappela, se préparant à entendre de mauvaises nouvelles. Mais son visage s'éclaira lorsque le standardiste lui expliqua le motif du coup de fil et lui passa l'homme qui l'avait appelée de toute urgence. Celui-ci n'était pas prêt à donner beaucoup de détails par téléphone, mais il en dit suffisamment long pour convaincre Quinn qu'il pouvait s'agir de la clé tant espérée qui leur permettrait de trouver une issue. Quinn nota l'itinéraire pour aller chez lui et promit de le retrouver dès que possible.

— L'impasse va peut-être nous mener quelque part, Levitsky. On a un indicateur, maintenant.

— Qui ça ? Qu'est-ce qu'il a dit ?

— Je vous le dirai sur la route. Laissez-moi le temps de prendre les dispositions nécessaires avec Brendon.

Elle se dirigea vers l'escalier et appela :

— Eh, champion. Il faut que je sorte un moment. Tu veux que j'appelle Trish ou Terry ?

— Ni l'une ni l'autre, répondit Bren. Donne-moi une minute, je m'en occupe.

Quelques instants plus tard, il apparut sur le palier.

— La mère de Marc dit que je peux passer la nuit chez eux. J'irai en vélo. Ça marche ?

— C'est réglé, dit Quinn en se précipitant pour faire son sac avant qu'il ne change d'avis.

Des draps secs, dormir chez des amis, les choses s'arrangeaient pour le gosse. S'ils parvenaient à résoudre cette affaire scabreuse autour de Weir, elle pourrait profiter d'une vie meilleure.

Brendon fourra son sac dans le porte-bagages du vélo et se mit à descendre la rue en pédalant. Un miracle sur roues. Quinn savoura cette image jusqu'à ce qu'il tourne au coin et disparaisse de son champ de vision.

Retour au réel.

Levitsky l'attendait à l'entrée, porte-documents à la main.

— Alors, où est-ce qu'on va ?

— Burlington. Si vous preniez le volant ? J'ai conduit pendant beaucoup trop de kilomètres pour ma pauvre carcasse, ces derniers jours.

Il s'installa à la place du chauffeur. Quinn sut immédiatement qu'il était mauvais conducteur. Pied palmé sur la pédale. Mains crispées sur le volant. Les mouvements de tête soudains et superflus de la volaille qui se méfie de tout.

— Faites attention, Levitsky. Une route à deux voies c'est fait pour qu'on en choisisse une, pas pour qu'on se mette au milieu.

Elle attendit d'être sur la nationale pour lui donner leur destination.

L'auteur du coup de fil était un certain Eric Vise. Il avait dit être un ami d'enfance de Weir. Leurs familles étaient liées, et un inexplicable sens du devoir l'avait poussé à revoir de temps en temps le Professeur Souffrance. Vise lui avait rendu visite peu avant sa libération conditionnelle, et plusieurs traits du comportement de Weir lui avaient paru préoccupants.

Le Professeur lui avait semblé distrait et agité, il

marchait constamment de long en large. Vise disait que Weir était exactement dans le même état avant d'enlever la petite Buckram et de commettre le meurtre de Bennington.

Vise avait ajouté que Weir lui avait confié certains détails à propos de ses crimes dont il n'avait parlé à personne. La crainte, apparemment sans fondement, que Weir trouverait le moyen de se venger s'il trahissait la confiance qui lui avait été accordée, avait empêché Vise de se décharger du fardeau des informations atroces dont il était dépositaire. Et il avait supporté de vivre avec la terrible culpabilité de savoir qu'il détenait peut-être la clé susceptible de déjouer à temps d'autres mises à mort tragiques.

Il avait déclaré à Quinn ne plus pouvoir garder le silence plus longtemps. Vise prétendait en effet avoir la quasi-certitude que Weir se préparait de nouveau à tuer. Il disait posséder des renseignements qui permettraient à la police d'intervenir avant la boucherie.

— Espérons qu'il dit vrai, fit Levitsky.

À Burlington, la circulation était dense et la progression difficile. En ville, ils furent stoppés par une camionnette garée en double file.

— Pourquoi est-ce que vous ne le doublez pas, Levitsky ?

— Parce qu'il n'y a pas assez de place, Gallagher.

— Si.

— Non.

— Laissez-moi le volant, je vais vous montrer.

Ils échangèrent leurs places. La camionnette était garée à côté d'une berline Oldsmobile, qui occupait la moitié de l'espace sur la chaussée, et une grosse benne à ordures dépassait du trottoir opposé.

Quinn fit rapidement le calcul géométrique nécessaire. Si elle doublait la camionnette en se glissant sur un angle pas trop large, elle pouvait passer avec une marge de quelques centimètres de chaque côté. Confiante, elle leva le pied de la pédale de frein et la voiture avança.

Quinn sursauta lorsque la Jeep se sépara brutalement d'une partie de son pare-chocs avant et de la moitié de son radiateur dans un bruit de tôles froissées.

Elle regarda Levitsky pour voir sa réaction, sans détecter le moindre soupçon de rire, ou de sourire. Ce type n'avait même pas la décence de lui lancer une réflexion narquoise.

— Allez-y, Levitsky. Dites-le.

— Qu'est-ce qu'il faut que je dise ?

— Ce que vous pensez. Que je suis entêtée comme une mule. Que je suis têtue, impulsive, et que je fais des trucs idiots.

Le regard de Levitsky ne se détourna pas.

— Il se trouve que je ne pensais pas du tout à ça, bien que cela soit sans aucun doute exact.

— Et que pensiez-vous donc ?

— Que je comprends.

— Qu'est-ce que vous comprenez ?

— Une autre fois, d'accord ? C'est compliqué. C'est ici qu'il faut tourner à gauche.

Ils trouvèrent une place devant la maison. Le nom d'un certain nombre de locataires était affiché sur l'interphone, mais rien qui rappelle le nom de l'indicateur de Quinn.

Levitsky recula et observa l'immeuble jusqu'à ce qu'il détecte du mouvement dans un appartement au rez-de-chaussée. Il appuya sur ce qu'il pensait être le bouton correspondant et, quelques instants plus tard, la porte cochère bourdonna à son tour.

Une femme rondelette et souriante les accueillit dans le couloir.

— Bonjour, messieurs-dames. Je m'appelle Alice Murtagh. En quoi puis-je vous aider ?

Lorsque Quinn lui répondit qu'ils venaient voir Eric Vise, son sourire céda la place à une expression perplexe.

— C'est drôle. Une femme est venue ce matin demander un certain Eric *Wise*. Je lui ai dit qu'il n'y avait personne de ce nom-là ici. Il n'y a pas non plus de *Vise*. Vous vous êtes donc trompés vous aussi. Curieuses coïncidences.

— Non, je pense que nous sommes venus au bon endroit, dit Levitsky en montrant son insigne. Me permettriez-vous de vous poser quelques questions ?

— Bien sûr. Allez-y.

Elle les emmena dans une boutique étrange, pleine à craquer de livres occultes et de gadgets new-age. Levitsky fit lentement le tour du propriétaire, observant chaque détail, tout en interrogeant Mme Murtagh au sujet du visiteur précédent. Quinn écouta avec stupéfaction cette dernière décrire une mère en détresse dont l'enfant avait disparu.

L'agent continua à la questionner tout en examinant soigneusement la boutique encombrée. Mme Murtagh leur confia qu'un peu plus d'un an auparavant, un étrange accident avait coûté la vie à son mari.

— Ira avait fondé l'Institut d'études du potentiel psychique. L'IEPP, comme on disait, fit-elle en se rengorgeant manifestement. J'ai essayé de continuer après sa mort, mais c'était trop dur. Tellement de paperasses, tant de gens difficiles à gérer. Je ne sais pas comment Ira se débrouillait pour y arriver, Dieu ait son âme. La boutique suffit largement à m'occuper. J'ai fait transformer le bâtiment en immeuble de location. Autrement, je n'en aurais pas eu les moyens.

Levitsky voulut en savoir plus. Avait-elle beaucoup de clients ? Combien, par exemple, cette semaine ? Qu'avaient-ils acheté ? Regardé ? Quinn ne voyait pas du tout où il voulait en venir, mais elle souhaitait qu'il y parvienne le plus vite possible. L'endroit lui donnait le frisson.

Que se passait-il, au juste ?

Elle savait que les cinglés ne manquaient pas, mais qui pouvait bien être assez cruel et tordu pour jouer un tour pareil à la mère de cette pauvre enfant ? Et pourquoi attirer Levitsky et elle à Burlington pour rien ?

La réponse l'emplit de colère. Un seul imbécile avait la mentalité, les moyens, et disposait des informations requises pour monter pareil macabre canular.

— Allons-y, Levitsky. Il faut que j'aille assassiner quelqu'un d'urgence.

Il n'eut pas l'air de l'entendre. Son regard allait et venait entre le bureau, les horaires d'ouverture de la boutique dans la vitrine et une étagère près du plafond pleine d'articles de brocante : outils d'illusionnistes antédiluviens, photos sépia, volumes reliés en cuir.

— Vous avez un escabeau ? lui demanda-t-il. Il y a là-haut quelque chose qui m'intéresse.

— J'en ai un au sous-sol. Je vais le chercher.

Mme Murtagh se précipita hors de la boutique.

Levitsky attendit que la porte se referme. En tendant le bras, il réussit à s'emparer d'un livre.

— Vous n'aviez peut-être pas besoin d'escabeau, après tout, dit Quinn. Je vais aller lui dire.

D'un regard, Levitsky la stoppa net.

— J'ai fait exprès de la faire sortir, Gallagher.

— Pourquoi ?

Il posa le livre sur le bureau et se mit à le feuilleter rapidement. À la moitié du volume, un morceau de papier tomba. Un autre. Et puis d'autres encore. Quand il arriva à la fin du livre, il y avait un petit monticule de bouts de papiers. Lorsqu'il entendit le pas de Mme Murtagh dans le couloir, Levitsky les fourra dans sa poche.

— Je prendrai ça, dit-il. Il me faut un reçu.

— Bien sûr, ça ne pose aucun problème. Quelqu'un d'autre avait l'air intéressé par ce livre il y a quelques jours, mais n'est pas venu le chercher.

— Un homme de stature imposante, avec des yeux bizarres, des cheveux noirs, un catogan et une boucle d'oreilles avec un rubis ?

— Son portrait craché, oui, fit Mme Murtagh. Un

type qui me faisait penser à mon Ira, il savait tout sur les tours de magie, les évasions dans le corps astral, etc. Évidemment, Murtagh n'avait pas l'air louche comme ce gars-là. Ira était un prince.

— Est-ce que cet homme a passé beaucoup de temps à regarder ce livre avant de le remettre sur l'étagère ? demanda Levitsky.

— Comment avez-vous deviné ? Vous aussi vous êtes médium, monsieur ? Incroyable, le nombre de gens doués de double vue !

— Je ne sais pas si je suis médium, dit Levitsky. Mais les recherches sur ce sujet m'intéressent beaucoup. Vous ne seriez pas par hasard en possession des archives de l'institut ? J'aimerais beaucoup y jeter un coup d'œil.

Mme Murtagh baissa la tête comme un enfant puni.

— J'aurais voulu les conserver. Ira se retournerait dans sa tombe s'il apprenait que je m'en suis débarrassée. Mais ça prenait trop de place. Il y avait des piles et des piles de boîtes.

Levitsky haussa les épaules.

— Oui, je comprends.

Il remercia Mme Murtagh et tourna les talons pour sortir, mais les paroles de cette dernière le stoppèrent.

— J'imagine que M. Erlenkotter vous laisserait examiner les dossiers, dit-elle.

— Erlenkotter ?

— Pete Erlenkotter. Il habite à Queechee. Il travaillait beaucoup avec Ira. Il n'a pas laissé passer l'occasion de conserver les archives de l'institut chez lui. Je peux lui téléphoner. C'est très facile.

Elle se servit du téléphone du bureau. En raccrochant, elle hochait la tête d'un air enthousiaste.

— Aucun problème. Comme je vous le disais, Pete sera très heureux de vous permettre de consulter les archives. Il a dit qu'à partir, non pas de la semaine prochaine, mais de la suivante, vous pouviez passer n'importe quand.

— Dans deux semaines ? dit Levitsky.

Mme Murtagh fit un signe de tête.

— Pete est éleveur et présente ses chiens dans les concours. Il est surchargé à cette période de l'année. Quand j'ai appelé, il allait partir à l'aéroport. Lui et ses chiens s'envolent pour dix jours.

— Il n'y a personne d'autre qui puisse nous permettre de consulter les archives à sa place ?

La femme battit des paupières.

— Non, monsieur, quand Pete s'en va, il verrouille tout à double tour comme si c'était Fort Knox.

Quinn suivit Levitsky jusqu'à la Jeep.

— Qu'est-ce que c'est que cette histoire de bouquin, Levitsky, qu'avez-vous trouvé ?

Une fois dans la voiture, il sortit les bouts de papiers et se mit à les disposer sur la couverture du livre. Sa main empêchait Quinn de voir ce qu'il faisait.

— Sacré nom d'un chien, Levitsky. Vous allez me le *dire* ?

Quand il eut terminé, il enleva sa main et fit pivoter le volume dans la direction. Quinn contempla le puzzle reconstitué. Incroyable.

Avec un sentiment d'horreur grandissante, Quinn réalisa que toute cette salade avait plus de ramifications et était plus terrible encore qu'elle n'aurait pu l'imaginer. Et elle savait que bientôt, il serait trop tard.

39

Sans arrêt, Abigail revivait l'horreur qui s'était abattue sur elle. Debout au bord de la route. Apercevoir les phares de la voiture, comme des yeux de chat. Savoir que c'était papa. Attendre une petite éternité que le véhicule s'arrête à ses côtés. Exploser de joie.

Puis le choc, un voile noir tombé comme un couperet quand elle avait ouvert la portière et vu de qui il s'agissait.

Il l'avait saisie sans douceur et jetée sur la banquette arrière. Il lui avait bandé les yeux et enfoncé dans la bouche une grosse chique d'une matière qui devait être de la gaze. Puis il lui avait ligoté poignets et chevilles avant de tendre une corde entre ses liens, si raide qu'elle avait cru que son dos allait casser comme une brindille.

Il l'avait ensuite traînée dehors et fourrée dans le coffre. Puis il l'avait refermé, voilant la mince bande de lumière qui passait à travers le bandeau. Des odeurs de caoutchouc brûlé et de gaz d'échappement emplissaient l'atmosphère.

Refusant de céder à la panique, elle essaya de se concentrer sur l'endroit où il l'emmenait. La route fut tout d'abord très mauvaise et pleine de cahots. Chaque secousse soumettait son dos arc-bouté à un effort supplémentaire et labourait ses entrailles.

Elle fut soulagée lorsqu'un peu plus loin la route s'améliora. Elle s'efforça de mémoriser l'itinéraire. Il tournait à droite. Prenait deux virages de suite. Tournait deux fois à gauche à intervalles rapprochés. Encore à droite. Prenait une tangente sur la gauche, sans vraiment s'engager dans cette direction. Ou bien au contraire avait-il franchement tourné cette fois encore ?

Tant de tours et de détours, c'était difficile à suivre. La corde lui entamait la chair. Le bâillon gênait la respiration et rendait la déglutition impossible. Elle ne tiendrait pas très longtemps comme ça. Elle renonça à mémoriser la route empruntée par son tortionnaire et une incantation muette mobilisa alors toute son énergie. *Je vous en prie, cessez. Je vous en prie, assez.*

La voiture franchit une série d'accidents de terrain et s'arrêta. Une bouffée d'air glacial la balaya lorsque le coffre s'ouvrit en grinçant. Sans un mot, il trancha les liens qui entravaient ses chevilles. Puis il la sortit du coffre et la lâcha par terre.

Elle eut du mal à se relever. Les mains liées dans les reins, les pieds ankylosés, ça n'était pas facile. Quand elle parvint à se redresser, il la piqua dans le dos avec un objet rigide, lui intimant d'aller plus vite.

Titubant devant lui, elle marchait sur un sol spongieux, humide, qui céda la place à un terrain qui craquait sous les semelles, jusqu'à un secteur périlleux jonché de bouts de bois et de débris cartonneux. Elle trébucha deux fois, mais il la rattrapa avant qu'elle ne tombe la tête la première.

Il l'empêcha encore de se cogner contre le mur du bâtiment. Il ouvrit une porte, la poussa à l'intérieur, lui fit traverser un grand espace ouvert, ouvrit une autre porte et l'entraîna au bas d'une volée de marches. Une fois là, il arracha la bande adhésive qui maintenait en place la grosse chique de gaze dans sa bouche, mais il lui laissa le bandeau sur les yeux et les poignets attachés.

— Repose-toi, dit-il.

Le claquement de talons caractéristique retentit bientôt tandis qu'il s'éloignait, suivi du coulissement de plusieurs serrures qu'on verrouillait de l'extérieur.

Pendant quelques instants, elle resta abasourdie. Il ne pouvait pas la laisser comme ça.

— Eh ! laissez-moi sortir. Enlevez-moi ce truc. Je ne vois rien.

Elle tendit l'oreille, mais le silence régnait dans la pièce. Aucun bruit de pas sourds, martelés. Aucun claquement de talons. Pas le moindre rire comme un battement d'ailes de chauve-souris.

— Eh !

Repérant son chemin du bout du pied, elle trouva l'escalier, monta en haut des marches et, le dos à la porte, essaya de manœuvrer la poignée. Fermée de l'extérieur. Elle tapa sur le panneau de bois jusqu'à ce que ses mains lui fassent mal, mais c'était inutile.

Et si la tentative d'évasion d'Abigail l'avait rendu si enragé qu'il avait décidé de l'enfermer là et de l'abandonner à son triste sort ? Il était capable de tout.

— Au secours, quelqu'un !

Mais un silence pesant lui fit comprendre qu'il n'y avait personne.

Elle redescendit prudemment les escaliers. Se laissant tomber par terre, elle tendit les bras et arrondit le dos jusqu'à ce qu'elle parvienne à passer les mains sous les fesses et les faire glisser sous ses jambes pour les ramener devant elle.

Le bandeau était serré, mais petit à petit elle réussit à le pousser sur son front et à s'en débarrasser. Elle reconnut son écharpe, celle qu'il portait sous son manteau. Abigail la foula aux pieds et l'étira entre ses chaussures jusqu'à ce qu'elle se déchire.

Il l'avait enfermée dans la même pièce qu'auparavant, mais l'espace était à présent plus nu, dépouillé d'accessoires. Le cylindre et le sac postal avaient disparu. Il ne restait que la paillasse qui servait de matelas et un seau à traire en bois, dans un coin. La brèche dans le mur s'était refermée, invisible.

Tout à coup, elle se rendit compte qu'une soif brûlante lui desséchait la gorge. Elle s'agenouilla et but avec avidité. Satisfaite, elle plongea ses mains liées dans le seau et s'aspergea le visage.

Elle se sentait un peu mieux. Elle s'assit sur la paillasse et s'attaqua à ses liens avec ses dents, tirant sur le nœud jusqu'à ce que sa mâchoire soit tout endolorie et qu'une de ses incisives se mette à remuer dangereusement dans la gencive. Épuisée, elle retomba sur la paillasse.

Quelques minutes de repos avant de recommencer.

Elle se réveilla en sursaut. Elle ne savait pas combien de temps elle avait dormi, si c'était le jour ou la nuit. Sa prison était sans fenêtres. Sans porte, en dehors de celle qui se trouvait en haut des marches. Comment allait-elle pouvoir sortir d'ici sans aide extérieure ?

Elle comprit soudain : elle avait les mains libres. Les cordes qui les avaient ligotées s'étaient évanouies. Il devait être venu pendant son sommeil et l'avait détachée.

Il ne l'avait pas abandonnée, après tout.

Mais son soulagement fut de courte durée. Qu'est-ce qui l'attendait, à présent ? Quelles épreuves tordues et quels sinistres obstacles avait-il préparés pour elle ? Elle repensa au cylindre, au sac et à l'invisible cercle à haute tension. Quand donc cela prendrait-il fin ?

Elle laissa échapper un petit cri involontaire.

Comme s'il l'avait entendue, un cliquetis de serrures se fit entendre, venu d'en haut, et il se mit à descendre les marches. Abigail s'enfouit dans la paillasse de toutes ses forces, cherchant à disparaître, terrifiée à l'idée de ce qu'il allait inventer.

Mais il s'arrêta sur la dernière marche. En l'observant par les minces fentes de ses paupières presque closes, elle ne vit qu'une silhouette sombre dans un halo de lumière trouble. Comment s'y prenait-il pour provoquer ces phénomènes ? Visions étranges. Acrobaties vocales.

— N'aie pas peur, Abigail. Je ne suis venu que pour prendre connaissance de tes besoins. Ce soir, tous les désirs de la princesse seront exaucés.

Elle resta silencieuse, elle attendait la suite, méfiante.

— Je suis sérieux. Tout ce que tu voudras. Nourriture, vêtements propres. Tu dois avoir envie de tant de choses, très chère. Il suffit que tu me dises ce qu'il te faut.

Abigail ne bougea pas. Elle ne voulait pas commettre de nouvelles erreurs.

— Tu restes sceptique ? Très bien, je vais te laisser un morceau de papier et un crayon. Quand ta petite crise de résistance sera passée, fais-moi la liste des choses que tu aimerais. Tout ce que tu veux, quelle qu'en soit la frivolité. C'est l'occasion ou jamais, princesse. Je te conseille d'en profiter.

Il claqua la langue et la pièce fut inondée d'une très vive lumière jaune. Elle cligna des yeux pour chasser les éclats scintillants qui lui frappaient la rétine.

Elle resta longtemps assise sur la paillasse, après son départ, à regarder dans le vague. S'agissait-il d'un nouveau piège ? Le crayon allait peut-être exploser, le papier avait peut-être été préalablement aspergé d'acide. Il désirait peut-être qu'elle rédige cette liste pour pouvoir la tourmenter. Elle l'entendait presque se moquer d'elle :

— Imagine, Abigail. Du chocolat chaud. Des beignets, du pain perdu et un gâteau aux noisettes entier sous une montagne de crème.

La faim lui nouait l'estomac, dont s'échappaient des grognements. Des envies dévorantes lui venaient à l'esprit, tous ses plats favoris, préparés par Villet, le chef cuisinier : un plat de pâtes aux fruits de mer, un caneton en sauce.

Elle traversa la pièce en direction des marches d'un pas hésitant. Du bout de la chaussure, elle frôla le papier et le crayon. Quand elle vit qu'il ne se passait rien, elle risqua un doigt.

Au bout de quelques secondes, elle rassembla son courage et les ramassa. Elle retourna à la paillasse, s'étira, et se mit à énumérer ce dont elle avait envie. Elle nota tout ce qui lui passait par la tête, si farfelu que cela paraisse.

C'était une princesse. Ce soir, tous les vœux de la princesse seraient comblés.

Elle refusait de penser à ce qui se passerait le lendemain.

40

En roulant à toute allure vers Rutland, Levitsky et Quinn se mirent d'accord sur un plan d'attaque. Tout d'abord, il fallait en parler à Holland. Ensuite, celui-ci transmettrait le résultat de leurs recherches à Wellacott, le maire, qui pouvait aussitôt leur dépêcher des renforts de police.

Quinn essayait d'intégrer au plus vite le tour nouveau qu'avait pris la situation. Suivre la piste de Weir les avait menés au portrait grossier dessiné sur les bouts de papier cachés dans le volume. Lorsque Levitsky avait rassemblé le puzzle, la ressemblance avec la petite fille disparue s'était avérée frappante : mince, blonde, yeux bleus et queue-de-cheval. Il ne faisait aucun doute que cette étrange poupée de papier avait été conçue pour représenter Abigail Eakins. Sanglante et mutilée.

Le grotesque dessin avait été dissimulé dans un livre sur Harry Houdini, le contorsionniste roi de l'évasion. L'attention de Levitsky avait été attirée sur ce volume en raison de la place curieuse qu'il occupait sur l'étagère, directement au-dessus de la pancarte où était inscrit le nom de la boutique. Celui-ci était tiré du sous-titre du livre : *L'Impossible Possible*. Ce qui collait avec l'habitude qu'avait Weir de laisser plusieurs fois les mêmes indices. Pendant quc Quinn conduisait, Levitsky feuilletait le volume et lui lut plusieurs autres passages intéressants.

— Houdini était un nom de scène choisi en hommage à Robert Houdin, un maître illusionniste. Son vrai nom était Eric Weiss.

— Vise. Wise. Weiss.

— C'est un pied de nez de Weir, cette histoire de Houdini. Une façon de claironner qu'il n'y a pas moyen de l'enfermer complètement, qu'il arrivera toujours à s'échapper. De se vanter d'avoir pu aller et venir à sa guise depuis le début.

— Mais comment ?

— Je ne sais pas, mais je ne serais pas surpris qu'il se soit inspiré de certaines pages du livre, sur les méthodes, la philosophie de Houdini. Harry Houdini était un détracteur affiché de ses collègues qui prétendaient à la magie réelle. Houdini admettait volontiers que toutes ses illusions n'étaient que des illusions.

« Il se servait de comparses et truquait son matériel. Puis il défiait quiconque de le prendre en flagrant délit. Mais c'était un homme si intelligent que personne ne parvint à découvrir ses secrets, même lorsqu'il y invitait les gens.

Levitsky trouva des marques sur les pages correspondant à certains passages décrivant des tours particuliers. Il les lut à Quinn : l'évasion du sac, le défi du baril, la disparition de l'enfant sri lankais, la télépathie et quelques autres. Elle fut intriguée en prenant connaissance des secrets très simples qui se cachaient derrière des effets d'illusion apparemment inexplicables. Le livre indiquait également les subtiles contractions des muscles dont se servait le maître magicien pour se libérer des liens les plus inextricables. En bandant ses muscles pendant qu'on le ligotait, il parvenait à leur donner suffisamment de jeu pour pouvoir se tortiller et filer comme un anguille pendant que ses gardiens étaient occupés à autre chose.

Levitsky lui lut aussi plusieurs passages soulignés d'un chapitre consacré à la façon dont Houdini se servait de ses comparses. Ils étaient à l'origine de son succès, indispensables.

L'agent spécial remarqua une photo de Houdini jeune homme, cerclée de rouge, en milieu de chapitre. En regardant par-dessus son épaule, Quinn frémit.

Weir possédait la même photo en médaillon sur le couvercle de sa montre à gousset dans la commode.

Mais l'intérêt que Weir portait à Houdini était loin d'être la seule découverte intéressante de Levitsky à la boutique. L'Institut d'études du potentiel psychique, dirigé par le mari de Mme Murtagh jusqu'à sa mort, était l'un des groupes figurant sur la liste de Rita Banks, qui avaient mené des recherches sur Weir pendant son séjour à Rutland.

Il y avait également le logo, sur le papier à lettres de la boutique, choisi par l'IEPP. Levitsky l'avait d'abord remarqué au dos des horaires d'ouverture dans la vitrine. Il avait demandé un reçu parce que ce logo apparaissait aussi sur les factures.

— Le même dessin de feuilles et d'initiales entrelacées que j'ai vues sur la grille chez Langdon Industries, lui dit-il.

Quinn n'arrivait pas à y croire. C'était à Langdon que le Professeur Souffrance avait accidentellement perdu la vue. Pour compenser l'invalidité et éviter des poursuites judiciaires, l'entreprise avait conçu et raffiné tous les éléments complexes de la conditionnelle très élaborée de Weir : la maison, le mobilier, le chien d'aveugle, le système de surveillance spécialement mis au point pour lui.

— Quelqu'un dans la firme a dû l'aider à tout mettre en scène de façon convaincante, y compris le prétendu accident, dit Levitsky.

— Mais il est vraiment aveugle, dit Quinn. J'ai vu les rapports médicaux. Et qui pourrait bien vouloir aider une créature de son espèce ? Ça ne tient pas debout.

— Si on trouve qui c'est, on comprendra peut-être.

Entre-temps, il faut faire surveiller Weir par suffisamment d'yeux et d'oreilles pour l'empêcher de nuire.

Ils allèrent directement au Bureau des conditionnelles, mais le bâtiment était sombre et désert. De la réception, Quinn appela le domicile de Holland, mais n'obtint que le répondeur. En cas d'urgences, on pouvait le joindre grâce à son beeper.

Elle appela, laissa son numéro, raccrocha et attendit. Quinn n'avait aucune envie d'aller voir Wellacott sans Jake. Holland devait avoir l'air de maîtriser la situation.

Lorsque le téléphone sonna enfin, Marilyn Holland était à l'autre bout du fil. Elle avait la voix des mauvais jours.

— Qu'est-ce qui ne va pas ? demanda Quinn. Où est Jake ?

Marilyn lui dit qu'elle appelait de l'hôpital général du comté. Jake se faisait un sang d'encre à cause de cette affaire d'enfant disparue, alors elle avait organisé un dîner surprise dans une auberge élégante, espérant ainsi lui remonter le moral. Malheureusement, ça avait terriblement mal tourné. Il avait paru terriblement nerveux et distrait pendant le repas. Sur le chemin du retour, il était tombé malade. Troubles de la respiration, douleurs dans la poitrine.

Marilyn l'avait conduit aux urgences les plus proches. Les médecins avaient tout d'abord cru à une crise cardiaque. Mais les examens n'avaient détecté aucune irrégularité de fonctionnement.

— Ils disent maintenant qu'il s'agit d'un empoisonnement, expliqua Marilyn. Vous avez appelé, Quinn. Est-ce que je peux vous aider ?

— Non, Marilyn. Tout va bien. Retournez voir Jake. Embrassez-le pour moi. Je reprendrai contact avec vous un peu plus tard.

— Très bien. Au revoir.

Ils n'avaient plus le choix, il fallait directement aller voir Wellacott. Quinn composa le numéro de la mairie et expliqua au standardiste de nuit qu'il s'agissait d'une urgence en rapport avec la disparition d'Abigail Eakins. Quelques instants plus tard, on transféra son appel au domicile du maire.

Une femme répondit, avec un fort accent allemand. Comprenant que c'était urgent, la gouvernante lui suggéra d'appeler le restaurant de l'auberge locale.

Levitsky téléphona : le maire avait effectivement confirmé sa réservation pour 19 heures. L'agent spécial offrit de conduire jusqu'à Dove's Landing et Quinn n'éleva aucune objection. La confusion régnait dans son esprit. Jake, Wellacott, Langdon Industries, un sadique avec un complexe de Houdini, cette poupée grotesque représentant la petite fille disparue. Avec tant d'impossibles possibles à avaler, elle n'était plus si certaine d'avoir la tête assez claire pour suivre la route.

Ils arrivèrent à Dove's Landing à 19 h 30. En approchant de l'auberge, Quinn, le front plissé, jeta un regard meurtrier vers la masse sombre du Waldorf-Astoria sur la colline. Elle s'imagina Weir, à l'intérieur, se délectant des raffinements de sa propre intelligence. Ce salaud ne s'en sortirait pas comme ça. Pas cette fois.

L'auberge était l'un de ces gracieux trésors sans âge de la Nouvelle-Angleterre qui horripilait Quinn. Façade impeccablement blanche de planches à clins, avec une frise vert d'eau ; intérieur bien meublé, trahissant une forte inclination pour les indiennes et le cuivre ; le tout extrêmement bien entretenu. Les plantes étaient vertes, contrairement aux cuivres. La nourriture et les magazines de décoration intérieure étaient alignés sur les tables d'acajou comme des rangs d'élèves intimidés.

Un femme d'une beauté frappante était postée à l'entrée du restaurant. Des cheveux noirs, des yeux incroyables, une silhouette fabuleuse, un emballage sans défaut. Quinn ne fut pas victime d'un picotement de jalousie. Non, ce fut une brûlure au troisième degré.

Levitsky, Dieu bénisse sa conscience professionnelle, ne lui accorda aucune attention. Il se dirigea droit sur Wellacott, qui dînait seul à une table d'angle. Contournant l'hôtesse, il longea les cloisons de verre qui bordaient le jardin d'hiver, en direction du maire.

Quinn resta près de la porte, trop heureuse de laisser à Levitsky le privilège d'interrompre le maire en train d'attaquer la terrine de crabe au caviar. Le visage pincé par l'agacement, Wellacott se tamponna le coin des lèvres et suivit Levitsky au salon.

Ils s'assirent tous les trois sur les divans disposés en cercle devant le large foyer. L'arôme du bois de noyer qui brûlait dans la cheminée flottait dans l'air, et le feu projetait des ombres fugaces sur les objets de cuivre poli disposés aux alentours. Il y avait des fougères en pot à profusion et des fleurs de serre dans des vases anciens. Des portraits de famille étaient suspendus aux murs décorés de stuc, le plafond était orné de poutres et de luminaires à gaz reconvertis. La pièce sentait la fumée du feu de bois, l'huile de citron et le pot-pourri. De quoi faire la couverture du numéro de Noël de *Maisons et Jardins*. Un lieu insolite pour tant d'énigmes macabres et de possibilités démoniaques.

Quinn laissa la parole à Levitsky. L'agent spécial rapporta leurs stupéfiantes découvertes. Wellacott ne fit aucun commentaire, bien que son visage trahisse ses émotions : colère, incrédulité, amusement crispé.

— Les archives de l'institut sont inaccessibles pendant quinze jours. Il faut instaurer dès maintenant une surveillance vingt-quatre heures sur vingt-quatre autour de Weir et lancer une enquête poussée à Langdon Industries, conclut Levitsky. Les policiers doivent s'y mettre immédiatement. Sachant que les appels fortuits passés par le quartier général chez Weir le sont presque invariablement dans la journée, il est plus que probable qu'il essaiera de se glisser entre les mailles du filet durant la nuit.

Le maire fronça les sourcils.

— Vous avez beaucoup d'imagination, agent Levitsky. Maintenant, si vous voulez bien m'excuser, j'ai un rendez-vous urgent avec le fameux steak au poivre du chef Villet.

— Attendez une minute. C'est vous qui pensiez que Weir était dans le coup, fit Quinn. Nous venons vous dire que c'est le cas, et vous refusez d'écouter ?

Wellacott se leva.

— Ça ne vous regarde pas, mais au point où nous en sommes, je suis à peu près convaincu que le prisonnier n'a rien eu à voir dans la disparition d'Abigail Eakins. Mes experts n'ont trouvé aucune trace d'irrégularités dans les bandes vidéo filmées par les caméras, ni dans les graphiques de ses déplacements du dispositif de surveillance électronique. Ils m'ont assuré qu'il n'avait pas quitté le bâtiment depuis sa libération conditionnelle.

« Qui plus est, les policiers ont déniché des indices démontrant qu'Abigail Eakins s'est enfuie de son propre chef. Il y a un mot d'adieu, un retrait d'argent sur son livret et un comportement général dépressif. La famille est donc satisfaite, et moi aussi. Abigail reviendra chez elle sans aucun doute dès qu'elle sera fatiguée de son escapade. Si vous voulez bien m'excuser.

— Non, il n'est pas question de vous excuser..., le coupa Levitsky. (Pour la première fois, Quinn perçut distinctement un courant de colère sous-jacente dans son ton mesuré.) Je vous certifie que Weir représente un danger pour vous et pour tout le monde dans cette ville. Vous appelez les policiers ou bien je le ferai.

Wellacott ne fléchit pas.

— Je vous en prie. Vous constaterez qu'en cette matière ils n'agissent que sur mes ordres.

Levitsky se dirigea vers la cabine téléphonique et revint dix minutes plus tard en marmonnant.

— Allons-y, Gallagher.

— Qu'est-ce qui se passe ?

— J'ai dit : Allons-y.

— Je vous avais prévenu, fit Wellacott avant de retourner d'un pas élastique à la salle à manger.

Levitsky tourna les talons pour s'en aller. Quinn le suivit, décochant des regards incendiaires à la silhouette de Wellacott. Ce type était incroyablement condescendant pour un raté. Lorsqu'on disposait d'une montagne d'argent familial pour amortir la descente, il n'était peut-être pas si dur d'être un perdant-né.

Levitsky marqua le pas près de la Jeep et contempla le Waldorf-Astoria dont les formes se découpaient dans la nuit, railleuses.

— Et maintenant, qu'est-ce qu'on fait ? exigea de savoir Quinn. Vous pouvez peut-être obtenir l'aide du FBI.

— Pas sans preuves formelles. Depuis le début de cette affaire, je fais pression sur mon patron. Ses supérieurs ont découvert qu'il m'avait aidé dans un conflit avec la police régionale et lui ont passé un savon. Il a les mains liées.

— Eh bien, pas nous. Si on allait là-bas et qu'on lui colle une arme à feu sur la tempe, à ce salopard ?

— On ne peut pas. Ils le verraient sur les caméras vidéo et ne tarderaient pas à envoyer une voiture de patrouille pour savoir ce qu'on fait là. Lorsqu'on sera interdits de séjour au Waldorf pour l'éternité, il ne restera plus personne pour empêcher Weir de nuire.

— Alors, Levitsky ? Qu'est-ce que vous proposez ?

— Laissez-moi réfléchir un peu, d'accord ?

Qu'il ne se gêne pas, pensa Quinn. Elle ne savait absolument pas par où commencer. Ils étaient eux-mêmes loin d'être en mesure d'organiser une surveillance et un contrôle efficace des mouvements de Weir. Si celui-ci avait réussi à tromper la vigilance d'un dispositif électronique dont le regard ne se détournait jamais, quelles chances avaient-ils avec deux paires d'yeux ordinaires ?

— Vous êtes en train de me dire que c'est sans espoir, Levitsky ? On hisse le drapeau blanc ? Parce que, moi, je n'abandonne pas si facilement.

— Je suis en train de vous dire que c'est l'occasion ou jamais de se taire, Gallagher. C'est tout.

Levitsky, soudain très absorbé, prit son attaché-case sur la banquette arrière et composa la combinaison d'ouverture. Un assortiment de gadgets électroniques et de joujoux des forces de l'ordre se trouvaient à l'intérieur : menottes, matraque à décharge électrique, lunettes infrarouges pour la vision nocturne, trousse de cambriolage, appareil de brouillage des communications, fils électriques, talkies-walkies. Il y pêcha un minuscule disque métallique et une petite boîte en plastique noir avec écran digital et signal sonore.

— Cet appareil est un émetteur-récepteur. Au début, on ne pouvait s'en servir que sur les voitures, mais on a réussi à le miniaturiser, et il est dorénavant possible de le dissimuler sur quelqu'un. Avec ça, on a peut-être une chance. Pour commencer, il faudrait trouver un moyen d'être relié au signal du système d'enregistrement des mouvements de Weir. Si on y parvient ce soir, je suis sûr qu'on pourra trouver un indice susceptible d'incriminer Langdon Industries et obtenir l'aide de la police d'État, voire celle du FBI.

Levitsky lui exposa son plan en détail. Quinn réalisa tout de suite à qui il fallait faire appel pour que ça marche. Toute l'entreprise était risquée et loin d'être au point, mais ils n'avaient pas le choix et plus de temps à perdre.

La vie d'une petite fille était sans doute en jeu. Et beaucoup d'autres choses encore.

41

La chance était avec eux. Quinn dénicha Dud Chambers dans sa chambre. Il était resté sobre, et dans sa salopette de jean et sa chemise de travail, il avait l'air très présentable. Son domicile était propre, sentait l'encaustique et l'ammoniaque. Du réveil radio près de son lit s'échappaient les accords apaisants de *Bridge over Troubled Water*. Quand elle entra, il posa le livre qu'il était en train de lire : la *Bible du roi James*.

Quinn reprit son souffle et fit une prière silencieuse pour que la métamorphose de Dud n'ait rien changé à sa crédulité.

— Désolée de vous déranger, Dud. Mais il faut que vous me rendiez un service.

— Bien sûr, mademoiselle Gallagher. Tout ce que vous voudrez.

— Parfait. C'est à quelques minutes d'ici. Vous n'avez qu'à prendre vos outils, votre fer à souder, votre quincaillerie électronique, et on y va.

Chambers se raidit en apercevant Levitsky dans la Jeep, mais Quinn présenta l'agent spécial comme un ami qui n'était pas de la région, et Dud parut s'en contenter.

Sur le chemin, elle commença à lui expliquer ce qu'ils allaient faire.

— Je ne serais pas venue vous embêter avec ça, Dud, mais nous n'avons pas réussi à joindre le technicien qui s'en occupe d'habitude.

Elle lui expliqua qu'elle avait un « client » sous surveillance électronique, et que le matériel donnait des signes de faiblesse, déclenchant de fausses alertes. Elle était certaine qu'on pouvait y remédier en soudant un rivet supplémentaire au bracelet défectueux. Ensuite, s'ils parvenaient à faire des essais avec le signal d'alarme et à s'assurer qu'ils avaient résolu le problème, Quinn pourrait rentrer chez elle et dormir un peu.

— Sinon les clowns du central vont faire sonner le beeper toutes les cinq minutes pour une alarme de type « violation de bracelet ». En tant que responsable, c'est moi qu'on appelle la première.

— Pas de problème, assura gaiement Dud. Ça a l'air simple.

Sur le chemin, Dud siffla le refrain de *Bridge over Troubled Water* plusieurs fois, balançant la tête en mesure. Il parut calme et détendu jusqu'à ce qu'ils approchent la pancarte qui leur souhaitait la bienvenue à Dove's Landing.

— Eh, où est-ce qu'on va ?

— Je vous l'ai déjà dit, Dud. Mon client est sous surveillance électronique, et...

— Excusez-moi, mademoiselle Gallagher, mais je ne me sens pas très bien, tout à coup.

Il ne semblait pas très en forme. Il était devenu livide. Ses mains tremblaient.

— Faites un effort, Dudley. C'est très important.

Quinn diagnostiqua une crise de manque, un effondrement soudain du taux de bourbon dans le sang de Chambers.

— Ramenez-moi à la maison, mademoiselle Gallagher. Il faut que je m'allonge.

Ce qui signifiait probablement qu'il avait besoin de vider trois quarts de litre d'alcool. Le regard de Quinn croisa celui de Levitsky et, sans qu'un seul mot ne soit prononcé, ils tombèrent d'accord. Il fallait se rabattre sur la solution de rechange. Dud Chambers ne refuserait pas d'aider un enfant.

Quinn lui avoua les véritables raisons qui les poussaient à agir. Le « client » n'était autre qu'Eldon Weir. Et bien qu'ils aient solidement arrimé celui-ci au bout d'une laisse électronique, ils soupçonnaient à présent qu'il avait trouvé le moyen de déjouer le dispositif de surveillance et participer à un enlèvement. Quinn évoqua dans les grandes lignes les pièces à conviction qu'ils avaient dénichées dans le sillage d'indices provocants laissés par Weir.

Si Dud pouvait dissimuler l'émetteur-récepteur et réussissait à intercepter le signal de l'ordinateur qui surveillait Weir, ils auraient une chance d'empêcher le monstre de commettre de nouveaux forfaits.

Dud Chambers cogna du poing dans sa paume et une expression douloureuse se peignit sur ses traits.

— Le salaud. C'est horrible. Ce qu'il y a de pire. Bien sûr que je vais vous aider, mademoiselle Gallagher. Tout ce que vous voudrez.

— Très bien, Dud. C'est important.

— Je sais, mademoiselle Gallagher, dit Chambers d'un ton solennel. Écoutez, il faut que je fasse un passage éclair chez moi. J'ai besoin d'aller chercher quelque chose pour pouvoir faire le boulot correctement.

Ils retournèrent sur leurs pas et attendirent dans la Jeep pendant que Chambers grimpait quatre à quatre l'escalier qui menait à sa chambre. Il ne fut pas long.

— Ça va mieux ? demanda Quinn.

— Oui, mademoiselle. Beaucoup mieux.

Lorsqu'il réintégra la Jeep, son haleine avait un parfum mentholé qui parut à Quinn hautement suspect. Mais elle choisit de n'en tenir aucun compte, du moins pour l'instant.

Weir ne manifesta pas la moindre surprise en les voyant débarquer tous les trois au Waldorf. Il arborait un indéchiffrable visage de pierre. Sa silhouette se découpait dans la porte, il flattait la chienne de caresses langoureuses.

— N'est-ce pas tout simplement merveilleux, ma chérie ? Des invités surprises. Notre chère Mlle Gallagher et l'estimé agent Levitsky. Et nous avons également un *nouveau* visiteur. (Il offrit la main entourée d'un bracelet et renifla.) Je ne crois pas avoir déjà eu le plaisir, monsieur... ?

Chambers suivit les instructions de Quinn et ne pipa mot.

— Votre bracelet a des défaillances, dit Quinn. Je suis venue avec un technicien faire les réparations nécessaires.

Weir fronça les sourcils.

— Quel dérangement cela doit représenter pour vous ! Acceptez toutes mes excuses. Voulez-vous une tasse de thé ?

Levitsky et Quinn s'assirent en face de Weir à la table, tandis que Chambers s'accroupissait aux côtés de celui-ci, soudant l'émetteur-récepteur au bracelet de plastique noir.

Pendant que Dud travaillait, Quinn contempla les carreaux de céramique peinte, les placards sur mesure, la cuisinière, le réfrigérateur et le lave-vaisselle haut de gamme. Pour un rebut de la société, c'était une poubelle de luxe.

Quelques instants plus tard, Dud leva le pouce pour indiquer que le travail était terminé et entreprit de déterminer la fréquence de la boîte noire près du téléphone.

Pour ce faire, Chambers se servait d'un appareil de la taille d'une boîte à chaussures, dont il manipula boutons et manettes, jusqu'à ce qu'il soit certain d'avoir capté le bon signal. Il leva le pouce une fois encore et inclina la tête en direction de la sortie. Il était prêt à partir.

Sur le chemin du retour vers Wilmington, Dud souffrit d'un autre malaise aussi soudain que le précédent. Moite et blême, haletant, tremblant.

— Montez droit chez vous vous mettre au lit, Dud, lui conseilla Quinn. Et pas question de se soigner en ingérant des médicaments du genre liquide, vous m'entendez ? Je viendrai vous voir demain matin.

— Merci, mademoiselle Gallagher. Je ne sais pas ce que je deviendrais sans vous.

— Si, Dudley, vous savez très bien. Mais abstenez-vous.

De retour à Dove's Landing, elle gara la Jeep sur la route de terre battue qui menait au Waldorf, mais hors de portée des caméras. Levitsky avait pris le premier tour de garde. Assis sur le siège avant, il surveillait les récepteurs, à l'affût de tout signal. Quinn, installée à l'arrière, essayait de s'endormir, mais quelque chose la chiffonnait.

— Quand je suis rentrée dans la benne avec la voiture et que vous avez dit que vous compreniez, ça signifiait quoi ?

— Pas maintenant, Gallagher.

— Si, Levitsky. Tout de suite.

— Je voulais dire que par bien des traits de caractère vous me faisiez penser à moi-même, répondit-il. Vous n'oubliez jamais. Vous ne pardonnez jamais. Le besoin de corriger le passé dirige votre vie tout entière. Moi aussi.

— Qu'est-ce que vous n'arrivez pas à pardonner ?

— Ça n'a pas d'importance.

— Si c'est ce qui dirige votre vie, Levitsky, ça doit en avoir.

— Laissez tomber, Gallagher. Vous me faites regretter de vous avoir initiée à la pensée rationnelle.

— Alors racontez-moi.

Un bref sourire éclaira son visage, puis s'estompa tout aussi vite.

— J'étais un enfant tout ce qu'il y a de plus veinard : des parents solides, un foyer heureux, l'affection, la sécurité. Un vrai feuilleton télé. Puis un jour, alors que j'avais à peu près l'âge de votre frère, quelqu'un m'a enlevé tout ça. (Il surveillait les récepteurs, mais Quinn lut le chagrin dans son regard.) Voilà, c'est tout.

Quinn se redressa. Allongée, elle ne pouvait pas étrangler ce mufle.

— Allez, Levitsky. Qui vous a enlevé tout ça ? Qu'est-ce qui s'est passé ?

— Je ne peux pas. Une autre fois, peut-être, d'accord ?

Il s'éclaircit la gorge et se moucha. Il avait un joli nez pointu. Décentré juste ce qu'il fallait.

— D'accord, Levitsky. Une autre fois.

Il lui jeta un regard étonné. Il n'avait pas l'habitude qu'elle se montre aussi raisonnable, pensa Quinn.

— Moi aussi, je comprends certaines choses, dit-elle.

Elle eut un sommeil agité. En se forçant à se réveiller, elle éprouva une curieuse sensation d'ankylose, après un simple somme de deux heures. Lorsqu'elle examina la pendule du tableau de bord, elle constata qu'il s'était en fait écoulé près de cinq heures. La voiture était glaciale. Levitsky était toujours devant, l'œil sur l'alarme électronique, en train de boire du café froid.

— Pourquoi est-ce que vous ne m'avez pas réveillée ?

— Vous dormiez si paisiblement. Ne vous inquiétez pas pour moi, tout va bien.

Quinn se secoua et sortit pour ouvrir la portière du côté chauffeur.

— Allez dormir, Levitsky. C'est mon tour.

— Je ne suis pas fatigué.

— La journée va être chargée, Superman. Allez dormir, c'est un ordre.

Il sortit à contrecœur et se pelotonna à l'arrière. Sa respiration devint plus régulière. Quinn surveillait les récepteurs. Rien à signaler, calme plat. Et encore, calme plat, rien à signaler. Déjà en train de s'ennuyer, elle contempla l'agent spécial endormi. Des membres élancés, un air de gentillesse sur les traits ensommeillés, un soupçon de barbe sur les joues, un accroche-cœur sur le front. Pas exactement repoussant.

Mais comparé à ces sacrés récepteurs, rien n'était aussi repoussant. Calme plat-RAS-Calme plat-RAS. Un excellent remède à l'insomnie. Redressant les épaules, elle se morigéna, elle était en mission de surveillance. C'était son tour. Comment Levitsky avait-il réussi à rester éveillé cinq heures de suite ?

Calme plat... RAS. Le temps était immobile.

Calme plat. RAS.

Une seconde.

Le tableau de contrôle de l'émetteur-récepteur produisait un petit bruit bizarre. Un signal si subtil que Quinn le prit tout d'abord pour un grincement métallique. Mais le bruit augmenta lorsqu'elle se mit à l'observer. Ensuite, le bourdonnement du second tableau de contrôle fut interrompu par une série de crépitements et des baisses d'intensité. Des changements de tonalité assez faibles, mais indéniables.

Elle n'avait pas envie de réveiller Levitsky. Ça n'avait peut-être aucune importance. Mais le volume du signal monta d'un cran, les irrégularités du graphique de l'écran digital s'accrurent et devinrent plus fréquentes. Ça ne suffisait peut-être pas à déclencher l'alarme au quartier général, mais c'était plus qu'assez pour mettre Quinn en état d'alerte.

— Levitsky, réveillez-vous. Il se passe quelque chose.

Il s'ébroua. Lorgna les écrans de contrôle. Appliquant son oreille aux écouteurs reliés à l'émetteur-récepteur, il étudia le signal sonore.

— Allons-y.

Ils marchèrent l'un derrière l'autre, leurs ombres vacillantes s'étirant sous le couvert des branches alourdies par les bourgeons. Des feuilles séchées et des brindilles cassantes crissaient sous leurs pas. Un long ululement sifflant de chouette-pygmée retentit dans l'air nocturne.

En s'approchant du portail du Waldorf, Quinn se souvint des caméras qui quadrillaient le périmètre de la propriété et ralentit. Levitsky continuait à avancer à vive allure, le semi-automatique au poing.

— Attendez, dit Quinn. Il vont nous voir.

— Tant mieux. S'il est sorti, nous aurons besoin d'aide.

Levitsky s'arrêta au portail et dit encore :

— Regardez.

À mi-chemin de la maison, les traces de pas quittaient les dalles de l'allée. Elles décrivaient à partir de là un arc de cercle autour du bâtiment.

L'agent spécial sortit une lampe de poche et en dirigea le faisceau sur les empreintes au sol. Ils les suivirent, traversant l'arrière-cour du Waldorf, franchissant le grillage qui marquait les limites de la propriété. De ce côté-là, celle-ci était limitrophe d'une ferme laitière. La piste se poursuivait jusque sur des prés en jachère et aboutissait dans un secteur qu'on avait labouré pour y faire les semailles de printemps.

Quinn entendit un mugissement de sirènes quelque part dans son dos. Bien. Quand ils auraient mis la main sur Weir, les flics seraient là pour le boucler plus sérieusement qu'il ne l'avait été jusqu'ici. C'était la dernière fois qu'il passait entre les mailles du filet.

Ils repérèrent la ferme et, au-delà, les bâtiments épars qui servaient de dépendances. Des tas de cachettes pour le Professeur Souffrance. Levitsky dégagea le .22 de la gaine qu'il portait sur la cheville et le tendit à Quinn.

— Attendez-moi ici.

— Pas question !

— Alors laissez-moi au moins ouvrir la marche.

— Seulement cette fois Levitsky, c'est tout.

Elle le suivit sur le terrain à découvert qui menait à la ferme. Les traces de pas changeaient de direction et s'orientaient vers la véranda sur la façade. La bouche de Quinn se dessécha lorsqu'elle songea à la famille paisiblement endormie à l'intérieur. Tranquille, sans défense.

Il fallait qu'ils arrêtent Weir avant que celui-ci n'ait eu le temps de faire du mal à quelqu'un.

Elle allongea le pas pour rester en phase avec Levitsky. Rien à dire, celui-ci savait se déplacer rapidement. Ils avaient presque traversé le champ, se trouvaient maintenant à proximité de la maison. *Pourvu qu'il ne soit pas trop tard.*

Mais l'agent spécial s'arrêta si brusquement que Quinn faillit le bousculer.

— Qu'est-ce qui se passe ?

— Regardez-moi ça.

À la lumière vacillante de la lampe de poche, elle vit le visage de Levitsky, frappé de stupeur. Dans la direction qu'indiquait son doigt pointé en avant, elle suivit des yeux les marques des pas sur le sol jusqu'à leur inexplicable disparition en plein milieu du champ. Des traces plus petites, empreintes laissées par les pattes d'un animal, partaient en sens inverse. La lampe de poche de Levitsky remonta cette nouvelle piste, qui elle aussi s'évaporait soudainement un peu plus loin.

— C'est impossible..., murmura-t-elle.

Elle entendit sa propre voix trembler, mais ne put se maîtriser. Ce qu'elle avait sous les yeux était tout simplement impossible.

Levitsky secoua la tête.

— L'illusion, Gallagher. Une magie très noire. J'ai bien peur que cette fois nous ne soyons les dindons de la farce.

Lorsque la vérité lui apparut tout à coup, elle l'atteignit de plein fouet. Les sirènes hurlantes se rassemblaient au Waldorf. Weir était probablement en train d'accueillir les premiers policiers en feignant la surprise. Levitsky et elle auraient à répondre de leur irruption dans cette propriété en pleine nuit, de leurs recherches l'arme au poing dans un périmètre où elles étaient interdites, sous les objectifs des caméras de surveillance.

Leur crédibilité allait s'effondrer. Tout ça faisait partie du plan soigneusement mis au point par Weir pour les écarter de sa route.

Le Professeur leur avait préparé une leçon. Et ils n'étaient pas près de l'oublier.

42

Nora perdait conscience par intervalles, comme une radio avec un faux contact. Rêve et réalité s'enchevêtraient inextricablement dans son cerveau embrumé. Charlie et elle étaient parvenus à passer tous les appels de la liste qu'elle avait dressée avant que le calmant ne fasse son effet. Mais tout ce qu'elle avait tiré de cette entreprise, c'était une perspective inquiétante sur l'étendue du désespoir d'Abigail. Ils n'avaient pas réussi à découvrir le moindre événement ou le moindre enjeu qui ait pu provoquer la fugue de l'enfant. Abigail semblait avoir fui une mélancolie indéfinie, d'une intensité intolérable.

Tous les gens que Nora avait contactés s'étaient servis du même vocabulaire pour décrire la petite fille : *à plat, déprimée, changée*. Nora avait donc été obligée d'envisager le pire. La descente aux enfers d'Abigail n'était peut-être pas due à une cause extérieure. Elle souffrait peut-être d'une maladie émotionnelle.

Cette idée hideuse l'atteignait au tréfonds d'elle-même, mais elle ne pouvait l'écarter. Le père de Raymond avait été un individu instable. Explosif. Sujet à des accès de colère aveugle.

Et des années auparavant, la propre mère de Nora avait elle-même traversé de graves périodes d'abattement. Pendant son enfance, Nora avait vu cette femme rétrograder au point mort, parfois pendant des journées entières. Elle se déplaçait au ralenti à l'intérieur de la maison, ne quittait plus sa robe de chambre et ses pantoufles, regardait n'importe quoi à la télé.

Brusquement, elle émergeait. S'éclairait à nouveau, comme une pièce dont on tire les rideaux. Cette affection chronique avait été heureusement guérie au fil des années grâce à un thérapeute de qualité et à des médicaments de meilleure qualité encore.

Ce qui signifiait qu'on pouvait également soigner Abigail. C'était une enfant après tout, ouverte, malléable. Mais ils ne pouvaient l'aider tant qu'ils ne l'avaient pas retrouvée. Il *fallait* qu'ils la retrouvent.

Nora s'extirpa du lit et descendit d'un pas traînant. Un peu plus tôt, un serveur avait apporté un plateau pour le dîner. Elle l'avait repoussé. Mais à présent, elle était tenaillée par la fringale.

Les plats étaient alignés sur le buffet. En levant les couvercles d'argent, elle découvrit un bol de vychissoise, une salade mélangée et un filet de saumon grillé entouré de petits légumes. Il y avait aussi un soufflé comme dessert, au Grand Marnier à en juger par l'odeur capiteuse, et une tasse de cappuccino.

Tous les mets proposés étaient des chefs-d'œuvre. Villet était peut-être un triste individu, mais personne ne pouvait mettre en doute son habileté culinaire, ni son talent pour la présentation. Les deux premiers mois de son séjour à l'auberge, Nora avait pris quatre kilos. Lorsqu'elle s'était rendu compte qu'elle allait gonfler jusqu'à pouvoir servir de dirigeable au-dessus des compétitions sportives, elle avait appris à résister à la tentation.

Mais elle n'avait pas mangé grand-chose depuis la disparition d'Abigail. Quelques bouchées à contrecœur, et sur l'insistance de Mim ou de Charlie. Elle s'était émaciée et le sentait dans sa chair. Un grand vide.

La soupe était extraordinaire, nourrissante et apaisante. Elle la termina ainsi que la salade assaisonnée d'une appétissante vinaigrette à l'huile de noix et s'attaqua au plat de résistance : des courgettes, de petites pommes de terre nouvelles saupoudrées d'aneth, saumon grillé à la perfection, dans une sauce à l'arôme subtil.

Quand elle eut fini son repas, elle s'enfonça dans les coussins, envahie par une vague de somnolence bienheureuse. Ses yeux se fermèrent, mais elle se força à les rouvrir. L'impression d'avoir oublié quelque chose ne la lâchait pas. Mais quoi ?

Des pensées hétéroclites se bousculaient dans son cerveau plein de toiles d'araignée : le mystérieux habitant du Waldorf-Astoria, la femme du Service des conditionnelles. Elle s'efforça de poursuivre un raisonnement logique, essaya de s'abstraire pour échapper aux assauts conjugués d'idées sans suite et de bruits qui s'accroissaient au-dehors. Mais ceux-ci devinrent bientôt trop stridents pour qu'on les ignore.

Des sirènes.

Leur plainte allait crescendo. À travers des paupières closes, Nora détecta l'éclair hurlant des gyrophares.

La peur lui glaça les os et son cœur se serra. Terrorisée, elle grimpa au premier étage pour enfiler ses chaussures. Il fallait qu'elle sache ce qui motivait ce branle-bas de combat. Il s'agissait peut-être d'Abigail.

43

Une foule énervée, composée de flics et de fonctionnaires, vint à la rencontre de Quinn et de Levitsky devant le Waldorf. Ces derniers s'étaient mis d'accord sur une défense, simple, directe. Ils avaient eu de bonnes raisons de penser que Weir avait fait une tentative d'évasion. Ne pouvant obtenir une aide officielle, ils étaient venus de Rutland jeter un coup d'œil. Il leur avait semblé prudent et nécessaire de se munir d'armes à feu. Fin de l'histoire.

Qui sonnait également le glas de leurs carrières respectives.

Justin Wellacott était là pour se repaître de leur déconfiture. Ainsi que ce rat de Ralph Norman. Le flic corpulent hocha la tête avec une ferveur quasi religieuse lorsque son supérieur ordonna à Quinn et à l'agent spécial de se tenir à l'écart de Weir jusqu'à ce que leurs agissements aient été élucidés par un organisme officiel.

— Je suis sûr que vous savez qu'il est strictement interdit aux agents de la Conditionnelle de porter une arme, mademoiselle Gallagher. Il s'agit là d'une faute grave.

Le chef des policiers de l'État était du genre bouledogue, ancien commando de marine, buriné, le cheveu ras, péremptoire.

— M. Levitsky ne fait pas partie de la Conditionnelle, monsieur. Les armes lui appartenaient.

— Je suis parfaitement au courant qu'il est au FBI, coupa le chef de brigade Festo. Je sais aussi qu'il est ici sans autorisation. Il s'agit d'une violation des accords entre les polices locales et le gouvernement fédéral, agent Levitsky. Nous n'allons pas laisser passer ça. Et vos supérieurs non plus.

— Je n'arrive pas à croire que vous puissiez intervenir ici en vous opposant directement aux souhaits que nous avons exprimés, observa Wellacott, hautain. Le chef de brigade Festo m'a assuré que si l'un d'entre vous était repéré à proximité de cette maison, il serait arrêté sur-le-champ. Je propose que vous quittiez ma ville séance tenante et n'y remettiez plus les pieds.

— C'est parfait. Maintenant que le chef de brigade Festo a décidé de poster des sentinelles autour de la maison, nous serons très heureux de garder nos distances.

— Il n'en est pas question, n'est-ce pas, Tom ? dit Wellacott.

Le chef de brigade se racla la gorge.

— Euh, en fait, il a raison. Je suis sûr que vous allez comprendre la position dans laquelle je me trouve, monsieur le maire. Le risque est probablement minime, mais imaginez un peu de quoi j'aurais l'air, de quoi nous aurions tous l'air si Weir parvenait à filer à l'anglaise.

— C'est absolument hors de question, Tom, crachota Wellacott. Dispersez vos troupes. Weir n'ira nulle part. Je vous l'assure.

Mais Festo resta inébranlable.

— Désolé, monsieur le maire. Ma responsabilité est engagée dans cette affaire.

Il instruisit trois de ses unités de rester sur place pour monter la garde.

— Sergent Mathews, je vous nomme responsable de ce détachement. Si un changement intervient, je vous le communiquerai personnellement. Tous les autres, vous pouvez disposer. Circulez, messieurs-dames.

Levitsky attendait près de la Jeep. Mais Quinn avait une affaire personnelle à régler de son côté. Scrutant la foule, elle repéra un flic qui vivait à Rutland. Faisant signe à Levitsky de prendre son mal en patience, elle se dirigea vers le policier. Peu après, elle revint avec lui.

— Je vous présente Hal Trencher, Levitsky. Il habite près de votre hôtel et sera heureux de vous déposer en rentrant chez lui. J'ai quelque chose à arranger avant d'aller me coucher. Des condoléances. La belle-mère de la sœur d'un ami. Il y a déjà trop longtemps que je remets.

— Que se passe-t-il ?

— Je viens de vous le dire.

— Gallagher, ne jouez pas au plus fin. Nous sommes mouillés tous les deux, dans cette histoire.

— Affaire personnelle, Levitsky. Allez-y.

Après une brève passe d'armes silencieuse, Levitsky prit son porte-documents dans la Jeep.

— Promettez-moi que vous m'appellerez si les choses se gâtent, Gallagher. Au moindre signe.

— Laissez tomber, Levitsky.

— Vous avez mon numéro.

— Bien sûr, je l'ai. Partez.

Une colonne de voitures de police escorta la Jeep jusqu'aux limites de Dove's Landing, avant de se disperser dans toutes les directions. La voiture qui ramenait Levitsky fut une des dernières à s'éloigner. Lorsque les phares obliquèrent finalement, Quinn mit le cap sur Wilmington.

Sur le chemin, elle se défoula sur la pédale d'accélérateur, pied au plancher. Si ces condoléances prenaient le tour qu'elle envisageait, elle ne serait certainement pas la plus éplorée.

La chambre était plongée dans l'obscurité. Elle se gara dans l'allée, monta l'escalier extérieur et cogna à la porte de Dud Chambers. Silence. Elle attendit, martela le panneau une nouvelle fois et l'appela. Pas de réponse.

Elle recula pour prendre son élan et briser la chaîne de sécurité réparée par Dud depuis sa dernière irruption. Ce type était un crack, capable de tout remettre en état sauf lui-même. Elle trouva l'interrupteur et illumina une scène déplorable.

Dud gisait, étalé par terre.

Elle retint son souffle. Est-ce qu'il était mort ? Non. Sa poitrine se soulevait. Quinn lui enfonça le bout de sa chaussure dans les côtes. Pas de réaction. Elle s'accroupit, le prit par les épaules et le secoua. Il eut alors un reniflement porcin.

— Eh, Dud Chambers. Je suis ravie de vous trouver là. Je vous paie un verre ?

Dud parvint à se mettre à quatre pattes et claqua des lèvres.

— Ouais, ce que vous voudrez, mais double dose.

En déployant un effort considérable, Quinn réussit à l'arracher au sol et à l'asseoir plus ou moins droit sur un siège. Son tee-shirt était trempé de sueur, ses cheveux se hérissaient en mèches grasses et emmêlées. Il avait le dos voûté et ses yeux avaient sombré, noyés dans un désespoir insondable.

— Qu'est-il arrivé, Chambers, que cherchez-vous à oublier, cette fois ?

Il cligna des yeux.

— Mademoiselle Gallagher ? C'est vous ? Une femme respectable comme vous ne devrait pas traîner dans un taudis.

— Allez, Dudley. Dites-moi ce qui se passe. Pourquoi étiez-vous si bouleversé en voyant que c'était la demeure d'Eldon Weir ?

Il leva un doigt.

— Eh, barman, servez ce qu'elle voudra à mon amie.

— Revenez à vous, Dudley. Il faut tout me raconter.

C'était inutile. Les yeux de Chambers tournoyaient par à-coups dans leurs orbites.

— D'accord, Dud. Je pense que vous avez besoin d'une petite secousse.

Elle prit trois plateaux de glaçons dans le congélateur près de l'évier. Tirant sur le col du tee-shirt de Dud, elle en vida un dans son dos. Elle lâcha le deuxième dans la ceinture de son pantalon. Puis elle appliqua le troisième sur sa nuque, ses poignets, ses chevilles, pour finir par la plante des pieds.

Dud eut un soubresaut et reprit conscience.

— Oh, c'est froid. Oh, c'est glacé. (Il se redressa brusquement et ses yeux s'écarquillèrent.) Mademoiselle Gallagher, c'est vous ?

— Oui. Maintenant, racontez-moi. Qu'est-ce que vous avez fabriqué avec Weir ?

— Oh, mon Dieu, comme je le regrette ! Je ne savais pas. Il faut me croire.

— Qu'est-ce que vous ne saviez pas ?

Il allongea une main tremblante et s'essuya les yeux d'un revers de main.

— Il m'a dit qu'il voulait m'aider. Je croyais que c'était régulier. Je le jure.

— De quoi parlez-vous ? Commencez par le début.

Chambers renifla.

— D'accord. Un type est venu me voir à Rutland après mon passage devant la Commission des libérations conditionnelles. Il avait l'air très riche. Il portait des costumes chers, des bijoux tapageurs, tout ce qu'il faut. Il m'a dit qu'il possédait une grosse entreprise dans le nord de l'État. Il a dit qu'il travaillait avec d'anciens taulards, bénévolement, pendant ses loisirs. Il aimait aider des gens comme moi à se remettre sur pied. Il a dit qu'il désirait rester anonyme.

Pour pouvoir être libéré sous conditions, il fallait à Dud un boulot et un logement décents. Avec l'aide de cet homme en coulisse, Chambers avait pu se passer des filières normales et accélérer la procédure de libération.

Son bienfaiteur avait trouvé et ameublé l'appartement au-dessus du garage, et manœuvré pour que Dud soit embauché au labo photo. L'homme lui avait même fourni des travaux supplémentaires pour qu'il puisse gagner un peu d'argent pendant son temps libre. C'est à l'une de ces tâches que Dud était en train de travailler le jour où Quinn était venue au labo dupliquer les bandes vidéo.

— J'ai réparé une demi-douzaine de radios pour son compte, poursuivit Dud. Mon bienfaiteur disait qu'elles étaient destinées à un club auquel il appartenait, un groupe de magiciens amateurs. Il m'a fait programmer toutes les radios sur la même fréquence, pour qu'elles fonctionnent comme des walkies-talkies. Lorsqu'elles n'émettaient pas, elles étaient réglées pour avoir l'air de transistors normaux retransmettant de la musique. Mais c'était un des membres du groupe qui jouait les disc-jockeys. Je ne voyais pas de mal à ça, mademoiselle Gallagher. Je le jure.

— Et vous avez déposé l'une de ces radios au Waldorf ?

Hochement de tête maussade.

— Monsieur Milton m'a dit de les mettre avec le reste dans le camion qui livrait les meubles. Il a dit qu'un des membres du club s'installait là-bas.

« Il a fallu que je commande des pièces détachées pour l'émetteur. Quand elles sont arrivées, mon contact m'a dit de laisser tout ça enveloppé dans du papier devant la maison. Je lui ai demandé pourquoi tant de précautions et il m'a répondu que son ami était un peu bizarre avec les inconnus.

— C'est une façon intéressante de décrire la personnalité de Weir, dit Quinn.

— Je ne savais pas que Weir vivait dans cette maison, mademoiselle Gallagher. J'ai commencé à avoir des soupçons lorsque vous m'avez apporté les bandes vidéo pour en faire la copie. Quand j'ai vu que le Service des conditionnelles filmait cette vieille baraque, j'ai compris que l'ami de Milton n'était pas un membre ordinaire de son club de loisirs.

« Je me suis renseigné et j'ai entendu dire que Weir était placé en résidence surveillée au Waldorf. Eldon Weir, bon Dieu. Lorsque vous m'avez appris qu'une petite fille avait été enlevée, je savais que c'était sûrement lui le coupable. Et je me suis rendu compte que j'étais mouillé dans cette histoire. Quel imbécile je fais, mademoiselle Gallagher ! Qu'est-ce que j'ai dans la peau ?

Deux grosses larmes coulèrent sur le visage de Chambers. Quinn avait presque envie de consoler cet abruti, mais la nécessité de le secouer une bonne fois était plus pressante.

— Qui est M. Milton ?

— Je vous l'ai dit, un homme d'affaires qui aide les anciens détenus. C'est tout ce que je sais sur lui.

Quinn chercha à lui arracher quelques détails supplémentaires, Mais Dud n'était en possession d'aucune information intéressante. M. Milton était propriétaire d'une entreprise du nord de l'État dont Chambers ne connaissait pas le nom, vivait là où il voulait, se montrait quand la fantaisie lui en prenait.

Elle insista.

— Vous n'avez pas son numéro de téléphone ? Le modèle et la marque de sa voiture ?

Chambers resta muet. Ayant épuisé les questions qui lui venaient à l'esprit, Quinn décida de procéder méthodiquement avec un calme levitskyen.

— D'accord. Essayons autrement. Est-ce que vous pouvez me procurer une de ces radios spécialement programmées ?

Si c'était le mode de communication qu'employaient les membres du club, Quinn voulait être à l'écoute.

Il renifla.

— Désolé, je les ai toutes données à M. Milton.

— Combien de temps vous faudrait-il pour en fabriquer une ?

— Il faut d'abord que je commande les pièces détachées. Ça prend au moins quelques jours.

Tout ce qui pouvait se crisper se crispa chez Quinn : les poings, les dents, l'humeur.

— De quel genre de pièces s'agit-il, Dud ? Vous ne pouvez pas les prélever sur une télé, un grille-pain, quelque chose ?

— Désolé, non. C'est du matériel spécialisé. Le genre de gadgets qu'on ne trouve que sur les radios de bord de la marine ou celles de la police. Ça court pas les rues.

Quinn ne savait plus s'il fallait l'embrasser ou lui botter le train.

— J'ai accès à la fréquence de la police sur la radio de ma voiture.

— Vraiment ? Alors ça ne pose plus aucun problème. Je peux la régler de manière à capter les émissions du club. Je vais chercher mes outils.

Lorsqu'il essaya de se mettre debout, ses jambes flageolaient. En s'appuyant sur Quinn de tout son poids, il réussit à se lever de sa chaise. Il interrompit son mouvement une seconde et s'ébroua, projetant par terre des glaçons en train de fondre. De concert, ils attaquèrent maladroitement la traversée de la pièce, puis du palier pour arriver à l'escalier. Elle le soutint durant toute la descente, une marche à la fois, et l'accompagna dans l'allée jusqu'à la Jeep.

Dud se laissa tomber sur la banquette avant et se mit à tripoter la radio. Dans l'état où il était, Quinn n'était pas certaine qu'il parvienne à effectuer les réglages sophistiqués auxquels il fallait procéder. Mais il sortit la tête de la voiture quelques minutes plus tard en arborant un sourire satisfait.

— Tout est réglé, mademoiselle Gallagher. Si vous voulez écouter les émissions du club, vous montez l'aiguille en haut de la fréquence de la police et deux crans vers le bas. Un jeu d'enfant.

Quinn s'installa sur le siège du conducteur et suivit les indications de Chambers. Quand elle obtint la fréquence du club, ils jouaient un morceau de Carole King, *It's Too Late*. Elle souhaita de toutes ses forces que ce ne soit pas prophétique.

— Les membres n'émettent que de temps en temps, expliqua Dud avec sollicitude. C'est la loterie, surtout le soir. Mais ne vous faites pas de bile en ce qui concerne Eldon Weir, mademoiselle Gallagher. Je me suis assuré qu'il ne puisse plus sortir de cette maison pour faire du mal à quelqu'un. C'est réglé.

L'expression sinistre qui se peignit sur les traits de Chambers glaça le sang de Quinn.

— Qu'est-ce que vous avez fait ? Dites-le-moi.

— Si Weir reste à l'intérieur de la maison, il n'y aura pas de problème. N'y pensez plus, mademoiselle Gallagher. Oubliez ça.

Elle bondit hors de la Jeep et agrippa le col trempé du tee-shirt en serrant fort.

— Parlez, Chambers.

Il essaya, sans y parvenir. Difficile de parler pendant qu'on se fait étrangler. Quinn desserra un peu sa prise.

— Maintenant, racontez-moi tout.

Chambers toussa et leva les mains en signe de capitulation.

— D'accord. Il me restait un peu de plastic, dans ma chambre, de l'époque où j'ai travaillé dans une carrière avec un ami. Quand j'ai su que c'était Weir qui habitait la maison, je vous ai demandé de me ramener chez moi pour en prendre. J'en ai collé un peu sous son bracelet et l'ai réglé pour que ça saute s'il tentait de briser sa laisse électronique. Si Weir essaie de s'évader, il se volatilise.

Quinn n'en croyait pas ses oreilles. Elle était elle-même près d'exploser.

— Écartez-vous de mon chemin. Il faut que je lui mette la main dessus.

Elle le poussa hors de l'allée et le laissa sur place, maugréant sa surprise. Lançant la Jeep, elle déboucha sur la route à toute allure et fonça sur Dove's Landing. Elle imaginait la scène : Weir s'échappant du Waldorf, le fracas de l'explosion, une boule de feu, puis un tas de braises rougeoyantes et de cendres nauséabondes.

C'était peut-être la fin qu'un tel monstre méritait. Mais s'il était désintégré de cette manière, elle avait peur d'être condamnée à réparer les dégâts pour le restant de ses jours.

44

Un bien-être si intense qu'il faisait tourner la tête d'Abigail. Elle ne savait plus quand elle avait ressenti ça pour la dernière fois, avoir le ventre plein, se sentir propre, au chaud, confortablement installée.

Il avait apporté tout ce qu'elle désirait, et plus encore : des desserts somptueux, un pyjama doux au toucher, une robe de chambre molletonnée, des pantoufles fourrées.

La seule déception, c'était le bain. Il avait traîné un bac plein d'eau savonneuse qui débordait. Après son départ, Abigail s'était lavée morceau par morceau, se frottant avec le gant jusqu'à irriter la peau. Pas un vrai bain, mais c'était mieux que rien.

Dès qu'elle rentrerait à la maison, elle se plongerait dans la baignoire pour une semaine. Partirait à la dérive dans les bulles parfumées. Se décaperait de lui et de ses farces vicieuses.

Après avoir goûté à toutes les friandises et à tous les privilèges, Abigail était épuisée mais trop énervée pour dormir ou même fermer les yeux. Il allait se passer quelque chose. La petite fille le savait instinctivement, comme on reconnaît le calme avant la tempête. Elle ne savait pas si les choses allaient s'aggraver ou au contraire s'améliorer, mais elle était prise au piège, impatiente de savoir ce qui allait lui advenir.

En prêtant l'oreille, elle entendit un grincement suraigu au-dessus de sa tête, comme un robinet mal fermé. Le son qui suivit résonna jusque dans ses os. Ça ressemblait aux percussions d'un groupe de heavy-metal.

Elle ne supportait pas de rester dans l'expectative. Quoi qu'il advienne, il fallait que ce soit rapide, songeait Abigail. Il n'y avait rien de pire que les créatures rampantes de ses souvenirs et de son imagination. Des rats morts. Des flammes.

Lorsqu'il descendit enfin, ce fut presque un soulagement.

— Alors, tu es prête maintenant, Abigail ? Tous tes vœux ont été exaucés ?

— Prête à quoi ?

— Je pense que tu t'es reposée comme je te l'avais demandé. Tu auras besoin de toute ton énergie.

— Qu'est-ce que vous voulez ? Qu'est-ce que vous allez encore me faire ?

Lorsqu'il entendit cela, ses traits se déformèrent d'une façon inquiétante. Elle n'avait jamais vu une expression aussi démente sur un visage. Les yeux près de jaillir des orbites. Deux rangées de dents voraces. L'éclat d'une joie mauvaise. La peur la paralysa.

— Il faut me le dire.

— Certainement, très chère, je vous le dirai. Je vous le *montrerai*, même. Vous êtes, après tout, la vedette de notre petite entreprise, le sujet de notre expérience. Tout est fait dans l'intérêt de la *science*, voyez-vous. *Les Lumières de la Connaissance*. Nous allons explorer ensemble l'essence même de l'humanité, sonder les mystères de l'existence. (Il claqua des mains.) Allons-y. Nous commencerons par enregistrer les données de base et nous avancerons à partir de là. Ne bougez plus.

Elle se mit à trembler quand il lui mit un doigt sur le poignet, posa la main sur son cou, lui écarta les paupières dont il examina l'intérieur.

— Qu'est-ce que vous faites ? (Ses tremblements devenaient peu à peu de véritables spasmes qui lui coupaient le souffle.) Arrêtez. Ne me touchez pas.

— Silence !

Il appliqua le tampon glacé d'un stéthoscope contre son dos. Prit des notes sur une page épinglée au bloc médical qu'il portait autour du cou.

De la démence, se répétait-elle, il était cinglé. Encore un sale tour de taré débile. Mais il avait quelque chose dans ses yeux qui la terrifiait. Abigail n'arrivait pas à trouver ce que c'était. Tout ce qu'elle savait, c'était qu'elle voulait mettre le plus de distance possible entre elle et ces yeux, et la chose innommable tapie derrière.

— Voilà. J'ai tout ce qu'il me faut pour l'instant, dit-il enfin. Repose-toi jusqu'à ce que je revienne, et nous attaquerons l'épreuve finale.

Abigail le vit monter les marches et disparaître dans l'ombre. L'épreuve finale, pensa-t-elle. Encore une et il en aurait terminé avec elle.

45

La route était déserte. Quinn poussait le compteur de vitesse dans ses derniers retranchements. Le temps était son ennemi. Elle ressentait l'écoulement fatal de chaque seconde, l'hémorragie des minutes. Si Weir tentait quoi que ce soit, ils étaient condamnés à partir en fumée tous les deux.

Une nuit idéale pour une catastrophe. Des nuages anthracite à la dérive dans un ciel maussade. La lune apparaissait à intervalles irréguliers. Un kaléidoscope étourdissant de menaces et d'espoirs.

Quinn, sur des charbons ardents, mit la radio. L'aiguille était réglée sur la fréquence du club. Elle était sur le point de changer de station lorsqu'un animateur à la voix pincée et nasillarde se mit à faire de la réclame pour des soldes de voitures d'occasion dans la ville voisine de Queechee.

« On va s'arracher ces engins sur le parking. Avant même que vous n'ayez eu le temps de réagir, il n'y en aura plus. Et là, ce sera fini. Abracadabra. »

À ces mots, Quinn sentit un étau se refermer sur son estomac. *Abracadabra*. La station n'avait pas d'existence réelle, pas plus que cette annonce de pub. C'était forcément un message codé.

On va s'arracher ces engins sur le parking. Avant même que vous n'ayez le temps de réagir, il n'y en aura plus. Le sens de cette phrase crevait les yeux. Weir se préparait à quitter le Waldorf.

Elle appuya encore plus fort sur l'accélérateur. Grinça des dents. Son esprit était traversé d'éclairs de terreur. *Pourvu que j'y arrive avant qu'il ne soit trop tard !*

Abracadabra.

Et tout serait fini.

46

Toujours aux prises avec les effets du tranquillisant qu'on lui avait administré, Nora traversa la pelouse de l'auberge, fila sur le parking, traversa la route et se hâta en grimpant vers le pont couvert. Un peu en amont, elle vit clairement une file de voitures s'éloigner du Waldorf. Trois unités restèrent sur place, et une demi-douzaine d'hommes s'attardèrent devant la maison en bavardant.

Sous le toit du pont branlant en bois, elle ne pouvait entendre distinctement ce qu'ils se disaient, mais le cercle des visages, illuminés par les phares, avait un aspect sinistre.

Elle voulait entrer par la grande porte et exiger de savoir ce qui se passait, mais le souvenir de sa dernière tentative de pénétrer dans cette maison l'en empêcha. La dernière chose au monde qu'elle eût souhaitée, c'était d'être raccompagnée à l'auberge de gré ou de force, expulsée sans cérémonie par des flics autoritaires.

Il fallait qu'elle discute avec le nouveau locataire, qu'il s'agisse ou non d'un criminel. Il fallait qu'elle sache s'il avait vu ou entendu quelque chose pouvant avoir trait à la disparition d'Abigail, les avertissements des policiers n'avaient pas dissuadé Nora, et elle n'éprouvait pas la moindre peur. Sans sa fille, elle n'éprouvait plus qu'un sentiment de désolation.

Camouflée par les broussailles qui bordaient la

route, elle s'approcha. Tendant l'oreille, elle parvint à saisir des bribes de conversation. Il était question d'un professeur. Aucune mention d'Abigail. Tout ce remue-ménage dans la maison n'avait peut-être rien à voir avec la disparition de la petite fille. Il ne s'agissait peut-être que d'une coïncidence troublante.

Nora décida de rester cachée jusqu'à ce que le dernier flic soit parti. Ensuite, elle irait à la maison et rencontrerait ce mystérieux voisin. Quelle que soit l'identité de cet individu, s'il savait quoi que ce soit qui puisse aider Abigail, elle était résolue à l'apprendre.

Les policiers n'avaient pas spécialement l'air pressés de partir. Nora se courba, dissimulée par la clôture, et alla s'accroupir derrière une rangée de troènes. Ses jambes se fatiguèrent bientôt. Elle dut se résoudre à s'asseoir sur la terre froide et boueuse. Une fois passé le choc initial, c'était presque agréable. Apaisant.

Nora réprima un bâillement. Le dernier groupe de policiers mettait un temps fou à se disperser. Ils restaient là à bavarder, discutant de l'équipe des Red Sox, du budget de l'État et d'une femme appelée Sally Ann, dont la carrure et le tempérament rappelaient ceux d'une poupée gonflable.

Nora avait mal aux yeux, les paupières et la tête lourdes.

Allez-vous-en tout de suite. Il faut que j'entre dans cette maison et que j'interroge cet homme.

Des parasites crépitèrent sur une radio dans une voiture de patrouille. Un policier s'avança en direction du véhicule et prêta l'oreille. En revenant, il leva le pouce, en signe de contentement.

— Un appel de la brigade, dit-il comme s'il avait pu lire les pensées de Nora. On dégage d'ici.

Ses compagnons se mirent en marche d'un pas traînant, progressant au ralenti vers le portail. Ils s'arrêtaient de temps en temps pour discuter encore un peu. *Allez-y, bon sang !*

L'épuisement avait envahi les membres de Nora. Ses

paupières pesaient des tonnes. Elle décida qu'elle pouvait s'autoriser à les fermer une seconde. C'était tout ce dont elle avait besoin.

En reprenant ses esprits dans un sursaut, elle se sentit toute raide et désorientée.

Furieuse contre elle-même de s'être laissée aller, elle essaya de deviner l'heure sur sa montre. Mais les nuages défilaient à toute allure, masquant la lune. Il était inutile de s'inquiéter de l'heure. Si tard qu'il fût, elle allait rendre visite au nouveau voisin. Nora fit un effort pour s'arracher au sol et se dirigea vers la maison.

47

Quinn jaillit de la Jeep qu'elle avait garée à cinquante mètres sur la route de service en terre battue. Elle fit le tour de la propriété et se retrouva devant le Waldorf. Elle bondit lestement par-dessus la clôture et s'approcha de la maison, pliée en deux. Elle espérait échapper ainsi aux caméras de surveillance.

À un mètre de la rangée de piquets, elle s'arrêta tout à coup, victime d'un accès de peur instinctive. Mais l'idée que Weir pouvait sortir et provoquer l'explosion du plastic la poussa en avant.

Passer par la porte, c'était trop risqué. Les objectifs des deux caméras placées devant la maison convergeaient sur l'entrée. On la verrait au quartier général si elle essayait d'entrer par là.

Elle examina les autres possibilités. À l'arrière se trouvait une fenêtre qui donnait sur la salle à manger. De modèle standard, à battants coulissants. Elle calcula qu'à cet endroit-là elle serait dans un angle mort, invisible aux caméras disséminées autour du bâtiment. L'épaisse moquette mauve atténuerait sans doute le bruit qu'elle ferait en entrant. Si Weir était au premier étage ou bien à l'autre bout de la maison, elle avait une bonne chance de se glisser à l'intérieur sans attirer l'attention et de bénéficier de l'effet de surprise.

Puis elle se souvint du chien.

Cette sacrée bestiole était imprévisible. De féroce chienne de garde défendant son territoire, elle pouvait se transformer en animal docile, presque indifférent. Quinn l'avait vue dans les deux rôles. Elle n'avait aucune idée de la raison qui provoquait ces différences de comportement.

C'était un coup de dés. Mais la vie était un jeu de hasard.

Elle se faufila vers la fenêtre latérale. Jetant un coup d'œil à l'intérieur, elle ne vit qu'une pièce obscure. Aucune créature ne s'anima. Aucun œil de chien étincelant de rage. Pas le moindre jappement préventif, ni grondement de gorge. Du moins, pour l'instant.

Elle poussa le battant du bas et celui-ci glissa sans bruit. Elle franchit tant bien que mal le rebord de la fenêtre. Elle tendit l'oreille pour passer au crible un silence frémissant. Et n'entendit ni ne vit rien. Mais elle sentait une présence, venimeuse, glaçante.

Il était encore à l'intérieur de la maison.

Elle sortit le .22 de sa poche. Cette fois, Weir ne la désarmerait pas si facilement.

Elle traversa le salon d'un pas furtif. La lune avait sombré derrière d'épais nuages. De lourdes ténèbres la ralentissaient, dressant des obstacles improvisés sur sa route. Elle naviguait dans un périlleux océan d'ombres trompeuses. Le pis qui puisse lui arriver, c'était de trébucher sur quelque chose et de donner ainsi l'alerte.

Elle tâtonna sur le mur pour trouver l'interrupteur. Avec la cécité de Weir, il lui fallait sinon faire pencher la balance en sa faveur, du moins égaliser les chances en allumant la lumière. Elle finit par le trouver. Mais lorsqu'elle appuya, il ne se passa rien. Elle recommença fébrilement la manœuvre plusieurs fois de suite.

Weir avait dû couper le courant.

Quinn scruta le couloir, en s'efforçant de s'habituer à l'obscurité. Elle finit par distinguer les contours de la boîte noire qui commandait la surveillance électronique et la longe qui la reliait au téléphone. L'escalier se profilait derrière.

En montant les marches, Quinn retenait son souffle.

Par pitié, épargnez-moi les marches qui grincent. Le plus petit bruit trahirait sa présence. Sans autres armes que ce minuscule pistolet à moineaux, elle s'accrochait désespérément à l'avantage de la surprise. Et d'ailleurs, en bénéficiait-elle vraiment ? Elle pensa aux stupéfiantes prémonitions de Weir. Sa prétention au don de voyance.

Savait-il d'ores et déjà qu'elle était dans les parages ? Était-il capable de percevoir la présence de Quinn comme celle-ci percevait la sienne ?

À mi-chemin du premier étage, elle entendit. Un crachotement sifflant, assez bas. Un son qui n'avait ni forme ni substance identifiable. Ça n'était peut-être rien. Mais une terreur soudaine la rejeta en arrière.

Sa bouche se dessécha. Tétanisée, elle attendit que le bruit s'arrête ou qu'il change de nature. Le sifflement cessa, et le débit haletant du Professeur Souffrance s'enroula autour de la nuque de Quinn.

— Le chemin s'arrête ici, madame l'agent de la Conditionnelle. Vous avez réussi à remonter la piste jusqu'au bout.

Où était-il ?

Elle n'arrivait pas à savoir d'où venaient ces paroles. Sa voix n'était qu'une rafale de vent dans l'obscurité, un jeu sur le sens de l'orientation et la tonalité. Il était temps d'y mettre fin.

— Montrez-vous, Weir. Tout de suite. Je vous ramène en prison.

— Mais je me suis montré, mademoiselle Gallagher. Je vous ai exposé l'essence même de mon cœur, de mon âme. Je vous ai révélé mes secrets les plus intimes. Et c'est de cette façon que vous me récompensez ? Par la méfiance ? Les subterfuges ?

Sa voix tonna brusquement contre elle, s'enfonçant dans la poitrine de Quinn comme un index accusateur.

— *Me faire ça !*

Quinn faillit dégringoler au bas des escaliers. Son

cœur s'affola dans sa poitrine, elle avait la gorge nouée.

— Mettez les mains sur la nuque et sortez lentement, Weir. Tout de suite !

Elle grimaça en entendant le timbre désespéré de sa propre voix, suraigu.

— Oh, et peut-être dois-je aller au coin, maman ? Je n'ai pas été un gentil garçon ?

Chacune des paroles de Weir la secouait, prononcées sur un ton rauque, venues du vide qui s'étendait derrière l'escalier. Elles résonnaient aux oreilles de Quinn, faisaient vibrer ses tympans.

— Vous désirez peut-être me donner la fessée ? Je n'ai rien contre.

Assez !

Quinn n'était pas du genre à se laisser piéger comme un insecte s'empêtre dans une toile d'araignée. En pensant aux crimes commis par ce monstre et à ceux qu'il pouvait encore accomplir, elle sut qu'il fallait trouver une façon d'y mettre fin. Cette fois-ci, elle était décidée à l'emporter. Il n'y avait qu'un petit nombre d'endroits dans cette maison où il pouvait se cacher. Et elle allait le dénicher, coûte que coûte.

Elle continua de monter l'escalier, malgré les défis et les avertissements dont il l'accablait.

— Restez à l'écart, mademoiselle Gallagher. Gardez vos distances. Vous savez bien qu'il faut se méfier de moi.

Arrivée sur le palier, elle contempla le couloir silencieux. La porte de la chambre de Weir était grande ouverte. Juste derrière, celle de la chambre d'amis était presque close. Il y avait encore une porte fermée au bout du couloir. Un placard, se souvint-elle. Au-delà, la toute dernière porte, elle aussi fermée, donnait accès à une minuscule salle de bains. Elle se décida rapidement. Elle se glissa dans la chambre de Weir et scruta les ténèbres.

Personne.

Elle se colla au mur et attendit que son souffle redevienne plus régulier. Respira profondément plusieurs fois de suite. Il fallait qu'elle réfléchisse, qu'elle trouve une façon de réduire Weir à l'impuissance.

Depuis le jour de la perquisition, elle avait gardé en mémoire la topographie des lieux. Si elle devinait par où entamer ses recherches, elle pouvait le battre à son propre jeu.

La lumière se fit lentement en elle. Le Waldorf était équipé d'un système de climatisation et de chauffage. Le même qu'au domicile de Quinn. Les paupières baissées, elle en imagina la configuration. Des grillages de métal ouvragé étaient disposés par intervalles au bas des murs. Ils diffusaient l'air venu de la chaudière située au sous-sol, qui circulait à travers un important réseau de canalisations et de conduits.

Le soir chez elle, dans le salon, Quinn avait quelquefois droit au monologue de Bren déjà prêt à s'endormir, à l'étage au-dessus. Les paroles du gosse résonnaient dans la tuyauterie creuse du chauffage comme des coups de marteau sur de la pierre. C'était arrivé le soir où Levitsky avait couché Bren. Elle les avait entendus bavarder.

C'était peut-être le secret des fameux tours de passe-passe de Weir, de sa capacité à faire surgir sa voix de n'importe où comme un ventriloque.

Quinn se baissa et tâtonna à la base du mur avant de trouver une des grilles de chauffage. Elle appliqua ses lèvres sur le métal froid et émit un grognement rauque.

Quelques instants plus tard, elle fut récompensée, la réponse tant espérée lui parvint. Un aboiement bref, en bas, à l'arrière du bâtiment. La chienne était dans la cuisine. Ainsi que Weir, elle en était certaine. Le molosse avait peut-être un comportement imprévisible avec les inconnus, mais ne lâchait pas son maniaque de maître d'une semelle.

Quinn se glissa hors de la chambre et avança jusqu'au bout du couloir. Elle était sur le point de descendre l'escalier lorsque de petits coups hésitants furent frappés à la porte d'entrée. Le bruit s'interrompit une seconde, avant de reprendre de plus belle.

Aucune réaction de Weir, ni de la chienne. Quinn était paralysée par la surprise. De qui s'agissait-il ? D'un comparse de Weir ? Ou bien de quelqu'un qui venait prêter main-forte à Quinn ?

La porte grinça en s'ouvrant, et elle entendit des pas timides dans l'entrée.

— S'il vous plaît ? Écoutez, je suis désolée de vous déranger à une heure aussi tardive, mais je vis à l'auberge au pied de la colline. Je dois vous parler de toute urgence. Il s'agit de ma petite fille.

La mère de l'enfant disparue. La gorge de Quinn se serra encore. *Allez-vous-en, madame. Tirez-vous !*

Mais les pas continuèrent leur progression dans l'entrée. En baissant les yeux, Quinn put distinguer les contours de la mince silhouette. Que se passerait-il si elle s'aventurait dans la cuisine ?

Quinn dut se mordre les lèvres pour ne pas laisser échapper un petit cri. La femme s'arrêta. Quinn pria pour qu'elle change d'avis. *Retournez d'où vous venez. Fuyez !* Mais au bout d'une seconde, elle s'approcha de l'escalier et appela :

— Il y a quelqu'un ? Je vous en prie, répondez. Il faut que je vous parle.

Quinn dévala les marches aussi vite que possible, saisit la femme par les épaules, et appliqua la main contre sa bouche sans douceur. Le corps de la femme se raidit.

— Pas un bruit, lui souffla Quinn dans l'oreille. Venez avec moi. Dépêchons.

Elle traîna la mère bouleversée en haut de l'escalier et dans le couloir jusqu'à la chambre d'amis. La femme essaya de se dégager, mais Quinn ne pouvait pas se permettre de la relâcher. Pas encore.

— Écoutez-moi, fit-elle. Un homme très dangereux est en ce moment au rez-de-chaussée. Vous devez rester silencieuse. Votre vie en dépend. Vous avez compris ?

Un rayon de lune avait transpercé les nuages. À la faveur de cette lumière soudaine, Quinn aperçut l'expression peinte sur le visage de la femme. Les yeux semblaient près de jaillir des orbites. Mais elle acquiesça, la nuque raide, toujours emprisonnée dans une poigne de fer.

— Pas un bruit ? C'est juré ?

La femme hocha de nouveau la tête.

— D'accord, dit Quinn en la libérant. Je m'appelle Quinn Gallagher. Je suis un agent du Service des conditionnelles. L'un de mes « clients » est en résidence surveillée ici depuis quelques jours. Son nom est Eldon Weir.

C'était tout dire. La femme eut un hoquet et colla la main sur sa bouche.

— Oh, mon Dieu ! C'est Eldon Weir qui a enlevé ma fille ?

— Je n'en sais rien, dit Quinn. Mais si c'est le cas, je ne le laisserai pas s'approcher de la petite. Votre fille n'est pas dans cette maison. Et je suis ici pour empêcher Weir de sortir.

Nora secoua un menton crispé, en signe d'assentiment.

— Ne le laissez pas faire du mal à Abby. Je vous en prie.

— Ne vous inquiétez pas...

Quinn entendit un bruit.

— Chut...

Elles se turent. Des voix haletantes leur parvinrent bientôt, s'échappant des conduits du chauffage.

— *Qu'est-ce que vous faites ici ? Allez-vous-en avant de tout foutre en l'air, espèce d'imbécile.*

— *C'est moi qui commande, ici, Weir. Ne l'oubliez pas.*

S'agissait-il vraiment de deux voix distinctes, ou bien était-ce encore un tour de cochon signé Weir ?

— *L'enquiquineuse est là-haut, Wellacott. Allez-vous-en, laissez-moi m'en charger.*

Wellacott ? Wellacott était complice de Weir ? Le mystérieux « M. Milton » de Dud Chambers, c'était lui ? La description de Dud lui allait comme un gant : riche, des tas de relations, très élégant.

— *Il faut qu'on discute, Weir. Nous avons un certain nombre de choses à régler.*

C'était la voix du maire. Ou alors, une excellente imitation.

— *D'accord. Mais il faut que je termine ce que j'ai à faire ici. Je me charge d'elle et je vous retrouve aux grands ensembles.*

Lourd silence. Quinn retint son souffle, en attente. Le maire parla de nouveau.

— *D'accord, Weir. Je vous donne vingt minutes.*

— *J'y serai. L'enfant est prête ?*

— *Bien sûr. Je l'ai préparée et j'ai fait les examens nécessaires. Vous verrez. Soyez ponctuel.*

— *Sans faute. Attendez... prenez le bracelet. Jetez-le dans les bois sur le chemin. Ça lancera les flics sur une fausse piste.*

Quinn entendit la porte claquer et un bruit de pas dans l'allée. Puis un moteur de voiture. Quinn jeta un coup d'œil à la mère. Celle-ci avait le visage ravagé par la peur et le désespoir. Elle était pourtant loin de tout savoir.

Quinn repensa à Dud Chambers et au plastic qu'il avait dissimulé dans le bracelet.

Si Weir avait réussi à l'enlever et à le donner au maire, celui-ci était sur le point d'être pulvérisé. Ça pouvait arriver à n'importe quel moment. Et Quinn ne pouvait rien y faire.

Elle se raidit. Il y eut un éclair soudain, suivi d'une déflagration. Une clarté aveuglante envahit la maison un instant, mais la lueur de l'explosion mourut aussitôt. Quinn n'éprouvait pas la moindre affliction. Justin

Wellacott, maire de Dove's Landing et bienfaiteur d'un malade mental — bon débarras.

— Qu'est-ce que c'était que ça ? dit Nora.

— Aucune importance. Cachez-vous derrière la commode et ne bougez pas. Je vais aller chercher Weir.

— Est-ce que je peux *faire* quelque chose ?

— Oui. Si vous connaissez des prières, c'est le moment.

Quinn attendit que la mère soit en sécurité derrière la commode. Traversant la pièce en direction du mur, elle renversa délibérément une lampe. Celle-ci tomba avec un fracas très satisfaisant. Se baissant près de la bouche d'aération, elle mit les mains autour de la bouche et dit d'un ton haletant :

— Bon Dieu ! Pourvu qu'il n'ait rien entendu !

Elle se posta à côté de la porte pour attendre, le cœur battant.

Elle n'entendit tout d'abord que la respiration de Nora.

L'atmosphère était si lourdement chargée de tension qu'elle pesait sur la poitrine de Quinn.

Un son finit par rompre cette intolérable immobilité. Des pas derrière elle. En direction de l'escalier. Sa voix s'éleva dans le conduit.

— Je respire l'odeur de la peur, mademoiselle Gallagher. Vous *puez* la terreur.

Elle leva la main pour adresser un signe à la mère de l'enfant. *Tout va bien, je m'en charge.*

En était-elle capable ?

Quinn se raidit. Il montait l'escalier, gravissant chaque marche d'un pas délibérément lourd. Elle l'entendait avec une acuité extrême. Tous ses sens étaient décuplés.

Parvenu à l'étage, il hésita. Puis il se mit à remonter le couloir. Il dépassa sa chambre. Se rapprocha. Il n'était plus qu'à quelques mètres.

De plus en plus près.

Elle leva le pistolet et le braqua vers la porte. Sa main tremblait de peur.

Ne pas tirer avant qu'il soit tout près. Tu ne peux pas te permettre de le manquer.

Elle attendit que la porte s'ouvre. Tous ses muscles étaient contractés et lui faisaient mal. *Allons-y. Finissons-en, mon salaud.*

Tout à coup, la porte s'ouvrit à la volée. Quinn tira, électrisée par l'épouvante. Trois, quatre détonations retentirent en un éclair. Elle continua à tirer jusqu'à ce qu'une série de déclics lui fasse comprendre que l'arme était vide.

Une croûte de nuages recouvrait à nouveau la lune. Elle plissa les yeux pour percer l'obscurité. Rien ne bougeait. Bien.

Quinn se redressa. Elle s'avança à pas lents vers la porte en faisant signe à la mère de ne pas sortir de sa cachette. Où diable était passé le corps ?

Rien par terre. Elle ne trouva pas le moindre démon abattu sous ses pieds. Il était peut-être dans le couloir.

Elle franchit le seuil de la chambre et jeta un coup d'œil. Il était vide.

La femme s'était approchée derrière elle.

— Retournez d'où vous venez, fit Quinn. Je ne sais bon Dieu pas où il est.

Quinn avança à pas feutrés dans le couloir, inspecta les autres pièces. Pas la moindre trace de Weir.

Il ne pouvait être qu'au rez-de-chaussée.

Elle descendit les marches lentement jusqu'en bas, sans un bruit. Personne dans le vestibule. Elle jeta un coup d'œil dans le salon, mais ne détecta aucun mouvement. Une seconde. Qu'avait-elle entendu ?

Son cœur cognait dans sa poitrine dans un fracas de tonnerre. Pourtant, elle perçut un bruit sourd et répété. Ça venait de la cuisine.

Quinn rechargea son pistolet. Tenant l'arme à bout de bras, elle avança dans l'obscurité du salon, fit le tour de la table. Le bruit sourd s'accentua.

Elle aurait voulu savoir ce qui l'attendait. Weir était-il armé ? Elle n'avait pas le choix, il fallait prendre le risque, entrer dans la pièce. Comment avait-elle pu le manquer en vidant son chargeur ? Weir semblait s'être évaporé sous la pluie de balles.

Quinn écouta à la porte de la cuisine. Le même bruit sourd retentissait en mesure. S'il était absorbé dans des allées et venues compulsives d'ancien taulard, elle l'aurait peut-être par surprise.

Elle s'engouffra dans la cuisine, dans une posture de combat, les genoux fléchis, le pistolet fermement agrippé à deux mains. Mais au moment où elle allait tirer, elle vit que Weir n'était pas la bête qui faisait les cent pas dans la cuisine.

La chienne trottina vers elle avec un halètement précipité de jeune chien amical et frotta son museau contre la cuisse de Quinn. L'animal serrait quelque chose entre les dents, qui crissa contre son pantalon.

Où diable était le Professeur Souffrance ? Peut-être au sous-sol ? Au grenier ? Ou bien recroquevillé dans un coin sombre ? L'objet que tenait l'animal dans sa gueule était-il un des indices provocants dont il avait fait sa spécialité ?

Quinn ouvrit les titanesques mâchoires de l'animal avec précaution. Elle en retira un objet carré, complètement lisse sur un côté, de l'épaisseur d'un morceau de carton très fin.

Elle avança vers la gazinière et alluma les feux. Elle cligna des yeux sous la lumière soudaine. Elle contempla ce qu'elle avait pris dans la gueule du berger allemand.

C'était une photo d'Eldon Weir, qui agitait le bras en signe d'adieu, en sortant par la porte située à l'arrière du Waldorf.

48

— Que s'est-il passé ? Où est-il ?

La femme se tenait à l'entrée de la cuisine. La peur faisait trembler sa voix.

— Il est parti, dit Quinn. Je me lance à sa poursuite.

— Je viens avec vous.

— Impossible, Nora. C'est trop dangereux. Allez m'attendre à l'auberge. Je vais le retrouver et je ferai le nécessaire pour qu'Abby revienne chez vous sous bonne garde.

— Non, dit Nora. J'ai trop longtemps ignoré ses appels au secours. Mon enfant a des ennuis. Je veux l'aider à s'en sortir.

À la lumière vacillante émise par la gazinière, Quinn lut la détermination sur son visage. Il était inutile de discuter.

— D'accord. Weir a parlé d'un grand ensemble. Il devait parler de la multi-propriété près de Haystack Mountain. Allons-y.

Elles coururent à la Jeep sur la route en terre battue. Quinn fonça dans Main Street et mit le cap sur la station de ski. Elles s'en approchaient lorsque Nora prit le bras de Quinn.

— Attendez. Il faut retourner en arrière ! Il parlait sûrement de l'ensemble socioculturel d'été. L'endroit est désert. Wellacott le connaît comme sa poche. Je parie que c'est là qu'ils retiennent Abby.

— Mais je croyais qu'on avait tout démoli là-bas.

— Pas tout. C'est mon mari l'architecte. Je connais le projet en cours. La maison du gardien est encore intacte. Et le cœur du principal amphithéâtre. Et c'est plus près d'ici que Haystack. Je vous en prie. Je suis sûre de ce que j'avance.

Quinn hocha la tête.

— Je vais prendre la petite route. Ça va plus vite.

Elles arrivèrent au bout de quelques minutes. Quinn gara le véhicule à l'écart derrière un bois qui longeait le terrain et elles s'approchèrent à travers les arbres et les broussailles enchevêtrées.

Ce maquis était limitrophe d'un pré en pente douce, à présent noyé d'ombre. À la lisière du bois, elles examinèrent la petite maison blanche du gardien au bout du champ, et la construction de béton qui évoquait une tombe, au bas de la colline, vestige du bâtiment principal. Elles choisirent de commencer par la maison.

À l'arrière, la véranda était recouverte d'une bâche en plastique. Longeant le mur, elles parvinrent à une fenêtre à nu. Quinn jeta un coup d'œil prudent à l'intérieur et vit quelques meubles épars de couleur sombre, des lampes basses, des abat-jour à fronces, une cheminée de brique pleine de cendres.

Rien d'extraordinaire. Elles firent le tour de la maison et s'assurèrent qu'il n'y avait personne à l'intérieur.

Les deux femmes revinrent sur leurs pas et traversèrent le champ. La lune surgit d'une masse nuageuse, rendant leur progression plus risquée. Sans quitter la lisière du bois fantomatique, elles continuèrent jusqu'au bas de la pente. De temps en temps, elles étaient ralenties par les ronces.

Le terrain redevint plat et les broussailles cédèrent la place à une étendue jonchée de matériaux de construction et de débris de toutes sortes. Dissimulée par l'ombre des arbres, Quinn contempla les alentours.

Il y avait des piles de planches et de poutres, des feuilles de papier goudronné, des carrés de cuivre qui jetaient des éclairs. Contre le mur latéral de la construction de béton s'entassaient d'autres matériaux : des briques, du sable. Elle repéra les sacs de ciment industriel dont Levitsky avait trouvé des traces sur le paillasson du Waldorf.

Cet édifice en forme de cube était le seul vestige de l'amphithéâtre. Quinn y avait emmené Brendon l'été précédent pour une série de concerts destinés aux enfants. Étant donné l'état du bâtiment à ce moment-là, il lui avait semblé judicieux de démolir et de rénover. À présent qu'elle lorgnait cette crypte grisâtre, recelant en ses profondeurs des menaces inconnues, elle aurait souhaité que les travaux n'aient jamais été entrepris.

L'extérieur avait l'air tout d'une pièce. Impossible de jeter un coup d'œil à l'intérieur et de prendre la mesure de la situation. En s'approchant encore un peu, elles trouveraient peut-être quelque chose. Faisant signe à Nora de la suivre, elle se mit à marcher en direction de la masse bétonnée.

Elles traversèrent au pas de course l'étendue jonchée de débris. Se frayèrent un chemin le long de la façade glacée. Par endroits, le mortier s'effritait entre les parpaings et il y avait quelques fissures. Aucune, toutefois, qui permette de voir à l'intérieur du bâtiment.

— Je vais entrer, dit Quinn.

— J'y vais avec vous.

— Restez en arrière et laissez-moi examiner les lieux.

— Ne vous inquiétez pas pour moi. Je m'en sortirai.

Quinn secoua la tête. Cette femme était entêtée, déraisonnable. Comme elle.

Elles firent le tour du bloc de béton, jusqu'à la façade. Au centre, il y avait une grossière porte en bois. Quinn l'ouvrit.

Un espace caverneux, obscur, froid et sinistre. Une odeur de moisi. Elles s'y faufilèrent et fermèrent la porte, bannissant du même coup la lumière de la lune.

Elles tâtonnèrent. L'intérieur avait été démoli. L'écho ne rencontrait aucun obstacle. Arrivées au mur du fond, elles virent une porte étroite. Quinn la poussa, découvrant une cage d'escalier obscure.

Le doigt sur les lèvres, elle fit signe à Nora d'attendre. Retenant son souffle, elle braqua le .22 devant elle et se mit à descendre les marches.

49

Quinn sentit que Nora la suivait, mais elle resta concentrée sur son objectif. Elle devait être en pleine possession de ses moyens face à Weir, s'il était dans la cave.

Tire pour tuer, Quinn. Tu ne peux pas te permettre de laisser filer ce salaud.

Un abîme de ténèbres s'étendait au-dessous d'elle. Quinn espérait un bruit, un signe quelconque. *Montre-toi, salopard ! La moindre erreur te sera fatale.*

Mais le seul bruit qui lui parvenait était le battement sourd à ses tempes. Est-ce qu'Abigail Eakins se trouvait en bas ? *Seigneur, faites qu'elle soit saine et sauve.*

Elle y était presque. L'arme pointée, Quinn posa enfin le pied sur le sol froid. La pièce fut tout à coup inondée d'une lumière jaune criarde. Et Eldon Weir se matérialisa sur le mur du fond. Un rire maniaque s'échappa de la mince fente qui lui servait de bouche lorsque Quinn vida le pistolet dans sa direction.

L'obscurité revint brusquement dans la pièce, et le silence. Quinn progressait tant bien que mal.

— Il est mort ? dit Nora.

— Ça vaudrait mieux pour lui.

Tout à coup, une petite voix perça le silence.

— C'est toi, maman ?

— Abby ! Oh ! merci mon Dieu. Où es-tu ? Tu vas bien ?

Quinn entendit les sanglots de joie de Nora et d'Abigail qui s'étreignaient. Elle agita les bras dans le noir sans rien trouver.

— Où est la lumière ? demanda-t-elle à voix haute.

— Il faut taper dans ses mains, dit Abigail.

Quinn tapa dans ses mains et la pièce s'illumina. Nora serrait sa petite fille. L'enfant avait l'air éprouvée mais pas trop mal en point, si l'on pensait à ce qu'elle avait dû endurer. Se tournant vers le mur du fond, elle se prépara à la vision qui l'attendait, des traînées de sang et un cadavre. Mais elle ne vit qu'une boîte métallique dont l'objectif avait été pulvérisé par la balle.

— Ce n'est qu'une des machines démentielles de Wellacott. Une sorte de projecteur, expliqua Abigail. Je vous en prie, allons-nous-en. Je ne veux pas être ici quand il reviendra.

— Il ne reviendra pas, Abigail, dit Quinn.

— C'est exact, ma chérie, fit Nora. Tu es en sécurité maintenant. On rentre à la maison.

50

Quinn s'éloigna de l'auberge dans un silence hébété. Elle avait quitté de joyeuses retrouvailles familiales. Pour ces gens, l'attente et l'inquiétude avaient pris fin. L'aura maléfique qu'avait jetée cet événement sur leurs vies allait être exorcisée et, avec le temps, oubliée.

Mais pour elle, les ennuis n'étaient pas terminés. Quinn allait subir les conséquences de la façon désastreuse dont elle s'était occupée d'Eldon Weir, de Dud Chambers et Dieu savait quoi encore. Et puis il y avait ce pauvre Levitsky. Il lui faudrait répondre d'une intervention non autorisée dans des affaires locales. Il n'avait certainement jamais pensé que ce voyage d'études lui coûterait aussi cher.

Elle s'arrêta devant le restaurant Chez Emma et, d'une cabine, appela la chambre d'hôtel de l'agent spécial. Levitsky avait la voix ensommeillée mais, dès qu'il la reconnut, il reprit ses esprits.

— Qu'est-ce qui s'est passé, Gallagher ? Vous allez bien ?

Elle lui raconta la suite d'événements à peine croyables : la complicité et la fin explosive de Justin Wellacott, le retour heureux de l'enfant Eakins au sein de sa famille.

Silence au bout du fil. Il était probablement muet d'étonnement, se dit Quinn.

— Vous êtes toujours là, Levitsky ?

— Oui, je suis là. Vous vous rendez compte, Gallagher ? Vous auriez pu vous faire tuer, bon sang ! Quand est-ce que vous allez cesser de jouer les héroïnes et vous mettre à vous servir de vos cellules grises ?

Ce fut au tour de Quinn de rester sans voix. Elle n'avait jamais pensé l'agent spécial capable de se mettre en colère de la sorte. Elle s'attendait qu'il soit impressionné.

Où donc était passé son instinct de défense ? La montée d'adrénaline anticipée ne se produisit pas. Il était peut-être temps de se calmer et de commencer à réfléchir avant d'agir, comme disait Levitsky. Il fallait peut-être se séparer définitivement du passé, pour profiter du présent, et de l'avenir.

— Je suis épuisée, Levitsky. Vous avez raison.

— Vous êtes en train d'admettre que vous êtes allée trop loin, Gallagher ? Vous voulez devenir plus raisonnable ? Je rêve.

Quinn éprouva une poussée d'affection pour l'agent spécial.

— C'est ce qu'on fait en principe à cette heure de la nuit, Levitsky. Je vais d'ailleurs vous laisser vous rendormir.

Un gros bâillement à l'autre bout du fil.

— Vous êtes sûre que vous allez bien ?

— Ça va, Levitsky. Recouchez-vous.

— D'accord. Écoutez. On dirait que je n'ai plus grand-chose à faire ici, du moins tant qu'on n'aura pas retrouvé Weir. Si on le retrouve un jour. Je prendrai donc sans doute le premier avion demain matin.

— Vous voulez que je vous emmène ?

— Non, Gallagher. Vous avez travaillé très tard ce soir. Je prendrai un taxi.

Quinn hocha la tête. Il se débarrassait d'elle. Il était temps, sans doute.

— Bonne nuit, Levitsky, dit-elle en raccrochant. Je vous souhaite une vie longue et heureuse.

51

Abigail émit un bâillement et se laissa tenter par une nouvelle gorgée du cacao à la guimauve offert par Mim. Il y avait quelques jours que sa vie oscillait entre le sommeil et une surabondance de mets succulents, de friandises, de cadeaux et d'attentions. Plus qu'elle n'aurait jamais pu imaginer.

Tout le monde était si gentil. Stephanie lui avait acheté des patins à roulettes, Victoria lui avait promis une débauche d'achats au centre commercial, Hugh lui avait prêté son baladeur et une pile de ses cassettes préférées. Maman et Mim s'étaient relayées près d'elle, jusqu'à ce qu'elle cesse de trembler de peur et se décide à admettre que le maniaque qui servait de maire à Dove's Landing était vraiment mort pour de bon.

Petit à petit, elle avait réussi à raconter à maman les séances et les persécutions. Celle-ci avait écouté sans manifester la moindre réprobation. Elle avait assuré à Abigail qu'elle n'était coupable de rien. L'homme qui l'avait tourmentée était un pervers, un malade.

Mais le plus merveilleux, c'était papa. Abigail avait passé des heures à serrer sa grosse main apaisante. À se pelotonner contre la large poitrine musclée. Elle avait l'impression de ne pas l'avoir vu depuis une éternité. Chaque fois qu'il lui rendait visite au chalet, il apportait un cadeau : un cœur en argent, un bracelet porte-bonheur, des barrettes. Il les rangeait tous dans son coffret à bijoux rose, la boîte à musique ornée d'une ballerine, en attendant qu'elle ait envie de les porter.

— Comment se porte ma petite Abby, ce matin ? Ça va mieux ?

Il se tenait dans l'encadrure de la porte, occupant presque tout l'espace disponible. À la main, il avait un petit paquet blanc, entouré d'un ruban de couleur lavande. Abigail sourit et eut une poussée d'affection filiale.

— Beaucoup mieux.

Mim lui fit un clin d'œil.

— Je vais vous laisser tous les deux. À plus tard, ma chérie.

Son père vint s'asseoir sur le lit, à côté d'elle. Il dut se baisser pour éviter le baldaquin à dentelles. Abigail remarqua que son bras semblait se mouvoir avec plus de facilité. Elle décida donc de ne plus se soucier de la vraie cause de cette blessure. Tout le monde lui avait dit qu'il s'agissait d'un accident, mais lorsque Poppa était passé lui dire bonjour, il avait évoqué un coup de fusil. Poppa racontait toujours la vérité sans fard, il fallait lui rendre cette justice.

Papa lui prit la main et y glissa le paquet blanc. Elle l'ouvrit et trouva une broche avec un ourson de pierres précieuses.

— Merci, c'est très beau.

— C'est beau comme toi, ma chérie. Je vais le mettre dans le coffret à bijoux.

Il se dirigea vers la commode et ouvrit le coffret. Elle remarqua qu'il s'était rembruni. La ballerine jaillit et se mit à danser sur l'air de *Stardust*... « Et me revoilà avec vous... »

— Je suis heureux que tu t'en remettes, ma petite. Tout va rentrer dans l'ordre, et c'est tant mieux.

Elle sentit monter les larmes. Elle savait bien que ça allait arriver.

— Tu t'en vas ?

— Je ne peux pas faire autrement. Tu sais bien

comme c'est. Il faut que je reprenne le collier. Mes affaires sont déjà très en retard.

— Je peux venir avec toi ? Je serai sage comme une image.

Il haussa les épaules.

— Ça me ferait très plaisir, ma chérie. Mais tu sais bien que ça ne pourrait pas marcher. Un vieil énergumène comme moi, ça n'est pas ce qu'il te faut comme guide dans la vie. Ton école, tes amis, ta famille sont ici. Mais cet été, on passe quinze jours ensemble où tu veux. D'accord ?

Elle renifla.

— D'accord.

Il la gratifia de la traditionnelle tournée de bisous paternels : front, nez, menton, joue droite, joue gauche.

— À très bientôt, dit-il en quittant la pièce.

Elle entendit une porte claquer, et quelques instants plus tard le moteur de la Lincoln se mit en marche.

La somnolence reprit Abigail. Lorsqu'elle se réveilla, maman était assise sur la chaise près du fauteuil, et deux nouveaux vases pleins de la variété de dahlias auxquels Mim avait donné le nom d'Abigail ornaient le rebord de la fenêtre.

— Ça va, mon chou ? dit Nora.

— Tu sais qu'il est parti.

— Oui. Je suis désolée.

Abigail soupira. Tout était si compliqué. Le départ de son père l'avait attristée, mais ne la surprenait ni ne la désappointait autant qu'elle aurait pu le craindre.

S'il l'avait emmenée avec lui, maman, Stephanie et Mim lui auraient manqué. Quitter la classe de Mme Schiffman si près de la fin de l'année, elle aurait détesté ça. Les autres enfants de sa classe étaient un peu ploucs, mais pas si désagréables, après tout. Depuis son retour à la maison, ils avaient appelé, écrit et lui avaient rendu visite. Notamment une grande fille maigre, Lenore, qui était drôle, pince-sans-rire, et lui rappelait un peu Jeanine. Elle l'inviterait peut-être à dîner un de ces jours.

— Abby ? Ça va ?

Maman la fixait, les yeux écarquillés, pleins d'une interrogation mélancolique.

— Je vais me remettre, maman, dit Abigail d'un ton à la fois chagrin et résolu. Je crois vraiment que ça va aller.

52

Stephanie vint voir Abigail en rentrant après l'école, pour papoter et lui donner ses devoirs. Nora quitta les deux filles en grande conversation et prit le chemin de son atelier photo.

Le printemps était enfin arrivé. L'atmosphère embaumait le lilas et l'herbe fraîchement tondue. Jonquilles et tulipes fleurissaient sur la pelouse. Le bruit des machines agricoles était omniprésent.

Nora contempla le tranquille domaine de l'auberge et se laissa envahir par une vague de contentement. Abigail était en sécurité. Le hideux cauchemar était fini.

Le thérapeute de Victoria, le Dr Grove, était passé quelquefois et il avait déclaré que la petite fille tenait bien le coup et qu'elle était sur le chemin de la guérison. Il pouvait subsister quelques traces psychiques du traumatisme, mais Abigail n'en porterait pas les stigmates toute sa vie.

— Ce qui compte, c'est qu'elle en parle, avait-il expliqué à Nora. Que ça sorte.

Et Nora avait écouté sa fille comme le lui avait conseillé le Dr Grove, avec le minimum de commentaires. Elle avait réussi à cacher sa rage et sa répulsion devant les hideux tourments que Justin Wellacott avait infligés à l'enfant. Ce dernier était mort. Il fallait enterrer la brute, et ce qu'il avait laissé en partage.

Elle secoua la tête. Tout était si incertain, si imprévisible. Nora savait que la seule manière de résister aux caprices du destin et de rester sain d'esprit était de se concentrer sur ce que la vie avait de bon.

Elle n'avait que l'embarras du choix. Un travail qu'elle aimait. Cet endroit, les gens chaleureux et attentifs qui peuplaient son univers. Et par-dessus tout, sa fille, à présent saine et sauve.

Simultanément, des larmes embuèrent le regard de Nora et un grand sourire se dessina sur ses lèvres. Abigail l'avait dit, tout allait s'arranger.

Elle aperçut une silhouette qui se dirigeait vers elle, venue de l'auberge. La carrure et la démarche, tout indiquait qu'il s'agissait de Charlie. Que Dieu le bénisse, il avait le chic pour savoir à quel moment elle avait besoin d'être embrassée.

53

Les Rutland Raiders avaient connu la meilleure saison dans l'histoire de l'équipe : douze victoires, une défaite qui n'avait tenu qu'à un cheveu. Des pluies diluviennes avaient repoussé la finale jusqu'à cet après-midi morne et froid de la fin de l'automne.

Quinn était assise sur les gradins, enveloppée d'un poncho de laine, essayant de se dégeler les doigts sur la Thermos de café. Bizarrement, elle avait toujours pensé que tous les problèmes disparaîtraient si Brendon parvenait à entrer dans l'équipe. Mais chaque match avait été une épreuve, sur le plan émotionnel. Les choses s'étaient encore aggravées avec la frénésie de banderoles qui s'était emparée du public, et les éliminatoires des équipes régionales, etc.

En dehors des quinze jours qu'il avait passés au camp de base-ball, Bren était resté quasiment tout l'été dans l'arrière-cour à répéter les mouvements fondamentaux. Il était devenu si bon que l'entraîneur comptait à présent sur lui pour marquer un certain nombre de points à chaque rencontre. Aussi, les rares fois où il interrompait son entraînement, c'était pour se faire du souci.

Les deux équipes étaient à égalité dans la dernière partie, et c'était le tour de ce pauvre Bren de prendre la batte. Il s'avança pour prendre position. Même à cette distance, Quinn vit qu'il avait l'air terrorisé.

Il était plié en deux, le casque si lourd sur sa pauvre tête que le gamin vacillait.

— Vas-y, champion ! Tu vas y arriver.

Il semblait assemblé de bric et de broc à grand renfort de colle à bois.

— Vas-y, Brendon !

Le lanceur, un garçon dont la taille était curieusement élevée pour un âge aussi tendre, recula et projeta la balle. Bren se tendit comme un ressort. Attendit.

Maintenant !

Il frappa avec une telle force que, entraîné par son élan, il fit un tour sur lui-même, mais la balle atterrit avec un bruit sourd dans le gant du lanceur.

— Bon sang, marmonna Quinn. Je parie que ce lanceur est un remplaçant.

Elle avait envie d'entrer sur le terrain et de demander une preuve que ce joueur faisait partie de la même tranche d'âge. Il paraissait avoir au moins treize ou quatorze ans. Cette ombre de moustache qui ornait sa lèvre supérieure, c'était normal ?

Allez, Quinn. Reprends-toi.

— Tu peux y arriver, Brendon !

Elle avait la voix rauque à force de crier. Mais le gamin devait sortir vainqueur de cette épreuve. Il avait travaillé si dur et l'équipe était tout pour lui.

Le gamin aux allures d'adulte lança une balle rase. Bren se baissa pour la rattraper, mais ne réussit pas à l'atteindre de plein fouet et la renvoya piteusement en arrière.

Troisième essai.

Le cerveau de Quinn battait la campagne. Elle allait peut-être jeter un sort au lanceur. Peut-être qu'un hurlement suraigu suffirait à perturber celui-ci.

Calme-toi, Quinn. Si tu perds les pédales, ça n'arrangera rien pour Brendon.

Puis elle pensa à quelque chose qui pouvait faire la différence.

— Eh, Brendon. Souviens-toi de la formule magique. Ça marche à tous les coups.

Levant la batte, il murmurait quelque chose. Il avait entendu.

— Souviens-toi, Bren. Tu peux y arriver !

Elle repensa à l'incantation de Levitsky : « *Cogito Ergo Sum*, je pense donc je suis. »

Cet instant n'en finissait plus. Le lanceur se détendit et lâcha la balle. Bren se préparait à frapper avec la batte.

Allez !

Quinn ferma les yeux. Mais elle entendit l'impact et le cri de joie de Brendon.

— Oui !

Rouvrant les yeux, elle vit la balle décrire un immense arc de cercle au-dessus du terrain et dépasser les gamins qui tentaient de la rattraper. Son cœur bondit dans sa poitrine. Faisant preuve d'une maîtrise d'elle-même proprement inouïe, elle se contenta d'un chuchotement frénétique :

— La foule est en délire. Et les fans surexcités sont debout.

Elle se leva, croisa le regard de Bren et fit le signe de la victoire. Il se permit un petit sourire en retournant s'asseoir sur le banc de touche. La nonchalance étudiée d'un garçon de neuf ans. Pour l'instant, son flegme était dans l'ordre des choses. Mais ce soir la joie serait à son comble à Mudville, et on festoierait autour d'une table au Sirloin Saloon.

Quinn se rassit, épuisée. Bren était sur le point d'en faire autant, lorsqu'il se redressa brusquement et s'élança à la vitesse d'un missile sur le terrain.

Que se passait-il ?

Puis elle le vit. Dégingandé, les cheveux bouclés, de si grands yeux qu'on distinguait de loin leur éclat particulier. La bouche de Quinn se dessécha et son cœur se mit à battre tandis qu'elle quittait lentement des gradins pour aller les rejoindre.

Allez Quinn, ce n'est que Levitsky.

Il venait vers elle, la main sur l'épaule de Bren, un sourire malicieux aux lèvres qui se crispa lorsqu'ils se retrouvèrent l'un en face de l'autre au bord du terrain.

— Eh, Gallagher, dit-il. Bren m'a écrit pour me dire que la finale régionale se déroulait aujourd'hui. Je me suis dit que j'allais passer voir comment ça marchait.

— Vous êtes venu de Virginie ?

— Non, j'étais à Chicago.

L'entraîneur faisait signe aux joueurs de venir serrer la main de l'équipe perdante. Bren fonça.

— C'est très gentil à vous d'être venu, Levitsky. Ça compte beaucoup pour Brendon.

— Je suis heureux. C'est un gamin épatant.

Ils marchèrent silencieusement en bordure du terrain. Une bise aigre soufflait, mais Quinn avait moins froid, tout à coup. Elle prit son courage à deux mains.

— J'avais l'intention d'emmener Brendon au Sirloin Saloon pour fêter ça, ce soir. Vous dînez avec nous ?

— Je ne voudrais pas m'imposer.

Elle haussa les épaules.

— Il faut que vous mangiez, Levitsky.

Son regard croisa celui de Quinn.

— Je suis si heureux de vous revoir. Vous avez l'air en forme.

Elle se sentit rougir.

— Pour parler franchement, je pensais que je ne vous reverrais plus, Levitsky. Vous aviez l'air d'en avoir marre la dernière fois qu'on s'est parlé.

— Eh bien, à vrai dire, Gallagher, vous êtes exaspérante. Entêtée, impulsive, téméraire. Au moment où vous avez appelé, j'étais en train d'imaginer votre face à face avec Weir et...

L'inquiétude qu'elle voyait briller dans ses grands yeux noirs lui plaisait. Il avait des yeux splendides. Il se passait énormément de choses derrière.

— Merci, Levitsky. Je ne savais pas que ça comptait pour vous.

— Vous comptiez pour moi.

Elle se racla la gorge.

— Eh, Brendon ! On va manger, maintenant ?

Le gamin terminait sa conversation avec l'entraîneur.

— Dans cinq minutes, fit-il.

— Allons l'attendre dans la voiture, d'accord, Levitsky ? On gèle, ici.

Elle lui prit le bras et l'entraîna vers la Jeep.

— Alors, ils ne vous ont pas coupé la tête, après votre intervention illégale dans l'affaire Weir ?

— Ça n'a pas été trop dur. Tout le monde comprenait que je veuille voir ce monstre hors d'état de nuire.

Ils se glissèrent dans la voiture, et Quinn monta le chauffage.

— Je ne saisis pas, Levitsky. Comment se fait-il qu'ils ne l'aient pas encore retrouvé ? Il est bien quelque part.

Levitsky haussa les épaules.

— Au FBI, on pense qu'il est probablement mort, sinon on aurait trouvé une piste. Il a fait tous les gros titres.

— Pourvu que vous ayez raison. Le monde peut avantageusement se passer d'Eldon Weir et de ses semblables.

Bren traversa le terrain au pas de course et sauta à l'arrière du véhicule.

— Alors, Bernie ? Tu as vu ce point gagnant ? Tu sais quoi ? On m'a fait cadeau de la balle. On y va, Quinn ? J'ai faim ! Un match incroyable, pas vrai ?

Il se pencha vers l'avant, mit la radio et tomba sur un morceau endiablé des Pointer Sisters. C'était idéal.

Quinn résista à l'envie de calmer l'enfant. Elle se disait que ça allait prendre un certain temps. Le môme était cramoisi, euphorique, rayonnant du plaisir d'avoir réussi. C'était satisfaisant.

Près d'elle, Levitsky paraissait presque aussi heureux que Brendon. Il avait un très beau sourire. Et une odeur très agréable. En plus, il savait cuisiner. Marilyn Holland ferait pression pour que ce jour devienne une fête nationale. Quinn soupira et démarra.

La vie était douce.

La chanson prit fin. C'était l'heure des actualités. Un bulletin très ordinaire, Quinn écoutait à peine. Elle entendit vaguement quelque chose à propos de troubles en Afghanistan, une soudaine baisse du cours de la Bourse, des fusillades à New York. Rien à signaler.

« ... Une dépêche qui vient de tomber des téléscripteurs. La police de Keene dans le New Hampshire lance un appel à la population pour l'aider dans une affaire. Jessica Stone, la fille du shériff adjoint, a disparu sans laisser de traces, il y a trois jours, en revenant de l'école. Les recherches intensives entreprises jusqu'ici n'ont rien donné. La dernière fois qu'elle a été aperçue, l'enfant portait un pantalon noir, un pull rouge et un blouson de ski bleu. Son signalement est le suivant : elle est très mince, elle a de longs cheveux blonds et des yeux bleus. Jessica Stone est âgée de onze ans... »

La coupable idéale

(Pocket n° 10463)

Lorsqu'ils pénètrent chez Thea Harper, les policiers trouvent une femme hébétée, les mains pleines de sang, à côté du cadavre de Simon Gallatin. A-t-elle agi dans un état d'épilepsie partielle ? C'est l'hypothèse soulevée par le docteur Forman, qui la défend devant les jurés. À l'issue du procès, Thea, qui ne se souvient de rien, est acquittée. Mais le cauchemar ne fait que commencer…

Il y a toujours un Pocket à découvrir

L'anatomie du crime selon Judith Kelman

(Pocket n° 10351)

Maggie Lyons dirige, à New York, une clinique spécialisée dans le traitement des phobies. Deux de ses patients se sont suicidés coup sur coup. L'un, sujet au vertige, chute d'un pont ; l'autre, craignant la vitesse, heurte un parapet à deux cents à l'heure. Incompétence des psychiatres ou meurtres maquillés ? Mais alors, par qui et dans quel but ?

Il y a toujours un Pocket à découvrir

Impression réalisée par

C P I
Brodard & Taupin

52115 – La Flèche (Sarthe), le 04-05-2009
Dépôt légal : octobre 2000
Suite du premier tirage : mai 2009

POCKET – 12, avenue d'Italie - 75627 Paris cedex 13

Imprimé en France